◎肖仁福 作品

霍光传
辅国大汉

A PILLAR OF
HAN DYNASTY
THE LEGEND OF
GUANG HUO

团结出版社

图书在版编目（CIP）数据

大汉辅国：霍光传 / 肖仁福著. —— 北京：团结出版社，2019.3
ISBN 978-7-5126-6720-4

Ⅰ. ①大… Ⅱ. ①肖… Ⅲ. ①长篇历史小说－中国－当代 Ⅳ. ①I247.5

中国版本图书馆CIP数据核字(2018)第253424号

出　版：团结出版社
　　　　（北京市东城区东皇城根南街84号　邮编：100006）
电　话：（010）65228880　65244790　（出版社）
　　　　（010）65238766　85113874　65133603（发行部）
　　　　（010）65133603（邮购）
网　址：http://www.tjpress.com
E-mail：zb65244790@vip.163.com
　　　　fx65133603@163.com（发行部邮购）
经　销：全国新华书店
印　装：三河市东方印刷有限公司

开　本：147mm×210mm　　32开
印　张：14.75
字　数：313千字
印　数：8045
版　次：2019年3月　第1版
印　次：2019年3月　第1次印刷

书　号：978-7-5126-6720-4
定　价：49.80元

（版权所属，盗版必究）

目录

CONTENTS

一 武帝昼梦惊魂，女主明争暗斗 / 1

二 佳人倾城倾国，兄弟进爵封侯 / 9

三 奸佞搬弄是非，太子被逼起兵 / 17

四 京城血流成河，武帝翻然醒悟 / 25

五 外甥有望进位，舅舅领兵北上 / 33

六 君思已故太子，臣谋推翻旧案 / 40

七 武帝重开杀戒，汉军惨败漠北 / 48

八 赐死钩弋夫人，托孤五臣辅政 / 54

九 人祸接连天灾，饥民潮涌而至 / 62

十 开仓放粮救急，减税免赋养民 / 69

十一 小昭帝夜嬉闹，长公主私出宫 / 76

十二 两情宫中聚首，天子养育有依 / 82

十三 小昭帝初成人，外孙女晋皇后 / 90

十四 丁外人欲封侯，大将军拒授爵 / 96

十五 百人盐铁辩论，三方思谋反叛 / 103

十六 霍光引蛇出洞，昭帝识破天机/110

十七 狗急必然跳墙，风满山雨欲来/117

十八 密室窗外有耳，忠臣杜府告密/124

十九 惊天大案告破，逆贼纷纷伏法/132

二十 新政颁行全国，君臣一团和气/140

二十一 宫女穷绔上身，田相寿终正寝/147

二十二 魏相不畏强权，王欣小人得志/155

二十三 胆小好做大官，性直敢劾墨吏/163

二十四 太守坐聋子牢，号二谢大将军/171

二十五 戍卒相府示威，王欣屈尊探监/180

二十六 魏相现身相府，戍卒陆续散去/188

二十七 函谷关传急报，大将军巧戡乱/196

二十八 王欣命丧黄泉，杨敞接任相位/202

二十九 夫人吹枕边风，儿子升中郎将/208

三十 辅国意欲归政，天子溘然告崩/216

三十一 新君荒唐无度，老臣惶惶不安/224

三十二 大将军图废立，众老臣齐附和/231

三十三 太后诏废新君，刘贺下位出都/239

三十四 异想偷梁换柱，串通众臣劝进/247

三十五 朝堂怒不可遏，画室默然自省/254

三十六 苍天不灭刘汉，后继自有贤孙/260

三十七 辅国高高在后，新帝惶惶不安/266

三十八 皇上位居大宝，皇后家在何方/274

三十九　霍门深闺有美，殿上皇帝无意 / 281

四十　宣帝诏寻故剑，蔡义八十为相 / 289

四十一　辅国明言归政，君臣执意力阻 / 297

四十二　美图难动圣心，恶妇突起歹意 / 305

四十三　霍显循循善诱，女医步步入局 / 313

四十四　只为夫君晋升，壮胆毒杀女主 / 321

四十五　霍显惊慌失措，女医守口如瓶 / 327

四十六　少妻实情相告，辅国瞒天过海 / 334

四十七　子侄大器不成，归政夙愿难决 / 342

四十八　风声已然过去，小女入宫当时 / 348

四十九　蔡义计献妙招，宣帝再见美图 / 354

五十　老臣深知鱼乐，成君如愿入宫 / 361

五十一　千般旧爱易忘，万种风情难拒 / 368

五十二　宠妃知恩明义，天子心悦诚服 / 374

五十三　蔡义老命归天，成君终成女主 / 381

五十四　姨妈为儿媳妇，婆婆乃外甥女 / 388

五十五　辅国忧心忡忡，子侄得意洋洋 / 397

五十六　忠臣一病不起，明君入府探视 / 404

五十七　君恩重如山岳，满门荣华富贵 / 410

五十八　辅国功德圆满，天子封赏霍门 / 417

五十九　魏相入朝为官，安世身居要职 / 423

六十　霍显入宫问讯，皇后良言宽慰 / 430

六十一　刘奭进位太子，霍氏满门惊恐 / 436

六十二　头顶利剑高悬，图谋先手为强/442

六十三　酒后言者无意，榻前闻者有心/447

六十四　情急仓促起事，恩绝斩草除根/452

结束篇　位居麒麟阁首，功罪帝心自知/456

女人与忠诚（代后记）/459

一、武帝昼梦惊魂，女主明争暗斗

甘泉宫御书房内，汉武帝刘彻懒懒地沐浴着窗外透进的暖暖斜阳，眯缝昏花老眼，一字一句审理着太子刘据遣使送来的奏章。

其实武帝是专门来甘泉宫养病的。说起来，武帝并非普通帝王，靠着文、景二帝积累下的丰厚家底，加之大力推行盐铁官营和酒榷均输办法，集中大量财力、物力，招兵养马，不断攘夷拓土，东并朝鲜，南吞百越，西征大宛，北破匈奴，开创汉武盛世，树立起一代雄主的无上权威。然岁月不饶人，武帝英雄一世，毕竟已六十六岁，正一天天老去，身体越来越不争气，三天两病，精力日减，才不得不于征和二年（公元前91年）春季，听取御医劝告，出都来渭河北岸的甘泉宫调养病躯，以期长命万岁，永存人间。

养病关键在养心。武帝正是不愿为繁务所累，离开长安前才诏令太子监国，朝中要政一任太子刘据决断，不必事事奏闻。然太子谨慎，还是不时汇集朝臣奏折和自己处置建议，派遣专使，送至甘泉宫，恭请父皇圣断，不敢擅作主张。太子自然没错，武帝十六岁登基，在位已历五十年之久，每天忙于军事朝政,陡然闲下来,自然不太习惯。因此太子所呈奏章摆上案头后,武帝便置御医所煎汤药于不顾,迫不及待低首御览起来。

奏章没览上几行,武帝便哈欠连连,上下眼皮开始打架。不大一会儿,竟头一歪,伏到案头,昏睡过去。睡得并不沉实,一直怪梦不断。后竟梦见数千木头人,手执棍棒,气势汹汹扑上前来,要索武帝老命。武帝吓得大声呼救,兀地惊醒过来,才知是白日噩梦。自然再没法批阅奏章,只是痴坐案前,一遍遍回想梦中情境,越想心里越恐惧。

听到御书房内动静,值守门外的奉车都尉霍光赶紧入内,小声禀道:"适才见陛下伏案而眠,微臣欲让陛下多睡一会儿,才悄悄退至外面,不想这么快陛下就幡然醒转过来,莫非微臣哪里疏忽,让陛下受了甚么惊忧?"

奉车都尉是皇帝贴身近臣,非一般人可信任,在霍光面前,武帝无话不谈,说了梦中情形,心有余悸的样子。霍光知道,武帝梦里的木头人,其实属巫蛊木偶道具,已困扰武帝多时。巫蛊荒唐,却颇为时人迷信,为害不浅,连深深汉宫也难幸免。宫禁是妃嫔和宫女的天下,入宫施巫蛊者自然多为女巫。比如某位妃子嫉恨他人,又无可奈何,便阴约巫女进宫,雕个木头人,甚至弄只初婴,砍去四肢,写上仇家名字,埋入土中,再设案置祭,焚香烧纸,念叨咒语,告祝鬼神,以期害死仇家。

作为亲信,霍光随侍武帝三十年,没少见识宫中巫蛊之乱。有时连长乐宫女主都会参与其中,比如陈皇后。陈皇后小名陈阿娇,是景帝同母姐姐馆陶长公主之女,系武帝刘彻亲表姐,两人从小一起长大,可谓青梅竹马。闻说刘彻四岁时,馆陶长公主曾把他抱在腿上，指着进进出出的漂亮宫女，说侄儿喜欢哪位，姑姑为你保大媒，娶给你为妻。刘彻大摇其头，表示没一个看得上眼。正好阿娇听说刘彻在母亲处，来找他玩，馆陶长公主顺手指着阿娇，对刘彻道，将她嫁给你如何？别看刘彻还小，却早慧多情，喜欢阿娇漂亮聪明，当即毫不犹豫道，能娶阿娇姐为妻，我一定修座金屋，把她放里面藏养起来。

这便是"金屋藏娇"典故出处。成年后刘彻果真迎娶阿娇，且凭馆陶长公主和陈家势力，战胜其他皇子，如愿登基为帝。成为皇帝后，刘彻厚待阿娇，很快封她为皇后。阿娇秀外慧中，既受武帝宠爱，又有娘家势力可依靠，这长乐宫女主自然做得风生水起。可世无十全十美之事，阿娇要啥有啥，唯独肚子不争气，成婚多年，一直未能给武帝生下一男半女，甚是郁闷。时人寿命大多不过三十多岁，武帝已二十大几，竟后继无人，无论君上还是臣下，自然一个个忧心忡忡。恰好此时有人出现在武帝面前，这人便是卫子夫。

卫子夫美貌不输陈阿娇，身世却非常低下，其母卫媪只是武帝姐姐平阳公主府上女奴。卫媪养了三女两儿，大女儿卫君孺，二女儿卫少儿，小女儿卫子夫，一个个国色天香，貌比西施。公主府上有女奴，自然还有男仆。其中一位男仆名叫霍仲孺，因常与卫媪打交道，不时能碰见其二女卫少儿，日久生情，同居一起，产下一位私生子，这便是后来大名鼎鼎的战神霍去病。当上父亲，霍仲孺倒也欢喜，节衣缩食，积攒些金钱，准备将卫少儿娶回屋里，老婆孩子热炕头，好好过小日子。不想痴心汉遇上无情女，卫少儿移情别恋，抛开霍仲孺，好上一陈姓世家子弟。霍、卫两人本系露水夫妻,既无父母之命,又无媒妁之言,酒席都没办过一桌,卫少儿要跟别人好,霍仲孺也拿她没法。只是再在公主府里待着,天天眼见卫少儿与陈姓男子出双入对,霍仲孺心里不是滋味,干脆卷上铺盖,离开长安,回到平阳乡下老家,另外娶妻成家,生下一子,取名霍光。

霍光能从乡下毛头小子成长为皇帝身边的奉车都尉,自然受益于同父异母哥哥霍去病的提携。霍去病能扬名立万,创建高功,不用说离不开母族卫家的玉成。卫媪不过是平阳公主府上家奴,卫家又哪能玉成霍去病?这无疑与平阳公主有关。别看平阳公主是武帝亲姐姐,然自陈阿娇入主长乐宫后,本就强盛的陈家越发势焰冲天,连尊贵如平阳公主者,也没少受其窝囊气。平阳公主隐忍不发,只在暗里静候时机。时机也不难得,陈阿娇入主长乐宫多时,般般如意,却偏偏不能生育,众臣已颇有微词。恰好府奴卫家小女卫子夫初长成,又美艳绝伦,能歌善舞,平阳公主瞧在眼里,心生一计。

时逢武帝郊猎返城,顺道造访平阳公主府,平阳公主摆下盛宴,款待皇弟。酒过数巡,唤出卫子夫,启唇轻歌,扭腰曼舞,以助酒兴。武帝酒酣耳热,侧眼瞟过去,正巧卫子夫提臂扬袖,目光自袖帘下放射过来,四目一对,顿时碰出电火闪闪。电火烧得武帝五神无主,只碍于姐姐在场,不便造次。平阳公主见状,心下暗喜,对武帝道:"天色向晚,就委屈皇弟在府上驻跸一晚如何?"没待武帝开口,又指指卫子夫道,"此女名卫子夫,从小在府上长大,不仅人乖歌舞好,且聪明伶俐,有她端茶送水,皇弟不会孤寂。"

武帝能不明白平阳公主意思？当即应承下来，夜里与卫子夫成了好事。翌日早膳过后，还磨磨蹭蹭，迟迟不肯动身。直至平阳公主把打扮一新的卫子夫送入皇舆内，武帝才龙颜大悦，兴冲冲起驾回銮。谁知圣恩如露，来得迅猛，消失得也快速。回到未央宫，武帝一头扎进宣室殿，只顾忙于军政要务，加之长乐宫佳丽如云，很快将卫子夫置之脑后，忘个干净。倏忽一年过去，得知卫子夫藏在深宫，寂寞自知，平阳公子觉得枉费一腔心思，琢磨着怎么才能唤回皇弟圣意。想起陈阿娇苦于无子，老担心其他嫔妃怀上龙种，自己女主地位受影响，平阳公主灵机一动，决定借陈阿娇之力，让卫子夫重新进入武帝视线。

陈阿娇最忌武帝专宠其他嫔妃，又怎肯把武帝推向卫子夫怀抱？平阳公主自有办法。公主与陈家虽有芥蒂，毕竟都属皇亲国戚，表面显得一团和气，不好撕破脸皮，两位女人走到一起，自然说不完的体己话，仿佛亲姐妹一样。说着说着，说到宫中人事，平阳公主感叹道："外边传说宫中宫女多达一万七千人，也太夸张了点，估计也就数百上千吧。可即使数百上千，亦非小数目，够皇后调摆的。"陈阿娇顺话道："是啊是啊，皇上正规嫔妃不过数十人，要这么多宫女干啥？女人是祸水，成天在皇上面前晃来晃去，逗得他眼花缭乱，还哪有心事理政治国？"平阳公主道："皇后可劝劝皇上，适当精减些宫女。"陈阿娇道："我也有此意，只怕皇上不允。"平阳公主道："皇后就说，国家连年征战，国库空虚，减少宫女，可节省不少开支。"陈阿娇说："此理倒也充分，不知皇上下不下得了精减宫女的决心。"平阳公主笑笑道："只要一招，皇上就能下此决心。"陈阿娇忙问："姐姐有何高招?"平阳公主道:"精减宫女时,请皇上参与做主,能入其眼者留下,其余打发出宫。"

平阳公主走后,武帝下朝来到长乐宫,陈阿娇如此这般一番力禀,武帝果然爽爽快快答应下来。数日后陈阿娇便将众宫女召集到廊下,由武帝亲眼检阅,决定去留。也是匈奴频频南下犯边,年少气盛的武帝咽不下这口气,长年用兵,抵御外敌,能削减皇宫开销,用来招兵买马,又何乐而不为?反正宫女成堆,闲着也是闲着,自然能去则去。结果不到半天,大部分宫女便被打发掉,即使姿色不错者,也毫不足惜。其中有位宫女,已归入削减之列,仍恋恋不舍,一步一回头,一边扬袖拭泪,一边透过袖帘,蹙眉望向武帝。武帝开始并不在意,直到察觉该宫女神色有异,才抬头随意瞟了一眼。正是这一瞟,触动武帝心弦,觉得那形态、那眼神,那么熟悉,那么摄人魂魄。一年前在平阳公主府上的艳遇重现脑际,武帝不出声道,好个卫子夫,如此娇艳绝伦的美人,竟搁宫中闲置这么久,实在是天大疏漏。顿时旧情复萌,留下卫子夫,召入寝宫,重温起春梦来。

卫子夫也争气,不久便有孕上身。这是后宫首次有人怀上龙种,喜得武帝眉开眼笑。龙种下地后,虽是公主,毕竟初为人父,武帝视为掌上明珠,爱不释手。自然更加宠爱卫子夫,再接再厉,又在她肚里播下龙种,经十月孕育,呱呱坠地,竟是皇子。刘汉后继有人,君臣皆大欢喜。武帝给皇长子取名刘据,后又顺理成章立为太子。母因子贵,卫子夫也跃升为贵妃,地位仅次于皇后。陈阿娇这下急起来,对卫子夫又嫉又恨,生怕她专宠圣恩,取自己而代之。于是处处为难卫子夫,恨不得把她从武帝身边赶走。起初武帝忌惮陈家势力，对陈阿娇还算客气，要她给嫔妃们做个好榜样，别有失皇后风范。可陈阿娇不肯收敛，依然我行我素，继续对卫子夫横挑鼻子竖挑眼，有时还迁怒其他嫔妃，弄得长乐宫乌烟瘴气。武帝对陈阿娇越发不满，随着手里皇权逐渐稳固，不再畏惧陈家势力，竟起另立卫子夫为后的念头。陈阿娇察觉不妙，难免急火攻心，又不可能把卫子夫怎么样，便暗里请巫女入宫，刻了卫子夫木像，埋到地里，夜夜诅咒，盼她早死。事被太监发觉，禀给武帝。武帝派人从皇后寝宫挖出木头人，废掉陈阿娇，打入冷宫，又借机铲除陈家势力，做起扬眉吐气的天子来。

随着陈家败落，卫子夫主宰长乐宫，儿子刘据太子地位日见稳固，卫家逐渐走向前台。先是皇后弟弟卫青入未央宫担任侍卫，受到武帝青睐，委以军职，率部北击匈奴，连战告捷，受封侯爵，升为大将军。继而二姐卫少儿私生子霍去病进入舅舅卫青军中，因功晋为骠骑将军，跃马祁连山，将匈奴赶往漠北，成为一代战神。连太仆公孙贺，受武帝诏令娶卫家大姐卫君孺为妻，升任轻车将军，随卫青北征，建功立业，封侯拜相。

岂料匈奴被赶往漠北后，天下初定，霍去病竟英年早逝，十年后卫青又溘然去世，只公孙贺命大，活得长久，做到丞相，成为三公之首。不过武帝没亏待卫青和霍去病子弟，该袭封者袭封，该晋级者晋级，一个不落。武帝与丞相是卫家女婿，太子为卫家外甥，长乐宫由卫皇后把持，三公九卿多与卫家有瓜葛，卫家势力如日中天，二十年不衰，自然让人嫉恨。偏偏世家子弟多纨绔，公孙贺儿子公孙敬声凭卫家余荫接任父亲留下的太仆后，骄奢不法，擅用军饷一千九百万钱，事发下狱。公孙贺欲救儿子而不能，想起钦判大盗朱安世久未归案，请命此差，以赎子罪。公孙敬声好歹是皇后卫子夫外甥，武帝自然恩准。公孙贺费尽九牛二虎之力，终于拿获朱安世。正等着儿子出狱复职，谁知朱安世竟上书诬告公孙敬声两大罪状，一是跟武帝与卫皇后之女阳石公主私通，二是协同父亲公孙贺在驰道上埋藏木人诅咒天子。武帝盛怒之下，命捕公孙贺，严刑逼供，公孙父子冤死狱中，满门抄斩，武帝与卫皇后之女阳石公主、诸邑公主及卫青之子长平侯卫伉等皆受牵连被杀。

二、佳人倾城倾国,兄弟进爵封侯

公孙家一案,武帝虽发泄了怒气,可阳石公主和诸邑公主毕竟属亲生骨肉,就这样死在自己眼皮底下,能不痛心疾首?事后独自反思,其实案情很蹊跷,证据并不充分,不过人云亦云而已,定属冤案无疑。武帝陷入深深的悔恨之中,只是身为九五之尊,天下人主,终有千般苦楚,万般懊恨,也不便与人言说,只得悄悄放肚里闷着。闷得久了,闷成心病,难免噩梦连连,梦见木头人追杀自己,仿佛冤魂作祟。

霍光没少见证宫中大大小小、真真伪伪的巫蛊案,又长期待在武帝身边,也就最懂主上心思。陈阿娇置巫蛊欲害卫皇后,应该不假,说公孙父子巫咒武帝,绝对是天大冤枉。武帝还是太子时,公孙贺便做上太子舍人,在主子身边一待四五十年,该给的名利一样不少,咒死武帝,于己有何好处?即使儿子身陷囹圄,假以时日,卫皇后多给武帝吹吹枕边风,免罪出狱,也不太难。且武帝年事已高,日后刘据继位,大赦天下,儿子不仅重获自由身,甚至官复原职,也不是没可能。也是公孙贺一时性急,欲立功为儿子赎罪,谁知反受其害。奇怪的是朱安世一个钦定案犯,久久逍遥法外,非得丞相亲自出面,才缉拿到案,负责刑案的司衙都哪去了？更不可思议的是朱安世羁押在监，竟如履职朝廷，可上书直达天听，谁给他的特权？看来案子很不简单，背后肯定有股强大势力起着非凡作用。

当着武帝面，霍光欲一吐心中疑问，却只鼓鼓舌头，末了还是把话咽了回去。武帝虽已年高，毕竟不傻，一时气愤，斩杀公孙家族和自己亲生闺女，怒气消后细细思量，还能意识不到其中冤屈？要不然怎会老做噩梦，与自己过不去？伴君日久，霍光心知圣意难料，才时刻小心翼翼，该闭嘴时决不随便张开，吐露半个不容吐露的字眼，以防祸从口出，不然只怕早已死过百十回。且公孙父子与卫家瓜葛深厚，自己虽无卫氏血缘，也是卫氏外甥同父异母弟，武帝不看哥哥和卫家面子，怎可能把自己放在身边，视为心腹，予以重用？

这么想着，霍光撇开木头人，宽慰武帝道："陛下人在甘泉宫，仍情系天下和朝政，操劳过度，身心疲惫，做几个奇梦，也在所难免。梦幻梦幻，梦即是幻，陛下大可不必在意，只要信任太子，任其监国，再依御医，及时服用汤药，好好调理，定能恢复精神，健旺如初。"

武帝点点头，表示认可。霍光端过案上已凉的药碗，退出御书房，拿去重新加热。正好黄门亦即太监苏文候在门口，伸手来接药，霍光不让，亲自去了御药房。苏文看看霍光背影，心里不满道，你一个奉车都尉，老抢黄门的事做，不干脆把皇上近侍都给辞掉算了？

苏文只是肚中愤然，并非真想扔下黄门差事。他可非普通黄门，身傍强大背景，还有重要使命要履行呢。刚才见霍光走进御书房,苏文便赶紧靠过来,耳贴门缝,把里面君臣对话一字不落听了去。霍光说梦即是幻,可苏文觉得,武帝此梦非同寻常,不能隐瞒,应该拿去与人共赏。与谁共赏?当然是乐意给他大钱的人。这人便是江充。苏文当即吩咐属下小黄门郑虔,连夜赶回咸阳,请江充跑趟甘泉宫,有密情相告。

江充本名江齐,赵国邯郸人,因与赵王走得近,知道不少王室隐私,为赵太子所不容,使吏收捕,江齐预闻,逃往长安,更名江充,打通苏文关节,受其引荐,得到武帝青睐,一步步升到水衡都尉。水衡都尉掌管上林苑及税入,江充手里有的是钱,自然没少报答苏文。两人越发打得火热,在苏文作用下,武帝对江充宠信日盛一日,江充也就谁都不放在眼里,连太子刘据都敢欺侮。未央宫与甘泉宫之间有条驰道,虽属皇帝专用道,平时皇亲国戚也没少在道上跑车。有次太子家臣驾车行经驰道,被江充逮个正着,没收车马,交官处置。太子派人向江充求情,说本太子并非舍不得车马,只不想让父皇得知,责怪儿臣管教左右不严,还请宽恕这一次,下不为例就是。江充不予理睬,径直上奏,添油加醋一番诬告,武帝竟赞扬江充,身为人臣,理当如此。江充扬扬得意,自此越发嚣张。

此刻得到苏文口信,江充打马出城,直奔甘泉宫。入得宫门,随郑虔来到苏文住处,苏文正等在里面,说了武帝的白日梦。江充不满道:"皇上一个梦,也值得大惊小怪,把本都尉从城里叫出来,不知本都尉有忙不完的要务吗?"苏文反唇相讥道:"都尉大人的要务有皇上的梦重要吗?"江充道:"那你说说,皇上的梦重要在哪里。"

苏文压低声音，道："你想想，皇上所梦为何是木头人，而不是金人银人，铜人铁人？"江充道："梦不真不实，别无来由，梦木头人，与梦金人银人铜人铁人，又有何区别？"苏文道："区别可大了，就看你悟不悟得出其中奥秘。"江充道："甚么奥秘，你只管直言，别吞吞吐吐，欲说还休。"苏文道："都尉大人总该记得，公孙父子是怎么死的吧？"

公孙案发时巫咒武帝的木头人，就是江充事先埋在驰道下后又亲自起出来的，他能不知公孙父子死因？经苏文提示，恍然大悟道："你是说巫蛊让皇上无法释怀，心有所思，梦有所显，咱正可拿来做做文章？"苏文笑道："还是都尉大人悟性好，不言自明。"江充道："那文章又该怎么做呢？"苏文道："这是你都尉大人的事，咱小小黄门一个，无职无权，为皇上端水送食，差强人意，哪做得来大文章？"

江充不再多话，出得甘泉宫，回到长安城里，赶往海西侯府，拜见贰师将军李广利。李氏世代倡优，全家老小皆凭乐艺事人，李广利怎么能封侯拜将，成为人上之人？原来李家长兄李延年曾犯罪遭受宫刑，入宫养狗，逮住机会在武帝前面露上两手，引得擅长乐律的武帝甚喜，不再让他与狗为伍，安排在身边，专门填词谱曲，奏乐歌咏。李家有小妹，国色天香，歌舞绝佳，李延年觉得埋没深闺，实在太可惜，便编成曲词，演唱给武帝：北方有佳人，绝世而独立，一顾倾人城，再顾倾人国，宁不知倾城与倾国，佳人难再得。直唱得武帝心里痒痒，忍不住道："听爱卿奏得美妙，唱得生动，莫非世上真有如此美人不成？"

李延年也不明言，故意卖个关子，吊武帝胃口。出宫后带上妹妹，去访平阳公主，一个弹奏佳人曲，一个长裾广袖，随曲起舞。平阳公主甚乐，一边击节，一边哼唱，竟朗朗上口，不觉学会。不久武帝驾临，平阳公主唱佳人曲给他听，武帝惊喜道："姐姐也会此曲？可惜曲虽妙，然佳人又在何方？"平阳公主道："曲中不是说，北方有佳人，佳人自在咱北方。"武帝说："北方天高地阔，具体又在哪里呢？"平阳公主说："远在天边，近在眼前。"

武帝闻言，四处张望起来。平阳公主忍俊不禁，击掌数声，顿时有女翩翩而出，载歌载舞，所歌正是佳人曲。惹得武帝耳鼓发软，两眼发直，半天回不过神来。平阳公主心领神会，就像当年奉献卫子夫一样，过后将佳人装扮一番，送入皇舆，随武帝回到长乐宫，获封夫人。李夫人年轻貌美，歌舞一流，又富心机，颇讨武帝欢欣，专宠一时。一年后给武帝生下儿子刘髆，更加得宠，连卫皇后都别想接近武帝，老担忧皇后大位难保。

可惜红颜薄命，李夫人产后不久，竟一病不起，无可救药。武帝前往探望，李夫人蒙着被子，哀声辞谢道："臣妾卧病日久，容颜憔悴，不可面圣，只愿托付儿子和兄弟给陛下。"武帝伤心道："夫人见朕一面，再嘱后事，岂不善哉？"李夫人说："臣妾面目可憎，轻慢君父，该当何罪！"武帝带着恳求语气道："朕能看眼夫人，将加赠千金，且授李家兄弟尊位。"李夫人说："授不授臣妾兄弟尊位，全在于陛下，不在于见妾一面。"说罢转过脸去，自顾哽咽，不再言语。武帝满脸不乐，悻然离去。妹妹如此不通人情，不肯待见武帝，连李延年与李广利兄弟都过意不去，责备道："开罪皇上，岂不祸及家人？"李夫人道："愚妹不以衰颜见圣上，正是为李家免祸，替兄长日后前程着想。"兄弟俩不解，问道："此话何解？"李夫人道："愚妹凭容好貌美，才获取圣恩，自微贱而至后妃。以美色事人者，色衰则爱意松懈，爱懈则恩断义绝。圣上念念不忘愚妹，屈驾往探，无非爱愚妹佳容，若让圣上见着愚妹容貌毁坏，颜色非故，定会心生厌恶，哪里还会怜悯起用吾家兄弟？"

果不其然，李夫人去世后，武帝旧爱难舍，以厚礼葬之。还命画师绘制李夫人画像，挂在甘泉宫，以纾思念之苦。又爱屋及乌，任李延年为协律都尉，负责宫中乐事。继委李广利为将军，练兵驯马，以便国家有事，可派大用。李夫人所生刘髆，系武帝第五子，更不会视而不见，授封为昌邑王。昌邑位处齐鲁大地，武帝曾做过胶东王，登基后采纳董仲舒奏议，罢黜百家，独尊儒术，让刘髆去孔孟之乡为王，自然寄予厚望。

刘髆乃李家亲外甥，李家兄弟私下揣摩圣意，难免有些异想天开。尤其李广利，自获授将军后，便以卫青自居，总想着领兵征伐，邀功封侯。只是此一时也，彼一时也。彼时国库丰盈，异族犯边，卫青与霍去病等将士出击匈奴，势所必然。经汉军多年浴血奋战，匈奴已乖乖逃往漠北，朝廷又辅以和亲，边境无事，国家安宁，加之数十年连战，国力消耗殆尽，兵寡马缺，已打不起仗，再劳师出征，实非明智之举。无奈李广利立功心切，不断怂恿武帝用兵，说大宛贰师城有良马，可夺取充实大汉骑师。武帝平生三好，好马好乐好美人，又难忘李夫人遗爱，于是命李广利为贰师将军，率六千骑师和数万步兵，长途跋涉，西征贰师和大宛。岂料李广利不是卫青，一路攻城城不破，掠地地不取，不仅没夺得贰师良马，骑兵步师战的战死，饿的饿毙，最后剩下数百人，狼狈而归。气得武帝大发雷霆，欲斩李广利，因念李夫人旧情，暂且放过他人头，继续留在项上。

李广利自然不甘心，过没几年，又鼓动武帝，老话重提。武帝心思，不给李广利封侯，总觉对不起李夫人，可封侯非立功不可，此乃高祖刘邦所定规矩，不好破例，只有让李广利再度出征。前番惨败，武帝觉得很没面子，自然不愿让李广利重蹈覆辙，不惜举全国之力，筹集兵丁十多万，牛十万头，马三万匹，驴骡、骆驼皆以万数计，还有大批兵器和粮食，交由李广利带领，浩浩荡荡踏上征途。凭着人多势众，粮足器优，汉军所到之处，各小城小国惹不起还躲得起，眼睁睁瞧着汉军顺利来到大宛都城下。大宛都城没有水井，全靠引入城外细流供人畜饮用。李广利派人断掉水源，大宛军民惊恐万状，朝臣迫于无奈，杀死国王，割下首级，出城投降。汉军蜂拥入城，挑选良马数十匹，普通马三千匹，撤兵而还。武帝大喜，收下良马，封李广利海西侯，赏食邑八千户。

当年卫青与霍去病数度北伐，杀敌精锐数不胜数，终于把匈奴赶往漠北，每次食邑不过一两千户，多则三五千户。李广利无事生非，兴不义之师，不过牵回一批马匹，途中还死伤不少，且大军回师路上，或冻馁毙于道，或争财夺物自相残杀，死伤多半，武帝不仅不追主帅罪责，反而又是封侯，又是赏食邑八千，可见对李广利何等偏爱。李广利更是居功自傲，俨然卫青再世，霍去病复活。试想卫青，姐姐做上皇后，外甥成为太子，自家妹妹虽已去世，可皇恩仍在，外甥更是受武帝怜爱，受封昌邑王，那可是天子待过的培养太子的孔孟圣地，难道只可为王，不会有其他可能？

心思一动，李广利便有些迫不及待，趁兄长李延年出宫归家，跑去相见，透露自己内心想法。李延年初闻，吓得两股打战，要李广利别作非分之想，弄不好会自取灭亡，株连三族。李广利笑兄长胆子太小，世间好事，哪有不敢想，也不敢做，便可轻易到手的？当初若非兄长有想法，编了佳人曲，演唱给皇上，又通过平阳公主，把妹妹送入长乐宫，又哪来李家今天的荣华富贵？何况众皇子里面，咱们外甥最受皇上疼爱，若设法让卫家出点甚么事，殃及太子，由昌邑王取而代之，咱李家岂不世世荣宠，代代光耀！

李氏兄弟盯上卫家，卫家想不出麻烦还真难。时值卫家外甥公孙敬声贪污军饷被捕，公孙贺为给儿子赎罪，主动请缨，将朱世安缉拿下狱。李广利又找到李延年，说出心里想法：公孙贺系卫皇后姐夫和太子姨父，若能买通朱世安，反咬公孙父子一口，把卫家牵扯进去，只怕卫皇后和太子都难幸免。李延年不禁大声叫好，找来与太子有隙的江充，三人一番密谋，利用朱安世，制造出公孙父子巫咒皇上冤案。此案害得公孙全家抄斩，两位公主和卫青儿子惨死，所幸皇后和太子平时谨慎，没有落下把柄，暂时躲过一劫。但卫家势力已大为削弱，又被李广利和江充他们惦记上，不愁找不到再次下手的机会。

机会说来就来，这天江充离开甘泉宫回长安城后，直奔海西侯府，李广利得到门房通报，心下暗喜，赶紧走出府门，降阶而迎。

三、奸佞搬弄是非，太子被逼起兵

两人携手进入侯府，李广利见江充脸上表情丰富，忙请入密室，试探道："都尉大人久未露面，突然来访，有甚么好事？"江充笑笑道："下官从甘泉宫来。"李广利道："莫非圣上有旨，命都尉前来传达？"江充道："下官去甘泉宫，只跟苏文照了个面，不敢惊动圣上。"

李广利自然知道江充与苏文关系非同一般，说："苏黄门有何好消息？"江充道："当然有好消息。"李广利急切道："甚么好消息，都尉还不快快道来。"

"皇上做了个梦。"江充说了说武帝梦里内容。李广利有些失望，说："此梦也平常，哪值得都尉老远跑来，传达给本侯？"江充道："侯爷可知皇上为啥不梦他物，只梦木头人？"李广利道："皇上龙体欠安，精神恍惚，梦啥都不奇怪。"江充道："皇上梦里的木头人并非寻常物，乃巫蛊木人。宫中没少闹巫蛊，皇上年高体衰，病弱多疑，最担心被人巫咒，活不长久，才做此噩梦，侯爷难道不想为皇上排排忧，解解难？"

听话听音，李广利觉得江充话语颇有意味，说："都尉难道想找出皇上梦里木头人，消除其心头恐惧？"江充笑道："还是侯爷体谅皇上。若找出木头人销毁之，皇上定然长命万岁，永葆李家富贵。"李广利也笑道："都尉怎么只说皇上永葆李家富贵，不说万一皇上有个三长两短，一旦太子继位，都尉大人的好日子便到了头？"

两人相视一笑。彼此心往一处想，自然也得劲往一处使，江充道："皇上梦里木头人十有八九来自皇宫，下官身为水衡都尉，只有拿着圣旨，才可入宫，恐怕还得劳驾李都尉配合，以免到时宫里找不出木头人，坏皇上好事。"

江充嘴里的李都尉自然是指李延年。李延年身为协律都尉，又受过宫刑，出入宫禁方便。也因此，武帝移驻甘泉宫时，没带走李延年，让他在未央宫组织倡优，排练乐曲，以便病愈回銮日，有美曲佳乐可赏。李广利于是道："让家兄配合都尉大人，无话可说，只是皇上驻跸甘泉宫，万一在朝监国的太子出面阻挠，甚至动用侍卫反击，又如何是好？"

江充哑然失笑，道："侯爷手执北军军权，远征大宛，如入无人之境，还惧怕太子那几个侍卫不成？"李广利道："本侯不是惧怕太子侍卫，是北军只能用于戍边卫国，不可轻易入城，否则皇上问起责来，可是要掉脑袋的。"

还是江充诡计多端，说："不是还有丞相刘屈氂吗？他一向与太子不和，又是侯爷儿女亲家，侯爷悄悄拨些兵力给他，届时奏请皇上，命其以丞相名义提兵，守城护国，自然不在话下。"李广利点头道："丞相是皇侄，最受皇上信赖，且没有公孙巫蛊案，公孙贺留下空位，他也做不上丞相，必要时让他出一面，肯定乐意。"

两人密谋既定，立即分头行动，李广利负责联络李延年和刘屈氂，江充连夜赶回甘泉宫，觐见武帝，讨旨追查巫蛊。有苏文安排，江充很快来到御书房武帝面前，说有要事禀告。武帝刚服过御医熬的汤药，斜躺榻上，昏昏欲睡，嘴里含混道："有何要事，快禀吧，朕要歇息啦。"江充说："自陛下离京之日起，皇宫便有些不平静。"武帝道："你是水衡都尉，不好好替朕掌管上林苑和税入，怎么操心起皇宫来了？"江充道："承蒙陛下抬举，委微臣以大任。只因皇室费用也从税入里列支，前些日子微臣入宫核账，觉得蛊气浓重，一问之下，说是皇宫管理混乱，宫人胆大妄为，大行巫蛊之事。"

听到"巫蛊"二字，武帝想起梦里追杀自己的木头人，一下子警觉起来，坐正身子，盯紧江充道："真有其事？"江充道："微臣不敢诳骗陛下，有啥说啥。其实巫蛊之事也没甚么大不了的，宫人明里暗里没少行巫蛊，朝臣早已见怪不怪。只是陛下龙体一向康健，为何近期疾病缠身，且迟迟不愈？微臣替陛下担忧，怀疑有人居心叵测，暗里巫咒陛下。陛下若想早日康复，非查出巫蛊，予以排除不可。"

武帝沉吟半晌，说："若依你排查巫蛊，好好皇宫岂不闹得鸡犬不宁？"江充道："排查巫蛊也要不了多久时间，为陛下龙体着想，让皇宫受点干扰，颇有必要。"武帝道："万一查不出巫蛊呢？"江充说："查不出巫蛊，微臣可提头来见陛下。"武帝道："你敢这么肯定？"江充道："微臣反复琢磨，陛下久病，别无他哉，定为巫蛊所至，巫蛊不除，微臣寝食难安。"

"朕命你清除巫蛊，还皇宫以正气。"武帝这才明确道，又传入苏文，指令他及按道侯韩说、御史章赣协助江充彻查巫蛊。苏文领命，随江充回城，传旨韩说和章赣，带着大批侍卫，气势汹汹，直闯长乐宫。李延年早得李广利密嘱，提前阴使胡人巫师，在嫔妃和宫女住处悄悄埋下木偶或砍去四肢的初婴，泼洒血污为记。待江充带人入宫，依记掘地，自然无一落空，于是二话不说，该锁的锁，该绑的绑，押往御史府大堂，大刑侍候。可怜嫔妃宫女细皮嫩肉，哪禁得起虎狼御吏摧残，一个个屈打成招，供认不讳，按印画押。

江充奉旨排查巫蛊，无非冲着太子和卫皇后去的，待各处嫔妃和宫女到案后，自然该轮到太子宫和皇后寝宫。不用说，两宫随处都有血污，循迹挥锄挖下去，刻着武帝名字的木头人和无手无足的初婴骇然在目，无不惊心。木头人和初婴身上还绑着丝帛，上面写满巫咒武帝的文字，字字恶毒无比，句句大逆不道。

两宫被挖个底朝天，连太子与皇后的床榻都无处安放，觉都睡不成。江充拿到巫蛊证据，扬长而去，回了水衡都尉府，准备隔日一早出城赴甘泉宫回禀武帝。太子没法阻拦江充，眼见祸从天降，急得直跺脚，一时不知如何是好。少傅即太子老师石德也在现场，忧心忡忡道："太子殿下没忘记公孙巫蛊案吧？"太子道："血淋淋的事实，去日不久，哪里是说忘记就忘记得了的？"石德说："公孙案牵连甚众，不仅公孙父子被杀，阳石、诸邑二公主和长平侯卫伉都未能幸免，今江充闹出那么大动静，拿着木头人、无肢初婴及有字丝帛，摊到皇上面前，太子和皇后只怕凶多吉少。"

刘据不痴，能不明白此理？却还是心怀侥幸道："本太子忠心可鉴，从无欲害父皇意思，岂是江充能诬陷得了的？看来只有赶紧出城，去甘泉宫请罪，当面解释清楚。知子莫如父，父皇总比江充之流更理解孩子。"

石德大摇其头，说："皇上驻跸甘泉宫后，太子除遣使呈送奏章，还曾多次前往恳求觐见，可皇上一直没露面，老臣怀疑此中只怕有诈。"刘据问道："有何诈？"石德说："老臣担心皇上已然驾崩，江充等人才趁机大闹皇宫，以便寻找借口，先废掉殿下，再另立他人。"刘据道："江充再可恶，也不会可恶到做出此种事来吧？"石德道："殿下饱览史籍，当知当年始皇亡于途，赵高矫诏改立胡亥陷害扶苏旧事吧。"

赵高胡作非为，导致秦朝二世而亡，其殷鉴不远，刘据岂能不知？不免哀叹道："莫非大汉遭孽，也将败在江充手上不成？"石德道："皇上生死不明，江充大打出手，殿下总不可能坐以待毙，唯一能做的就是禀报皇后，采取断然措施，诱捕江充、韩说、章赣和苏文之徒，稳定皇宫和京师，择时登基，挽大汉于即倒。"

事已至此，刘据别无选择，只好派出家臣无且，携带符节，乘着夜色，入长乐宫，进长秋门，通过长御女官，禀报卫皇后，再打开武库，调发卫卒，护卫两宫。又命门客张光，冒充皇使，赶往水衡都尉府，假传圣旨。江充正沉浸在掘挖两宫得手的喜悦里，以为武帝传自己速回甘泉宫复旨呢，也没多想，乖乖跪地，口称万岁，伸手接旨。无且一使眼色，身后武丁纵身上前，将江充扑翻在地，几下锁住，牵着就走。刘据一见江充，两眼充血，恨不得手刃之，又怕污了双手，命左右推出斩首喂狗。

江充身首异处，张光再往按道侯府和御史府，如法炮制，诱捕韩说和章赣。只是两人比江充机警，觉得传旨人有假，迟疑着不肯听旨。张光也不客气，命令武丁，当场击毙之。剩下苏文，听到风声，逃出长安，飞快赶到甘泉宫，跪到武帝面前，大声呼道："反啦反啦！"武帝莫名其妙道："谁反啦！"苏文道："太子反啦！"

刘据天性胆小谨慎，太子一做三十年，从没干过太出格的事，怎么会突然间反呢？武帝大声呵斥苏文道："胡说八道，朕病重日久，生死未定，太子眼看就有大统可以继承，干吗要反？"苏文痛哭流涕道："江充奉旨追查巫蛊，反被太子拘捕杀头，韩说与章赣也死在太子家臣刀枪下，难道还不算反吗？"

直至此时，武帝还没糊涂，思忖道："不用说，定是你们几个带人大闹两宫，太子心生恐惧，失去理智，才出此下策，要说他反朕，既无此意，也无此胆。"苏文一把鼻涕一把眼泪道："陛下信不过罪臣，可另派亲信，前往长安，倒看太子反与没反。"

武帝觉得有理，唤过黄门郑虔，命他进城，召太子来甘泉宫问话。郑虔领旨，辞帝退出。上马正要动身，苏文追过来，把郑虔拉到僻静处，问道："你真去会太子？"郑虔道："皇上旨命微臣觐见太子，难道还敢不从？"苏文道："遵旨觐见太子没错，我是担心太子连江充和韩说、章赣都敢杀，你一个小小黄门，他能放在眼里，不对你狠下毒手？"

吓得郑虔脸都白了，结结巴巴道："还请苏兄给皇上说说情,改派他人入城会太子如何？"苏文道："君无戏言,谕令你回城,又岂会因我说情,肯轻易改变旨意的？"郑虔道："那又如何是好？"苏文道："你绝顶聪明,皇上又年老昏聩,还不好糊弄？"

郑虔似有所思,点点头,重新上马,踯躅着往长安方向驰去。一路苦苦寻思,怎么才能照苏文所言,糊弄武帝,逃过此劫。走走停停,到得长安城下,也不敢入城,绕外城墙根兜上半圈,纵身跳进泥坑,弄得满身满脸都是泥污,又扔掉头冠,再爬上马背,望北而返。

到得甘泉宫,连滚带爬进入御书房,未及开口,便大放悲声,号啕大哭起来。武帝望着地上披头散发全身污秽的郑虔,皱眉道："看你这狼狈样,怎么只你一人回来,太子何在？"郑虔以头猛磕地面道："臣有罪,臣有罪,臣罪该万死,没能奉旨召回太子。"武帝黑着老脸道："到底怎么回事,细细给朕道来。"

郑虔抬了头,编造起早打好腹稿的鬼话道："罪臣领旨后,马不停蹄,向长安急驰。到得城边,便闻城内杀声四起,原来太子已反。罪臣不信,撞开城门,直奔未央宫。卫卒长枪短刀,把守森严,说太子有令,任何人不得入内。罪臣只好跪伏阶前,谏请太子接旨领诏,同赴甘泉宫,回禀皇上,否则罪臣唯有一死。门禁通报进去,太子大怒,命家仆把罪臣拖下台阶,扔进泥坑,且放言说,谁是当今皇上都没弄明白,还来跪谏,若不快逃,定杀无赦。罪臣无奈,爬出泥坑,上马出城。一路走来,但见草木皆兵,道是太子正调兵遣将,威逼王公大臣,拥立其登基为皇,好杀向甘泉宫,迫使皇上逊位。"

尽管郑虔说得天花乱坠,武帝还是有些将信将疑,觉得太子反得太没道理。正好丞相长史飞马来报,说太子派兵围攻丞相府,连丞相金印紫绶都被夺去,刘屈氂仓皇出逃,遣使奏请皇上,要不要组织兵力,镇压反叛。李广利也派人急速赶至,奏报太子已反,长安大乱,愿讨旨领北军入城,平叛动乱。

如此一来,武帝想不信太子已反,都不可能。当即颁赐诏书,命刘屈氂统兵平叛。丞相长史拿着诏书走后,武帝召来霍光,嘱备车马,返回长安,以便就近调兵遣将。

皇上病魔缠身,来日不多,太子正等着继位,干吗早不叛乱,晚不叛乱,偏偏在这节骨眼上叛乱,自取灭亡?霍光总觉事不简单,其中定有蹊跷。可长安情况不明,武帝既已认定太子已反,决心平叛,又有谁拦得住他呢?

霍光不敢多言,低头退出御书房,预备离宫事宜。半个时辰后,武帝走出甘泉宫,霍光把他扶上皇舆,再跳上马背,护驾东驰。到得城西,驻跸建章宫,武帝连颁诏书,征调三辅附近各县军队及二千石以下官员,暂归丞相刘屈氂统辖,负责镇压叛军。

四、京城血流成河，武帝翻然醒悟

其实刘屈氂早已指挥李广利调配的部分北军，占据长安城中各处要津，只等三辅军队开过来，再会集一起，围攻未央宫和长乐宫。

且说刘据得知武帝抵达建章宫，惊恐万状，差点要自缚登车，前往请罪。石德叹道："事已至此，还想着向皇上求饶，不去送死吗？成王败寇，就当自己是皇上，振作起来，拼死一搏，搏出条血路，登基号令天下，谁还敢不服从？"

刘据也知开弓没有回头箭，只好麻着胆子，命石德与张光假传圣旨，赶赴中都官狱，赦免囚徒，出狱武装，抵抗刘屈氂的军队。其中有位叫如侯的囚徒，胡人出身，刘据授以符节，命他出城，征发长水和宣曲两地胡人骑兵，来与城里太子军会合，迎击丞相兵。

如侯持节征得胡骑，正开往长安，侍郎马通闻讯，飞速来到军中，说如侯所持符节纯属假冒，命手下趁其慌乱之际，斩于马下。然后亮出武帝亲手所颁真符，率领胡骑，往长安进发。又征调船兵棹士，交给大鸿胪商丘成，控制护城河。

刘据能动用的不过家仆囚徒，哪是丞相兵和胡骑对手？太子兵很快败下阵来。刘据心存侥幸,来到北军大营门前,召见李广利。李广利不肯露面,命副将任安出营应对。刘据拿出符节,塞给任安,命他转交李广利,发兵护国。任安持节返营,营门随即关上,无一兵一卒出现。刘据无奈,返回长安,发给四市市民武器,与丞相兵和胡骑对峙。

双方混战五天五夜,长安城内城外,尸积如山,血流成河。太子兵渐渐败下阵来,石德和张光等人被擒,刘据仓皇出逃。卫皇后等见大势已去,畏惧自杀。武帝回城入宫,高坐宣室殿上,一一犒赏丞相兵将。马通斩杀如侯,封重合侯;景建擒获石德,封德侯;商丘成捉住张光,封其侯。其余封赏不知其数,无须赘述。

有赏就有罚,跟随太子造反者自然没好下场,该杀身者杀身,该灭族者灭族,无一放过。此祸牵连甚众,外加丞相与太子两军对垒战殁,死亡人数多达十多万。

平叛居功至伟者,当属丞相刘屈氂。可他早已封侯,再往上岂不只有封王?刘屈氂不仅姓刘,还是武帝亲侄儿,论功封王,也并非不可。不离武帝左右的霍光,窥知圣意,不禁替大汉捏了一把汗。太子被逼反击,刘屈氂兴高采烈,平叛最起劲,明眼人一瞧便知其居心叵测。试想卫皇后自杀,太子不知去向,武帝本人又年老昏聩,万一刘屈氂封王得势,与儿女亲家李广利串通一气,怂恿昌邑王刘髆兴风作浪,大汉还有安宁之日?

可这层意思还不能跟武帝明言,否则不仅于事无补,还会适得其反,甚至祸及自身。虽说霍光非卫家血亲,毕竟系霍去病同父异母弟,没有哥哥和卫家就没有他的一切。看来只能另想办法,打消武帝念头。办法在哪里呢?霍光一时不得要领。

未央宫恢复平静后，武帝体谅霍光连日奔忙，让他出宫回府歇息两天。都尉府有位门客叫杜子陵，见霍光回府后，一直愁眉不展，满腹心事，问道："主公莫非为太子亡命在外，大汉失去根本，刘屈氂又有可能封王，不禁着急？"

杜子陵跟随自己三十年，最为贴心，霍光没啥好隐瞒的，说了肚里担忧。杜子陵分析道："若有人肯站出来，替太子说话述冤，也许会唤醒皇上亲情，怜惜太子，放他一马。一旦皇上幡然醒悟，回心转意，自会暗恨下死力讨伐太子的刘屈氂，不可能再给他封王。"霍光点头道："只要皇上心念旧情，太子又还活着，假以时日，复位便大有希望，大汉也将免去一劫。只是此刻皇上正在气头上，谁敢替太子说话？"

杜子陵扪腮而思，半晌道："主公还记得壶关三老令狐茂吗？"

三老者，具正直、刚克、柔克三德长者也，秦置乡三老，汉增县三老，皆由皇帝钦定，乡县限额仅一名，官府可借其隆崇声望，调停纠纷，征缴税租，处理官员设法也处理不了的地方、民族或宗族事务。正因三老非官非民，年高德劭，又与朝廷王公大臣无甚瓜葛，有些话语出自其口，天子容易接受。哪怕不接受，也不会开罪三老。令狐茂是壶关县三老，贤名在外，能替太子说几句公道话，或许能管点用。霍光道："子陵主意不错，干脆辛苦你跑趟壶关，会会令狐茂，看他愿否为太子述话陈情？"

"不用跑壶关，令狐茂就在长安。"杜子陵笑笑道，"月前主公随扈甘泉宫，令狐茂来京办事，曾入府访主公未遇，正欲回县，碰上巫蛊大乱，滞留长安。昨日还在馆舍见到他，说起此祸，也为太子鸣不平。估计暂时还没离京。"霍光道："如此甚好，快快把人找来。"

话没落音,有人求见,恰是令狐茂。霍光大喜,出门迎住,请入内室,嘱咐家仆,奉献茶果。家仆端盘上前,杜子陵接住,陈于令狐茂几前,再退后两步,叨陪在侧。为活跃气氛,不苟言笑的霍光眼望令狐茂,笑道:"吾瞧令狐君不止壶关三老,更是壶关三白。"

令狐茂一时没反应过来,憪然道:"三白?哪三白?"还是杜子陵机智,伸出食指和中指,笑点令狐茂道:"令狐君白发白眉白须,还不是壶关三白?"令狐茂哈哈大笑道:"拙老年过古稀,不三白,难道还三青不成?"

寒暄几句,论及巫蛊之祸,令狐茂长叹不已,说:"太子蒙冤,国之不幸啊。"杜子陵道:"太子不死,国本犹存,若皇上能系念父子之情,迎回太子,天下甚幸,官民甚幸。"霍光道:"除非有人肯出面替太子陈情,打动皇上,摒弃前嫌,父子重新修好。"

令狐茂像有备而来,从袖里取出一方字帛,起身呈到霍光面前,道:"拙老有感太子仁厚,竟遭此大难,已冒死拟奏,不知当否,还请都尉大人审阅。"

霍光略觉意外,铺开字帛,竟是血书,字字殷红。低首细读,上面写道:父母如天地,儿女为天地间之物,唯上天平静,大地安然,万物必茂盛,故父慈恩,母亲爱,才儿孝女顺。太子身为嫡长子,又属皇位合法继承人,陛下却疏远之,竟让市井无赖江充围绕左右,挟至尊之命,迫害太子,欺诈栽赃,致陛下至亲隔塞不通。太子进不能面晤父皇,退为乱臣困扰,独自蒙冤,无处申诉,愤而捕杀江充,后怕父皇降罪,不得不悻然兴兵,败退逃亡。作为陛下亲子，盗用父皇军民，不过自救，并无险恶用心。诗曰：绿蝇往来落篱笆，谦谦君子不信谗。谗言无休止，天下必大乱。江充曾以谗言害死赵太子，出逃来京，又舌乱朝纲，恶事做尽。得意忘形之际，竟为虎作伥，为难太子，因担心太子登基之日，自己下场难堪，故无事生非，挑拨陛下父子关系。陛下不加详察，仅凭黄门一面之辞，便发雷霆之怒，征调大军，交由丞相兴师问罪于太子。一时之间，智者不敢进言，善士难以张口，实在让人痛惜。伏望陛下放宽胸怀，平心静气，切勿苛求亲人，耿耿于太子错误，让其回京请罪，父子重归于好。敝老以一片赤诚，血奏陛下，陛下以为敝老胡说八道，只管治罪不赦。

令狐茂乡野老夫，识字不多，哪作得出如此深奥文字，连《诗经》都派上了用场？霍光放下血书，望向杜子陵，见他笑而不语，便知系其所为。当即命杜子陵好好款待令狐茂，袖藏血书，出得都尉府，入宫值宿。巫蛊祸乱过去不久，武帝心情郁郁，辗转难寐，干脆披衣下地，出宣室殿散步解闷。霍光远远跟着，见武帝低头来到阶前，浴于月色之下。

月色如水，武帝抬头望月，忍不住老泪盈眶，长长叹息一声。霍光闻叹近前，也向天上望去，但见月亮又大又圆，仿佛天镜，不动声色，朗照着迷蒙大地。莫非皇上见月思人，默问天上明月，可否照见逃亡在外的太子？可霍光不敢造次，没有多言，只默默陪同一侧，减轻些武帝的苦寂。时值仲秋，夜风习习，凉意沉沉，武帝身上一颤，打了个喷嚏。霍光解下外袍，披到武帝身上，劝道："更深夜凉，陛下早些回寝宫歇息吧。"

扶武帝回到寝宫，霍光拉紧窗扉，转身要离去，又泥住脚步,有话要说似的。武帝望望霍光高大身影,叫着他字号道:"子孟有事吗?"霍光回首道:"皇上腹中苦楚,微臣心知,还请皇上宽宏大量,龙体要紧。"

武帝英雄一世,何时何事服过软,认过输?即使当着亲密无间的近臣霍光,也不愿显示自己的软弱,大度笑笑,道:"朕没事,你早点歇息,让黄门守门看灯吧。"

霍光仍站在地上,没有走开的意思。巫蛊祸乱发生以来,霍光从没就此发过半句议论,估计憋闷日久,心里难受,想一吐为快。武帝似已窥明霍光心思,道:"你是不是想替太子说句话?此处就咱君臣二人,有话就说,朕不责怪你。"

"君要臣死,臣不得不死,父要子亡,子不得不亡。太子失智,兴兵作乱,陛下果断镇压,微臣岂可随便置喙?"霍光先贬子扬父,再借题发挥,"倒是民间多有为太子抱不平者,不知陛下有所耳闻否?"武帝略觉意外道:"莫非民间还有同情太子者?"霍光道:"巫蛊之祸涉及面广,朝臣担心咎由自取,明哲保身,不肯进言,小民百姓远离魏阙,舌头长在自己嘴里,自然说啥的都有?"武帝道:"你人在深宫,怎闻得到民间声音?"霍光道:"微臣来自民间,不仅能听到民间声音,还见过民间血书。"

武帝越发诧异,说:"民间还有血书?可否索来一阅?"霍光道:"不用索要,有人已送到微臣门下。"武帝道:"那你还不回府给朕拿来?"

霍光抬抬手臂,从袖里掏出卷着的血书,呈于武帝面前。武帝慢慢展开,见一片血红,不觉老眼一花,合了合眼皮。霍光挑挑案灯灯芯,殿内一下子明亮了许多。武帝定定神,开始御览帛上血字。血字如锥，一下下戳着武帝痛处，让他不寒而栗。却还是努力镇定着，不至于失态。武帝本是硬汉，哪怕内心波涛汹涌，表面还得装作风平浪静。

好不容易读完血书，武帝一言不发，斜靠榻上，微合双眼，仿佛已然睡去。霍光知道武帝需要一个人静一静，轻手轻脚退出去，笔直站于廊檐下，不让值宿黄门靠近，惊扰皇上。

过后武帝只字不提血书，霍光不便探问，只好装聋作哑。不过自此武帝再没论过刘屈氂封王，事情就这样不了了之。这自然是血书起的作用。血书让武帝意识到太子并非反自己，只不过被逼兴兵，刘屈氂居心不良，借机踊跃镇压，致使血流成河，岂可再封其为王？

霍光多希望武帝能下旨饶恕刘据，让不幸儿结束逃亡，早日回京。只要青山在，不怕没柴烧，刘据不死，待时过境迁，武帝念及父子之情，恢复其太子之位，也不是没可能。这自然只是霍光一厢情愿。毕竟刘据兴兵作乱，弄出那么大动静，武帝也没法张口为他开脱。

武帝没说饶恕刘据，仇家担心他卷土归来，不肯放过他，撒开铺天大网，非把他网住不可。刘据与两位儿子已东逃距京三百里的湖县，隐藏于泉鸠里。主人家贫，靠织卖草鞋，勉强供养刘据父子。眼看主家已揭不开锅，刘据想起有位故交就是湖县人，家资殷实，派人前往求助，以致消失泄露。可怜刘据国储副君三十八载，就等着登基为皇，一朝虎落平川，被群小围堵于屋中，不愿遭在佞臣手上，摧残受辱，咬牙仰首悬梁，一命呜呼，还搭上两位儿子，同赴黄泉。抵押在长安的妻室及长子、女儿，也被斩草除根,无一幸免。

五、外甥有望进位，舅舅领兵北上

武帝有六子，次子齐王刘闳英年早逝，长子刘据新死于巫蛊之乱，现存三子燕王刘旦、四子广陵王刘胥、五子昌邑王刘髆，及年仅五岁的六子刘弗陵。

刘据身为嫡长子，又富贤名，太子一做三十多年，从没哪位弟弟想过取而代之。这下刘据一死，太子虚位，几个弟弟一下子活跃起来。尤其老三刘旦，没有大哥、二哥挡在前面，现存四兄弟里最大，依立长循例，似乎轮也该轮到他来做太子，要他没有想法也难。偏偏又是急性子，且身边无智识之士，竟主动上奏，要求武帝立其为太子，欲抢占先机。不过刘旦还是留有一手，拟的是密折，语气也较谦卑，不敢公然挑衅武帝权威。

其时李广利正为太子和卫家覆灭，在侯府宴请亲家刘屈氂，大碗酒，大碗肉，弹冠相庆。宴至夜深，俩亲家兴犹未尽，李广利道："此番平叛，他人该赏的赏，该封的封，丞相出力最多，居功至伟，却一无所获，皇上实在有失公允。"

刘屈氂苦笑笑，说："皇上初欲封本相为王，都怪壶关三老狗咬耗子，多管闲事，替刘据鸣屈，触动皇上，皇上暗怨本相平叛太狠，改变初衷，再不提封王一事。"李广利满不在乎道："没关系,皇上亏待丞相,俟新皇登基,再封王也不迟。"刘屈氂道:"刘据已死,太子未立,他日谁继位为君都不知道,贰将军可别乐观得太早。"

李广利起身给刘屈氂添上酒,附他耳边道:"丞相应该有信心,皇上出身胶东王,安排昌邑王就国齐鲁,难道毫无用意?刘据位居太子,昌邑王希望不大,刘据已死,也该昌邑王冒头了。"刘屈氂认可道:"皇上现有四子里,老三刘旦和老四刘胥都不讨父皇喜欢,老六刘弗陵年龄尚幼,唯老五从小受皇上宠爱,希望最大。"

"皇上英雄迟暮,龙体欠安,老五只要能做太子,用不了一两年,就可继承大统。"李广利边说边拍胸脯,"届时本将军定好好开导老五,不是丞相出手得力,镇压太子兵,逼刘据出逃自杀,就不可能有老五戏唱,让他知恩图报,封丞相为王,广赐食邑。"刘屈氂神往道:"感谢将军!老五系将军亲外甥,自然舅舅说一,他不敢说二。"李广利道:"咱们亲家俩,一口一个'谢'字,岂不显得生分?"刘屈氂哈哈笑道:"好好好,大恩不言谢,不言谢。"

两位聊得正开心,李广利近卫轻手轻脚走过来,塞给他一道密函。李广利展阅函件,脸色阴沉下来,恼怒道:"这个刘旦,简直岂有此理。"刘屈氂疑惑道:"刘旦怎么啦?"李广说:"咱们冒死灭掉刘据,远在燕地的刘旦没出过丝毫力气,也好意思来争太子位,企图坐享其成,可笑不可笑!"顺手把函件递给刘屈氂。

原来李广利早料到,刘据出事后,刘旦会有动作,便派心腹潜入燕王府，以掌握刘旦动静，及时采取应对措施。心腹很警觉，探知刘旦亲拟密折，欲夺太子位，连夜具函，交快骑西递进京，呈入侯府。刘屈氂粗粗看过函件，感叹道："刘旦动作真快呀。"李广利道："毕竟在生四位皇子里面，刘旦年龄至长，看去离太子位最近，要他不存妄念，似乎也难。丞相丘壑深远，快想想办法，看如何阻止刘旦野心得逞。"

刘屈氂放下函件，略有所思道："刘旦虽系现有皇子里年至长者，可脾气急躁，品性轻浮，向来不为皇上所喜，欲成功上位太子，恐怕不易。将军不必着急，待明日上朝，本相试试皇上口风，静观其态，再作决断。"

隔日大早，刘屈氂匆匆来到未央宫，进入宣室殿，参加朝会。巫蛊之祸，太子死有余辜不说，几位皇孙也殁于非命，武帝肝肠再硬，也会伤心痛苦。因此连月来，没给过朝臣好脸色，这天朝会也不例外。简单议过数事，武帝心生厌倦，正要宣布退朝，刘屈氂禀奏道："太子虚位以来，臣民皆渴望皇上另立太子，为皇上分忧解愁，以免夜长梦多，生出变故。"

武帝冷眼望定刘屈氂，说："立了太子，就有人分朕忧，解朕愁，恐怕不见得吧？"刘屈氂道："太子迟立不如早立。微臣觉得现存四位皇子里，燕王年最长，又就国多年，驭民有方，立其为太子，似有必要。"武帝质疑道："你真以为燕王适合做太子？"

刘屈氂绕开武帝问话，道："传闻故太子自杀后，燕王自觉任重道远，已选择良马，打造宝鞍，只等陛下一声令下，便打马入京，继任太子。王府亲信更是深谋远虑，安排人手采办上等绢帛，制作皇冠皇袍，以备不时之需，免得日后需要，手忙脚乱。"

这不盼朕早死吗？武帝顿时心头火起。但旋即又将火气压下去，没有发作。不知是年事已高，还是太子和多名皇孙死去，武帝心灰意冷，遇事已变得隐忍得多，不再动不动发火发气。冷静思之，刘旦远在燕都，其所思所为，刘屈氂怎么知道得如此清楚，仿佛亲眼所见似的，这小子到底是胡猜乱测，还是在燕都暗暗布了眼线？

不过武帝没点破刘屈氂，不声不响，立起身来，去了长乐宫。巧的是刘旦竟然自己印证了刘屈氂的猜测，亲拟密折，速递入宫，呈到武帝面前。武帝见刘旦大言不惭，自荐为太子，气不打一处来，举过密折，一把摔到地上，不出声骂道，这小子也不撒泡尿照照影子，自己到底甚么货色，也异想天开，要当太子，欲做皇帝，凭他那不知天高地厚的品性，真把大汉江山交他治理，还不弄得一地鸡毛，转眼便异手外姓？

然毕竟是自己儿子，武帝不好问罪刘旦，只削去其三个县封邑，予以警戒。还不无感叹道："生子当置于齐鲁圣地，以感化其礼仪，处于燕赵好斗之域，果生争权之心。"

话传出宫外，李广利大喜过望，私下暗忖，言为心声，皇上明显在贬低刘旦，抬高刘髆。也怪不得李广利闻言则喜，李夫人芳龄早逝，把最美好的印象留在武帝脑袋里，武帝才对李家格外高看，刘髆又是他与李夫人所生儿子，更不会小视，才安排到齐鲁境内，封为昌邑王，寄予厚望。刘旦自取其辱，太子位再没他份，昌邑王胜算自然更大。

夜里李广利造访丞相府，说出自己想法，刘屈氂也很认同，觉得武帝话出有因，他若不看好刘髆，肯定不会发此感慨。李广利道："下步咱该怎么办，以促成昌邑王上位太子？"刘屈氂道："刘旦殷鉴就在眼前，千万不能操之太急，欲速则不达。"李广利道："难道咱只能作壁上观，无所作为？"刘屈氂道："皇上放出此话，既出自真心，同时也可能故意考验昌邑王，看他沉不沉得住气，有无为君风范。"

李广利脑袋直捣，说："丞相说得对，咱这就修书一封，告诫昌邑王，以刘旦为戒，千万千万谨慎小心，就像平时一样，该干啥还干啥，决不能冒傻气，出风头。"刘屈氂道："言之有理。但不能修书，以免落下把柄，为人利用，最好派出心腹，捎口信给昌邑王。"

李广利依计而行，一心只等武帝尽快下旨，诏令外甥刘髆回朝，出任太子。可左等右等，等到来年即征和三年（前90年），也没等到武帝宣布太子人选。李广利心里又没了底，找刘屈氂商议道："皇上既然看好昌邑王，为何久久不立其为太子？莫非皇上另有想法不成？"

"从来天意最难料。"刘屈氂笑笑道，"将军可投个石头，试试深浅。"李广利问道："投甚么石头？"刘屈氂道："将军手执北军，可以匈奴亡我之心不死为由，奏请皇上发兵北征，皇上若能恩准，将军就是当今卫青，昌邑王自会借舅舅风光，入登太子位。"

武帝真像信任卫青样信任自己，自然也会像信任卫青外甥刘据样，信任自己外甥刘髆，到时何愁外甥做不上太子？李广利二话不说，入宫觐见武帝，请求率军讨伐匈奴。

匈奴退居漠北后,边境虽偶生小摩擦,总体还算平静,根本无用兵必要。可武帝有自己的考虑,竟然不折不扣,恩准李广利招兵买马,待春风化冰之日,领兵北伐。

武帝在朝堂上公然宣布北征旨意时,朝臣纷纷反对,说数十年征伐,国库空虚,国力枯竭,不宜再劳民伤财,经武用兵。可武帝一意孤行,把众臣意见全当耳边风。

眼见李广利出兵在即,众臣找到霍光,希望他寻觅良机,规劝武帝,为大汉长治久安和子民福祉着想,放弃北伐。霍光也觉得汉国再折腾不起,为满足李广利立功虚荣,不惜悍然用兵,实在得不偿失。不过这只是臣子想法,作为一国之君,武帝肯定另有深意。霍光长年待在武帝身边,耳濡目染,感同身受,渐渐学会从君主角度看待国事、朝政和军备,也就没怎么理会朝臣,冒昧奉劝武帝放弃对匈奴用兵。

倒是武帝得知朝臣找霍光建言,反过来主动问他道:"子孟有甚么话要跟朕说吗?"霍光道:"微臣身为奉车都尉,负责陛下起居、出行和安全,职分在于动腿,不在于动嘴。"武帝笑道:"该动嘴时也得动嘛。听说朝臣纷纷找你,托你劝朕放弃用兵意图,怎么没听你吱一声?你对此事到底看法如何?"霍光道:"微臣没有看法。"武帝道:"你肯定有看法。朕要你说就说,说得对与不对,朕不会怪你。"

霍光沉吟半晌,才缓缓道:"汉国多年用兵,青壮锐减,国力衰竭,此系事实,臣民看在眼里,陛下焉能不知?之所以还要兴军,自有兴军之必要。微臣大胆替陛下思量,理由大约有三。其一,边境承平有时,臣民松懈涣散,以致无事生非,巫蛊祸乱层出，用兵得调动人力财力、物力，可凝聚人心，重振朝纲。"

说到此处，霍光停下，想听听武帝臧否。武帝没发声，抬手往下压压，示意霍光继续。霍光又道："其二，匈奴虽已退居漠北，然南下犯边之心不死，陛下趁雄心未已，发兵摧垮匈奴，可永绝后患，给继任新君留下清平世界。"

说得武帝老眼发光，急切道："其三呢？"霍光道："其三，陛下命李将军出征，也可为另立储君，预设伏笔。现存四位皇子里，没哪位像故太子德高威重，新立太子难以服众，不仅其他皇子心存觊觎，甚至宗亲有企图亦难说，需借助外戚力量，为新太子做后盾。"

霍光话里意思很明白，武帝已有心立昌邑王刘髆为太子，才让李广利效法卫青，领兵北伐，建大功，立伟业，好为刘髆撑腰，以免日后有变。事实也是，武帝活着时好办，各皇子和宗亲亦即侄儿、侄孙辈，谁都不敢轻举妄动，一旦武帝驾崩，这些人肯定跳起天高，新君驾驭不了，非得另有力量予以平衡不可。就像当年武帝登基，没有陈家支撑，也稳固不了皇权。

就李广利出兵一事，霍光能想得如此深远，确实令武帝刮目相看。武帝没有多语，只是仰天叹道："若待在故太子身边的是子孟，而非糊涂虫石德，事情又何至于此？"

六、君思已故太子，臣谋推翻旧案

李广利领军七万，浩浩荡荡出都北上后，朝臣才渐渐明白过来，武帝用兵匈奴，意在另立皇五子刘髆为太子。刘髆已成年，封王就国后，虽无突出表现，还算德行周正，政声优越，比燕王刘旦和广陵王刘胥口碑都好。这自然还在其次，主要是刘髆系芳华离世让武帝心心念念的李夫人儿子。别看汉宫佳丽如云，武帝此生爱得最深的女人也就四位，即陈阿娇、卫子夫、李夫人及钩弋夫人。陈阿娇无子，卫夫子儿子刘据已故，钩弋夫人儿子刘弗陵年幼，刘髆作为李夫人儿子，自然会令好色重情的武帝瞩目。

明白武帝心意后，朝臣们别无异议，只等刘髆西归入朝，上位太子，以固国本。谁知武帝却迟迟没下旨确立储君，又难免让人疑虑，担心事态有变，祸端再起。就如锅盖下倒扣着宝贝，最吊人胃口，只要盖子不揭，伸向盖子的手就会蠢蠢欲动，互不相让。

朝臣们忧心忡忡，纷纷上折，奏请武帝，快立太子。又找霍光商量，可否探探武帝内心，到底还在犹豫甚么。霍光亦惑然，武帝向来果敢英明，处事从不拖泥带水，既然看好刘髆，为何没明确其太子地位。毕竟武帝年近古稀，龙体欠安，夜里躺倒榻上，早上还能不能如期起来，都很难说，届时宫中无主，岂不危及大汉江山！

这天夕阳西沉，早过晚膳时间，武帝一直独守宣室殿御书房，黄门催过好几次，请上御膳房用膳，都没能催动。又端了御膳，呈入房中，武帝也摆摆手，示意拿走。武帝向来起居有常，除遇意外，一般该睡则睡，该醒则醒，该饮则饮，该食则食。尤其人到晚年，龙体一日不如一日，更会依照医嘱，规律作息，不随便改变习惯。

黄门见武帝不肯用膳，心里发急，找来正在巡宫的霍光，请他想办法。霍光蹑手蹑脚走进御书房，只见武帝斜在榻上，脸色暗淡，仿佛霜打过的秋茄。目光阴郁，定定盯向西窗，似有佳景惹人。其实窗外暮色沉沉，模糊一片，已甚么都看不清。

霍光挪过去，躬身正要问安，一眼瞥见榻前几上一样东西，便赶紧收住话头，闭上嘴巴。那是壶关三老令狐茂所献血书，密密的血字有如一个个哀怨的幽灵，在绢帛上跳着怪异的群舞，令人心惊。霍光明白过来，武帝正默默思念故太子刘据。也许不只故太子，还有卫皇后和大将军卫青，及其外甥霍去病。不是卫家和霍家英雄出生入死，一次次北征西讨，击溃外敌，开疆拓土，又哪来大汉江山的稳固和强盛？可你身为一代英主，智识无双，竟鬼迷心窍，听信江充等人唆使，恩将仇报，因无中生有的巫蛊，逼反太子，酿出惊天大祸，太子、皇孙惨死，卫家斩草除根，能不愧疚和懊悔？

怪不得武帝不思饮食，原来他心头有痛，需要一个人冷静冷静，好好反思自己，为何会酿出巫蛊大乱，祸及子孙，危及大汉。霍光不好打扰武帝，踮脚往后退去。没退几步，武帝忽然转过头来，幽幽道："子孟别走，到朕旁边来。"

霍光立住身子，望向武帝道："陛下饿了吧，微臣给陛下传膳去。"武帝道："朕不饿，饿也吃不下。你过来，朕有话跟你说。"

莫非武帝要说另立太子的事？霍光赶紧上前，站到御榻旁，洗耳恭听。武帝已隐去眼里阴郁，用淡然口气道："朕准备升任你为光禄大夫。"

皇帝身边近臣都叫大夫，光禄大夫为众大夫之长，亦即管理大夫的大夫。不仅管理众大夫，还执掌议论，代表大夫和朝臣，直接向皇帝建言献策。光禄大夫位显权重，属晋升九卿三公的必由台阶，朝中重臣谁不眼巴巴欲获此要职？然霍光陪侍武帝二十年，最懂祸从口出道理，一旦身负言责，装聋作哑属失职，张口出声又会引火烧身，左右不是，难于把持。霍光当即辞谢道："陛下厚爱，微臣受之不起。微臣粗陋，做个奉车都尉，在陛下鞍前马后跑跑腿脚，做些实务，勉强够格，出职光禄大夫，没法信任，实不敢当。"武帝道："奉车都尉仍由你担当，不过让你同时兼任光禄大夫而已。"

霍光还要请辞，武帝不乐起来，道："别啰唆，翌日朕就下旨，宣布你的任命。"

还是赶紧宣布太子人选吧，宣布微臣任命干啥？霍光肚里嘀咕道，不便犟嘴，谢恩退出。交过班，回到都尉府，杜子陵见霍光脸色不对，问道："看主公闷闷不乐的样子，莫非挨过皇上训斥?"霍光道:"挨皇上训斥,才是大福。"杜子陵道:"没挨训,难道挨罚?"霍光道:"宁肯挨罚。"杜子陵道:"不挨训也不挨罚,自然得到皇上赞扬,升官晋级啰。"

"升官有啥好,晋级有何妙?官高级显,责重任巨,更易栽大跟头。"霍光长叹道。杜子陵忙问:"皇上升主公何官?快快道来,让子陵也替你高兴高兴。"霍光面无表情道:"光禄大夫,仍兼奉车都尉。"杜子陵拍手叫好道:"主公陪侍皇上二十年,奉车都尉任上时间也不短,也该往上升升啦。光禄大夫往上为九卿,九卿再上乃三公。主公忠心耿耿,服务汉室三十年,皇上不愿亏待臣下,委以重任,入情入理。"霍光道:"皇恩浩荡,自不必说。只是皇上为何迟不升我,晚不升我,恰在太子未立政局不稳之时,升我为光禄大夫?"

杜子陵也觉得武帝此时任用霍光,必有深意,帮着分析道:"皇上此举,说不定真与预立太子有关联。"霍光略有所思道:"有何关联呢?莫非巫蛊祸乱,伤透皇上心,觉得对不起故太子及卫皇后,才迟迟不肯另立新人,需要有人为其代言,给故太子一个交代,以便解除自己心结,打起精神,重振朝纲?"杜子陵赞同道:"光禄大夫执掌议论,皇上此时委主公以此任,正是要主公适时站出来,为太子说话。"

认清武帝意图后,霍光开始琢磨,如何为故太子讨还公道。巫蛊祸乱绝对属冤案,此系朝野共识,武帝也已觉察出来。可怎么才能把案子翻过来呢?一旦翻案,必然又会死不少人。想到此处,霍光不寒而栗,真想逃到哪里躲起来,再不还宫。

看来此事孟浪不得,必须考虑周全,选准策略,才采取行动。霍光想起田千秋，人算厚道，又长年供奉高祖陵寝，远离朝廷是非，可以让他合作，共同谋事。隔日入宫，霍光便禀报武帝道："高寝郎田千秋入城公干时，曾专门赴都尉府见臣，说高祖陵寝年久失修，出现数处破损，嘱臣禀奏陛下，拨款修葺。臣不知实情，欲赴长陵，实地考察，再回禀陛下。"

国之大事，在祀与戎，高祖陵寝有损，自然不可掉以轻心。武帝当即恩准，霍光率杜子陵，打马出都，来到长陵。田千秋领着两位，先祭拜过高祖，再考察陵寝，商定维修方案和费用，以便专折奏报，请武帝定夺。

专折拟好，田千秋设便宴招待两位。酒过三巡，霍光笑对田千秋道："高寝郎莫非打算一辈子坚守长陵，供奉高祖，没有入朝为官念头？"田千秋道："田家祖辈为高祖守陵，觉得无上荣耀，千秋从无离开长陵想法。"杜子陵插话道："若皇上召高寝郎入宫呢？"田千秋道："千秋无德无能，皇上哪会轻易召千秋？"

霍光收住脸上笑意，盯住田千秋道："本都尉且问高寝郎，巫蛊大乱，祸起萧墙，皇后、太子及多位皇孙自杀，你作何感想？"

田千秋一向胆小本分，不愿议论朝中是非，与霍光对视一眼，低下头去，半日无语。霍光以理解的口吻道："巫蛊祸乱，涉及人众，极为敏感，才没谁肯随便置喙，本都尉也不好逼高寝郎开口。"杜子陵一旁接话道："然皇上痛定思痛，正需有人出来代言，高寝郎若能说出皇上心里话，一了皇上心结，定有享不尽的荣华富贵。"

田千秋人虽老实，脑袋却颇灵光，问道："莫非皇上欲给太子正名？"霍光颔首道："高寝郎若觉太子冤屈，自可大胆拟折，呈入宫中。"田千秋道："巫蛊祸乱，皇后、太子和皇孙遭殃，却有人因此受封得益，千秋为太子说话，不引人嫉恨，引火烧身吗？"

杜子陵一旁笑道："都说富贵险中求，高寝郎连这点风险都不敢冒，岂不唯有世代留守长陵？要说也非你一人独当风险，皇上新授吾主公为光禄大夫，主公怜悯太子，体谅皇上，既授意你给巫蛊案讨说法，自会为你负责，你又何必犹犹豫豫，前怕龙后怕虎？"

田千秋终于被说服，答应尽快拟折，进呈武帝，为太子翻案。又担心自己位卑职低，缺少分量，说："千秋小小高寝郎，人微言轻，奏折呈上去，只怕起不了太大任用。"

霍光没说甚么，宴后临别，入殿拜辞高祖像，笑对田千秋道："高寝郎位卑职低，可高祖道貌岸然，高高在上，应该有些分量吧？"

田千秋凝望着高祖像，似有所悟。送走霍光两人，便开始琢磨如何草拟奏本，为刘据说话。霍光回到咸阳后，直接入宫，禀报高祖陵寝破损情况，呈上田千秋专折。武帝恩准，该给钱给钱，该给物给物，修葺工程正式启动。

操持高祖陵寝修葺工程时，田千秋没忘记霍光嘱托，反复推敲，拟就为太子鸣冤奏本。又经数度修改，最后定稿，携稿入都，准备入宫面呈武帝。杜子陵正关注着田千秋动静，得知他去了未央宫，赶紧向霍光报告。霍光夜里在宫中值宿，天亮才回都尉府，此时正在内室歇息，听到杜子陵脚步声，出门问道："莫非田千秋到了京都？"杜子陵答道："主公神机妙算。田千秋确实到了京都，可他直奔未央宫面圣去了，没来都尉府。"

霍光笑笑，道："田千秋会来府上会晤本都尉的。"杜子陵道："何以见得？若是我杜子陵，有单独向皇上邀功机会，为何要与人分功？"霍光道："这不只是邀功，更要担当天大风险，田千秋岂肯放过我这始作俑者？"

果然田千秋在未央宫前徘徊复徘徊，终于还是鼓不起独觐武帝的勇气，慢慢转过身，来了都尉府。霍光出府迎住，请入书房，要过奏本，低头阅读起来。奏稿曰：子弄父兵，罪当笞，天子之子过误杀人，当何罪哉？臣尝梦见一白头翁教臣言。云云。

白头翁不就是高祖皇帝吗？高祖有言，谁敢不听？霍光阅毕，拍案称妙，连声道："好文笔，好文笔！仅凭此奏，高寝郎即日便可高升矣。"

当天傍晚，霍光便携带田氏奏本，兴冲冲入得未央宫，准备瞅准时机，转呈武帝，就像上年代递壶关三老奏稿一样。可夜里来到宣室殿外，霍光又犹豫起来。不是害怕惹恼武帝，是觉得今非昔比，呈稿方式似当有别。昔时咸阳硝烟未散，太子在逃，武帝正处气头上，夜呈壶关三老奏本，不会造成影响，让武帝难堪。而今时过境迁，武帝有心为太子平反，田氏奏本正好可给他铺个台阶，没必要再偷偷摸摸，像做贼样。何况自己已是光禄大夫，在朝堂上公然传呈奏本，属职分所在，符合规制，奏议也更易被朝臣接受。

想到这里，霍光悄然退下，回了自己宫中住室。翌日朝会，君臣齐聚朝堂，霍光瞅准时机，出列朗声启禀道："高祖皇帝显灵，有神谕明示君臣。"

众臣大感诧异，青天白日，霍光不是在说梦话吧？武帝也莫名其妙，高祖有谕，怎么会透露给你霍光？霍光一脸肃然，瞧瞧众臣，转对武帝道："高祖皇帝托梦田千秋，嘱其转达神谕于君臣。"武帝问道："田千秋？哪个田千秋？"霍光道："高寝郎田千秋。"

武帝这才想起，前不久田千秋还上过修葺高祖陵寝的奏本，道："田千秋在哪儿？高祖既托梦给他转达神谕，何不亲自来见朕？"霍光道："田千秋要修葺高祖陵寝，留下奏本，又回了长陵，交由微臣转呈陛下。"武帝道："拿奏本来。"

霍光应声取来田氏奏本，呈于御案前。武帝低首展阅奏本，一脸凝重。阅到"白头翁教臣言"，暗想田千秋经年伴守高祖陵寝，阴阳相通，高祖传谕予他，自然方便。也怪不得，刘据是自己儿子，也是高祖子孙，死得冤屈，高祖有灵，责罚下来，也属情理之中。

阅毕田氏奏本，武帝并无表示，只示意霍光，转递在堂朝臣传阅。肚里悄悄舒口气，默然道，终于可给太子平反，以慰其冤魂，否则日后到了九泉之下，如何面对高祖和太子？

众臣见过田氏奏本，明白武帝意思，异口同声，请求给太子和皇后平反，宣示浩荡皇恩。

七、武帝重开杀戒，汉军惨败漠北

借助所谓的高祖神谕，又有朝臣众声附和，武帝含泪下旨，宣称太子仁厚，本无反心，无非奸臣作祟，被逼无奈，为求自保，不得不举兵反抗，过误杀人。既然高祖显灵，明谕君臣，晓以大义，朕必然得为太子平反，以正其名。

诏令下达后，武帝似乎好受了些，却仍觉心中愧疚，下旨修建思子宫，不时入宫缅怀太子。还在太子遇害的湖县，筑归来望思之台，寄托无穷哀思。

太子刘据平反，制造巫蛊祸乱和陷害太子的罪魁祸首，必然得加以严惩。祸首当推江充，当初已被刘据斩杀，然家族罪责难逃，武帝一声令下，毫不留情，株连三族。江充同犯苏文还活着，缉拿归案，一把火烧死于横桥之上。曾在泉鸠里对刘据父子兵刃相见者，无一幸免，皆遭满门抄斩。其余关涉人员，也江边洗萝卜，一一清算，斩草除根。

还有丞相刘屈氂，率兵镇压太子时，出手最狠，武帝恨之入骨，却又不忍除之。毕竟刘屈氂系自己亲侄儿，又属奉旨出兵，拿他问斩，还真难下决心。

可有人不愿放过刘屈氂，此人便是广陵王刘胥。刘胥手下有位门客,叫作伍柄,聪明绝顶,觉得可就武帝给太子平反一事做做文章,对刘胥道:"王爷机会来啦。"

刘胥不明伍柄言之何意,说"甚么机会?"伍柄道:"没有刘屈氂大打出手,击败太子,太子不会死于非命,要皇上不恨刘屈氂,自不可能。"刘胥道:"父皇恨刘屈氂,与本王何干?"伍柄意味深长道:"现存四位皇子里,刘弗陵太小,刘旦失宠,若能给昌邑王刘髆惹出点麻烦,太子位岂不顺理成章轮到王爷您屁股下面?"

刘胥觉得也是,问:"怎么给昌邑王惹麻烦?"伍柄分析道:"昌邑王舅舅李广利与丞相刘屈氂为儿女亲家,一向过从甚密,若把刘屈氂拉下马,牵出李广利,昌邑王不死也得脱层皮,皇上还能不把眼光转投到王爷您身上?"

刘胥大喜,拿出重金,交给伍柄,命他赶紧入京行动。伍柄来到京城,购置珍宝,再趁沉沉夜色,走进内史令郭穰家里,赠宝献金,要他扳倒刘屈氂。郭穰道:"刘屈氂是武帝亲侄儿,圣恩浩荡,不然祸害太子的人都已伏法,他哪还能稳坐丞相宝座,啥事没有?"伍柄提醒道:"刘屈氂是武帝亲侄儿不假,可刘据还是武帝亲生嫡长子呢。"

郭穰还是有些犹豫,伍柄又道他来京前,广陵王亲口许诺,一旦大事告成,入主未央宫,必拜郭穰为相,共掌天下。重诺之下,必有死士,郭穰这才拟疏,弹劾刘屈氂,不仅巫蛊祸乱时,出狠手镇压太子,致使太子逃亡湖县,死于非命,且太子平反后,又担心受到清算,与妻阴施巫蛊,咒皇上快死,好逃过一劫。

武帝见疏，怒火中烧，叫来霍光，让他阅览郭疏，嘴上愤然道："想不到刘屈氂不识好歹，太子平反，朕没追究他，他反而巫咒起朕来。子孟快带上廷尉，好好给朕查查，查个水落石出，再治刘屈氂死罪。"

霍光阅毕郭疏，却一动不动，说："巫咒本属捕风捉影，太子正受害于此，冤死在外，陛下怎可轻信？"武帝道："你没给朕调查，岂知是捕风捉影？"霍光道："微臣以为，只要陛下未立新太子，就有人会借巫蛊兴风作浪。"武帝问道："立不立太子，与巫蛊有何关系？"

"微臣觉得，郭穰疏劾丞相，意在昌邑王。"霍光分析道，"贰师将军李广利获准北征后，朝野都看好其外甥昌邑王，认为很快会入京接替太子位。然陛下怀念故太子，一时间无意另立他人。直至太子平反，江充家族受株连，苏文等人伏法，唯出兵镇压太子的刘屈氂因系陛下侄儿，陛下不忍开杀戒，才免其一死。偏偏刘屈氂与李广利为儿女亲家，才有人想着疏劾刘屈氂，以期牵出李广利，连累昌邑王，致使其做太子的希望落空。微臣这才斗胆猜测，新太子一日不立，巫蛊事件一日不会绝迹，恭请陛下深思。"

霍光这么说，并非为刘屈氂开脱，是想促使武帝早立太子，稳定朝局，别又因巫蛊闹出惊天乱来。武帝知道霍光苦衷，浩叹一声，没再追究刘屈氂巫咒之事。

可郭穰心有不甘，再次上奏，说李广利出征时，刘屈氂一直送到渭河岸边，两人私下密谋，尽快扶刘髆晋位太子。若武帝迟迟不立刘髆，李广利便率军杀回咸阳，刘屈氂在朝中做内应，两人一外一内，一武一文，相互配合，不信拿不下武帝。

武帝见奏，怒不可遏，避开霍光，直接指令廷尉，调查李广利出征前，是否存在与刘屈氂密谋之事。廷尉调查得出，李刘密谋属实，且又从丞相府家臣口里探知，刘屈氂还有更大的不可告人的野心。武帝问是何野心，廷尉说刘屈氂觊觎皇位已久，只待武帝老死，刘髆登基，便仿赵高故事，先夺李广利兵权，再赶刘髆下位，以自立为帝，号令天下。

听过廷尉禀报，武帝先是大怒，过后冷静思之，又连连摇头，难以置信。要说李刘密谋刘髆上位，还好理解，可要说刘屈氂心生篡位企图，似乎不太可能。可树心隔树皮，人心隔肚皮，自己在世时，刘屈氂不敢乱说乱动，然自己一天衰老，终有离世之日，届时刘屈氂位高权重，又身为皇族宗亲，离皇位最近，能不起夺位之心？看他对刘据大打出手的劲头，就知此人不是良善，非除不可。

主意已定，武帝便借郭穰奏本，下令逮捕刘屈氂，处以腰斩，再将其死尸装上刑车，游街示众，警示大众，谁对皇权起意，这便是下场。刘屈氂妻儿也被斩首，以免他日生变。李广利率兵在外，暂且放过，只将其妻儿逮捕囚禁，容后处置。

见武帝严惩侄儿，却宽待李家，霍光便知他还不忘李夫人旧情，扶昌邑王入都做太子的心没死。当然还得看李广利表现，他若能在外立功，武帝便有理由宽免李家，昌邑王入朝为太子希望就可能成为现实。消息传入匈奴，李广利正驰骋疆场，得知朝中大变，吃惊不小，恨不得率军杀回咸阳，从狱中救出妻儿。又想刘屈氂全家抄斩，自家妻儿只是关在狱中，说明皇恩未绝，只要能立大功，还有夫妻父子团聚之日。

也是立功心切，李广利悍然挥师北进，直至渡过郅居水，深入匈奴腹地。随军长史和监军都觉得太冒险，建言就此止步，李广利听不进去，一怒之下，斩杀长史和监军，继续前进。此举引起军心动荡，李广利后悔不迭，害怕发生骚乱，率军南撤至燕然山。匈奴单于得报，亲领五万铁骑，袭击汉军。汉军来回奔波，疲惫不堪，军心大乱，惨遭失败，李广利知道已无退路，投降敌军，后死在匈奴，尸骨无还。

李广利降敌，意味着汉军七万男儿白白牺牲，武帝得到确报，欲哭无泪，唯一能做的就是诛杀李广利妻儿及包括李延年在内的李氏家族，以泄大恨。继卫氏家族覆灭后，李氏家族也从此消失，不复存在。刘髆因是武帝爱子，仍居昌邑王之位，只是从此失去舅族靠山，入选太子希望破灭，终日郁郁寡欢，不久病逝于封地。

噩耗传入京都，武帝惊闻，胸口刀锥样疼，顿时病倒在榻。病后武帝仍不能释怀，特谥刘髆为昌邑哀王。刘髆本人，已埋地下，万事皆空，哪里还有哀？哀的自然是武帝自己。为寄托哀思，武帝让刘髆儿子刘贺继承昌邑王，算是对李夫人也对自己一个交代。

刘髆死后，武帝六子还剩三子，便是燕王刘旦、广陵王刘胥和小儿刘弗陵。武帝讨厌刘旦，有心立刘胥为太子，又有人控告，正是刘胥派人买通郭穰，疏劾刘屈氂，才牵连李氏家族灭亡，恨得武帝咬牙切齿，欲再开杀戒，因霍光一旁劝解，才作罢，没再往下追究。

刘旦与刘胥无望入朝，只剩下七岁的刘弗陵，成为太子唯一人选。众臣也看好刘弗陵，因他是武帝晚年爱妃钩弋夫人所生。

说起钩弋夫人，还挺有些传奇色彩。武帝一生风流成性，到处留情，至老还热衷猎艳捕色。上有所好，下必甚焉。武帝有此爱好，臣仆自然会在这方面动心思，替他操持。为讨武帝欢心，有人奏报，说赵家有女，艳丽绝伦，只是手有怪病，生下地后就双手握拳，从没伸开过。说得武帝好奇心起，放下国事，亲赴赵家看验，果如所奏。当即命随从掰赵女双手，却怎么也掰不开，看来这赵女还真有些手劲。武帝只好亲自动手。怪就怪在武帝才拿过赵女玉手，还没来得及用力，那紧握的拳头就自动伸展开来。这还不是最奇的，最奇的是赵女拳心还有一只玉钩，晶莹剔透，煞是中看。武帝喜不自胜，将赵女带回宫中，老牛猛吃嫩草，好不销魂。还专门给赵女造了一座宫室，号为钩弋宫，称赵女为钩弋夫人，又叫拳夫人。也是武帝老有所为，钩弋夫人很快怀孕，十四个月后生下一男孩，这便是刘弗陵。

爷爱长孙，父爱小子。刘旦与刘胥不被看好，刘弗陵既是小儿，又是武帝宠妃钩弋夫人所生，上位太子也就成为必然。

八、赐死钩弋夫人，托孤五臣辅政

决定立刘弗陵为太子后，武帝心里还有些不踏实，很是郁闷。刘弗陵年幼，钩弋夫人却正当盛年，将来儿子做了皇帝，她能不插手朝政，倚重外戚，坏咱刘家大事？这还是面上理由，武帝还有不便出口的忧心，就是钩弋夫人太年轻，皇夫死后，谁能保证她不红杏出墙，给你戴绿帽子？虽说那时你早埋进土里，不会有谁挖出棺材，撬开棺盖，塞绿帽子给你。

思前想后，别无更好法子，武帝只得随便找个借口，把钩弋夫人逮起来，要下她大狱。钩弋夫人来自民间，毫无背景，处处小心谨慎，与人为善，不知自己究竟犯了什么过错，只好哀哀求饶，请武帝看在夫妻情分上，放她一马。武帝不予理睬，黑着脸色，对左右侍女吼道："还不把夫人给朕拉走！"

侍女们不敢违抗，上前去扯钩弋夫人。钩弋夫人珠泪涟涟，频频回顾，恳望武帝能改变主意。武帝见状，也觉可怜。毕竟老夫少妻，恩爱一场，不愿如此绝情。可比起大汉江山，比起那顶可怕的绿帽子，这个"情"字又算得了甚么？武帝是个政治动物，是个铁血男儿，自然不会为情所惑，赶紧别转老脸，甩着手道："去去去，你休想再活在这个世上。"

钩弋夫人被打入大牢后，武帝毫不心慈，果断下诏赐死。可惜一代红颜，无端受戮，只落得黄土一堆，独向夕阳。朝中大臣甚是不解，对武帝道："陛下既打算立幼儿为太子，怎么狠心杀掉其母？"武帝喟然叹道："从来国家变故，多由主少母壮所致，本朝吕后摄政就是最好例证。鉴史可以观今，你们下朝回家后，还是多读些史书吧。"

众人闻言，不再多话。解决掉钩弋夫人，事情还没完，还得择一大臣，交付托孤重任。武帝想来想去，唯有霍光和驸马都尉金日磾两人，忠厚老成，能干踏实，可嘱大事。金日磾原是胡人之后，霍去病北征得胜，掳虏回朝，其中有位少年，英武机智，引起他注意，经了解其母竟是汉家和亲宫女，禀报武帝，武帝赐名金日磾，留在宫中，交霍光调教，共同随侍左右，晃眼已历三十年。刘屈氂伏法，李氏家族覆灭后，余孽入宫行刺，金日磾舍命救主，更为武帝所看重，正好命其协助霍光，辅佐少主。

不过，武帝没忙着下诏任命顾命大臣，只授意宫廷画师，画成一图，再叫来霍光，说："子孟随朕三十年，兢兢业业，恪尽职守，朕没什么赏赐你的，就送一幅画，日后朕死入土，你见画如晤，也好有个念想。"

武帝口气平静，却话含深情，语蕴厚意。霍光没敢接画，趴到地上，一边磕头，一边带着哭腔道："陛下快别说这样的话，您身体如此健旺，定然长生不老，万寿无疆，大汉江山可离不开您啊！"武帝笑道："朕尽管贵为天子，其实也是人。是人就有生有死，逃不脱人之定数。当年始皇妄想永生不死，到处寻找长生药，到头来不是药没寻着，却死在寻药路上吗？子孟别客气，起来接画吧。"

霍光这才起身，拍拍手上灰尘，恭恭敬敬从武帝手里接过画轴。

回家小心打开画轴，原来是幅《周公负扆辅成王朝诸侯图》。周公乃周武王弟弟姬旦，史尊周公。周武王建立周王朝后，才两年就撒手西去，传位给儿子，便是后来的周成王。当时成王才十三岁，无力朝政，武王临死前，托付弟弟周公辅佐成王，执掌国是，实际上就是代理天子职权。由于周公不懈努力，周朝政通人和，蒸蒸日上，成王也在周公谆谆教诲下，日渐成熟，成为一代明君。

霍光是个聪明人，还能不知武帝赐图深意？他将周公图高挂墙上，面图而立，好久不愿离去。周公乃千古名臣，贤能英明，武帝赐图让你做周公，既是抬举你，也是对你的最大信任，你能辜负其良苦用心吗？

兴奋之余，霍光心头有些沉沉的。

来年即后元二年（前87年）春日，武帝趁着闲暇，出游五柞宫。宫中长着五柞树，枝繁叶茂，绿荫如盖，武帝流连忘返，一住数日不归。不料风寒砭骨，病入膏肓，遂致长卧不起，连未央宫都回不去了。

霍光一直随侍在侧，见情况不妙，小声探问道："陛下万一遭遇不讳，谁做您的接班人？"武帝气息微弱道："朕不是送子孟周公辅成王图吗？你肯定已看出些意思，朕早决定让小儿子做接班人，你只管行使周公之权就是。"霍光忙磕头道："微臣不如翁叔（金日磾）贤能，还是把重任交给他吧。"金日磾也在一旁,应声道:"日䃅身为胡人,辅佐幼主,难以服众,不会有人把我当回事,还是子孟更为合适。"

武帝喘息一会儿,待气息稍平,吃力道:"朕心里有数,你俩都是厚道纯正的忠臣,就一起做顾命大臣,尽心尽力,共辅幼主吧。"

两人不敢多话,含泪应承下来。武帝又想,除霍、金两位外,还有御史大夫桑弘羊、太仆上官桀,及丞相田千秋,都值得信赖,也可让他们协同辅政。田千秋奏请为刘据平反,甚合圣心,先做上大鸿胪,后刘屈氂被腰斩,留下空位,武帝又让他补位做了丞相。

武帝自信没看错人,即令侍臣起草诏书,先立幼儿刘弗陵为皇太子,再进霍光为大司马大将军,明确军务政事,一决于光。又拜金日䃅为车骑将军,上官桀为左将军,赏加桑弘羊为御史大夫,加上丞相田千秋,组成五人顾命班子,共担辅佐新皇大任。

这五人班子,武将占去三个,牵头人也是大司马大将军霍光,看得出武帝对武将的倚重和信任。事实也是,皇位更替的关键时刻,武将兵权在握,作用绝对大于文臣。也就是说,到时五人班子里真正管用的,恐怕还是三个武将。

交代完一应后事,武帝又单独嘱托霍光道:"太子少不更事,朕将其交给子孟,子孟当视同己出,悉心调教,全心辅佐,千万别推卸责任,扔下太子不管。当年周公辅助成王,成就千古君臣美谈,子孟正好有样学样。"

霍光忙跪到地上,感谢武帝胜任,嘴里道:"陛下尽管放心,微臣一定效法周公,精心辅佐太子,不敢稍有懈怠。"

武帝点头赞许,又道:"立幼子,不立三子刘旦和四子刘胥,两人心里肯定不服,子孟务必小心堤防,然不可轻开杀戒。朕共生六子,大子刘据、二子刘闳和五子刘髆已先朕而去,朕实在不愿存世三子互相残杀。刘闳无后,另当别论,刘髆儿子刘贺袭其父爵为昌邑王,得善待之。刘据数儿已死,据说有孙儿在民间,务必细心求访,加以保护。"

"陛下圣嘱,微臣已一一谨记心中。"霍光含泪应道。武帝无所牵挂,驾崩西去,享年七十。霍光召集文武大臣,宣布帝崩噩耗,盛葬茂陵。

葬礼毕,霍光即凭武帝遗诏,奉太子刘弗陵即位,这就是昭帝。昭帝比当年的成王还小,仅仅八岁,不可能亲政,朝廷内外,大事小情,都由霍光等五位辅政大臣主持。又考虑昭帝小小年纪,生活无法自理,生母钩弋夫人先已赐死,霍光做主,召入鄂邑长公主,将昭帝交给她服侍。鄂邑长公主是昭帝大姐,内勤有她打理,自然没话可说,霍光正可腾出时间和精力,全力处理军政事务。

武帝威高望重,过去有他坐镇宫中,没人敢轻举妄动。如今老皇帝故去,昭帝年纪还小,又如何镇得住阵脚?霍光身为五人顾命班子班头,深感责任重大,不敢稍有懈怠,白天黑夜值守未央宫,以防不测。还在宣室殿西专门辟出一间画室,将《周公负扆图》挂在里面,有空就进去看看,以警醒自己,千万不能忘了先帝遗嘱。

霍光已是处处谨慎,尽职尽责,可宫中还是不时会闹点小动静。这天入夜，霍光带着廷卫，里里外外巡察一遍，见一切如常，回到宣室殿旁的值勤室，和衣躺下。迷糊之际，正要睡去，有廷卫跌跌撞撞跑进来，大呼小叫道："不好了，不好了，殿里出了异怪！"

霍光兀地从床上惊起，抓过枕下佩剑，连外衣都来不及披一件，跃身出门。又想国家根本，除了天子，就是传国御玺，忙叫醒保管御玺的尚郎官，命他把御玺拿出来。偏偏尚郎官视玺如命，死死抱在怀里，不肯交给霍光。霍光没功夫跟他啰唆，伸手去夺御玺。尚郎官退后一步，抽出腰上利剑，拦住霍光，说："要吾脑袋有一颗，想取走御玺，没门儿！"

霍光放下心来，赞许道："尔能守住御玺，还有什么话说？光并非真要你交出御玺，是怕御玺落入别人手里，坏圣上大事。"尚郎官说："保护御玺是吾职责，吾当与御玺共存亡。"

霍光点头称善，传令值宿廷卫，恪守本职，不得惊慌喧哗，违者即斩。

殿中这才渐归平静，直到天明也没碰见什么怪异，不过虚惊一场。当日霍光就承制下诏，加尚郎官二等俸禄。又追钩弋夫人为皇太后，谥先帝为孝武皇帝，大赦天下。

事情至此，还没完。霍光又以昭帝名义，颁下诏书，给燕王刘旦、广陵王刘胥及鄂邑长公主，赐钱加封，以稳定其情绪。也算扔颗石子，一试深浅。还派人给两王所在地方郡府打招呼，说先帝新逝，多关心关心其爱子。郡府长官都是些人精，还能听不懂霍光话里关心意思？悄悄派人打入王府，布下耳目，以及时掌握两王动静。

封赐下达后,刘胥和鄂邑长公主没话说,乖乖承领。只刘旦一肚子火气,咬牙切齿道:"按长幼顺序,这个皇帝就该归吾刘旦,哪用得着人家赏钱颁赐!"竟以曾受武帝诏命,得修武备为由,收集铜铁,铸造兵器,招兵买马,训练军队,只等时机成熟,起兵发难。还公开对外宣称,小皇帝来历值得怀疑,搞不好并非武帝亲生儿子,是霍光一班大臣张冠李戴,故意弄个傀儡做样子,篡夺我刘家天下。

自己一人力量太过单薄,刘旦又串通其他几位堂兄弟,一起动作。这些纨绔子弟享受着祖辈庇荫,衣来伸手,饭来张口,正闲得发慌,巴不得到哪儿寻点刺激,自然一个个摩拳擦掌,跃跃欲试,准备跟刘旦大干一场。其中一位叫刘泽的公子哥儿,系齐孝王孙子,平时没正经事做,到处游荡,得到刘旦起事密函,屁颠屁颠跑回齐国,纠集一班乌合之众,舞枪弄棒,盼着早点造反。谁知反还没造起来,有人将消息递到青州刺史耳里,刺史派人侦知刘泽行迹,将他捉拿归案。刘泽姓刘,算是皇亲国戚,刺史不敢擅自处置,先关进大牢,然后派人入京通禀霍光。

要说刘旦图谋不轨,早在预料之中,霍光已调兵遣将,悄悄对燕国做了布控,以防不测。不想刘泽先跳将出来,真是不自量力。刘泽非王非侯,与刘旦兄弟已沾不上多少边,就是昭帝让出皇冠,也轮不到这小子头上,也来凑什么热闹?不过这也不是坏事,霍光正好拿刘泽开刀。刘泽毕竟不是刘旦,刘旦是昭帝亲兄,武帝又有遗诏,要霍光善待之,直接动他,对不起武帝不说,不明真相者还以为你霍光架空昭帝,居心叵测。

霍光二话不说,立马派出特使,连夜赶往青州,提审刘泽。

刘泽细皮嫩肉的，禁得起几下敲打？一五一十将事情供了出来。特使回报霍光，霍光轻轻咳声嗽，说："出了刘泽这样的败类，真是刘门不幸啊，还留他作甚？"

刘泽脑袋便离开脖子，"嘣"一声掉到了地上。

九、人祸接连天灾，饥民潮涌而至

处置刘泽的同时，霍光又令布置于燕国周围的皇军，采取果断行动，将刘旦的军队控制起来。然后拿着刘泽供词，让刘旦自己过目。刘旦见事已泄漏，只好乖乖受缚，进京接受审讯。霍光心里装着武帝遗嘱，放刘旦回国继续做燕王，一边自省过错。

一场未遂叛乱就这么被彻底挫败，昭帝地位得到巩固，霍光威信也越发高涨，一时权倾朝野。武帝早有遗诏，封霍光为博陆侯，霍光一直不肯受封。这下平定叛乱，已是内无忧，外无患，大局稳定，霍光这才高高兴兴，依诏收下侯封。

与霍光一起封侯的，还有上官桀。说起这个上官桀，可非等闲之辈。早年做过未央厩令，也就是武帝的马倌队长。穷兵黩武的武帝天性爱马，有事没事喜欢去未央厩看马。上官桀很卖力，将马喂养得又肥又壮，逗武帝开心。有一阵子武帝患病，久卧不起，上官心想马喂得再肥，皇上也看不见，不白忙乎了？偷起懒来。谁知武帝念马心切，病情还没完全痊愈，就东倒西歪到未央厩看马来了，事先连招呼也未打一声。却见群马骨瘦如柴，风都吹得倒。武帝跌下脸色，望眼上官桀，说："你一定以为朕病倒在床，不会来看马，才不再用功喂马吧？"上官桀吓得魂飞魄丧，"扑通"跪到地上，磕头道："听说陛下龙体欠佳，罪臣忧惧难安，也就无心喂马，亏待了群马，还请陛下恕罪。"武帝听罢，以为这家伙忠诚可靠，转怒为喜，不但没加罪于他，还提拔为骑都尉，后又升任为太仆。

除霍光和上官桀，金日䃅也在受封之列。可他却以昭帝年幼为由，不肯受封。谁知天不永年，不久金日䃅病重，眼见来日不多，霍光赶忙恭请昭帝，兑现侯封。昭帝只好跑到金日䃅病床前，亲自给他颁发金印紫绶。金日䃅见印而笑，与世长辞。

金日䃅一向为人厚道，霍光一直视他为知已。如今斯人已逝，失去一个得力助手，霍光不免倍感孤独和悲凉。霍光觉得肩头担子越发沉重，不敢稍斜肩膀，推卸责任。想推卸也没法推卸，金日䃅死后不久，关中连降大雨，三月不歇，坚固的百年渭桥都被冲走。

大雨过后是高温天气，田地里的麦苗全部枯死。高温持续至冬季，无雨无雪无冰，虫卵蠢蠢欲动，待来年开春，蝗虫铺天盖地而至，不仅庄稼、瓜果和蔬菜，连山上树叶，地里野草，全被风卷残云，啃食精光。农民颗粒无收，仓储空空，只好拖儿带女，背井离乡，外出乞讨。饥民成群结队，越集越多，远远望去，仿佛无翅蝗虫，从四面八方，往京都方向蠕动。

霍光得报，忙召集田千秋、桑弘羊和上官桀商议，如何应付饥民。商量半日，别无他法，只有施粥缓饥，尽量少死人。霍光立即代昭帝下旨，命田千秋调拨米粟，在咸阳城外广设粥厂，接济饥民。粥厂连开旬日，饥民不但没散，且越集越多，大有推倒城墙,入城作乱之势。田千秋心急如焚,赶紧入宫禀报昭帝,请求开仓放粮,让饥民领粮走人。

昭帝年幼,军政一决于霍光,还得霍光表态。霍光道:"丞相执掌国政,饥民不散,开仓放粮,本属职分,何须禀报?"田千秋哭丧着老脸道:"大将军又不是不知,税赋钱粮缴用,皆掌握在大司农桑弘羊手里,哪是本官所能决定的?"

大司农是桑弘羊另一重身份,武帝需他配合霍光辅助昭帝,临终前才又赏加御史大夫。其实在武帝托孤的五位顾命大臣里,资望最高者并非霍光,而是桑弘羊。桑弘羊出身洛阳富商家庭,少年便以精于心算闻名远近,被汉廷诏拔为侍中,入宫陪侍武帝读书。汉廷重视文教,当年丞相萧何主持修建未央宫时,专门设置天禄阁,搜罗天下图书,藏入阁中,又辟石渠阁,收集各类档案文件。桑弘羊为天子侍读,可自由出入两阁,博览群书,遍查典籍。武帝独尊儒术,桑弘羊精研五经,又兼习诸子百家,尤擅法家和管(仲)商(鞅)之学。武帝开疆拓土,耗光文、景二帝积累下的财富后,任命桑弘羊为治粟都尉和大司农,通过移民屯田、盐铁专营、酒榷均输、币制改革、开征算缗告缗税等手段,集中大量财富,以满足巨大的战争开支。可以说没桑弘羊这只抓钱手抓钱,武帝不可能开创帝业,雄霸天下。桑弘羊独掌财权二十多年,自然也织下一张密密的利益大网,从京都到郡府县,凡关涉钱粮的衙门、仓储、库房、路卡和要津,全都是其亲信,外人想撕开网子,想都别想。相比之下,田千秋虽位列三公(丞相、大司马、御史大夫)之首,可自高寝郎至大鸿胪,再到丞相,不过两年时间,毫无根基,又哪撼得动树大根深的桑弘羊？桑弘羊也没把田千秋当回事，迫于饥民汹汹，拨出粮米，交他开设粥厂，已够意思，再开仓放粮，哪有此等好事？

霍光知道田千秋难处，打算亲自跟桑弘羊交涉。本想以昭帝名义，诏令桑弘羊进宫，转而又想，还是去趟桑府，公事私说，容易谈到一起，以免事没办成，彼此闹僵，以后更不好共事。毕竟同为武帝所托顾命大臣，得以昭帝和朝廷利益为重，不可意气用事。

下朝后，霍光先回大将军府，脱下官袍，穿上常服，再上车往桑府赶去。常服显得随意，不像官袍，象征级别高低，让桑弘羊瞧着不舒服。桑弘羊年事高，资历深，学问好，对大汉贡献也大，地位一直比霍光尊贵。大司农则属九卿之一，比霍光以前的奉车都尉和光禄大夫官阶高。只是武帝临终前，将霍光越级提为大司马和大将军，桑弘羊虽升御史大夫，却属三公之末，退居霍光之后。且霍光军权在握，实际地位高过田千秋，更别说桑弘羊。

霍光来到豪华阔气的桑府前，下得车驾，通报进去，桑弘羊倒也不敢怠慢，很快出现在府门口。见霍光常服于身，知其深意，脸上笑笑，礼迎客人入府。来到厅堂，主宾坐定，酒果上来，桑弘羊摆摆手，道："还请大将军赏用。"

酒水酒水，旧时酒与水差不多，霍光小饮一口，谢过主人，放下酒盅。桑弘羊笑道："大将军大驾光临，本大夫无以招待，只好献上薄酒，不成敬意。"没等霍光回应，又接着道，"大将军日理万机，有事吩咐一声，本大夫上大将军府讨教便是，何劳大将军屈尊动步，亲至寒舍？"霍光笑道："应该应该。先帝在位五十余年,全仗大夫殚精竭虑,聚钱敛谷,提供赀费,才兴军强国,雄霸四方,光历来敬重大夫,早欲登门拜访,以示景仰。无奈政事军务繁巨,无以抽身,今日稍稍得闲,故专程来府,以遂夙愿。"

桑弘羊自恃腹有经史,年长功高,一向瞧不起霍光读书不多,无功无勋,仅凭随侍武帝三十年,获得信任,成为幼帝首辅大臣。只因霍光能放低姿态,上门示弱,身为主人,还不好端着架子,显示优越,不得不谦虚几句,然后问道:"大将军百忙中抽空前来寒舍,不只来与本大夫闲话,还有别事吧?有何见教,只管道来。"

"不敢言教,不敢言教。"霍光道,"大夫不说,在下倒已忘记,今田丞相入宫禀报施粥之事,说粥越施饥民越多,恐怕还得开仓放粮,尽量打发走饥民,否则潮水般涌入城内,咸阳岂不大乱?"桑弘羊道:"还有此事?饥民真不识好歹,获粥充饥,还想放粮,不是得寸进尺吗?"霍光道:"不怪饥民得寸进尺,只怪赤地千里,灾荒太重,饥民虽得粥暂时活命,朝廷若不放粮,他们一旦离京返回故里,米缸空空,依然得饿死。"

桑弘羊摇摇头,叹道:"天灾无情,非人力可抗拒,饿死人并不奇怪。"霍光道:"先帝托咱们辅助幼帝,路有饥民,不妥善安抚,闹出大乱,动摇大汉江山,何以对得起先帝在天之灵?"桑弘羊笑道:"没这么恐怖。大将军手里不有军队吗?正好派上用场。"

霍光跌下脸来,道:"朝廷军队是用来对付外敌的,岂可转身杀向子民?"桑弘羊道:"万一饥民作乱,不得已动用军队,也无大错。"霍光道:"'民为邦本,本固邦宁',对老百姓用兵,下下策也。还得请大夫开仓放粮,让饥民背粮返乡。"桑弘羊叹道:"饥民又非少数,朝廷粮仓全部打开,也满足不了他们,否则边境有警,军队无粮,如何是好?"

要说桑弘羊所言,也不是全无道理,但霍光深信,大汉与匈奴打了数十年仗,双方元气大伤,没三五十年恢复不过来,想发动大规模战争已无可能,完全不用担心边警。只是这个话题非一两句说得清楚,霍光不愿徒费口舌,道:"毕竟边境暂时无事,而饥民就在城下,随时可能揭竿而起,不打发走饥民,皇上不得安寝啊。"

见霍光端出昭帝,桑弘羊不便强拒,道:"京畿粮仓就那么几个,里面粮食有限,要不要开仓放粮,本大夫看不准,也请大将军别太着急,明日朝会,由众臣来定如何?"

霍光心里清楚,桑弘羊管理钱谷二十多年,账册就在他肚里,到了朝堂上,谁辩得过他那张如簧巧舌,放粮之事岂不泡汤?霍光不愿把主动权交给桑弘羊,说:"皇上龙体欠安,近日没法朝会,放粮之事,还请大夫开恩,先打发走饥民,再论其他。"

桑弘羊仍坚持己见,放不放粮,非朝议不可。霍光拿他没法,又不便逼其屈服,只好出门登车,回了大将军府。门客杜子陵见霍光气色不对,问道:"主公吃了桑弘羊的软钉子吧?"霍光恼怒道:"这个桑弘羊,简直是茅坑里的石头,又硬又臭,老夫好话说尽,他就是不肯买账,怪不得田丞相不敢去见他。"

杜子陵笑笑道:"三公里面,丞相居首,大司马居次,御史大夫居末,且主公还是大将军,桑弘羊怎敢与二位对着干?"霍光道:"桑弘羊不以大司农掌着钱粮吗?现正是用粮之际,老夫和丞相自然得求着他。"杜子陵道:"可主公求上桑府,也求不灵呀。"霍光道:"若求得灵,老夫也就不犯愁了。"杜子陵道:"主公求不灵,饥民求得灵。"

霍光一时没反应过来,道:"饥民不知桑府朝东朝西,哪求得到桑弘羊门下?"

杜子陵撇开桑弘羊,道:"主公上桑府后,廷尉王平来找过主公。"霍光道:"王平来过?老夫命他负责城防,别让饥民涌入城内,他哪有时间到处乱跑?"杜子陵道:"王平正为城防而来,说饥民汹汹,大有翻墙入城之势。见主公没在府上,托我转告,看有何良策,尽快平息饥民情绪,以免事态闹大,不可收拾。"

霍光愁眉苦脸道:"饥民无非求粮充饥,桑弘羊不肯放粮,弄不好真会天下大乱。"

"天下大乱前,可让饥民先乱乱桑府。"杜子陵笑笑道。一语点破霍光,他略有所思道:"别无他法,也只好出此下策。快把王平找来,老夫有事吩咐。"

杜子陵答应着,转身要走,霍光又叫住他:"且慢,还是老夫到城墙上去瞧瞧吧。"

十、开仓放粮救急,减税免赋养民

到得城头,只见王平正在指挥兵士,置备炮石箭矢,以防饥民越墙而入。而城外饥民蝼蚁般,密密麻麻,满坡遍野,真挤垮城墙,还真不是闹着玩儿的。

望见霍光到来,王平忙上前,作过揖,又指指城下饥民,道:"大将军也已瞧见,再不采取果断措施,饥民蜂拥而至,再厚的城墙、再多的士兵,也没法阻挡。"霍光道:"你说有何果断措施?调集大军,把饥民给镇压下去?"王平叹道:"饥民不过想活命,无意反朝廷,镇压无名,只会失去民心,逼迫民反。"

杜子陵一旁自言自语道:"大将军登门造访桑弘羊,求他开仓放粮,让饥民取粮回乡,无奈桑弘羊不从,大将军也无奈其何。"王平愤然道:"大将军首辅大臣,桑弘羊理应服从大将军,岂敢违命不从?大将军无奈桑弘羊何,本校尉带上数百将士,杀入桑府,把桑弘羊捆绑起来,看他敢不放粮。"杜子陵道:"实在拿桑弘羊没法,倒也不妨来硬的试试。"

霍光黑着老脸,一本正经道:"桑弘羊乃朝廷重臣,有功于国,位列三公,王校尉敢动他武,难道不怕杀头?"王平道:"能救饥民于既倒,解除咸阳危急,本校尉献出脑袋,又算甚么?"

霍光摇头道:"饥民因饥饿难耐,有些甚么过激行为,尚可理解,朝廷也追究不了那么多。你可是朝廷命官,并非饥民,岂可孟浪胡来?"

留下此语,霍光甩手走掉。王平何等聪明,琢磨着霍光话里意味,紧锁的眉头不觉舒展开来,意味深长地笑了笑。夜里正好起了大雾,王平暗示士兵,在城墙上掘开个不大口子,哗啦哗啦,放进数百饥民。其他路径早已封死,饥民顺着唯一没设防的巷子,直接冲到桑府门口,大喊大叫,要吃要喝,要谷要粟。

其时桑弘羊正欲就寝,听得门外喧嚣,吓得赶紧从旁门逃走,直奔未央宫,跪求昭帝发兵镇压饥民。昭帝大惊,召来正在偏殿值宿的霍光,问该怎么办好。霍光望眼桑弘羊,道:"桑大夫比谁都清楚,应该如何应对饥民。"

桑弘羊自然懂霍光话里意思,说:"大将军要本大夫开仓放粮,本大夫不得不从,可万一边境有警,朝廷拿不出钱粮,可不是本大夫责任。"霍光叹息道:"咸阳城破在即,君臣都将成为饥民嘴里肉食,到时责任在谁,有那么重要吗?"

桑弘羊脸上一红,辞陛出宫,赶紧布置开仓放粮。

饥民领到粮食,陆续散去,京都危机就此解除。可事情没完,灾后田荒地芜,不及早恢复耕种,没有收成,依然会出大事。霍光奏请昭帝恩准,指派廷尉王平率人巡行各地,体察灾情,访贫问苦,纠察官吏,平反冤案。同时察举贤良,为朝廷预备有用之才。

数月后王平几人回京禀报,全国大面积遭灾,加之税赋过重,灾民没法承担,只好流落在外。霍光据此,召集群臣,商议减免赋税事宜。桑弘羊先站出来，反对轻言减税免赋。武帝朝过来的老臣多附和桑弘羊，只有少数新晋之士声援霍光。不减免税赋，土地上没人，税赋又从何而来？几番辩论，双方达成协议，灾区税减半，赋全免，无灾地区照常纳税缴赋。

诏令颁发下去，各地流民陆续返乡，收拾残破家园，投入耕种。不少流民不愿或没法回归故土，朝廷便取天水、陇西、张掖三郡各两县，组建移民新区，名为金城郡，由国库划拨资金，购办耕牛、农具、种子，支持移民垦荒自立。也有好逸恶劳不愿下田入地劳作的刁民，伺机寻衅闹事，则采取强制手段，迁徙辽东安置。

武帝驾崩以来接连发生的谋反大案和大灾大饥事件，就这样被霍光一一化解。可霍光不敢松懈，又相继颁布诏令，禁苛暴，止擅税，力本农，轻徭薄赋，与民休养，朝野气象为之一新。为鼓励农桑，奖掖耕织，霍光又让昭帝率领文武大臣，浩浩荡荡来到上林苑，犁田翻地，播种耕耘，为天下表率。

尽管措施得力，灾情严重地区还是没法恢复元气，霍光又准备全免税赋。还有执行了几十年的马政，也压得百姓喘不过气来，非废除不可。原来武帝出于战争需要，诏令官方和民间大量养马驯马，按时、按量交送军队使用。眼下没有战争，又刚经历过大灾，可负责马政的衙役，依然逼着百姓如数送交良马，弄得民怨沸腾。

朝会时霍光提出自己设想，无一例外又遭致老臣反对。反对声喊得最响的人，依然还是桑弘羊。桑弘羊便是税赋和马政制定者，一直施行得好好的，霍光执政以来，竟不管不顾，又是更改,又是废除,要他怎么接受得了?桑弘羊甚至当着文武大臣面,讥讽霍光负责皇上出入车驾还算在行,打理朝政还得多学着点。

桑弘羊弦外之音好懂,就是霍光肚里墨水不多,又没主过政,仅凭侍候武帝三十年,才做上新帝首辅大臣,应该多听老臣言,否则会坏朝廷大事。霍光不愿跟桑弘羊白费口舌,让昭帝宣布散朝,朝议不欢而散。

送昭帝回宫,交还给鄂邑长公主,霍光正要退下,廷尉杜延年奔过来,说刚刚得报,益州等二十四邑夷民因出不起苛税重赋,交不出良马,被官府逼得没有退路,只好揭竿而起,聚众造反,当地衙门、铺面和民房都被砸得稀烂。

昭帝才十来岁,未经世事,闻禀吓得脸色发白,往鄂邑长公主怀里钻,仿佛反民已杀进未央宫似的。霍光安抚昭帝道:"陛下不必惊慌,只管跟长公主回内殿歇息,老臣自会下去布置,布置妥当,再禀报陛下。"

昭帝脸上这才恢复血色,看着两人朝宣室外殿走去。外殿距离不到两百步,路上霍光已想好主意,对杜延年道:"你把水衡都尉吕破胡叫来,咱们三位先合计合计。"

吕破胡做过廷尉,与霍光共同服侍武帝多年,可谓知根知底。江充被诛后,留下水衡都尉一职,武帝采纳霍光荐言,提拔吕破胡到此位置上,一直做到现在。益州有警,霍光要派吕破明领兵平叛,他自然乐意效力,很快随杜延年来到宣室外殿。霍光道:"破明知道老夫为啥派你去益州吗?"吕破明道:"大将军信任破明。"

霍光点点头，道："咱俩在先帝身边共事多年，老夫肯定信任你。还有就是你身为水衡都尉，掌管钱谷，不用老夫另派粮官。此次出征，除军用粮草外，还得备足钱帛和谷米，到了益州，先赈济夷民，争取民心，再镇压顽抗反贼，自然事半功倍。"

吕破胡得令，道："下官一定照大将军意思办。"霍光又道："赈济夷民，需要人手，老夫再派延年给你做副手，你俩同心协力，定能全胜而归，到时再喝你俩庆功酒。你俩下去筹备吧，三天后老夫代表皇上，为你俩壮行。"

两人领命而去，霍光回到宣室殿内殿，禀报昭帝："老臣已布置吕破胡与杜延年为正副将军，率军南下益州平叛，请陛下尽管放心。此系大举，明日朝会，还得通报文武大臣，形成共识，同仇敌忾，支持吕杜前往益州破敌。"

昭帝自然认可。翌日朝会，站在昭帝旁边的霍光望着众臣，拉长老脸道："因朝廷税赋沉重，马政苛刻，益州等二十四邑夷民不堪重负，积怨成恨，联合起来造反，大有北上威逼京师之势，不知谁愿领兵前往平叛？"

昭帝一听不对，觉得奇怪，昨天明明听霍光说好已安排吕、杜两人调兵筹粮，准备南征，今天怎么又改了口，莫非吕、杜二人不肯替朕用命？正要发问，只听霍光又道："老夫已找过数位武将，听说益州夷民因税赋和马政起事，都畏首畏尾，不肯出征。"

于是有大臣问："刁民闹事，总有借口，为啥论到税赋和马政，将军们就畏畏葸葸，不敢动作？"霍光道："非常简单，真是刁民和匪众起事，朝廷正义之师一到，不费劲就可剿灭。因税赋和马政过苛,激起民愤,全民叛乱,老少皆匪,官兵所到之处,四面楚歌,八面树敌,连带路、送水之人都没有一个,这仗还怎么打?"

再无人吱声,朝堂上一片沉默。良久,霍光才又道:"外将不肯用兵,内臣毫无主张,只好老夫亲自率兵南下。"田千秋当即反对道:"陛下年幼,又登基不久,大将军领军在外,无人辅政,朝廷缺失主心骨,岂不乱套?不行不行,大将军不能出京。"霍光道:"老夫在外,京都不还有丞相等文臣武将吗?"田千秋道:"本相与众臣处置外廷事务没问题,可内朝没大将军坐镇,出些甚么意外,又如何是好?大将军绝对不能领兵离京。"

"大将军千万不能走,你是皇宫定盘星,定盘星不在,朕心不安,觉都睡不安稳。"昭帝也惴惴道。朝臣跟着附和,说杀鸡焉用牛刀?夷民闹事,犯不着大将军亲自出马,还是调派他人为佳。霍光长叹一声,道:"陛下和众官不愿老夫离京,老夫也不好违背君臣意愿,自作主张。可夷民作乱,不尽快平息,越闹越大,更难收拾。"

众人你一言,我一语,给霍光推荐起人选来。霍光都觉得难以信任,望望一直垂首无声的桑弘羊,说:"老夫倒有个好人选,不知众位觉得如何。"众臣忙道:"大将军有好人选,何不快点说出来,让陛下诏令出征?"

霍光抬手指向桑弘羊,道:"御史大夫就是领军平叛的最佳人选。"

众人大感意外。桑弘羊一辈子跟钱谷贸易打交道,从没在军队待过,哪是带兵的料?何况六十多岁高龄,垂垂老矣,别说领兵南征，就是空手上路，千里迢迢，能否赶到益州都难说。桑弘羊也惊讶不已，抬起头来，望向霍光，心里说这小子莫非欲借刀杀人，灭掉老夫？

霍光与桑弘羊对视片刻，目光扫向朝堂上空，朗声道："益州夷民起事，全由税赋沉重和马政苛刻所致，税赋和马政条款系御史大夫亲手制定，只要御史大夫赶往益州，凭借三寸不烂之舌，对乱民晓之以理，动之以情，乱民深明大义，自会为国家着想，替朝廷分忧，乖乖纳税交费，贡献良马，息兵止戈。届时天下太平，乾坤朗朗，御史大夫功莫大焉。"

听出霍光正话反说，讥讽桑弘羊抱残守缺，不肯减免税赋和放弃马政，朝臣一个个咬住舌头，强忍住没笑出声来。昭帝毕竟年少，哪听得懂霍光戏谑？忙应承道："不用大动干戈，只辛苦御史大夫跑一趟，到阵前摇唇鼓舌，便能屈人之兵，又何乐而不为？朕这就命御史大夫率军出京，奔赴益州，舌战夷民，平定叛乱。"

桑弘羊哭笑不得，赶紧跪到御前，磕头道："微臣老矣，站在地上，风都吹得倒，哪还有力气远涉益州，为陛下平叛？还请陛下另选高明吧。"

昭帝偏了头去瞧霍光，道："爱卿意思，要不要派御史大夫征发益州？"霍光道："若非御史大夫固执己见，早减免税赋，废除马政，夷民有活命之路，又哪会揭竿造反？叛乱既起，无人肯前往征讨，自然还得劳驾御史大夫，为大汉了难。"

桑弘羊被逼无奈，只好当场表示，立即全免灾区和四夷税赋，废除马政。

十一、小昭帝夜嬉闹，长公主私出宫

三天后，吕破胡和杜延年做好出征准备，霍光来到军前壮行。举酒间，霍光拿出朝廷刚下达的免税薄赋和废除马政谕令，请两位转交郡府官吏，照谕执行。又反复叮嘱，大军到处，多宣示浩荡皇恩，赈济为主，用兵为次，尽量少死人，则功德圆满矣。

吕杜征发益州，照霍光意思做去，收获民意，半抚半剿，叛乱很快平息。班师回朝，霍光奏禀昭帝，为两人加官晋爵，不在话下。

益州平定，税赋和马政旧制废除，流民回归土地，抛荒的农田和桑地渐渐恢复生机，霍光总算松了口气。可还没完，还有更重要的事情等着霍光处置。诸如盐铁官营和酒榷均输等系列旧政不尽快废除，百姓利益被严重侵害，生产和贸易受阻，民富国强就是一句空话。几十年来，民间不能制造和买卖铁器，官造铁器只重产量，多为大器具，质重价高不说，还不实用，照此下去，如何发展生产，提升民众生活？官营酒水产销，酒质差，价位高，民众别无选择，只能尽量少购酒，酒水市场自然一天天萎缩。

霍光因此早想着改革旧制，把盐铁酒水等生产和销售权还给民间，提高产品质量，增加市场活力，民众受益，国家也可多收税。可桑弘羊等人绝对不会同意，因为几十年的旧制，盐铁经营和酒榷均输等早形成固定的生产销售链条，链条上的官吏和家族享受惯了既得好处，岂可轻易放弃嘴边肥肉？也就是说，改革制造和贸易方面的旧制，比减免税赋难度大得多，不拼个你死我活，恐怕改不了，革不下去。

可不改革旧制，民众生存艰难，国运日见衰落，大汉江山难保，会出更大乱子。霍光暗下决心，哪怕冒再大风险，也非改不可。可从何下手呢？一时又不得要领。

这夜霍光又一如既往，在宫中值宿，脑袋里思谋着改革旧制的事，脚下迈着稳健步子，将宫里、宫外巡查一遍，看看该关的门禁关上没有，当值的仆役在不在岗，领班的廷卫是在巡逻，还是躲在墙角打瞌睡。没办法，昭帝太小，自己既然要做周公，外政得打理，内廷也不能出差池，否则因小失大，他日九泉之下，没法见武帝。

各处情形还算正常，霍光这才放下心来，掉头回自己宿处歇息。路过宣室殿昭帝寝宫，闻见里面笑闹声，霍光奇怪起来。照理早过就寝时间，昭帝该睡下了，怎么还没消停？

驻足谛听，听出昭帝在与小宫女嬉闹。平时鄂邑长公主对昭帝的管理还算严格，轻易不让宫女接近昭帝，今晚怎么如此失职？

霍光推门而入，只见昭帝穿着睡服，在嘻嘻哈哈追打小宫女。追上半圈，突然发现霍光站在面前，这才舔舔舌头，乖乖爬上龙床,钻进龙被。霍光过去给昭帝掖好被子,转身来到不声不响缩在墙角的小宫女面前,问道:"长公主呢?她怎么没在?"

开始小宫女缄口不语,不肯道出实情。霍光抽出佩剑,放到火炉里去烧,说:"等烧红了再撬你嘴巴。"小宫女这才细着嗓子道:"长公主午后出的宫,一直没回来。"霍光问:"长公主出宫去做什么"小宫女摇头说:"不知道,真的不知道。"

霍光没再逼小宫女,嘱咐她,公主回来后,就装做什么没发生,别说大将军来过。

鄂邑长公主哪晓得霍光已注意上自己?依然像以往样,不时偷偷跑出宫去。有时甚至在外过夜,天亮才归。霍光不知这女人到外面去做什么,派人暗暗跟踪了两回,这才弄清楚,她是去会一个叫丁外人的野男人。

丁外人原是鄂邑侯门客。鄂邑侯是谁?就是鄂邑长公主儿子。丁外人不仅脑袋瓜子转,还长着一副好身材,一张好脸蛋。正是凭借内才外貌,丁外人不费吹灰之力就改变了做门客的命运。也怪鄂邑长公主中年守寡,寂寞难耐,见儿子家里有个门客俊美,不禁怦然心动,只想着顺手牵羊,据为己有。女有情,男也有意,两人移篙近舵,假戏真做,一对野鸳鸯,并作伪夫妻。伪夫妻做得正开心,鄂邑长公主接到朝廷谕令,得进宫料理皇弟起居。谕令如山倒,何况为皇弟服务,绝对没亏吃,鄂邑长公主含泪暂别丁外人,一步一回头,恋恋不舍进了皇宫。皇宫深似海,皇墙高如山,鄂邑长公主忙碌之余,常常站在宫墙下发痴,恨不得钻墙而出,去与相好见面,重温恩爱。墙厚不可钻,鄂邑长公主只得找些别的理由,比如天气已冷,寒衣放在家里,或宫中没有昭帝想吃的好口味，别人采办又不放心，只有她做姐姐的辛苦点，亲自去物色，借机溜出深宫，与丁外人幽会偷情。偷情不是偷金偷银，偷鸡偷狗，到手就可走人，偷情需要大量时间，鄂邑长公主为情所绊，常常彻夜不归，只好拿钱买通小宫女，让她代为服侍昭帝就寝。

鄂邑长公主身为皇帝姐姐，在外跟人私通，这还得了？霍光一拍几案，真想将鄂邑长公主抓起来，办她个通奸罪，点灯沉塘。可转而思之，办了鄂邑长公主，谁来服侍昭帝呢？比起昭帝生活起居，通奸又算什么呢？再说昭帝姐姐与人通奸，说出去昭帝面子上也有些过不去。你身为昭帝身边大将军，总得维护昭帝面子吧？只是鄂邑长公主三天两头往宫外跑，去与野男人苟合，影响昭帝切身生活，也不是个事儿。能不能想个可行办法，不仅把鄂邑长公主的人，同时也把她的心，一起留在宫中呢？霍光拍拍脑袋，想出一个两全之计，让人按计行事，自己则另找鄂邑长公主沟通。

听说霍光有找，鄂邑长公主以为私情败露，膝盖一软，差点缩到地上。缩地上也躲不脱追究，只得强打精神，拖着沉沉双腿去见霍光。

走了几步，又想霍光可不是好糊弄的，是不是先找个什么人，到他那儿去说说情，也许他一时心软，会放你一马。那又找谁好呢？掰着指头数上一阵，朝中恐怕也就丞相田千秋多少有些分量，在霍光面前还说得起话。虽说田千秋是个厚道人，朝中大权都让霍光握着，权威远不如霍光，毕竟身为丞相，又为武帝托孤大臣五人班子成员之一，出面为公主说句好话，求个情什么的,霍光应该还会给他面子。

赶往丞相府,田千秋正在接待客人。客人名叫王欣,原是小小邑令,起点低,起步晚,又没什么靠山,一直在下面府县转悠。府县事务千头万绪,诸如治安诉讼、教育风化、税费征收,都得邑令具体落实,推托不得。加之王欣所到之处,天高地远,人稀物薄,财物短缺,时间一长,多病缠身,苦不堪言。另外调动太频繁,安家不易,不可能每到一处都带上家眷,眠花宿柳,在所难免,还染上不轻的花柳病。再这么继续下去,怕是小命难保,王欣就想早点进京,找个过得去的衙门,享享清福。托关系,跑门路,费了好大劲,也没能如愿。后经人穿线搭桥,投靠到田千秋门下,才调往长安,做了不大不小的京官。京官拜田千秋所赐,王欣也就有事没事往丞相府跑,向主子讨好卖乖,大献殷勤。

鄂邑长公主比王欣尊贵得多,田千秋不好怠慢,支走王欣,把她迎进正厅。鄂邑长公主上场就大放悲声,直呼:"丞相救我,丞相救我。"田千秋吓一跳,忙道:"长公主先别急,说说到底出了什么事?"

"丞相答应救我,我才好说。"鄂邑长公主说着,抬起头,睁着泪眼去瞧旁边仆人。田千秋知道她意思,将仆人赶开,说:"请公主慢慢道来。"

鄂邑长公主这才遮遮掩掩,说最近家里事多,有几个夜晚撇下皇上,离宫回家,被霍光查到,要砍她脑袋,只字不提与丁外人的隐情。田千秋说:"夜里私自离宫回家,有违宫中戒律,却也不是什么大罪大过,大将军怎么会砍你呢?"

鄂邑长公主这才一把鼻涕，一把眼泪，语不成句道："我有事回家跑了两趟，走得太急没来得及禀报大将军，不知他是出于对皇上的负责心，还是其他什么原因，非把我往死里整不可。我并没犯死罪呀，一个小错就成为刀下鬼，也太冤了点！"

哭得田千秋同情心起，说："老夫这就进宫，跟大将军说说，他也许会看本相老面子，从轻发落长公主吧。"鄂邑长公主说："那太感谢丞相了。"田千秋说："动动嘴皮的事，不用长公主谢。你就在敝府上等消息，本相快去快回。"

匆匆赶进宫里，田千秋刚开口说出"鄂邑长公主"五字，霍光就知其来意，面无表情道："是鄂邑长公主托丞相来说情的吧？"田千秋不便隐瞒，实话道："正是的。鄂邑长公主私自出了几趟宫，大将军就要严惩她，是不是有些欠妥？毕竟人家贵为长公主，又有服侍皇上大功，总不好当作宫中平常仆役处置吧？"

霍光心里来气，却也不好在田千秋面前耍态度，只得耐着性子道："正因长公主不是宫中平常仆役，是皇上亲姐和内廷主管，更应对皇上负责，不可随便抛下皇上不管，跑得无踪无影。老这么下去，万一皇上有个什么差错，老夫对得起先皇在天之灵吗？"

田千秋只有点头，说："那倒是，那倒是，皇上安危重要。所幸皇上福大，没造成严重后果，是否饶长公主这一回，下不为例就是？"霍光说："真造成严重后果，还有必要处罚她吗？丞相要忙国家大事，还是省点心，把长公主交给老夫，该杀该砍，我自有道理。"

犟不过霍光，田千秋只好出宫，回府给鄂邑长公主回话。

十二、两情宫中聚首，天子养育有依

听说霍光不肯通融，口口声声要杀要砍，鄂邑长公主两眼一黑，仰面倒地，几乎死了过去。吓得田千秋手足无措，大声呼叫家仆，进屋救人。死在霍光刀下，是鄂邑长公主罪有应得，死在相府，你姓田的恐怕就不怎么好交差了。幸好鄂邑长公主鼻孔还有气，田千秋这才安排车马，赶紧送走，仿佛送的是瘟神。

一出相府，鄂邑长公主就清醒过来。一路掩面自泣，仿佛霍光的刀已架在脖子上，脖子上脑袋立即就会落地似的。又想起霍光绝不只治你一人的罪，定然不会放过丁外人，鄂邑长公主更加不安，更加悲切。自己人头落地是小事，连累丁外人，又如何是好？他还那么年轻，以后的人生还长。怪只怪本公主，只顾自己开心快活，全然不顾老相好的危险。千年修来同船渡，万年修得共枕眠，丁外人呀丁外人，只可惜咱俩的恩爱才开头，就要被姓霍的一刀斩断，我心不甘，情不愿呀。我变成鬼，也不会放过姓霍的，非把他掐死，给你一个交代。

这么悲悲切切来到霍光面前，鄂邑长公主自知犯下大罪，头也不敢抬，一声不响跪在地上，听凭霍光处置。也想当场掐死霍光，只是还没做成厉鬼，没这个手劲。

却好久未听到动静。正要大胆抬头,瞧瞧霍光到底在耍什么花招,只听一个声音不浓不淡道:"长公主别来无恙?听说你好辛苦,不仅要忙宫里事,还要抽空出宫去会人。"

听话听音,鄂邑长公主知道霍光已掌握自己把柄。心里很是绝望,自忖就要活到头了。却还在抵赖,争辩道:"本公主没出宫,白天黑夜都老老实实待在宫里,哪里都没去。是有两次家人递话进宫,到宫门口见了一面,旋即又回了宫。"

霍光冷冷道:"哪里都没去,又怎么能跟丁外人见上面?"鄂邑长公主还要嘴硬:"什么丁外人?本公主不认识。"霍光举重若轻道:"丁外人都已如实招供,你还在老夫面前演戏。"鄂邑长公主说:"我不明白大将军说的什么。"

气得霍光咬牙切齿,恨不得甩鄂邑长公主两耳光。好不容易才忍住,压住怒火道:"明确告诉长公主,姓丁的就关在隔壁,现只等你发句话,你是独自上路,还是跟你的老相好一起动身,一路好有个照应。"

这下鄂邑长公主没辙了,匍匐前行,抱住霍光双腿,哀求道:"大将军行行好,丁外人还年轻,您还是放他一马,让他再活几天吧。他本来不肯理睬我这个半老徐娘,是我不要脸,威逼利诱,软硬兼施,他才不得不屈服于我,跟我做下这不要脸的丑事。千错万错都是我的错,我一人做事一人当,大将军要试刀,就拿我的头试好了,别为难丁外人,他是无辜的,我愿意为他抵罪,替他垫命。"

也许情迷心窍的女人都这样,为了心爱的男人,愿将责任全往自己身上揽。换作男人,怕是推得干干净净,只求自己快些脱身,溜之大吉。霍光又好气又好笑,道:"好一副侠骨豪情,让人不佩服都难。可惜你的相好与你不同,说都是你干下的好事,他本来根本瞧不上你这个黄脸婆,是你以势压人,逼得他走投无路,才不得不委身于你。"

霍光这是要气气鄂邑长公主,让她头脑清醒些,已是这么个年纪的人,别以为还多么讨男人喜欢。果然鄂邑长公主受不了了,大声叫道:"不不不,他不是这样的人,他绝对不会说这种混账话。他跟我发过誓,一辈子就爱我一人。这辈子爱不够,下辈子还要继续爱。"

霍光不耐烦起来,没好气道:"你肉不肉麻?这不是你作诗的地方,要作诗找你的相好作去,他就拘押在宫,你可去跟他见上最后一面。"

来到丁外人面前,鄂邑长公主见他跟无事人一样,疑惑道:"你没事吧?"丁外人奇怪道:"我有什么事?你也看到了,我不好好的么?"鄂邑长公主道:"你不被大将军逮进宫来,要办你重罪么?"丁外人说:"你冤枉大将军了,他哪是要办我罪?是见宫里廷卫不够,专门召我进宫来,为皇上保驾护航。"

鄂邑长公主以为自己听岔了音,说:"你是进宫来做廷卫的?"丁外人道:"我骗你做甚?我不来做廷卫,来看风景?宫里风景又没外面好看。连铺盖都带了来,会在此长住下去。"

鄂邑长公主这才明白过来,霍光是在成人之美,并非要处置自己和丁外人。一时情不自禁,投入丁外人怀抱,欢喜道:"以后咱俩再不用分开,自可天长地久待在一起,齐心协力服侍好皇上。"丁外人道:"大将军如此善待咱俩,也不知怎么报答他才好。"鄂邑长公主道:"大将军这么做,还不是为了皇上?只要咱俩服侍好皇上,就是对他老人家的最好报答。"

这倒是大实话,霍光不为维护昭帝,怎会行此非常之举?不过不管怎么样,鄂邑长公主与丁外人同处宫中,连宵同梦,乐得其所,自然勉力照顾昭帝,再无二意。

鄂邑长公主专心卖力,昭帝起居有托,霍光完全可卷上铺盖,住回大将军府去。又觉宫廷复杂,昭帝又小,不怕一万,就怕万一,万一他有个三长两短,俺霍光也无颜再存活于世。思来想去,霍光决定还是继续留在宫里,掌艄握舵,把握大局。

只是家中夫人心怀不满,男人一连数月未归,不知他在宫里搞啥名堂。于是昂首进宫,拿霍光是问:"你到底姓霍还是姓刘?如果已改姓刘,永远别再回霍家。"

霍光堂堂大将军,集军政大权于一身,谁见谁畏,连昭帝都礼让三分,夫人竟敢在面前颐指气使,是不是有些说不过去?其实也没啥说不过去的,霍夫人比霍光年轻得多,老夫总会让着少妻。原来霍光元配东闾氏中看不中用,仅给霍光生育一女,便命归黄泉。倒是东闾氏身边有个叫显的小婢女,不仅姿色不错,且机智狡黠,善于讨好卖乖,很受霍光宠爱,被纳为小妾,好给霍家多留些子嗣。霍显还真能生,很快下了一窝子女,成为霍家大功臣。待东闾氏死后,霍光也就不再另娶,就地取材,将霍显拔为正妻。

霍显既能生,年龄又小一大截,霍光没法在其面前逞强,只得处处低着脑袋,顺着美貌少妻。正好碰上特殊时期,宫中少不得霍光,干脆躲开霍显住进宫里,让耳朵清静几天。霍显有了想法，是不是宫中美女如云，霍光喜欢上哪位漂亮宫女，才将家里老婆扔到一旁不管不顾？俺霍显可不是好糊弄的，你不回家，俺就给你戴顶绿帽子，出出你洋相。

霍显可不只这么想想，她早看中一个叫冯殷的英俊仆人，这下霍光迷恋皇宫，不肯归家，正好把冯殷招到石榴裙下。冯殷开始还有些顾虑，毕竟是大将军嫩老婆，好随便动得的？唯有装聋卖傻，任她霍显抛媚眼，送秋波，只是视而不见。霍显来了气，跟冯殷挑明道："你这么不中用，到底还是不是个男人？是男人就别软得像稀泥，给我硬起来。"

冯殷这才硬起来，跟霍显成了事。冯殷比霍光年轻得多，正是大显身手的时候，霍显得到极大满足，从此两人黏在一起，再也扯不开。

霍光头上高戴绿帽，竟浑然不知，依然置家庭于度外，一心扑在朝政上。也没办法，皇宫乃是非之地，最大危机便是信任危机，不是可信的人不可任，就是可任的人不可信。只好自己辛苦点，事无巨细，多过问，多操持。不由得想起老搭档金日磾，他若还活着，有个帮手，也不用自己这么辛苦劳累，一个人咬着牙根，支撑刘汉这个摇摆不定的大厦。

又由金日磾，念及他两个年幼儿子，父亲早死，实在可怜。霍光便跟昭帝禀报一声，任命金家大儿子金赏为奉车都尉，二儿子金建为驸马都尉。还让金赏承袭父爵，做了侯爷。然后将两小子召入宫中，作昭帝玩伴。没父的孩子懂事早，两小子倒很乖巧，很逗昭帝喜欢。

见哥哥金赏承袭侯爵，弟弟金建仅享受都尉待遇，昭帝还跟霍光建议："金家反正就两兄弟，哥哥已是侯爷，顺便给金建也封个侯吧？"

从私人感情出发，霍光也愿意给金日磾小儿子弄个侯爵做做。可封侯不是过家家，无缘无故给人封侯，遭人唾骂不说，还会坏掉规矩。霍光于是道："长子承袭父爵有循例在先，给其他儿子封侯，还无此规制。"昭帝笑道："给人封侯，不过朕与大将军一句话的事，要何规制？"

"先帝早就留下话，无功不得封侯。"霍光只好抬出武帝。昭帝拗不过霍光，只得闭上嘴巴，就此作罢。

霍光此举深得众人好评，有人颂扬说，这才像个大将军的样子，做人处事讲规矩。其实霍光不仅对人讲规矩，碰到与自己有关的事，也决不逾矩。前面说过，霍光元配东闾氏曾给他生下一个女儿。霍女长大后，嫁予上官桀儿子上官安为妻，给上官家生下一个女儿。上官安心想，女儿反正是给人家养的，若纳入长乐宫，做上皇后，自己岂不就成了皇帝岳父？这事说起来也不难，俺上官安女儿就是大将军霍光亲外孙女，霍光乃昭帝顾命大臣和大将军，他在昭帝面前轻轻露句口风，昭帝还胆敢不娶俺上官安女儿为后？

上官安跟父亲上官桀交流想法，上官桀也非常支持，说："这确实是你泰山大人霍大将军颔首之间的事，只是不知他会不会帮你这个忙。"上官安说："这怎么是帮我忙呢？他外孙女嫁给皇上，皇上就是他外孙女婿，他脸上也光鲜呀。"

上官桀笑道："你泰山大人能这么想，当然再好不过，怕只怕他不会听你这个女婿的摆布。"上官安说："他不听我摆布，也得为他外孙女考虑考虑嘛。"上官桀摇头道:"不见得吧。自从做上顾命首辅大臣,又入宫主持朝政后,你这个泰山大人便眼睛长到额头上,谁都不当回事。你应该也已听说,皇上念及金日䃅生前好处,想给金家小儿金建封个侯,你泰山大人竟抬出武帝,噎得皇上眼睛翻白。皇上年纪虽小,毕竟也是皇帝,你泰山大人都可以不当回事,你这个女婿的话,他听得进去吗?"

经上官桀这么一说,上官安也觉得这做皇帝岳父的事有些玄。不过再玄也得试试,不试又怎么知道泰山大人真实想法?这天听说泰山大人有事回了大将军府,上官安便备好厚礼,带上六岁女儿,跑去拜望。看在礼品分上,霍显倒也客气,拉过名义上的外孙女,又亲又啃,还拿出好瓜好果招待,显得比亲生外婆还亲热。

至于霍光这里,这外孙女可是名正言顺的亲生骨血,自然问长问短,疼爱有加。还教导说:"你可是大户人家千金,要耐得住清静,多读诗书,不可到处疯跑,野小子似的。"

上官安忙替女儿回答,说一定遵照外公外婆教诲,多读诗书,将来成为有用之才。心里却嘀咕,要成为有用之才,最好办法还是嫁个好丈夫。上官安顺口道:"泰山大人是皇上顾命首辅大臣,与皇上朝相见,晚相逢,麻烦您在他面前说句好话,请他娶您这外孙女为后如何?您外孙女年龄虽小,人才还挺出众,勉强配得上皇上,是块做皇后的好料子。"

原来上官安是冲着这个来的。霍显一旁老大不高兴,这小子野心也太大了点。心下寻思,你上官家成为皇亲国戚,咱霍家哪还占得着上风?岂不要被你上官家压下去?你上官家不就是马夫当得好,才与皇帝走近,进入上层的吗?还不满足,还要得寸进尺,去与皇上攀亲,真是老鼠想吃天鹅肉!

霍光是男人,没有霍显这些小心眼。外孙女终究是外孙女,尽管姓上官,身上总还流着霍家血脉,她入宫做上昭帝嫔妃甚至皇后,自己这张老脸也增光。何况昭帝还算听话,跟他说一声,他不敢不从。

霍光这里正要张口答应,霍显轻轻咳一声,吓得霍光赶紧闭住嘴巴。偷眼去瞧霍显,见她脸一下子拉得老长,嘴角往下撇了撇。霍光只好改变口气,对上官安说:"外孙女才六岁大,不到谈婚论嫁之时,以后再说吧。"

上官安将一切看在眼里,知道自己女儿与霍显无关,她肯定不会支持。又暗骂霍光,没出息的家伙,说句话还要看老婆脸色。上官安没法,牵着女儿,气呼呼出了霍府。

十三、小昭帝初成人，外孙女晋皇后

霍光拒绝嫁外孙女入宫的事传出去后，朝野又是一片赞扬声，说大汉有霍光这样大公无私的良臣，实属大幸。赞扬声传入霍显耳里，她不无得意地对霍光道："若非本夫人阻止，你答应嫁外孙女与皇上，在臣民面前还会有这么高威望吗？"

上官安也听到了外界对霍光的评价，一肚子的不服气，扁着嘴巴说酸话："机会就摆在外孙女面前，也不肯帮忙，谁见过这样的外公？霍家不肯帮忙，我找别人去，也要让女儿如愿入宫，气死你霍光。"

上官安嘴里这么说，是他肚里想起一个人来，决定去找他试试，说不定能成。这个人就是鄂邑长公主相好丁外人。也是宫里人多嘴杂，鄂邑长公主和丁外人的艳事瞒得一时只一时，不久就一传十，十传百，传遍宫里、宫外。上官安耳朵长，早听说丁外人与鄂邑长公主有瓜葛，觉得可以到丁外人那里去走动走动。丁外人与鄂邑长公主正打得火热，只要他肯帮忙，鄂邑长公主绝对会依他，到时在昭帝面前吹吹风，还愁咱上官家闺女做不上皇后？

主意已定，上官安便花钱买通宫中护卫，哪天丁外人离宫外出,请帮忙递个口信。不久得到确信,丁外人出了宫,正往家赶。上官安飞也似的跑到丁家,将丁外人堵在门口。虽说丁外人是皇姐相好,毕竟出身寒微,无官无品,上官安却是堂堂将门之子,丁外人能不高看一眼?也就格外客气,请他进屋上坐。

上官安献上厚礼,嘴上恭维道:"兄弟是皇上身边红人,俺上官想见您一面不易啊。"丁外人笑道:"哪谈得上红人?无非吾皇身边勤杂,连一官半职都没有。"

上官安心想,你与皇上、皇姐有那层关系,弄个一官半职,还不易如反掌?可话不好这么明说,上官安只能转着弯子道:"我这里倒有个不成熟的想法,兄弟如果照此办理,保您加官进爵。"丁外人道:"有此等好事?还请赐教。"

"赐教可不敢。"上官安说,"兄弟如今在皇上身边当班值勤,纯属职责范围。尽职尽责,以谋求上进,属于正途。经正途飞黄腾达者,不是没有,可并不多见。亦即说,要想得到更快更好长进,还可走走捷径。"说得丁外人怦然心动,往上官安身边挪挪屁股,说:"还请明示,这捷径在哪儿?"上安官笑道:"捷径在您脚下。"

丁外人看看自己脚尖,疑惑道:"在我脚下?"上官安说:"刚才说过,在皇上身边当班值勤属职责范围,且当班值勤者又不止您一个,好事不容易轮到您头上。最好能在当好班执好勤的同时,设法靠近皇上,满足满足其私人需求。"

丁外人听出些意思,说:"皇上为天下人主,万里江山都是皇上的,他还有什么私人需要吗?"上官安说:"说万里江山都是皇上的,这没错。可皇上也是凡胎肉身,也得像普通人样娶妻成家,生儿育女,是不是?这就是其私人需求。"

丁外人略有所思道:"可皇上还小,还没到婚配年龄,现在满足他这方面的私人需求,是不是为时尚早?"上官安启发道:"等皇上到了婚配年龄,争着给他物色皇妃的人里三层外三层,宫门都被挤烂,好事还轮得到兄弟头上?"

丁外人这才想起上官安家有小女,定是见你与鄂邑长公主来往密切,跑来求你找鄂邑长公主说合,好做皇帝岳父。亏上官安脑筋转,想得出来。不过话说回来,你给他帮忙,让他成为皇上岳父,到时他要皇上给你谋个好职位,还有什么可愁的?只是这上官安也怪,他是霍光女婿,自己女儿是霍光外孙女,怎么不直接找霍光,却找到我这个宫卫门上来了。可知鄂邑长公主还是霍光安排入宫的,比起鄂邑长公主来,霍光的话自然更有分量,也更管用。又听人说霍光畏妻如虎,莫非霍显见上安官女儿不是自己亲生外孙女,怕好了上官家,从中作梗,上官安才不得已拐个弯子,来找你这个皇上姐姐的老相好?

想到这一层,丁外人会心一笑,指着上官安道:"是不是您想做皇上岳父,要我给您打打边鼓?"上官安说:"兄弟跟我想到一处去了。事情能成,我一定好好报答兄弟。"

上官安父亲上官桀是老将军和顾命大臣之一,上官安女儿做上皇后,上官安家势力有谁能相比?你关键时刻替上官家使过劲,就成为上官集团里的重要成员,以后绝对不会有亏吃。何况上官安女儿还是霍光外孙女,你这么做,也是在间接报答霍光。试想不是霍光从中调摆,你又哪能顺利进宫,与鄂邑长公主团聚,成为皇上身边人?

丁外人没有犹豫，进宫后就与鄂邑长公主说了此事。是趁鄂邑长公主最开心的时候说的。鄂邑长公主何时最开心？不用说就是两人在床上翻云覆雨之时。这夜丁外人使出浑身解数，侍候得鄂邑长公主舒舒服服。鄂邑长公主正幸福得稀里糊涂，丁外人开口道："你是皇姐，可得多多关心关心皇上生活。"

在鄂邑长公主听来，这话说得实在有些稀奇。她斜一眼丁外人，说："你这不是废话吗？本公主是专门进宫负责皇帝生活的，我不关心他生活，谁关心他生活？"丁外人说："你关心皇上没错，可你关心的主要是其饮食起居，还有些方面没关心到。"

鄂邑长公主往丁外人怀里拱拱，说："你说说，还有哪些方面我没关心到。"丁外人说："比如皇上的婚姻大事，我却没见你关心过。"

鄂邑长公主推开丁外人，摆平身子，望着天花板道："你到底想说什么？"

丁外人伸长嘴巴，在鄂邑长公主潮红未褪的腮窝上吻吻，说："你是皇姐，我呢，与你白天同事，夜晚同床，说是皇上半个姐夫，别人可能会有想法，你应该不会反对吧？"

说得鄂邑长公主禁不住笑起来，笑得眼角鱼尾纹一颤一颤的。笑过，伸手去丁外人脸上拍拍，骂道："真不要脸，你也想做皇上姐夫。"丁外人说："我这不是实话实说吗？这是什么世道，人们的耳朵都生了疮，只爱听假语，不愿听实话。"

鄂邑长公主说："你有这个狠，敢到皇上面前去实话实说不？看皇上割不割掉你狗脑袋。"

戏谑几句，鄂邑长公主才正色道："你以为只你丁外人关心我皇弟的婚姻大事,我这个做姐姐的一边歇着,袖手旁观?我早有想法,准备在咱刘家亲戚里,物色个合适的好女孩配给皇弟。只不过皇弟年龄还小,不必太急,才没正式跟他沟通。"丁外人说:"皇上年龄说小也小,说不小也不小,早做安排,总无坏处。"鄂邑长公主说:"你别老说废话,到底是你自己已有好人选,还是受人之托,想给皇上牵线搭桥?"

丁外人这才试着说出上官家女儿。鄂邑长公主说:"上官安为送女入宫,不是在霍大将军面前碰过一鼻子灰吗,怎么又求到你门下来了?难道你比霍大将军更有能耐?"丁外人说:"我不比霍大将军有能耐,并不表明我老相好不比霍大将军有能耐呀。"鄂邑长公主说:"谁是你老相好?真不要脸!"

丁外人笑笑,继续说道:"霍大将军是皇上顾命大臣,我相好还是皇上亲姐呢。皇上婚姻大事,到底是外边大臣说的作数,还是皇家亲姐说的作数,这不是和尚头上虱子,明摆在这里的吗?何况霍大将军怕少妻,外孙女的事他做不了主。"

鄂邑长公主盯住丁外人,说:"你还没回答我,是不是上官安求的你。"丁外人悠悠道:"是不是上官安所求,难道这么重要吗?我是说在皇上婚姻大事上,你若能争取主动,以后你就不仅仅是皇姐,还是皇上大媒人,皇上对你的感激又更增一层。还有被你说入长乐宫的皇妻一族,也会视你为大恩人。如果相中上官家女儿,除上官家族对你感恩戴德,霍大将军也会领你的情。届时你在宫中的崇高地位,还有谁能相比?"

这个浅显道理鄂邑长公主不可能不懂,说:"是呀,由我做主将上官家女儿嫁给皇弟,确实是多方讨好的美事。皇弟好说,这个年纪还不会有太多独立见识,又由我一手带大,肯定会听我的话。只是这个霍光霍大将军,不是以皇弟年龄还小,拒绝过上官安一回吗?万一他出面反对,事情可就悬了。"

丁外人信心满满道:"霍大将军拒绝上官安,不见得会反对你。上官安是他女婿,他同意将外孙女嫁皇上,岂不有谋私之嫌吗?再说还有霍显一旁捣乱,他当然不好下这个决心。你可不同,你跟上官家无亲无故,不存在谋私一说。皇上无爹无娘,你身为皇上亲姐,天天服侍皇上,又做爹又做娘的,给皇上物色个后妃,霍光有什么屁可放?何况你相中的是他亲外孙女,只怕他还会给你上香磕头呢。"

经丁外人这么一说,鄂邑长公主不再迟疑,正式跟昭帝提出,物色上官安女儿入宫做皇妃。昭帝才十一二岁,能有什么主见?自然一切听姐姐的。

鄂邑长公主又去试探霍光。果如丁外人所言,霍光不折不扣,表示赞同。霍光心里有数,昭帝迟早要娶后入宫,娶谁不是娶?娶自己外孙女,又何乐而不为?再说又不是你提的议,做的主,人家也不会说你私心作怪,图谋不轨。至于霍光老婆霍显,当然干涉不了鄂邑长公主,虽然背后生闷气,也不好再说什么烂话。

上官安女儿就这样进了宫,在鄂邑长公主作用下,先被封作婕妤,不久又立为皇后。

女儿做了皇后,岳父老子又是顾命大臣和大将军,上官安还能闲着?马上谋得军职,做上军官,随后一步步往上升,没两年就升为车骑将军,地位已在父亲上官桀左将军之上。

十四、丁外人欲封侯，大将军拒授爵

上官安能如此风光，首功当然是丁外人。不是姓丁的吹鄂邑长公主枕边风，吹得鄂邑长公主耳根发痒，让上官女儿进宫当上昭帝皇后，上官安哪有堂堂将军可做？吃水不忘挖井人，上官安老想着丁外人好处，与父亲上官桀商议，怎么才能报答这个大恩人。

上官桀说："丁外人大字不识几个，在皇宫值值勤，跑跑腿，还能应付，让他做官，从事朝政，恐怕很难信任。还是想想办法，给他弄个侯爵什么的，不必负责具体政务，却能享受较高荣誉，获取丰厚食邑，还可名正言顺娶鄂邑长公主为妻。"

汉室规矩，公主非侯不嫁，只要丁外人不封侯，就没法与鄂邑长公主结为合法夫妻。上官安觉得这个点子不错，说："封侯赐爵，不仅有虚名，有实利，还能获得娶公主的资格，比弄个一官半职更实在。这叫礼轻不送人。只是刘汉规矩，无功不封侯，无亲不赐爵，这事操办起来恐怕也不容易。"上官桀说："这事说难也难，说易也易，就看你面子够不够。"上官安说："还请父亲大人明示，点拨点拨孩儿。"

上官桀想想，说："封侯得过霍光那一关，他这个人太强硬、太死板,他不点头,你还一点办法也没有。不过,他好歹是你岳父,你这个女婿说句话,他总会考虑考虑吧?"上官安摇头说:"这可不好说,当初就女儿的事找他,他不是一句话就把我堵死了吗?"

上官桀胸有成竹道:"此一时也,彼一时也。彼时你无品无爵,霍大将军又要避嫌,堵你也不是完全没有道理。现在你已是堂堂将军,又是皇后父亲,他不看你做女婿的面子,总该看皇后面子,通融通融吧。"

说得上官安点头频频,觉得这事还有几分把握,赶忙提上重金,跑去拜见岳父大人。

如今的上官安已是将军级人物,还是皇上岳父,霍光不好像过去样当普通白丁对待,对这个女婿也多了几分客气,好酒好肉招待,自然不在话下。

上官安很有感慨,人生在世,还是要有地位、有背景。有地位、有背景才有分量,才会被人包括亲戚看重。不过上官安并没忘乎所以,他心里再清楚不过,自己虽是皇后父亲,若没有军权在握的岳父老子背后支持,这个车骑将军也不可能这么容易就到你手上。毕竟你做女婿的有出息,岳父老子脸上也光彩嘛。

酒过三巡,菜过五味,喝酒速度缓下来。上官安开始绕着圈子,试探霍光:"岳父大人清正廉明,一心为公,主持廷政日久,威信日盛。据小婿所知,宫里宫外,各色人等,都很拥护您老人家的。"霍光纠正道:"不是拥护老夫,是拥护皇上。不是皇上英明,大汉江山哪有这么安定平稳,大汉官民哪有这么自在安宁?"

上官安暗自嘀咕,这岳父大人也真是的,女婿面前也打官腔。皇上那点大,嘴上毛都没长出来,还能英明到哪里去?谁拥护他干啥?上官安当然不好直话直说,借题发挥道:"宫中有人反映,岳父身边的丁外人就很不错,无限忠于皇上。勤务方面更是兢兢业业,任劳任怨,非常配合您老人家。"

霍光有些不高兴了。咱翁婿喝酒,你提什么丁外人?他虽有恩于你们上官家,于我霍光又有何干?不过霍光不怎么好批评这个将军女婿,只拿话岔开,要上官安多吃菜。

上官安不甘心,过一会儿,又重提丁外人。甚至拿鄂邑长公主说事:"丁外人会处事不说,还挺会做人,连鄂邑长公主都非常看得起他。鄂邑长公主是皇上亲姐,既然她那么欣赏丁外人,给丁外人封个侯什么的,一点不为过。"

上官安的话已说得很露骨,只差没说丁外人是皇上半个姐夫,不封侯简直天理难容。何况还是你霍大将军亲自将丁外人安排进宫,与鄂邑长公主做上露水夫妻的,何不好事做到底,干脆给丁外人一个侯爵,也好与鄂邑长公主修成正果?

可霍光没有给丁外人封侯的意思。当初将这小子叫进宫里,全是为稳定鄂邑长公主,以免她老往宫外跑,影响昭帝起居。有人因此指霍光后背,堂堂大将军,竟也干起拉皮条的勾当来。拉了丁外人皮条,又给他封侯,人家更有说辞,也显得我霍光太没品位,好像心里只有丁外人这种货色,其他贤臣良吏都入不了法眼。

只是事情牵涉鄂邑长公主,霍光不便多说什么,装作喝醉,让家仆扶着进屋歇息去了。

上官安只好乖乖走人，以后另找机会，缠着霍光说丁外人好话。多说得几次，霍光来了火，直言道："丁外人再有能耐，再优秀，说白了也不过是个侍从，你要我怎么给他封侯？这侯是那么好封的？又不是小孩过家家。无功不封侯，无亲不赐爵，这是大汉规矩，你不可能不清楚。难道硬要让规矩坏在我手里，遭天下人唾骂！"

上官安拿这个岳父大人实在没法，只得请父亲出面，帮着游说。

上官桀与霍光属儿女亲家，平时互通往来，关系还算亲近。又同为顾命大臣，朝中有个大事小情，都在一起商量决断，彼此可谓心照不宣，一直配合得很好。不看僧面看佛面，亲家出了马，霍光总该买账吧。这天朝会结束后，上官桀便尾随霍光，去了他宫里居室。

霍光已猜出上官桀来意，却故意道："亲家有什么好事？下了朝也不回上官府陪亲家母去？"上官桀说："非得有事才能来见亲家，没事不可一起说说话吗"霍光笑笑道："刚才朝会，大家说了那么多，还没说够？"上官桀说："朝会那是商讨朝政，身心绷得紧紧的，哪有咱们亲家私下说话放得开？"

"这倒也是，好久没与亲家单独相处了，也想跟你聊聊家常，轻松轻松。"霍光说着，让仆役献上果品茶水，招待亲家。上官桀喝口茶水，说："今天朝会，皇上一口一个大将军的，对亲家赞赏有加。"霍光说："不仅是赞赏我，也是赞赏众位，朝政是大家共同携手做的嘛，我怎么能贪天之功为己功？"

上官桀点点头，又摇摇头，说："说是众臣一起做的没错，不过那也是在您主持下出的成效,您毕竟是顾命首辅大臣,咱们都是维护您的。连宫里普通侍从都知道,是亲家您这个顶梁柱撑着大汉这座大厦。别人不说,就说那个丁外人吧,对亲家您最是心悦诚服,多次跟我说,在您老人家手下当差,真是他福分,不然也不可能长进如此快。"

这话一听就有假。上官安三番五次找你说情,要给丁外人弄个侯爵做做,都被你顶了回去,丁外人不往你身上捅刀子,算对你客气,还背后说你好话,不骗鬼吗?霍光不想把话说穿,只道:"丁外人跟你们上官家好像挺亲密,你家儿子一见我,就丁外人长丁外人短的,你做老子的也时刻将那小子挂在嘴上。"上官桀笑道:"也不是跟丁外人亲密,我是见他确实是个人才,不仅相貌堂堂,办事能力也非常强,亲家可以好好用一用。"

听了这话,霍光心里对这个亲家鄙视起来,说:"你要我怎么用丁外人?他那么有能力,是不是让他来做我这个大将军,我给他去值夜执勤?"

这话来得够重的,上官桀还能听不出?脸上已有些挂不住。又不好发作,只得厚颜道:"亲家真会说笑话。丁外人也不可能有这个野心,觊觎您大将军的高位。不过他怎么也算个人才,封个侯什么的,比较合适。"

霍光实在听不下去了,直截了当道:"亲家啊,不是我说你,你也是大汉老臣,都已这把年纪,又不是三岁小孩,大汉惯例你还不知道?丁外人这样的角色也要封侯,你让我怎么个封法?告诉丁外人,想在我手上封侯,最好别做美梦,除非我不干这个大将军。"

上官桀还不死心，又恳求道："不给丁外人封侯，给他打发个光禄大夫什么的，这要求应该不算高吧？"

这个上官桀真是越老越糊涂，竟跟我砍起价码来，非给丁外人点好处不放手。我又不是卖小菜的，是堂堂大将军，要对大汉江山负责，如果把爵位官职当小菜出卖，这大汉江山又禁得起几天售卖？霍光已顾不得亲家不亲家的，毫无商量余地道："丁外人身无寸功，德行也成问题，既没资格封爵，同样也没资格授官。今后再不要到我面前提'丁外人'三个字，听多了这三个字，我没地方清洗耳朵。"

惹得上官桀脸都青了，又不好与霍光吵闹，甩袖起身，出了宫门。气急败坏回到家里，上官桀再也忍耐不住，吹胡子，瞪眼睛，大骂霍光。

上官安正在等候佳音，见父亲这个样子，就知没戏，也陪着一起数落霍光，说摊上这样的岳父老子，算倒了十八辈子霉。

骂完霍光，父子俩的气消了不少，上官桀又感叹道："这人还是掌不得大权，一掌大权，就六亲不认，连自己姓甚名谁都忘个干净。我跟霍光共事可不是一年两年，过去他并没这么大的架子，遇事还有些商量余地。自从做上大将军，一手遮天，把持朝政，慢慢就变得专横跋扈起来。尤其随着手中权力的不断强化和膨胀，更是什么人都不放在眼里，好像大汉江山已不再姓刘，都改姓霍了。"

上官安推波助澜道："先帝在世时，父亲身为太仆，位列九卿，人家不过奉车都尉一个，地位还在您之下。后来同为顾命大臣，功劳和声威也差不多。即使如今人家坐镇朝中，一人独大，可咱家也不是吃素的，父子都是将军，小女还做了皇后，要名望有名望，要地位有地位，要势力也有势力。想不到却处处受人家制约，办个什么事情，还得看人家脸色，人家不高兴可以对你置之不理，实在太不公平了。"

十五、百人盐铁辩论，三方思谋反叛

父子两人恨死霍光，两家亲戚从此结下深怨。鄂邑长公主得知霍光不肯通融，叉着五指将丁外人捂得死死的，想封侯封不着侯，想谋官谋不到官，两人露水夫妻不知得做到何时，也义愤填膺，视霍光为眼中钉，肉中刺，恨不得立即拔去才舒服。

为着丁外人授官封侯的事，上官家和鄂邑长公主就这样走拢来，成为死党，一起密谋策划，怎么才能搬掉霍光这块拦路石。又觉得霍光树大根深，不是那么容易对付的，又去联络昭帝哥哥燕王刘旦，以争取他的支持。

刘旦得不到帝位，认为是霍光做的手脚，一直耿耿于怀，这下鄂邑长公主和上官家主动相约谋事，自然踊跃响应。这可是咸鱼翻身的大好机会，只要扳倒霍光，昭帝失去臂膀，还不只好拱手将皇位让给俺刘旦？

三股势力于是合到一处，蠢蠢欲动，只等霍光哪天一不小心，露出破绽，好下他手。

霍光已身陷十分险恶的境地，却还浑然不知。他哪里想得到，拒绝给丁外人封侯授官，竟会激怒那么多人，成为众矢之的？只道上官父子是自己亲家和女婿，不会因一个丁外人跟自己对着干，更不可能内联鄂邑长公主，外结燕王刘旦，三管齐下，预谋大动作。

也是霍光心里装着改革旧制大事，容不得环顾左右，整天去琢磨小人心思。先帝入土多年，边境并无大事，然盐铁官营和酒榷均输等旧制还在推行，凡赚钱行当和买卖，统统抓在朝廷手里，还动不动强迫百姓捐款捐物，无偿充任徭役。再这么继续下去，逼得百姓没有退路，又冒出几个陈胜吴广，啸聚而起，揭竿造反，致使国将不国，自己就成千古罪人了。

可霍光深知，改革旧制，势必触犯朝野既得利益者，无异于虎口夺食，仅凭自己大司马和大将军威权，想打破僵局，又谈何容易？霍光决定大力培植新人，增加自己阵营力量。首先进入视线的是杜延年。杜延年脑袋灵活，见识广阔，霍光任其为谏大夫，好委托重任。

谏大夫主要职责便是建言献策，杜延年冰雪聪明，知道霍光用意，入宫觐见贵人，直言道："大将军欲废武帝旧制，开创新局面，唯有恢复文景时期良规。"

霍光等的就是这句话，看着杜延年，道："继续往下说。"杜延年道："武帝旧制由桑弘羊一手炮制，施行三四十年，不仅朝廷据此搜刮大量钱谷用于战争，大批官吏也从中聚敛无数财富，真舍弃旧制，断人家生财之道，定然阻力重重。只是苦了平民百姓，累死累活，也吃不饱，穿不暖，住不安。下官随吕破胡出征益州时，曾做过大量访问，夷民最不满的就是官府酷吏合法盘剥，不然也不会联合起来造反。"

霍光点点头，说："延年说得好。"杜延年又道："以桑弘羊为首的旧势力太强大,朝中老臣,朝外官吏,都偏向他,大将军非借助民间力量不可,民间知道大将军意破旧制,肯定非常支持。"霍光道:"老夫足不出宫,怎么借助民间力量?"杜延年道:"王平曾察访民间,引进蔡义、韦贤、贡禹等儒生,受到大将军重用。此举深得民心,广受赞誉,大将军若再向民间招手,自有贤良方正云集响应,纷纷聚拢到您麾下,足以对抗桑弘羊旧势力。"

霍光深以为然。不久便以昭帝名义,诏令全国各郡府,选举德才兼备且精通文史的贤良方正,外加有学问的商贾,速至咸阳,献计献策,振兴大汉。始元五年(前82年)六月诏令颁发下去,翌年二月各路贤达六十余人便陆续抵京,来到未央宫。霍光本人没露面,让田千秋率丞相府属官,桑弘羊率御史府属官共四十多人,在天禄阁里与各路贤良面对面,展开激烈辩论。此次辩论从盐铁入手,史称"盐铁会议"。

百人辩论会开始后,来自茂陵的唐生首先发言:"当年匈奴南侵,先帝推行盐铁官营,酒榷均输,可集中财力、物力,支援汉军,打击顽敌,颇有必要。战争断断续续进行了四十多年,匈奴退居漠北,大汉也元气大伤,双方再也打不起,也不愿再打,官营旧制已然过时,必须废除,以让百姓休养生息,商贾盘活产品,国家渐渐恢复生机。"

桑弘羊斜眼睃着唐生,心里哼道,一个小小儒生,读书读傻了吧,也敢在老夫面前胡说八道。可人家奉旨议政,没有罪过,总得客气点,桑弘羊耐着性子道:"无规矩不成方圆,没有朝廷定规,如何保障盐铁酒肉产量和质量?至于商贾,见利忘义,朝廷不闻不问，放任其肆意牟利，欺行霸市，如何保障国家和民众利益？"

鲁国来的万生站出来道："治大国如烹小鲜，谋国理政，宜静不宜动，老是不停折腾，民众不安，国家也受不了。窃以为应克己复礼，尽快恢复文、景二帝时期的德治，用仁义教化民众，减免税赋，取消徭役，以至无为而治境界。"

桑弘羊不屑道："简直是书生之见。无为也可治，还要朝廷干啥？试试国家没有足够税赋，百姓不服徭役，青壮不入伍当兵，一旦外敌入侵，拿甚么抵御？难道跟亡我之心不死的蛮夷宣讲德治和仁义，恳求他们放下武器，赶紧回去施德行仁？这不太可笑嘛！可惜国家大事开不起玩笑，只能殚精竭虑，全力而为。"

来自汝南的朱子伯道："官府有官府的职分所在，民众有民众的责任所在。官府的职分是施行德政，维护公序良俗，为子民伸张正义。民众的责任是尊规守法，敬老爱幼，勤奋劳作，公平买卖。官府忘记自身职分，越俎代庖，插手民间事务，官营盐铁，施行均输和平准，不仅民众吃亏，还会导致官商勾结，造假贩假，联手欺诈国家，败坏社会风气。"

桑弘羊承认道："官商勾结现象不是没有，朝廷会惩腐治贪，也会充分考虑民众利益，稳定物价，便利民众，终比商贾唯利是图要强。朝臣与官吏代天子管理民众，民众不信任官吏，官吏不信任朝臣，朝臣不信任天子，天下岂不大乱？"

辩论从早春二月，一直持续到盛夏七月，从经济政策、对外方略，以及治国理念、官民义利诸方面，展开了激烈辩论。霍光虽没直接参辩，却始终掌控着辩论方向，贤良方正的声音渐渐占据上风，改革旧制共识已然形成，桑弘羊等人想墨守成规，再无可能。辩论结束后，霍光还留下一批有胆识和才干的儒生，充实朝廷，为改革旧制积蓄力量。

自己一手炮制的盐铁官营和酒榷均输等旧制执行了几十年，眼见就要被改掉，桑弘羊非常沮丧，思谋着如何反击霍光，好让旧制延续下去，确保既得利益者不受损失。可霍光手握军政大权，又有朝野新生力量支持，又岂是你想反击就反击得了的？

绝望之际，闻听上官父子因丁外人的事，恨死霍光，桑弘羊不禁心下窃喜，当夜去了上官府。上官父子不傻，知道因盐铁官营和酒榷均输诸制，桑弘羊与霍光已势同水火，没法相容，赶紧把他请入暗室，密商剪除霍光计谋。

如此一来，内有鄂邑长公主做内应，外有燕王刘旦当外援，朝中还有上官父子和桑弘羊一伙运筹策划，一张大网结得严严实实，正向霍光罩过去。

霍光似乎也意识到这张大网的存在，心里隐隐不安。怎么才能撕破这张网，创造清明环境，恢复民力，富国强军，实现长治久安呢？霍光左思右想，一个引蛇出洞计谋渐渐在脑中形成。当天夜里，趁值宿宣室殿机会，霍光私禀昭帝，准备出赵城，亲赴广明，校阅羽林军，以提升军中战力，一旦国家有事，将兵也好拿得出手。

这年昭帝已届十四。十四岁的昭帝始谙世情，渐有自主能力。比如上官安的桑乐侯，就是昭帝擅自下诏加封的，事后霍光才得知详情。霍光肚里虽有不快,嘴上也没说甚么。毕竟上官安系皇后父亲,受封侯爵,属于常例,不算怎么破格。只是骄纵了上官安,不知天地厚起来。有时入宫陪昭帝宴饮,心里膨胀,忘记君是君,臣是臣。宴罢出宫,见人就夸,今与皇婿喝酒,喝得好痛快。皇婿虽然年少,对岳丈大人还算客气,算本侯没白嫁女予他。又说皇宫就是皇宫,几多豪华,何等气派,器具比俺上官家要强多少有多少。狼行虎步回到家里,还嚷嚷着要将家中器物付之一炬,吓得家人惊惶失措,将他拉进内室躺下,哄的哄,劝的劝,灌的灌醒酒药,才好不容易把人弄乖顺。

  虽说昭帝偶尔自作主张一回,一般情形下,大事要事还是以霍光为主,不敢随便乱来。也是霍光一片忠诚,昭帝看在眼里,非常支持他强军想法,霍光要出宫校阅羽林军,自然赞同。霍光拜谢而出。没走几步,又复身回去,说人心叵测,不能让旁人知晓自己离宫外出消息,恭请昭帝千万别声张。昭帝自然颔首允诺。

  这话其实是说给隔墙之耳的。隔墙之耳长在鄂邑长公主脑袋上。闻知霍光翌日要离宫出城,鄂邑长公主觉得是个天赐良机,把正值勤的丁外人拉到僻静处,道:"你的机会来了。"

  丁外人不明就里,说:"什么机会?"鄂邑长公主说:"自然是升官封侯的机会。"丁外人说:"霍光把持朝政,又哪有我机会?"鄂邑长公主道:"霍光末日已到,你能不时来运转?"丁外人半信半疑道:"你不把我当小孩逗吧?"鄂邑长公主道:"我逗你做甚?你这就悄悄出趟宫,透露给上官父子,就说霍光明天外出校阅羽林军,正好采取行动。"

丁外人喜出望外，连夜离宫，直奔上官府。深更半夜的，上官府大门紧闭，丁外人不管三七二十一，扬起拳头，在门上一顿猛擂。门人被擂醒，懵懵懂懂撕开一条门缝，嘴里咕哝道："你谁呀，大半夜的，来闹魂！"

丁外人也不计较，只道："快去通报你家主子，就说宫里来人，有急事求见。"

听得一个"宫"字，门人哪敢怠慢，转过身，往里飞奔，脚后跟带起团团尘土。上官父子正在床上做美梦呢，得到通报，也不知宫里来了何人，一边穿衣披袍，一边起步出门，一路小跑赶往会客厅。丁外人已等在厅里，上官父子一见，意识到宫中有动静，忙关上门，轻声问道："丁先生不是路过敝府，随便进来坐坐的吧？"

"我又不是更夫，哪会半夜过贵府？有个重要消息得禀报给两位将军。"丁外人两手一合，将上官父子俩的脑袋拼在一处，翻动嘴唇，转述了鄂邑长公主的话。

父子两个脸上立即灿烂起来，脑袋直点，连说数声好，要丁外人先回宫去，他们立即去找桑弘羊，定个万全计策，一定将霍光拉下马来。

十六、霍光引蛇出洞，昭帝识破天机

丁外人前脚走，上官父子后脚就迈出上官府，登车去了御史府。

天色渐明，桑弘羊已经起床，正在吃早饭。见上官父子双双来访，知道不是来聊天说闲话的，忙放下碗筷，将两位请入书房。

也没有太多客套，上官桀开场就言简意赅，道明此行来意。桑弘羊一拍大腿，激动不已道："真是天赐良机啊！霍光的大将军也该到头了。"又问，"两位有何设想没有？"上官桀道："我俩没来得及仔细商量，就直接赶了过来。还是先听听御史大夫的高见吧。"

上官安毕竟人年轻，没耐心听两个老家伙啰唆，说："这事我看很简单，我和老爷子大小也是将军，手里多少掌握些兵权，只要霍光一离京，咱们就调集手下兵力，先将皇上和皇宫控制起来，等霍光回京后，再把他拿下。"

桑弘羊连连摇头道："不可不可，霍光可是大将军，军队都听他的，你俩能调动的兵力非常有限，怎么与他抗衡？何况宫廷内外到处都是霍光的人，如果贸然行动，只怕你的军队还没调集拢来,霍光就已得到消息,带着羽林军反扑回来,咱们就只有束手就擒了。"上官桀也说:"来硬的咱们肯定弄不过霍光,恐怕还得从皇上身上打主意,只要皇上不再信任霍光,就有办法对付霍光。"

定好这个大策略,三人便商量如何骗过昭帝,将霍光清理出局。昭帝才十四岁,骗起来应该不太难。商量来商量去,觉得还是搬出燕王刘旦,以他名义上书弹劾霍光,待他检阅羽林回城入宫,来到宣室殿,即可缉拿问罪。

商议已定,便由桑弘羊执笔,以燕王刘旦的口吻草拟弹劾霍光的奏折,交给上官安,趁着霍光没在宫中,托人尽快呈到昭帝手上。

昭帝接到劾章,见是哥哥刘旦署名,当即审读起来。原来是弹劾霍光的,说他外出检阅羽林军时,队伍庞大,阵容豪华,既有开路的,又有清道的,还有沿途提供美食歌舞的,比天子出行排场还大。不言而喻,霍光借口离宫外出,意在图谋不轨,以调集羽林军,进城逼宫,夺取大汉天下。又说霍光狼子野心早已暴露无遗,借着先帝托孤首辅大臣身份,把持朝政多年,排挤异己,打击功勋,一心培植死党,朝廷各要害部门都安插了霍派人物,将皇上完全架空,只待时机成熟,再跳出来,阴谋政变。皇上已危在旦夕,作为皇兄,愿挺身而出,领兵进京,为皇上护驾,力清君侧,确保刘汉江山不易人手。

昭帝将刘旦劾章反复看了几遍,又凝思想想,最后搁到一旁,不置可否。

上官父子和桑弘羊等来等去,见昭帝没有任何反应,不免心下疑惑。隔日上朝,试探昭帝口气,昭帝只是笑而不语,没有作答。

三人诚惶诚恐,退朝出宫,猜测半天,也不知昭帝到底什么意思。又与鄂邑长公主联系,要她在昭帝面前敲敲边鼓,昭帝也没透露半句口风。

昭帝态度不明不朗的,上官父子和桑弘羊不好搞什么动作,怕弄巧成拙。只得耐心等待,静观事态发展。也许霍光在外检阅羽林军,昭帝怕他带兵起事,不便骤然行动,只得等他回来,孤身进宫,才好采取断然措施。

数天后的傍晚,夕阳西坠,霍光检阅毕羽林军,打道回城。先归家歇息一晚,第二天吃过早膳,便从容入宫,去向昭帝复命。

才进宫门,就觉得气氛有些不对。只见宫人一个个目光闪烁,神色诡异。还有人躲在墙角咬耳朵,听不清在说什么,却分明感觉在议论霍光。看来该发生的已然发生。霍光心里难免忐忑,加大步子,往宣室殿迈去。

快入殿时,正好碰上一位廷卫,贼头贼脑的,见着霍光,转身就想躲开。霍光大喝一声:"别动,给老夫站住!"

廷卫没法逃避,这才刹住步子,转身回到霍光身边,低着眉头道:"大将军回来了?"霍光说:"你还认得大将军?干吗躲着老夫?老夫又不是老虎,还怕吃了你不成?"廷卫嗫嚅道:"大家都在议论,大将军可能会出事,得小心点,少跟大将军接触。"霍光道:"老夫会出什么事?老夫这不是好好的吗?"廷卫说:"燕王就要奉旨进京,以后未央宫主人将是燕王,还与大将军接近，恐怕小命难保。"

燕王奉旨进京？皇上何时下的旨？霍光追问廷卫，廷卫也说不出所以然来。又逮住其他侍从，几经盘问，才告知燕王趁霍光出京，上书弹劾他，请求领兵西进，以清君侧。还说燕王可是昭帝亲兄，昭帝毕竟年纪不大，难分忠奸正邪，若一时糊涂，听信谎言，引狼入室，不仅大将军老命不保，大汉江山也会完蛋。

燕王远隔千里，竟知你霍光出京，不失时机呈入劾书，挑唆昭帝，动你霍光的手，实在有意思。霍光也不急着上朝，缓缓掉转身子，来到殿西画室门外。推门而入，迎面便是墙上的《周公负扆图》。定睛望去，周公与以往没有什么区别，依然神态安祥，从容镇定。目光温和慈善，却分明透着坚毅果敢。

面向周公，霍光静立不动，只是心潮起伏难平。当初武帝授图时的情形历历在目，让霍光感慨不已。先帝对你何等信任，才那么毫无保留，将昭帝和大汉江山交到你手中。就因为这份信任，霍光丝毫不敢有所怠慢，兢兢业业，任劳任怨，为昭帝安全和大汉事业倾注了全部心血，献出自己一切。可有人看你不顺眼，果然趁你外出检阅羽林军，做起手脚来，准备联手清君侧。清君侧就清吧，怕只怕这些人名为清君侧，实为颠覆昭帝政权，这样不知会累及多少无辜，葬送多少性命！

霍光躲在画室，面壁沉思之际，昭帝已端坐朝堂之上，拿目光扫视着下面的大臣们。却不见霍光影子，于是问道："大将军昨晚就已回城，怎么没来上朝呀？"

大臣们面面相觑，不好乱说。只有上官桀几分神气道："霍光听说燕王弹劾他,自知罪责难逃,哪还有胆量来见陛下?"昭帝说:"是吗?不来见朕,也不是办法呀,莫非躲得过初一,还躲得过十五不成?"

桑弘羊也得意起来,眉飞色舞道:"躲得一时是一时嘛。老臣就知道霍光平时人模狗样的,脑袋比谁都昂得高,事到临头便成了缩头乌龟。"

上官桀和桑弘羊起了腔,其他人也你一言我一语,纷纷议论开来。霍光主持朝政多年,要干大事,谋大业,尤其是与旧制过不去,非废掉不可,难免会得罪人,大臣们早看不惯他,恨不得他快点出事,最好五马分尸,连株九族,那才痛快呢。

昭帝虽只有十四岁,可跟这些臣子打多了交道,渐渐对他们有了些许了解,知道这些家伙心里在想什么。也就没再理睬他们,掉头对身后侍卫说:"给朕去找找,大将军是不是去了值宿时暂住的寝室。"

侍卫起身出得宣室殿,去敲霍光寝室门,里面毫无动静。正好有位廷卫经过,一问才知霍光早已入宫,只是没上朝,去了殿西画室。

推开画室门,见霍光正面壁而立,木头样一动不动,侍卫不便太过唐突,轻声道:"原来大将军躲在画室里,害得小人好找。已过上朝时间,皇上正等着见您呢。"

霍光只顾望着周公图发痴,没有吱声。侍卫将说过的话重复一遍,霍光还是没有反应。

人家是大将军,总不好动手把人架走吧?侍卫只得离开画室,回去禀报昭帝。昭帝说:"再去请请,大将军还不肯出来,就只好朕亲自恭请了。"

侍卫得令,又跑回画室,将昭帝的话复述给霍光。霍光当然不好劳昭帝大驾,这才离开画室,向朝堂走去。到得朝堂上,霍光便脱掉大将军帽,"卟通"一声跪到地上,请求昭帝恕罪。昭帝说:"大将军快起来,戴上官帽,别着凉生病。"

霍光仍老老实实跪着,说:"罪臣不敢。"昭帝说:"有什么话,起来再说。大将军年事已高,这么趴在地上,朕心里不忍。"

霍光这才慢慢站起来,戴上官帽,扯扯衣裾,回到大将军位置上。

昭帝望眼霍光,说:"侍卫禀报说,大将军去了殿西画室?"霍光说:"回禀陛下,罪臣正是去了殿西画室。"昭帝说:"《周公负扆图》还挂在里面吧?"霍光说:"还挂在画室墙上。"昭帝说:"大将军在品味周公图?"霍光说:"正如陛下所言,罪臣正当着周公面,深刻检讨自己。"昭帝说:"大将军做错什么?检讨到周公那里去了?"

霍光咳一声,慨然道:"想当年,周公辅佐成王,处处谨慎,事事用心,终于帮助成王成就千秋伟业,了却武王未遂大愿。罪臣无周公之德,亦无周公之才,没能辅助陛下管理好朝廷,治理好国家,实在愧对先帝所赐周公图啊!"

话没说完,霍光已是泣不成声。说得昭帝也动了情,双眼模糊起来,叹曰:"大将军此言差矣,哪是大将军无周公德才,比起周公,大将军之德才更胜一筹啊。怪只怪朕无成王之明,别人以为好欺,想着法子来钻朕空子。"

看来昭帝还真英明，没被人蒙蔽。霍光心里踏实了许多，说："燕王不在弹劾罪臣吗？陛下难道不相信自己兄弟的话，竟偏向罪臣这个外姓人？"昭帝说："燕王并没弹劾大将军，大将军要朕怎么相信燕王？"霍光道："燕王劾书不是就在陛下手里么？"

昭帝将劾书递给侍卫，侍卫再转递霍光手上。霍光瞧瞧劾书，不禁笑道："这不是无稽之谈，自欺欺人吗？"昭帝也笑道："大将军去广明检阅羽林军，来回不到十天时间，燕王远居燕都，又无千里眼和顺风耳，怎么知道大将军队伍庞大，阵容豪华？再说大将军手握军政重权，身边就有官兵可使，真有什么企图，用得着舍近求远，调用羽林军吗？明明是有人居心不良，想谋害大将军，才假借燕王之名，伪作此书。朕虽年轻，这层简单道理，还勉强能够明白，不至于愚蠢到连劾书真伪都分辨不出。"

大臣们一听，恍然大悟，怪不得昭帝收到燕王劾书后，不动声色，没采取任何行动。也就不得不佩服昭帝英明，这个年纪竟如此老到。

十七、狗急必然跳墙，风满山雨欲来

只有上官父子和桑弘羊心怀鬼胎，见昭帝看破劾书破绽，被吓出一身冷汗。偏偏昭帝还要追究劾书来历，三人更加恐慌，下朝后聚在一起，嘀嘀咕咕，商量起对策来。

桑弘羊惊魂未定，大晃其首，道："皇上如此精明，真想不到啊。好了狗日的霍光，被他躲过这一劫。"上官桀说："现在不是关心霍光的时候，还是考虑考虑咱们自己处境吧。"上官安也说："是啊，万一劾书真相被追查出来，咱们还确实不太好交代。"桑弘羊慨叹道："你俩还好，属皇亲国戚，该不会有事，只有老夫我姓桑的，这次恐怕不掉脑袋，也得脱层皮。"上官桀安慰桑弘羊道："事情是咱们一起惹下的，还分得清姓桑还是姓上官？只能有难同担，想尽一切办法，挽回被动局面。"

三人不再废话，开始抓耳挠腮，琢磨主意。上官桀说："我看有三件事得立即去办，一是给送劾书进宫的内侍一笔钱，封住他嘴巴；二是找机会接近皇上，说服他打消追究劾书的念头；三是找鄂邑长公主沟通，要她多在皇上耳边说霍光坏话，疏远他俩关系。"

上官安忙附和，说："有道理，有道理。劾书是我托人送入宫里的，我去封人嘴巴。"桑弘羊说："劾书由老夫起草，这事还是交给老夫来办。上官将军是皇上岳父，接近皇上机会多，由你去说服皇上，打消他追究劾书的念头，把握较大。"

上官桀认真想想，摇头道："到皇上面前说劾书的事，可能不怎么讨巧，让上官安去冒这个险，得罪皇上，殃及皇后，咱们上官家就没有了任何退路。还是我这个老家伙出面吧，大不了罢官归田，不做这个官。鄂邑长公主和内侍那里，就交给上官安好了。"

商量毕，三人分头行动。送劾书的内侍好办，拿到大钱，自然缄口不语，任昭帝怎么追查，也没追查出名堂。上官桀稍觉心安，趁机规劝昭帝："不过劾书一封而已，算不得什么大事，陛下为此费心，也不太值得。"

"怎么不值得？大将军是大汉柱石，没有他就没有朕的今天，眼见有人背后捅他刀子，不及时揪出来，这帮家伙得到纵容，以后动不动就构陷忠臣良将，朕的江山还有安宁日子？"昭帝毫不含糊，话来得干脆。从此越发信任霍光，倒对上官桀渐渐不满起来，怀疑劾书是他伙同桑弘羊伪造，将霍光弄下去后，好取而代之。

上官桀自讨没趣，不知如何是好。只得催促上官安，快进宫联络鄂邑长公主。鄂邑长公主见劾书事件后，昭帝越发倚重霍光，哪还敢在他面前说霍光坏话？只好花大钱买通内侍，请他在昭帝面前数落霍光。昭帝一听就来火，说："大将军乃当今忠臣，先帝把朕和大汉交给他，他一片赤诚，从无二心，将天下治理得井井有条，政通人和，国泰民安，你们还在朕面前说他坏话,到底安的什么心?以后谁再敢胡说八道,朕拿他是问!"

内侍碰了硬钉子,吓得什么似的,"扑通"一声,跪到地上,哀声求饶。昭帝拂袖而去,内侍才慢慢爬起来,跑去回复鄂邑长公主。鄂邑长公主又找到上官父子,把昭帝的话传给他们。

见奈何不得霍光,相反还失去昭帝对自己的信任,上官桀心里不免着急起来。只得叫上官安找来桑弘羊,密商是否还有挽回败局的可能。上官安说:"一不做二不休,干脆杀死霍光,废掉皇上,诱燕王入京登基,然后把燕王干掉,由父亲称帝,桑大夫做大将军。"

上官安算盘不错,老爷子做了皇帝,等他一死,皇位不就到了自己屁股下面?上官桀听儿子说由自己来做皇帝,也不觉怦然心动,说:"如此当然再好不过。只是弄这样大的动作,光凭咱三人之力,恐怕还单薄了点,还得鄂邑长公主配合。"

桑弘羊心里有些不乐,冒着砍头风险,杀霍光,废昭帝,你们上官家为君,咱桑弘羊为臣,咱犯得着吗?忍不住唱起反调来:"燕王是鄂邑长公主兄弟,咱们要干掉燕王,鄂邑长公主又怎么会配合咱们呢?"上官桀笑笑道:"先别跟鄂邑长公主说干掉皇上和燕王,只说由她出面召燕王进宫,清君侧,除霍光,她自然会鼎力支持。"

眼下最当紧的是除去霍光,桑弘羊不再多言,算是默认。事不宜迟,上官安找到丁外人,请他转告鄂邑长公主,由她函请燕王入京,里应外合,先杀霍光,再废昭帝。

丁外人回宫密报鄂邑长公主,鄂邑长公主沉吟道:"霍光罪该万死,把他除掉,本公主不心疼。可皇弟是我亲骨肉,将他废掉，我做姐姐的于心何忍？"丁外人说："皇上跟霍光共穿连裆裤，只杀霍光，不废皇上，皇上肯定跟你没完。"

鄂邑长公主长叹一声，说："皇上是我一手服侍大的，咱姐弟情深，犹如手足，他在皇位上，我至少丢不了饭碗。请入燕王，还不知他会对我怎么样呢？"丁外人说："皇上是霍光扶起来的，肯定会向着霍光，继续留着皇上，以后恐怕没你好果子吃。如果废掉皇上，空出皇位请燕王回来坐享其成，他能不知恩图报，实诚维护你？"

鄂邑长公主想想也是，决心配合上官父子和桑弘羊，共图大计。当即执笔给燕王写信，信成递与丁外人，让他出宫交给上官父子和桑弘羊。

三人心里有了底，派出亲信，拿着鄂邑长公主亲笔函，奔赴燕都，联络燕王，约他做好一应准备，入京登基。燕王大喜过望，亲笔拟信，交给特使，叮咛进京后一定面呈上官父子和桑弘羊，不得有误。信上明确承诺，事成之后，封三位为王，同享富贵。

燕王特使还在路上，上官父子、桑弘羊和鄂邑长公主就已紧锣密鼓，开始运作。昭帝不难对付，难对付的还是霍光，他毕竟是大将军，不是轻易拿得下的。为慎重起见，上官桀又求见鄂邑长公主，要她设鸿门宴，把霍光请到宴席上，见机除掉。

鄂邑长公主有些为难，说："鸿门宴好设，只是霍光不好请。"上官桀笑道："霍光又不是邻家大哥，不是谁想请就请得动的，非得有些面子的人不可。"鄂邑长公主道："估计霍光会买谁的面子呢？"上官桀道："照理说，公主堂堂皇姐，又天天服侍皇上,情同母子,面子也够大的了。可为保险起见,恐怕还得打打皇上招牌。"

"我也有此想法。"鄂邑长公主沉吟片刻,"只是霍光跟皇上形影不离,又怎么打皇上牌子呢?"上官桀出主意道:"霍光总有离宫之时,长公主再借机将皇上请到府上,以皇上名义召霍光前往侍宴,霍光自然不好推辞。霍光一到,下面戏文就好唱了。"鄂邑长公主认可道:"此办法好,霍光可以谁的话都不听,然皇上召见,谅他也不敢抗旨不从。"

也是天遂人愿,恰逢霍光向昭帝告假,回大将军府处理家事。鄂邑长公主暗暗高兴,赶紧动员昭帝出宫散心,顺便去姐家看看。平时有霍光守着,不便乱说乱动,这下霍光不在,昭帝正好溜出宫门,到外面去透口气,也就爽快地答应下来。

昭帝要上门,吃住不能潦草,鄂邑长公主先走一步,回家亲自布置接待事宜。忙碌半天,才想起该给上官父子和桑弘羊递个信儿。自然不能找他人递,非丁外人不可。可公主府人多嘴杂,不好说话,鄂邑长公主便朝也在帮忙的丁外人使个眼色,轻声道:"到那地方去一下。"

鄂邑长公主所说那地方,就是进宫前两人经常约会的密室。这段时间要忙大事,鄂邑长公主没精力与丁外人亲热,丁外人有些郁郁寡欢。这下鄂邑长公主发话到那地方去,丁外人心头一热,看看周围没人,远远跟着鄂邑长公主,往密室方向走去。

两人只顾低头挪步,不承想已被人注意上了。那是一个姓燕的年轻舍人。鄂邑长公主入宫服侍昭帝前,燕舍人就进了公主府,早知鄂邑长公主与丁外人关系暧昧。这下见两人鬼鬼祟祟,一前一后往过去经常约会的密室走去,燕舍人一时好奇心起,忍不住悄悄尾随上前,倒看这对老相好要表演什么好节目。

也是燕舍人在公主府待的时间长,府上旮旮旯旯了然于心,两位老相好还没进密室,他已捷足先登,飞身爬上密室后窗。刚选好最佳观察点,蹲下身子,就听密室门"嘎吱"一声响,鄂邑长公主和丁外人陆续走了进来。相好到底是相好,两人脚跟还没站稳,便扑到一起,互啃起来……

啃了一会儿,丁外人动手去解鄂邑长公主衣裙,得寸还想进尺。鄂邑长公主拿开他的手,说:"规矩点,这段时间本公主忙得眼起黑晕,哪有心情和工夫跟你快活?"

到嘴腥味,谁舍得往外吐?丁外人喘着粗气道:"咱们好久没快活了,你让我快活一回嘛。"鄂邑长公主笑骂道:"还怕以后没你快活的时候?真没出息!"

好不容易打消丁外人念头,鄂邑长公主言归正传道:"叫你来,是有要事托付你。"丁外人说:"要不要事的,长公主大人开了金口,我能不舍死照办?"鄂邑长公主佯装生气道:"怎么叫长公主大人?我不爱听这种话。"丁外人说:"你是年轻的大人。"

鄂邑长公主笑笑,说:"不跟你废话了。你给上官父子和桑弘羊去送个信,就说皇上已答应上我家来,要他们做好一切准备,千万不可有任何疏忽。"丁外人说:"我这就上上官家去跑一趟。"鄂邑长公主又嘱咐道:"还有霍光,他已回大将军府,也给我安排几个可靠兄弟,严密加强监视,一旦发现他有什么动静,及时通报给我以及上官父子和桑弘羊。"

待鄂邑长公主交代完毕,丁外人转过身去,准备出门。鄂邑长公主却忽然来了心情,扑到丁外人怀里,温存起来,说:"对不起,刚才我太生硬了,你不怪我吧?"丁外人说:"我哪会怪你大公主?疼爱还疼爱不过来呢。"

天下女人没有不喜欢听这种腻歪话的,尽管她们心里明白,男人个个都是花舌头,从来就言不由衷,说的是说的,想的是想的,做的是做的。鄂邑长公主合上眼睛,喃喃道:"有你的疼爱,我已别无所求。"丁外人说:"我也一样,早被爱冲昏了头脑。"

鄂邑长公主幸福地点着头,说:"你可能不清楚,我与上官父子和桑弘羊合作,去冒这个天大的风险,都是为了你啊。"丁外人说:"我心里有数,你是见霍光不肯给我封侯授官,我没法娶你为妻,才答应配合上官父子和桑弘羊,拿掉霍光,迎燕王入京。"

鄂邑长公主满意地说:"你懂得本公主的良苦用心,本公主心里就踏实了。以后做上侯爷和大官,你可别忘了我这半老徐娘哟。"丁外人说:"看公主说的,你给予了我一切,我的一切就是你的。"鄂邑长公主拍拍丁外人嘴巴,说:"就这张嘴会说。"

十八、密室窗外有耳，忠臣杜府告密

缠绵个够，两人才走出密室，分头行动。哪知窗页后面还贴着两只灵敏的耳朵，刚才的话竟被一字不落地听了去。

耳朵的主人燕舍人也万万没想到，自己本是来看戏的，却意外闻听到一个天大阴谋。说是天大阴谋，自然是牵涉昭帝和大将军这样的大人物，其实跟他小民无关，谁做皇帝和大将军，他照样做舍人，过清贫日子。

不过再怎么说，这事可非同一般，放肚子里腌着，实在太让人难受了。回到家中，燕舍人就将听来的事，透露给了父亲燕苍。

燕苍做过几天小官，由于跟上司尿不到一只壶子里去，丢官弃职，赋闲在家。混过几天官场的人，最不习惯的就是这闲日子，老喜欢管点闲事。说得好听，叫身处江湖，心忧天下。其实他们忧与不忧，谁都不稀罕。

正是爱管闲事，每次儿子从外面回来，燕苍都要逮住他问长问短，谁谁谁是否上去了，谁谁谁是否下来了，谁谁谁是否被逮进去了。燕舍人却总是很不耐烦，对父亲爱搭不理的。可这天他一反常态，燕苍刚张口要开问，他就神秘兮兮道："父亲大人，儿子告诉你一个惊天大秘密,你可别被吓傻哦。"

听说有秘密,还是惊天级别的,燕苍眼睛睁得牛卵大,迫不及待道:"还不快快给我道来!这点承受力你老子还是有的,保证不会吓傻。"

燕舍人不急,说:"你吓傻,受罪的还不是你儿子?"燕苍道:"知道知道,为父会挺住的。"燕舍人道:"这还差不多。不过此秘密得来不易,随便出口,总觉得太亏。"

"你这小子,还要跟老子讨价还价。"燕苍说着,又递水,又上果盘,殷勤得很。燕舍人身子斜斜,脚往几上一摆,剥只果子扔到嘴里,又喝口水,只是不作声。燕苍又凑上前,双手在他腿上捶着,说:"今天也该轮到你做老子了。"

燕舍人这才清清嗓子,不紧不慢说出在公主府密室窗外听来的秘密。

没等儿子说完,燕苍就凝固在那里,泥人样动弹不得了。燕舍人坐直身,说:"我就知道听到这种事,父亲脑袋吃得消,耳朵也吃不消。"

燕苍这才一个激灵,说:"你不是瞎说的吧?这种事也瞎说,是要掉脑袋的,不像吓傻那么好玩。"燕舍人说:"我怎么会瞎说?不信你亲自去问问鄂邑长公主。"

燕苍没再多话,缓缓起身,准备找个地方,一个人冷静冷静。又回头叮嘱儿子:"这事就到为父这里打止,千万别说出去,弄不好要闯大祸的。"

看着儿子重重地点了点头,燕苍才走开,进了书房。从书房出来后,燕苍完全换了个形态,已是一脸平静。只是这平静后面,仿佛隐现着一种不易察觉的狡黠。他已经想清楚,这可是上天赐给自己的大好机会,如果不牢牢抓住这个机会,这辈子就再没希望了。

燕苍先找到平时还有些交往的杨敞。杨敞是在任搜粟都尉,负有监察和治安职责,由他出面过问此案,还算名正言顺。

不想杨敞是个胆小鬼,一听昭帝和鄂邑长公主这些大名,双腿就发起软来,只差没瘫软在地。何况情况还不太明朗,万一站错队,树下不该树的敌,岂不引火烧身?脸上却还要装出不动声色的样子,说:"不可能吧,鄂邑长公主可是皇姐,一手带大皇上,怎么会与上官父子和桑弘羊勾结一起,动起废掉皇弟的心思呢?再说皇上和霍大将军明显占着上风,鄂邑长公主几位哪是对手?就是加上一个燕王,他远在千里之外,也鞭长莫及呀。"

杨敞这么个态度,燕苍不好勉强,挥手离去。一边长叹,这个姓杨的真不中用,这辈子大概也就都尉到头了,想再有啥大出息,恐怕没多少指望。

燕苍想起谏大夫杜延年来。身为谏大夫,朝廷危在旦夕,当然有责任进谏。充任谏大夫角色的,都是直臣,更是忠臣,脑袋里全是皇上和朝廷。当然最重要的是杜延年脑袋里不仅有皇上和朝廷,还有大将军霍光,不是霍光欣赏,他也做不上谏大夫。在官场泡过的燕苍知道杜延年的来历,这才毅然找到他门下。

果然杜延年一听昭帝和霍光身处险境,嚯地站起来,死盯燕苍,急切道:"所言是真?你不是罢官在家,闲得无聊,来本大夫这里找乐子吧?"燕苍说:"吾家小子亲耳听鄂邑长公主和丁外人说的,还能有假?吾再无聊,也不敢找这种乐子,拿自己小命不当回事吧?"

这话听来,还确实不太像找乐子。杜延年似对燕苍,又似自言自语道:"皇上也是多灾多难啊!登基没几天,刘泽和燕王就图谋不轨,想把他拉下马来。挫败刘泽他们后,好不容易过上几年太平日子,天下无事,国泰民安,鄂邑长公主又伙同上官父子和桑弘羊,企图阴谋夺权篡位,真是人心叵测啊。皇上和大将军委我以谏大夫职责,我就要为皇上和大将军排忧解难,哪怕掉脑袋,也得豁出去,不能坐视不管,听任大汉毁在这伙乱臣贼子手上。"

说得燕苍无不动容,说:"有杜大夫您这样的忠臣,皇上和大将军就有救,大汉江山就无虑了。"杜延年抓住燕苍的手说:"不不不,还应该感谢你及时跑来,告知这个重大消息。事后本大夫一定奏请皇上和大将军,给你记上一大功。"

燕苍最想听的就是杜延年这句话。嘴上却还要说:"吾可不是为邀功请赏才来找您的。跟您一样,吾也是为大汉安危着想,才不顾一切把消息报告给您。"杜延年说:"这就好。我不能在这里耽误时间陪你,得马上联系霍大将军,让他快快拿主意。"燕苍说:"据鄂邑长公主透露,霍大将军已出宫回家,要找他恐怕得到大将军府去。"

杜延年答应着,脚板已经离地,朝门外迈去。赶到大将军府,不想有人捷足先登,已被霍光叫进书房,正在说话。杜延年心里发急,却也不好冒冒失失往书房里冲,赶走先到的客人。也不知是何方神圣,霍光会往书房里请。只好在外面静候,客人总有离去之时。

坐在霍光书房里的不是别人,是那个通过田千秋调进京城的王欣。原来王欣跟田千秋这种朝廷重臣多接触几次,心思也渐渐大起来,对做个一般京官,已不太满足,还想往上爬爬。这也可以理解,既然已是丞相的人,再往权力核心靠靠,应该有此可能。多次向田千秋要求,田千秋口头答应着,却不见有实质动作。王欣以为田千秋不肯帮忙,心生怨气,私下里忍不住跟官场要好朋友发发牢骚。朋友就笑他,别看田千秋做着丞相,其实只那么大能耐,能调你进京已算不错,想让他给你提个更大点的官,最好还是别去指望。王欣也不是没听到过田千秋官大权小的说法,就问该指望谁。朋友说只能指望霍大将军,田千秋办什么事,都唯大将军之命是从,重大人事大将军不开口,田千秋是不敢自作主张的。王欣就想着接近接近霍光。这才发现想走霍光门子的人太多太多,一般角色根本就拢不了边,王欣跑了几次大将军府,皆无功而返,急得这小子两眼发黑,四肢发疲。一时火气攻心,病倒在床,连续半月高烧不退,差点就去见了阎王。

倒也亏烧了这半个月,将王欣脑袋烧清醒了许多,意识到就这么甩手打背往大将军府跑,跑上十年八年,恐怕也别想跑出什么名堂来。脑袋一清醒,思路就活跃,王欣猛然想起在下面做邑令时,找民间草药郎中治过花柳病,郎中蛮有意思,见他出手大方,又有眠花宿柳爱好,治好他病后,给他留下一个草药秘方,说可强肾补亏,滋阴壮阳。王欣照着秘方,抓了几副药,服用后效果奇佳,也就将秘方保存下来。后频繁调动,好多珍贵东西都扔下不顾,秘方却一直留在身上。这下要去找霍光,想起人家不缺金不缺银，何不用这秘方做敲门砖？霍光年纪一大把，老婆霍显却那么年轻，这宝贝秘方正好派上用场。

主意已定，王欣于是试着写了封信，巧妙提到秘方，准备呈给霍光。只是霍光可不是谁都接近得了的，还得请人转托。王欣想起田千秋儿子田号二，与霍光长子霍禹走得近，托田号二出面，通过霍禹把信递到霍光手上，应该比较可靠。王欣是田家常客，田号二早就认识，答应得爽快，很快把书信交到霍禹手上。这一招真管用，霍光见过霍禹递上的王欣书信，不久就派人通知王欣，要他过去一晤。王欣拔腿赶往大将军府，被霍光客客气气请入一般人可望而不可即的书房。关上门，霍光便说："王欣哪，听丞相说，你在下面郡府干得不错，朝廷对你还是满意的，才把你选调上来。老夫印象中，你进京也不是一天两天了吧，怎么也不到霍府来走走，这个时候才想起给老夫写信，让老夫派人去请，把你请来？"

王欣心里发笑，大将军说话真有水平，你这么大的人物，能入你法眼，小人不早上贵府来走走了？还挖空心思写信透露秘方，等您老人家邀请？王欣当然只这么想，不会这么直说，只道："大将军心里装着大汉和天下百姓，日理万机，军政大事都等着您运筹帷幄，小人怎么好来打扰您？"霍光叹道："老夫也想轻松，读读诗书，玩玩棋琴，游游山水，过几天舒心日子。可先帝将皇上和大汉江山托付于老夫，老夫岂敢有片刻懈怠，愧对他老人家？"王欣道："也是先帝有眼力，看中大将军的大德高才，才把这么重大的担子撂您肩上。不过人生在世，尤其像大将军您这样几百年才可能出一个的旷世伟人，就是要干大事，建大业,立大勋。大将军生逢其时,正好大显身手,千古扬名,万世流芳。"

见王欣还算会说话,霍光心里高兴,说:"千古扬名,万世流芳,这些老夫倒没想过,只要尽己所能,为皇上做些实事,为天下百姓谋些实利,维护好大汉安定宁和局面,不留骂名,对得起先帝,也对得起自己良心,就非常知足了。"

王欣心里再清楚不过,霍光不是找你来说这些废话的,他这样的大人物,放屁时间都没有,哪有工夫陪你聊天说废话?霍光的目的太明确,就是看中你信里提到过的秘方,才给你进府面谈的美好机会。这么寻思着,王欣见霍光捂住嘴巴,打了个不长不短的哈欠,明白自己该走人了,恰到好处地抬抬衣袖,从里面掏出写在绢上的秘方,双手呈上,说:"这就是小人信上提到过的秘方,本人试过,效果挺好,干脆给大将军留下,看看有没有用得着的地方。"也没说哪方面的效果挺好,只点到为止。

霍光还要装痴,说:"你信中提过秘方吗?老夫记得确实收到过你的信,至于什么秘方可没什么印象。不过没事,你觉得秘方有效果,暂时留下,府里有病人用得上,不妨交医生试试,说不定还能丰富中华医术,解除更多人的痛苦。"

已经交出秘方,王欣不便再逗留,起身告辞。霍光也算客气,缓步送出书房,嘴里说:"以后有空,常到府上来走走。"

大将军要你常来走走,该是多么荣幸的事啊!王欣感激得不得了,一边抱拳给主人作揖,一边点头道:"一定遵照大将军嘱托,常来走走。"

这时霍光已瞧见门边的杜延年,没等王欣话说完,就撇下他，跟杜延年打招呼去了。害得王欣抱成拳的两手僵在空中，不知往上扬，还是往下捣。心里难免有几分失落，觉得大将军的注意力也太容易转移了点。回头又自我安慰，大将军又不是你王欣一个人的大将军，他哪能对你那么周到，等着你把揖做完，才去理睬人家？

这么一想，王欣心里也就好受了些，将目光从霍光背上撤下来，往府门方向走去。

十九、惊天大案告破，逆贼纷纷伏法

这里杜延年早等不及了，见着霍光，赶紧跃步上前，迫切道："大将军终于有空了。您不知道，延年好着急，尿都快急了出来。"

也许刚拿到王欣献上的秘方，霍光心情畅快，乐道："那你怎么不带把夜壶在身边，以免尿湿裤裆，回家贵夫人难得给你洗裤子。"

杜延年本系霍派人物，鼎力支持霍光改革盐铁官营和酒榷均输设想，才逼得桑弘羊没有退路，不得不铤而走险，联合上官父子和鄂邑长公主，阴谋推翻霍光甚至昭帝。故对杜延年的造访，霍光热情有加，实诚欢迎。又见杜延年火急火燎的，霍光意识到有什么重要事情，也带他来到书房，享受王欣刚才享受过的同等待遇。

还没关上书房门，杜延年就张嘴道："大将军啊，大事不好了！"

"先别慌，有话慢慢说。"霍光说着，给杜延年搬张矮几，让他坐下，先稳稳心。见霍光如此镇定，杜延年努力平静下来，将燕苍的话原原本本转述给他。

霍光本意，只想卖个破绽给鄂邑长公主，诱使上官父子和桑弘羊跳出来，揪出他们的尾巴，该罢官罢官，该去职去职，以免在朝上碍眼，影响革除旧制振兴大汉大计，谁知他们手段如此阴险，布局这么周密，准备做大动作。霍光倒抽一口冷气，腿肚子都抽起筋来。只因杜延年在旁边，不好失态，有损大将军风度，才一脸冷峻，无事人样，仿佛什么都没发生似的。

杜延年一时看不透霍光态度，追问道："大将军您看怎么办？"霍光这才语气坚定道："老夫自有办法对付这伙奸党，决不能让他们阴谋得逞。"杜延年说："下官就知道大将军久经风浪，对付上官父子和桑弘羊之流，自然不在话下。他们也太不自量力了，竟敢跟皇上和大将军您作对。"霍光凛然道："不是这些人不自量力，是他们代表的是邪恶，皇上代表的是正义，正义必将战胜邪恶！"

在杜延年面前，霍光出语铮铮，杜延年走后，他才发现自己背心已经湿透，几乎都快虚脱了。当即喊过侍卫，准备出门。又想上官父子肯定在大将军府前布了暗探，临时决定，改走后门，转弯抹角进了未央宫。

恰好碰上昭帝要到鄂邑长公主家去，御辇都已准备妥当。见霍光提前回宫，昭帝感觉有些反常，两人也不多话，返身回了宣室殿。来不及行君臣之礼，霍光长话短说，简要把危急情况禀报给昭帝。昭帝惊讶不已，质疑道："上官父子和桑弘羊有此狼子野心，朕还相信，公主是朕姐姐，姐弟情同手足，怎么会跟上官他们搅和一起，图谋不轨呢？"

霍光叹道："老臣阻止丁外人封侯，长公主没法嫁给丁外人,一时情令智昏,跟上官父子和桑弘羊搅和一起,企图清除老夫,再废掉陛下,一点也不奇怪。情况紧急,须当机立断,拿出应对措施来,不然就被动了。"

昭帝点头称善,道:"大将军有何化解危机良策?"霍光说:"可以双管齐下。其一,上官父子和桑弘羊既然打的迎立燕王旗号,定会派人联络燕王,燕王也将复函给他们,可安排人守在北门,只要是北来燕王使者,或者上官父子和桑弘羊的人,先给扣下,一定能搜出燕王复书,届时真相大白,长公主就不值得怜悯了。"

昭帝觉得这是个办法,二话不说,表示恩准。霍光立即传唤侍卫,附着他耳朵,如此这般,吩咐下去。昭帝又问:"其二呢?"霍光说:"公主见陛下迟迟没有出宫,自然要通报给上官父子和桑弘羊,他们会有所行动,咱不能坐以待毙,得先发制人,主动出击。"昭帝问道:"怎么个先发制人法?"霍光说:"要先发制人,恐怕还得惊动丞相田千秋。"昭帝说:"大将军掌握着军队,用得着惊动丞相吗?"

霍光在地上来回踱了两圈步子,嘴里分析说:"不惊动丞相也可以,只是上官父子和桑弘羊见了我的人,会拼死抵抗,必然造成不必要的重大伤亡,还不如让丞相派人上门诱使上官父子和桑弘羊,趁其不备,快刀斩乱麻。"

昭帝不得不服霍光大智,诏田千秋入宫,亲自给他布置任务。田千秋得令,不敢懈怠,急急赶回丞相府,叫过丞相征事任宫,以及丞相少史王寿两人,让他们分头行动,先诱捕上官父子,再缉拿桑弘羊。

任宫带的人不多,都是便服,来到上官桀家后,先呈上帖子,谎称丞相来见。上官桀正切盼鄂邑长公主消息,只等昭帝到了公主家,诏去霍光,就采取相应行动。谁知公主消息还没到,丞相帖子先投了进来,只好出门见人。

不想上官桀才出现在门口,任宫的便衣便一拥而上,一把将他摁住,几下塞进车帘内。这几乎是眨眼间的事,载着上官桀的车驾已飞驰离去,将军府的人还没完全反应过来。

捉拿上官安的王寿,办法也差不多。只是上官安想着除去霍光,废掉昭帝,日后再拿下燕王,父亲有皇帝做,自己就是当然的太子,高兴得手舞足蹈,恨不得即刻拥父亲入宫,登上龙椅。主荣仆贵,手下人也跟着兴奋。又不免替皇后担心,说:"皇后是咱上官家的人,废掉皇上后,她往哪儿摆呀?"上官安硬着脖子道:"哪还顾得这么多?虽说我父子靠着皇后富贵一时,毕竟命运掌握在别人手上,哪天人家变了脸,别说富贵不再属于咱上官父子,就是想做平民百姓,都没了你的分。上天惠顾我上官家,给予这么千载难逢的大好机会,怎能轻易错过,你们说是耶不是?"

上官安说着,哈哈大笑起来。谁知笑声没止,王寿带人赶到,找个借口,将他骗上车,控制起来。上官安还以为王寿夜里没睡好,脑袋发晕,说:"王少史看清楚咯,我老人家是堂堂侯爷和将军,又系皇后他爹,皇上见着得恭恭敬敬叫声岳丈,不像街头来路不明的叫花子,朝廷看不顺眼,想缉拿就缉拿,想收容就收容。"

王寿有些不耐烦,大声训道:"你死期已至,还这么开心。"

至于桑弘羊，自然好办得多。他是年老文臣，御史府里没有兵丁，见田千秋亲自带着府兵破门而入，吓得魂飞魄散，瘫软在地，嘴上结巴道："丞相要干啥？"田千秋冷冷道："御史大人绝顶聪明，莫非本相要干啥，你能不明白？跟你直说吧，上官父子急于赶往鄂邑长公主府，设伏逮捕皇上和霍大将军，抽不开身，只好嘱本相前来催你赴宴，以免你借故推辞。"

桑弘羊知道大事不妙，自己死有余辜，咬咬牙，从地上爬起来，转身欲去取壁上佩剑，以自我了断。田千秋使个眼色，丞相府兵"腾"地冲过去，几下把桑弘羊制服，五花大绑，前牵后推，弄出御史府，扭进囚车，往未央宫奔。

正好霍光派往城北的役吏逮住燕王特使，从他身上搜出刘旦亲笔回给上官父子的信件。信件送达霍光手里后，他随即呈到昭帝案前。昭帝看过燕王亲笔信，不由得浩叹一声，摆着脑袋道："事已至此，朕还有何话可说？"

未遂谋逆大案就此告破，昭帝下诏，立斩上官父子和桑弘羊，余党一个不饶。

只有鄂邑长公主，昭帝怎么也不想让她死在自己手里。毕竟是亲生姐姐，还生母样服侍自己多年，血浓于水，情重于山。霍光本想劝说昭帝几句，鄂邑长公主犯下的不是小罪小过，千万姑息不得。可见昭帝一副于心不忍的样子，快出口的话又咽了回去。人同此心，让昭帝亲自下诏捕杀亲姐姐，也太难为他了。

霍光也就没勉强昭帝，安排人去公主府见鄂邑长公主，只说上官父子和桑弘羊等人已经伏法，要她进宫来觐见昭帝。鄂邑长公主哪好意思面对昭帝？她也知上官父子和桑弘羊他们脑袋已经落地，正后悔不已，不该跟他们狼狈为奸，参与谋反。也是自己太喜欢丁外人，依他请求，让上官女儿嫁昭帝为妻，从此跟上官一伙扯上关系，埋下祸根。假设上官女儿没进宫为后，上官父子不替丁外人求封要官，不与霍光结怨，继而联手桑弘羊，弄出后面事态，自己也不会卷入这场谋逆案中。如今大祸已酿成，你还能怎么样？就是昭帝看在姐弟情分上，手下留情，就是霍光他们肯发慈悲之心，愿放你一马，你也没狗脸再活在这个世上。鄂邑长公主没怎么犹豫，服下毒酒，一命呜呼。

鄂邑长公主已死，丁外人还能逃到哪里去？被霍光的人捉拿归案，做了刀头鬼。剩下远在燕都的燕王刘旦，当然也得有个了结。霍光让文臣拟好诏书，盖上昭帝大红玺印，特派谏大夫杜延年，出京赶赴燕都，面交刘旦。

杜延年才入燕地，刘旦便得到消息，事已败露，上官父子、桑弘羊和鄂邑长公主他们纷纷去了阎王殿。刘旦捶胸顿足，大骂老天不公，偏偏与他燕王过不去。又心有不甘，叫来谋士商议，欲起兵西进，与昭帝碰个鱼死网破。谋士坚决反对："上官父子、桑弘羊和鄂邑长公主已死，无人内应，怎么与皇家军抗衡？何况师出无名，天下人都把咱们当作乱臣贼子，群起而攻之，胜算几乎为零。到头来不仅王爷自身难保，连子孙都无人能够幸免。"

这道理太浅显，刘旦再弱智，也能理解。只好放弃起兵想法，以便给子孙留条活路。然后将群臣和众嫔妃召集一起，举办断头宴。

酒入愁肠，刘旦不禁悲从中来，想不到自己英雄一世，竟会落得如此下场。武帝驾崩之时,自己本属存活兄弟中老大,却因霍光这些老贼作梗,被排挤在外,让刘弗陵拣了个大便宜。后有机会反戈一击,又坏在刘泽手里,功亏一篑。这次上官父子、桑弘羊和鄂邑长公主谋划得如此周密,自己也做好出兵充分准备,谁知被燕苍儿子两只耳朵盗听去,弄得满盘皆输。上天成心灭我,我还能斗得过上天吗?

刘旦越想越感伤,借酒浇愁,愁上加愁。众人也快活不起来,一个个盯着他,吱声不得,席上死寂一片。刘旦似乎置身于无人之境,信口作歌道:"空归城兮犬不吠,鸡不鸣,横术(术者道路也)何广广兮,固知国中之无人!"有宠姬闻歌起舞,一边哀声和道:"发纷纷兮填渠,骨籍籍兮亡居。母求死子兮,妻求死夫,徘徊两渠间兮,君子独安居?"

歌声呜呜咽咽,凄凄切切,座中众人听在耳里,悲在心中,不觉潸然泣下。

酒宴到此份上,酒哪里还喝得下去?刘旦喝干杯中酒,扔掉杯子,抽出佩剑,往脖子上横去。左右慌忙上前,拦的拦,挡的挡,劝的劝,说的说,要刘旦想开些,也许还没到山穷水尽的地步。前次刘泽案发,昭帝和霍光不就曾网开一面,放过大王一回吗?这次同样可争取宽大处理,洗心革面,重新做人。

众嫔妃也悲泪涟涟,哀号声声,踉跄着奔跑过来,抱的抱腿,搂的搂腰,扯的扯衣,拽的拽袖,乱作一团。她们生怕刘旦一死,自己失去依靠,就是出宫勉强改嫁,也嫁不上这么有权有势有金有银的王爷。

正拉扯不清,忽报皇使杜延年赶到。刘旦手一甩,丢下佩剑，出门跪迎。

杜延年昂首入殿，拿出玺书，大声宣道：从前高皇帝打天下，各子弟跟着南征北讨，分封要塞，据守边疆。其他外姓将领，也出生入死，功不可没，受赏不过封侯。如今宗室子孙，没受征战之苦，没建尺寸之功，却割地为王，坐享其成，且父死子继，兄终弟及，皇恩不可谓不浩荡。岂料你们这些不肖子孙毫无忠爱之义，常怀悖逆之心，与他姓异族勾搭成奸，亲其所疏，疏其所亲，企图害朕，篡夺皇位，陷国家于万劫不复境地。做了这么多伤天害理见不得人的勾当，看你燕王还有何面目，上高祖庙里拜见列祖列宗。朕也不好勉强你，何去何从，你自己好好掂量，看着办吧。

杜延年宣旨毕，刘旦喊过万岁，对众人说："皇上真有意思，要本王自己看着办。本王还能怎么办？请他把皇位让给本王，他能同意吗？"众人无言以对，只默默垂泪。刘旦又哈哈大笑起来，说："不就是一死吗？人都得有一死，早死几天与迟死几天，又有什么区别呢？"说罢，爬到几案上，从身上解下昭帝所赐燕王绶带，往梁上一搭，打个死套，勒住脖子。

众人知道这是刘旦最体面的结局，没谁再阻拦他。只是不忍卒看，纷纷背过脸去。只听得"咣当"一声，知道刘旦脚下的几案已翻倒于地，这才又掉回头去，齐刷刷跪到地上，对着悬荡在空中的刘旦号啕大哭起来。

二十、新政颁行全国，君臣一团和气

见证过刘旦之死，杜延年返回京都，去给昭帝复命。昭帝放下一颗心来，赐给刘旦刺王谥号，意思你刘旦不老想刺杀朕吗，爱刺你到阴间刺去吧。却看在兄弟一场情面上，赦免刘旦儿子，废为庶人，将燕国削为燕郡。鄂邑长公主儿子也只被撤去侯封，留下小命一条。至于上官父子和桑弘羊等人家族，自然该砍的砍，该杀的杀，绝不姑息。唯有上官皇后没有参加谋反，又系霍光外孙女，得免处罚，仍然稳居皇后宝座。

有罚就有赏，杜延年几个，包括燕苍、任宫和王寿，在这场平叛事件中表现突出，都受封为列侯。尤其杜延年，不仅封侯，还提拔为太仆，得到重用。

丞相田千秋早受过侯封，位置也到了顶，没法再往上提，昭帝便以其年事已高为由，赐乘小车入朝特殊待遇，时人称为车丞相。这其实不仅仅是待遇，更是一种莫大荣誉，比起加封和提职来，更有意思，不是谁想拥有就拥有得到的。

只杨敞事前做了缩头乌龟，白白放弃立功机会，没得到任何好处。有同僚就笑话他："杨都尉啊杨都尉，燕苍最先把上官父子和桑弘羊谋反消息透露给你，怎么你这么没头脑，不利用这千载难逢良机,露那么一手?你不是想将这个都尉做到致仕那一天吧?"

杨敞不恼不羞,淡然道:"做到致仕就致仕嘛,又有什么不好呢,老夫德不高,望不重,就适合在此职位上干。"心下暗暗好笑,这些家伙也跑来批评本都尉没头脑,本都尉不信他们更懂何谓头脑。杨敞的想法简单,做人也好,做官也罢,实在不可争着出头。少出头不见得就是坏事,好出头才显得最没头脑。

叛乱平定,改革旧制的障碍已搬开,霍光正好启用新人,大刀阔斧推行新政。新政方案由霍光亲自审定,再以昭帝名义下诏,颁发全国。新政的施行,调整了各阶层关系,缓和了官民矛盾,更为重要的是生产和商贸得到恢复,使空虚的大汉逐步走上富民强国道路。

民富国强,自然会受到周边国家敬重,纷纷遣使来汉示好,重启因长年恶战早已阻塞不畅的贸易通道。又值匈奴狐鹿姑单于病逝,其妻阏氏自立儿子为新单于,与故单于弟弟和亲友发生冲突,匈奴内部分裂,力量削弱。为巩固儿子地位,阏氏派特使南下,与汉廷和亲,寻求保护。霍光自然同意,条件也不高,放回武帝时期滞留匈奴的各路汉使。最让霍光放不下的是当年为暖和汉匈冲突,中郎将苏武曾率百人使团出使匈奴,因汉匈交恶,被扣压下来,使者大多已客死异域。幸苏武命大,在贝尔加湖边牧羊十五年,仍留着一口气,此次汉匈和解,带着残存的八名使者南归长安,受到热烈欢迎,朝廷又是赏赐,又是封官,风光一时。后人有感于此,还编成戏曲《苏武牧羊》,盛演不衰。

另有一个特殊人物叫作李陵,系飞将军李广长孙。当年刘据因巫蛊事件悍然起兵，兵败逃亡自杀，李广利为增加外甥刘髆入晋太子的筹码，率军出征匈奴，李陵就在军中。军抵匈奴，李陵曾分兵五千，与匈奴八万骑兵连战八天八晚，失败被围，违心投降匈奴。武帝盛怒之下，下旨严惩李家。朝臣包括太史令司马迁等出面说情，认为李陵以少战多，杀敌上万，情有可原，并非真心降匈。武帝听不进去，诛杀李陵三族，其母弟妻子无一幸免。还重罚求情者，司马迁也受到腐刑，生不如死。李陵为霍光好友，霍光了解他，知他冤枉，却无力改变武帝旨意，只能缄口不语。今汉匈和解，霍光同情李陵遭遇，专嘱匈奴特使，放他回国。无奈李陵南归无望，早已娶匈奴公主为妻，入匈籍，着匈服，再也回不来。霍光深感惋惜，不可能强迫李陵，唯有善待李陵案受害人，该复职的复职，该升官的升官。还把司马迁请入天禄阁，饱览皇家典籍档案，完成纪传体通史《史记》，垂名千古。

凤愿完成，霍光略觉心安，忽想起王欣所献秘方，拿出来交给家仆，抓过几副草药服下，效果还真不错，夫妻两人双双获益。惹得霍显非常开心，跟冯殷私通的兴趣也低了许多，专心专意服侍起霍光来。这比天下大治国泰民安更让霍光有成就感，他很是得意，对霍显说："秘方还不错吧？王欣那小子真够意思的。"

王欣够意思，霍光自然不好不够意思，连提这小子两级，算是对秘方一个交代。

尝到了甜头，王欣有空没空就往大将军府跑，几乎忘记爹妈家门朝东朝西。王欣走得越勤，霍光对他印象越深，好感越强,有啥好处肯定最先想到他。桑弘羊伏法,御史大夫空缺出来,霍光准备把王欣扶到这个位置上。

只是御史大夫位列三公,并非一般官职,王欣刚升官没几天,又往这么显要的位置上提,多少有些说不过去。霍光只好打田千秋主意,把他找来,说:"御史大夫职位至关重要,老这么缺着,也不是句话,丞相有无合适人选来挑这副大梁?"

与霍光共事这么久,田千秋自然知其用人手段,他问你有无合适的人,可不是真要你推荐什么人,是他早有人选,不便自己明确提出来,才借你嘴巴说出他想说的话。也是田千秋顺从惯了霍光,不可能跟他对着干。干也干不过,霍光连皇上亲哥亲姐想拔就拔掉,还愁放不倒你这个外姓丞相?这正是田千秋明智之处,不与霍光抗衡,一心维护他权威,确保自己丞相之位多坐几年。何况霍光忠于大汉,权为国所用,维护他就是维护国家大局,这比各不相让,你争我斗,把时间和精力浪费在内耗上好得多。

正是出于这方面的考虑,霍光提出御史大夫人选时,田千秋也就自觉不自觉要去揣摩他的意思,到底会用谁。将够得着这个位置的人撸出来,放脑袋里过一遍,田千秋马上想到了王欣,霍光要用的人,肯定就是这小子。王欣原是自己的人,忽然间受到霍光器重,一再得到提拔,开始田千秋怎么也想不通。后听人说起,王欣曾上大将军府来回跑动,这才恍然大悟。

本来王欣一仆竟事二主,田千秋心里反感得很,可考虑到他傍上的是霍光,又不好把他怎么样,只能保持沉默。谁知霍光还要提王欣做御史大夫,田千秋心里确实不太是滋味。可霍光已有这个意思,你还不怎么好唱反调,拂他的意,惹他不高兴。还不如干脆送个顺水人情,可两头讨好,三面高兴。

想明白了,田千秋也就不再犹豫,主动说道:"大将军觉得王欣怎么样?我看由他做个御史大夫应该还算合格。"霍光却还要故作沉思状,问道:"王欣胜任得了这个职位吗?老夫对他不是特别了解,据说他身体状况不太好,不知能否担当得了御史大夫重任。"

这霍光也真是的,还要逼你说王欣好话。试想本来就烦一个人,还要违背意愿说其好话,是不是比往鼻孔里灌尿水还让人难受?只是你已表态在先,明确说王欣做御史大夫还算合格,不接着说说他好话,又怎能支撑前面所下结论?总不能刚说过人家合格,又说他这不是那不是,鸟都不如吧?这岂不是出尔反尔,自掌嘴巴吗?

实在没法,田千秋不得不违心道:"王欣是从府县一步步干上来的,阅历和见识丰富,具有较强操作能力。不像由上至下官吏,捞些资格再提拔上来,实际办事水平不可能提高多少。至于身体方面,王欣的确有些毛病,不算怎么强壮。那也是在下面做邑令时,太勤奋、太劳累落下的,正好说明他吃得起苦,耐得起劳,德行高尚,人品可靠。调入京都后,条件比下面优越得多,用不着东奔西跑,也不再饥一餐饱一顿,身体应该已大为好转。况身体好坏与职务高低,也有一定联系。有不少官吏,位卑职小时身体并不怎么样,后官越做越大,身体也跟着越来越棒,总是印堂泛光,精神抖擞,意气风发。王欣德可配位,体足胜任,大将军尽早把他提到御史大夫位置上来,大有必要。"

"丞相这说法倒也不难理解,世上至神至奇者,权力也,往往权力越大身体越强。天底下皇上权力最大,臣民山呼万岁。王侯权力次之,只能叫千岁之类。"霍光乐起来,"既然丞相对王欣这么感兴趣,提出他的大名,老夫也不好不重点考虑考虑。这样吧,让选部多摸几个人的底子,如果没更合适的,就定王欣好了。"

田千秋肚子里骂道,霍光你真不是人,明明是你执意要用王欣那小子,硬逼我替你说他好话,还说是我姓田的感兴趣。肚子里骂归骂,表面上田千秋还得认可霍光意见,笑呵呵道:"大将军识人最准,您拍板就是。"

霍光所说让选部摸底云云,只不过是个形式而已,选部曹也是人精,最善于揣摩霍光意图,绝对维护其权威,象征性地走完过场,就将王欣大名报到大将军府,由霍光亲自敲定,成功弄到御史大夫位置上。

表面看去,王欣没田千秋提名,到不了御史大夫分上,朝中人开始还以为他是田千秋的人。吏事权主要掌握在霍光手上,霍光能重用王欣,不任人唯亲,还算有些胸襟。又觉得事有蹊跷,王欣被田千秋调进京城后,不是好长一段时间原地踏步,总上不来吗?怎么一下子突然晋升这么快,眨眼间就成了御史大夫?

朝臣百思不得其解,只好伸长鼻尖,到处刺探消息。后经多方打听,才探明王欣已不再是田千秋的人,早投入霍光门下。这才恍然大悟,这个御史大夫不让王欣来做,简直天理难容。只是等着投奔霍光的人多了去了,大将军府门口正排着老长老长望不到尾的队伍呢,怎么竟被王欣这后来者捷足先登?

众人又一番上求下索,探幽访秘,终于获知王欣原来吃的秘方的通。一绢秘方能有如此效用,倒也让人称奇。一边称奇,一边背后送王欣个秘方大夫美誉。也有叫他草药大夫或壮阳大夫的,反正意思差不多。

二十一、宫女穷绔上身，田相寿终正寝

眼见得昭帝一天天成长，不觉到了十八岁。

十八岁已成年，须举行成人冠礼，大将军霍光带着众臣，入未央宫朝贺。只有田千秋年老病重，卧床不起，咯血不止，御车也坐不成了，没法前往尽礼。

昭帝倒也不怪罪，行完冠礼后，由霍光奉陪，亲临相府看望老相。田千秋感激涕零，欲跪谢圣恩，无奈体虚质弱，下不了地，只好倚在榻上，握住昭帝的手，喘着粗气道："老臣将不久于人世，不可能再侍奉陛下，恭请陛下好自为之。陛下春秋鼎盛，上官皇后贤惠淑雅，长乐宫风清气正，陛下要多亲近皇后，早生皇子，大汉未来大业才有希望，千万别受其他宫女诱惑，损伤龙体，让朝臣和子民担忧。"

霍光就在旁边，田千秋此言自然是说给霍光听的。上官皇后虽系上官桀孙女，同时也是霍光外孙女，霍光自然最愿看到她怀上龙种，日后承继大统。可自上官父子伙同桑弘羊与鄂邑长公主谋逆事发，昭帝怨恨上官父子，也不再专宠上官皇后，仅因霍光主政，才勉强留着其皇后名位。不宠皇后，自然会移情别恋，与其他宫女打得火热。宫女一个比一个妖娆，昭帝一旦放纵，便

没法自控,龙体渐渐吃不消,五天一小病,十天一大病,几乎没离开过药罐子。霍光非常担忧,又不便直言相劝,毕竟上官皇后是自己外孙女,容易让昭帝误解。于是找到田千秋,请他劝导昭帝自珍自重。田千秋知道昭帝正值青春旺盛年纪,要他不近女色,不招嫉恨吗?迟迟没敢给霍光传话。直至病入膏肓,行将就木,才当着霍光面,说了昭帝几句。田千秋清楚,说过该说的话,自己死后,子孙才会受到霍光优待。

昭帝不好驳来日无多的老相面子,表示一定以大汉为重,爱惜自己。田千秋含泪道:"陛下心里装着大汉,大汉幸甚,臣民幸甚,老臣死可瞑目矣。"

昭帝又安慰田千秋几句,带着霍光诸臣,起驾回宫。安顿好昭帝,霍光来到长乐宫,觐见上官皇后,转述田千秋奉劝昭帝的话。霍光是自己外祖父,上官皇后也不隐瞒忧心,垂泪道:"皇上痛恨上官家族,迁怒于臣妾,又哪是丞相几句劝,能让他回心转意的?"

"皇上也有爱恨,其情可解。皇后不必担忧,老臣自有办法让皇上收心,重回皇后身边。"霍光说罢,辞别上官皇后,出宫回了大将军府。才入府,便召门客杜子陵来见,说:"你赶紧采集上等绢帛,做成穷绔数百套,送入宫中,交给皇后。"

穷绔是一种特制裙子,裙摆上缀满丝带,穿到身上,将丝带系牢,有如捆绑罪犯,宽解不易。霍光用心明显,宫女们穿上穷绔,欲受昭帝宠幸,自然不再那么方便。昭帝年轻,没法沾惹宫女,定会转而亲近皇后。还能保护昭帝本人,以免被宫女掏空龙体,折寿短命。

杜子陵定制的穷绔送入皇宫后，上官皇后严诏年轻宫女，人人都得上身，否则打烂屁股，轰出宫去。昭帝得闻，正待发作，相府传来噩耗，田千秋因病医治无效，寿终正寝，呜呼哀哉。昭帝压下心头火气，传令霍光主持田千秋丧仪。田千秋是多年老相，自然得按丞相身份，让他享受国葬待遇。大小臣僚都到了场，参加葬礼。

盖棺论定，田千秋一生，还比较厚道本分，在位十二年，虽无重大建树，倒也没坏过什么事，能自愿配合霍光维持朝廷局面，又挫败上官父子、桑弘羊和鄂邑长公主篡位阴谋，勉强可称良相。昭帝为此颁下诏令，赐田千秋定侯谥号，算对他最大的褒奖。

葬礼结束，到了送田千秋上路的时候。说时迟，那时快，人群中突然走出一位弱不禁风的大臣，伏到棺椁上，又捶又踢，号啕大哭起来。一边有一句没一句数落着："田丞相啊田丞相，您好狠心哪，就这么扔下大汉，一个人走了呀！还有我们这些老部下，都是在您亲自栽培下成长起来的，您撒手西去，我们这些人活在世上，还有多少意思啊！"

众人一瞧，原来号丧人是秘方大夫王欣。弄得众人忍不住好笑，又生怕笑出声来，亵渎棺材里的丞相，只得捂住嘴巴，装作咳嗽样子，背转身去。

待笑劲过去，又觉得王欣哭得也不是毫无一点道理。没有田千秋，王欣哪进得了京都？恐怕还在下面郡县绕圈，山不转水转，水不转人转。甚至早病死在哪个僻远衙门里，也未可知。如今恩人已逝，大哭几声，流些廉价的泪水，也值得。也有暗骂王欣的，调进京都没几时，就悄悄背叛旧人，投靠新主，成为霍光门下宠信，此刻还好意思装模作样来哭丞相。

只有霍光最明白王欣心思，这小子觉得田千秋死得稍稍早了点，感到伤心欲绝。自然不会为田千秋伤心，田千秋不是他爹，也不是他爷，他哪有这个兴趣伤心？说穿了，王欣正感伤心的，无非是他自己。

田千秋死得其所，王欣无聊之至，跑过来抚棺痛哭，却是为自己伤心，这好像有些说不通吧？其实通得很。想想世上活人对着死人哭，又有几个真哭死人？哭的还不都是自己？比如娘死儿哭，无非娘的牛马还没做够，娘一死，儿女们还要去寻牛觅马给自己干活，又麻烦，又费赀费，实在不合算。比如夫死妻哭，不过是丈夫有话没说完，借给朋友几笔债务、留给爹妈几包银钱，都没来得及交代清楚。再比如下级哭上司，是刚给上级献过殷勤，下过猛药，还没见出效益，白忙活一场，要谋官求职，还得从头再来，另选目标，投靠别的主子。

不过王欣哭田千秋，与儿哭娘，妻哭夫，下级哭上司，似有不同。御史大夫虽位列三公，却只相当于副相，只有做出政绩，资历也够，才可能接丞相班。王欣上任御史大夫时间太短，还没来得及弄出名堂，攒够资本，田千秋就这么悄然走掉，要想顺利接他班，还真有些悬乎。自己没接上班，新任丞相身体好，活的时间长，你王欣熬不过人家，这辈子就断了升丞相的前途，只能御史大夫到底。王欣想到此处，还能不号啕猛哭，大放悲声？

也是霍光太了解王欣，也为使田千秋顺利上路，成功完成葬礼，昭帝那里好交代，于是几步走过去，对着王欣踢了一脚，一边轻声骂道："别号了，老夫知道了。"

这一脚，再加上这句骂，顿时就止住了王欣的哭号，他兴奋无比，几乎要破涕而笑，狂呼万岁了。又不敢太张扬、太放肆，只得运用面部肌肉力量，发狠止住脸上动作。

王欣非常明白，霍光知道了什么。霍光也明白王欣明白他意思，可暂时还顾不上王欣，得治理好葬礼，先将田千秋送进土里再说。人死入土为安，人死老摆在地上，也不是句话。

办完田千秋葬礼，并不意味着田家的事已经了结。田家人只顾沉浸在悲痛里，倒也没说什么，旁人却向霍光提出，故相为国家辛苦一辈子，没有功劳有苦劳，终至积劳成疾，死在任上。人死不能复生，也就算了，总不能仅仅一个定侯谥号打发掉，也该给点什么实在东西吧？比如田家后代的安排，就是没法回避的问题，国家该安抚还得适当安抚安抚。

原来田千秋一生谨慎，怕人说闲话，任上没为后代谋太多好处，几个儿子尽管安排了差事，吃香喝辣，待遇不错，却没加官进爵，买田置产，外人还不怎么看得出是堂堂丞相儿子。众人对此不可理喻，大权在握时为儿女和亲戚谋个一官半职什么的，也属人之常情，不会谁有意见。不是说权力不用，过期作废吗？田千秋白白浪费掉宝贵的权力资源，没让儿女沾什么光，也不见得有人说你好话。

当然也有不同意见，说这正是田千秋过人之处，不可等闲视之。朝管朝，代管代，前辈位高权重时给后辈谋下的利益，后辈人如若无能，也不一定守得住。有时不仅守不住，还会带来大麻烦，甚至灭顶之灾。这几乎是铁律，田千秋心里再清楚不过，才没让几个儿子做大官，发大财，有只饭碗在手，不饿不冻，就可以了。

倒是霍光过意不去,田家没提要求,也想着补偿一下田千秋,扶持扶持他儿子。只是田家几个小子不怎么出色,要外貌没外貌,要内才没内才,文不能著春秋,武不能战沙场,难担大任,白送好位、高位,还不见得坐得住。比较起来,还是田千秋次子田号二稍微像个人样,跟霍禹关系也不错,霍光对他印象尚可,叫仆从去传他,准备跟他好好聊聊。

听说霍大将军有请,正在守孝的田号二扔下孝帽,脱去孝服,匆匆赶往大将军府。虽说田号二认识霍光已非一天两天,可霍光架子太足,煞气太重,田号二一见,顿时两腿发软,背脊淌汗,心虚气短,紧张得双手搭前面不是,搁后面也不是。

见田号二这副憨模样,霍光觉得有几分可爱,用平易近人的口吻玩笑道:"号二别紧张嘛,老夫又不是老虎,还怕我吃了你不成?"

田号二咧咧嘴角,想说句什么,无奈嗓眼发涩,舌头发硬,唯独发不出声音来。霍光只好轻轻摇摇头,说:"号二,你不能放松点吗?老夫是令尊老友,你别当老夫是大将军,是你霍叔就是。哪有在叔叔面前,连话都不敢说的?"

田号二这才壮壮胆,鼓足勇气,出声道:"只怪晚辈胆小如鼠,出不得众。"霍光说:"在霍叔面前,有什么出不得众的?喊你来也没别的,主要是想起丞相,有几分留恋,跟你说说家常话。老夫问你,丞相走后,你家情况还好吗?"田号二结结巴巴道:"霍叔放心,我家一切都还好。"仅此一句,再无下文。

霍光不好逼田号二多开口,自顾自道:"田丞相是个好官,供职朝廷数十年，无论官大官小，权重权轻，都能兢兢业业，任劳任怨，表现了老辈人的高风亮节和非凡气度。我俩是老搭档，朝政上互相信任，配合默契。都说官场如战场，官场中人好比敌人，不是你死，就是我活，不是你存，就是我亡。老夫不太同意此种说法，觉得太绝对太夸张。老夫与丞相就不是敌人，是同舟共济的同僚，是心心相印的朝臣。不是丞相已不在人世，说些漂亮话哄哄自己，老夫这完全是实话，没一句有假。事实也是，没有丞相大力支持，老夫想为朝廷干点事情，也不见得干得成，干得好。"

一旁的田号二张大耳朵，洗耳恭听的样子，也不知他听没听懂，或听没听进去。好在多待了一会儿，田号二不再像初至时那么不自在，要么还点点头，表示认同霍光说法，虽说霍光只顾自己说话，根本不在乎他认不认同。田号二甚至还大着胆子，插上一句两句："家父在世时也常说，跟大将军同朝理政，是件非常愉快的事，这辈子能遇上大将军这样的好同僚，是他莫大的幸福。"

"老夫也一样，能与丞相谋事，可谓三生有幸。"霍光叹道，"令老夫倍感遗憾的，是再找田丞相这样的好搭档，已越来越困难。有什么办法呢？十年树木，百年树人，丞相这样的人才，不是想树就树得起来的。这也是为什么丞相已经故去，继承人还一时定不了的主要原因。国家不可一日无相，皇上很着急，跟老夫打招呼，要老夫为他物色个合适人选，老夫正在为不知物色谁好，发着愁呢。"

霍光正侃侃而谈，兴头浓得很，家奴跑来禀报，说皇上使者进了府,要不要见?霍光顿时脸一黑,骂道:"来了皇使,怎能不见?皇使如皇上,这个道理也不懂吗?真是不知轻重,白在大将军府待了这么长时间。给老夫好好招待皇使,待会儿就去见他。"

家奴说声遵命,飞脚走了。霍光自语道:"皇上派使者传令,肯定是叫老夫去商量由谁继任丞相的事。"又掉头望着田号二道:"今天把你叫来,还想问问你,你对自己以后的前程,有没有什么要求?有要求就直接跟霍叔说,嘴巴别太紧。"

田号二容易知足,没想过前程不前程,说:"侄儿现在供职的衙门挺不错,规定的待遇都到了位,侄儿不敢再有别的过高要求。"

真没出息,心里装的就那点待遇。霍光恨铁不成钢,苦口婆心道:"你是丞相之后,不是百姓人家子弟,应该有点远大志向嘛。既然你没啥要求,只好霍叔为你做这个主。洛阳有个武库令的位置正好空在那里,不少人找上门来,想谋到手上,老夫一直都没点头。你如果愿意,干脆去补这个缺算了。"

武库令说白了,就是看守武器库的萝卜头,位置重要,还有一定级别,却不需要太高管理水平,倒也适合田号二这种缺能少智的厚道人。田号二心下乐意,说:"霍叔看得起,把如此重任交给侄儿,侄儿一定尽己所能,为朝廷看好武器。"

霍光"嗯嗯"两声,又说:"武库为军队规制,由于设在地方,郡府长官也有监督管理权。洛阳武库建在河南辖区内,河南府太守有权过问武库的事,你到任后,务必主动与河南府衙处好关系,尤其要争取太守魏相的大力支持,促使武库管理再上台阶。"

二十二、魏相不畏强权，王欣小人得志

说起魏相，还是个有些声望的良臣，少时苦学《易经》，闻名在外，才被察举贤良，选调为茂陵令。与别的官员不同，魏相不贪不腐，不喝不赌，不嫖女人，不蓄家奴，不买山场，不购田土，是个难得的清官。一心放在政务上，事必躬亲，认真较劲，原则性非常强。一向嫉恶如仇，执法严明，刚正不阿，不徇私情，即使桑弘羊那样的权贵都敢得罪。正当桑弘羊炙手可热之时，其亲戚仗势欺人，横行乡里，魏相查明事实后，将其收捕治罪，公开宣判处决，一时民心大快，茂陵大治。后迁河南太守，又大刀阔斧整顿吏治，禁抑奸邪，打击地方势力，各方豪强无不畏服。

对魏相其人，田号二早有所闻。认真严正之人，往往不容易共事，田号二心里难免有些打鼓，小声道："据说魏相性格刚硬，办事果断，不善通融，说话也直来直去，恐怕不怎么好对付吧？"霍光说："有什么不好对付的？武库毕竟属于军队，府郡虽有监督权，只要你按规矩管好武库，魏相也不可能把你怎么样。当然你也不要轻易得罪他，要注意跟他处好关系。官场就是这样，关系比什么都重要。老夫也会给他打招呼，要他好好关照

你。"

霍光是个讲效率的人，寅时事不会拖到卯时，今天事不会拖到明天。当即叫来副手，指令落实田号二武库令事宜。又亲自写了便笺，交给田号二，说："到任后你就去拜访一次魏相，见了此笺，他定会看在老夫面子上，好好照顾你的。"

打发走田号二，霍光赶紧去见皇使，问皇上有何圣谕。皇使说："本来今天是休朝日，皇上也不想打扰大将军，只是心里思念，召大将军进宫一见。"

今天还真是个见人的好日子，这里正接待田号二，昭帝也想起要召见自己。霍光谢过皇使，呼人备车套马，登车离府。

原来宫女们穿上穷绔后，昭帝难得宠幸宫女一回，龙体渐渐恢复，感激霍光苦心孤诣，不再耿耿于怀。霍光更是视昭帝如同己出，巴望他尽快成熟，自己好早日归政，安度晚年。君臣关系又进一层，霍光没在宫中，昭帝颇不习惯，诏令入宫，叙话论事。

霍光很快来到宣室殿。行完礼，昭帝便道："朕是一日不见大将军，心里就不踏实啊。"霍光一脸诚恳，道："陛下看得起老臣，是老臣的莫大荣幸。"昭帝说："朕也很荣幸啊。朕生逢其时，有大将军辅佐，治理朝政，大汉江山才稳如泰山。"

寒暄几句，昭帝才切入正题："召大将军来，一是说说话，二也是想听听您意见，田丞相已故，谁来接丞相班才好。虽说军政大事有大将军掌本，朝廷总得有个丞相，牵头打理鸡零狗碎的杂事，不然就乱了套了。"霍光附和道："丞相乃朝中总管，没有总管，无人拉总，有个什么事，陛下还不知找谁去。"昭帝说：

"那大将军说呢,谁来做丞相妥当?"

要说霍光心里早有人选,却不愿直接出口,问道:"陛下看好谁?"昭帝道:"朕虽天天跟大臣们打交道,却知之不深,不像大将军,是父皇朝过来的老臣,对朝臣了解透彻,朕还是想听听大将军想法。"霍光这才道:"陛下若无更妥当的人,可否考虑一下御史大夫王欣?"

昭帝没直接作答,沉默片刻,才说道:"御史大夫位列三公,相当于副相,接替丞相也属常理,过去就有这个惯例。只是听人说,王欣身体不怎么好,怕难担大任。"

霍光暗想,正是王欣身体不怎么好,得赶快把丞相位置安排给他,让他过个瘾,不然哪天一倒,死不瞑目,阴间又会多一个冤鬼。于是对昭帝道:"王欣身体到底如何,陛下和老臣都不知底细,说不定是有人居心叵测,生怕王欣接替丞相,故意造他的谣。官场就是这么复杂,对一个人有想法,怕他上去,又找不到别的岔子,就拿人家身体说事。"

昭帝笑笑,道:"舌头底下压死人,谣言可畏,大将军不可能全然不顾谣言。"霍光说:"这倒也是。老臣看还是让医生给王欣查验查验身体,给个权威点的诊断字据,身体没问题就让他上,有问题让他继续做御史大夫。"

既然霍光心里已有王欣这个人,也只能如此,昭帝不得不表示认可,说:"要说权威,还是御医权威,就安排几个医术高明的御医,去给王欣查验吧。这事交给大将军亲自落实,大将军公正廉明,你办的事,人家没话说。"

霍光巴不得,点头应承下来。出宫回府,正要派人去找王欣，王欣已出现在眼前。霍光不出声道，这小子鼻子真长，老夫才进屋，他就嗅着气味跟了来。嘴里说："王欣啊，你的事恐怕有些不太好办。"

霍光话里没明说什么事，王欣却心知肚明，顿时慌乱起来，说："莫非皇上已另有人选？"

霍光听着好笑，我霍光还没死，还有一口气在这里，皇上怎么会另有人选？说："皇上有没有人选不重要，重要的是你的反对声太多。"

王欣往前凑凑，说："反对小人什么？是小人政务太认真，无意间得罪了朝臣？御史大夫职责就是这样，不得罪人，就没法维护朝廷利益和社会公正。"霍光摇头道："政事认真得罪人，谁好挂到嘴上去？"王欣说："要么是小人御史大夫任职时间太短，接任丞相不够资格？"霍光否定道："也不全是。"

一时找不到准确答案，王欣只好哈着腰，请霍光明言。霍光道："主要还是你身体方面问题。丞相是朝廷大总管，责任如山，政务量大，没有过硬身体打底，是吃不消的。就你目前身体状况，把丞相大任搁你肩上，别说皇上和众大臣，就是老夫我，也不放心啊。"

这正击中王欣要害，他急得屁眼冒烟，颤声道："小人身体确实不是十分强壮，不过那是从前的事，从前在下面当差，条件差，任务重，再好的身体也有扛不住的时候。进京后生活环境好转，作息有规律，小人又注意加强保养，身体素质越来越高。若大将军看得起，委小人以丞相大任，身体是绝对信任得了的。"

霍光颔首肯定，说："这就好。不过身体怎么样，老夫说了不算,你自己说了也不算。"王欣嘀咕道:"冷暖自知,小人身体小人说了还不算?"霍光教导道:"冷暖自知,不见得病痛也自知吧,这人四体七窍,五脏六腑,谁也夸不得这个海口哟。"王欣说:"敢问大将军,那小人身体又谁说了算?"霍光说:"当然只有医生。"

王欣一听,明白霍光意思,说:"大将军是要小人找医生查验查验身体?大汉好像还没有升职查验身体的先例吧?"霍光瞪眼道:"没先例就不可破例?你情况特殊,大家都在拿你身体说事,总得有个像样交代。"王欣声音小下去:"那小人找医生查验查验贱体,以给大将军和众人一个说得过去的说法。"

霍光望着王欣,说:"你自己找医生恐怕不妥吧。"王欣说:"难道还要朝廷给小人找医生?这点小事也麻烦朝廷,小人于心不忍。"霍光说:"皇上答应钦点御医。"

闻言王欣紧张起来,说:"皇上一国之君,情系天下,顾得上给小人找御医?"霍光道:"皇上要选丞相,再忙也得过问过问。"王欣说:"御医个个医术高明,只怕小人没病,也会在小人身上查出病来。"霍光笑道:"正是御医医术高明,出具的查验字据才有权威。如果连御医都查不出你身上的病,别人还有什么可说的?"

霍光都把话说到这个份上,王欣自然心领神会。也就是说,你身上有没有病是一回事,御医查没查得出你的病又是另一回事,你要做的就是让御医查不出你的病来。

王欣是个有办法的人,很快打通有关人士,弄清要给自己查验身体的御医名字,一个个上门,留下足以让人心动的厚礼。

有礼在先，御医给王欣查验身体时，也就睁一只眼，闭一只眼，不太较真。查验字据也写得很得体、很有水平，王欣身体该正常的都属正常，各项功能没有丝毫问题，几乎等同十七八岁的年轻后生。

查验字据经御医送往选部，又辗转呈达大将军府后，霍光也比较满意，不出声道，这个老奸巨猾的王欣，事情就是办得漂亮。第二天上朝，霍光将字据带在身上，瞅个合适时候呈给昭帝，说："经御医严格查验，王欣身体无任何问题。字据在此，请陛下御览。"

昭帝接过字据，见上面写着正常，还签有好几位御医的大名，也说："王欣有此身体状况，也太难得了。"又亮给众大臣，要他们也过一下目，意思是要相信御医，别再怀疑王欣身体，背后嘀嘀咕咕，尽嚼舌头。

一份查验字据算什么？舍得出大钱，谁还弄不来？大臣们都是聪明人，知道这是霍光用来堵大家嘴巴的，只好保持沉默。见大家已无异议，昭帝当场宣布，由王欣接任田千秋留下的丞相位置。众人只有佩服王欣，一绢秘方换来御史大夫还不够，又换来丞相大位。难免又要拿秘方丞相或壮阳丞相，暗呼王欣。转而思之，王欣能做丞相，也无不可。武帝登基以来，特设内朝，直接传达诏令，丞相职能削弱，尽管田千秋和王欣平庸，做个赋闲丞相，也无大碍，无损于朝政实施。

王欣重位不重权，荣居三公之首，心情格外爽，做梦都笑出声来。辗转郡县那阵子，他哪里想得到，这辈子还有丞相位置等着自己来坐？当时只盼着进京随便谋个差事，生存有保障，别露宿街头，讨饭充饥，就已心满意足。谁知风水轮流转，一转一转，先转过来一把御史大夫椅子，眨眼间连可望不可即的丞相高位，也转到了自己屁股下面。

也是王欣笑声太大，将沉睡的老妻惊醒。老妻以为他发梦癫，对着他屁股就是一脚，骂道："乐什么乐？是不是梦里跟老相好约会去了？"

王夫人这么骂王欣，也不是没有一点道理。任职地方那几年，王欣枕边勤换女人头，又染上花柳病，老妻对他大为光火，曾告到御史府，差点就将王欣头上官帽给摘了下来。王欣最怕的就是老妻这一招，她每次旧事重提，都尽量避开其锋芒，男不跟女斗。

现在当然不同以往，王欣已是一人之下万人之上的丞相，老妻还动不动揭旧疮疤，他已不再容易接受，大声骂道："你满脑子就是这些陈芝麻烂谷子！也不想想夫君已是堂堂丞相大人，那么多大事、要事等着本相去处理，哪还顾得那么多老相好？要抬起头张开眼朝前方看嘛，怎么老揪住旧事不放呢？"

老妻这才想起丈夫已今非昔比，该给的面子还得给，以显示丞相夫人的翩翩风度。自此再不提"老相好"三字，让王欣耳根清净了许多。王欣暗自得意，不出声道，怪不得男人都争着做大官，做上大官，别人羡慕不说，连老妻态度都会发生根本改变。

又想起这个丞相是霍光赏给的，对霍光更是敬爱有加，时时处处维护他老人家威信。还悄悄弄了个霍光人际关系图，凡与霍光有些瓜葛的人，都记在上面，平时注意加强与这些人的联系，以取悦霍光。若霍光的人碰到什么难题，不管人家找没找上门来，王欣都会利用丞相职务便利，主动排忧解难，以免直接捅到大将军府，给主子添乱。

霍光觉得王欣够懂事的，有时王欣登门拜访，总会当面表扬他几句："不错不错，王丞相不错，主持朝政以来，还较称职，算老夫没看错人。"

王欣心里就挺滋润。在大将军府行走得多了，经常能碰上关系图里的人，比如杨敞之流。杨敞本系霍光老部下，在霍光手下做过司马，后又提拔为搜粟都尉。王欣上任丞相后，御史大夫一职暂时空出来，霍光又想着，要不要将杨敞推到这个位置上去。

二十三、胆小好做大官,性直敢劾墨吏

王欣做过一阵子御史大夫,就晋升为丞相,这个位置也就格外吊人胃口,不少大臣纷纷行动起来,你跑夜路,我走门子,只想据为己有,为日后做丞相埋下伏笔。跑得最多、走得最勤的地方,自然是大将军府。唯有这个神秘的地方,才决定得了你的进退沉浮,别处包括未央宫和长乐宫,都管不了用。

霍光应付着这些跑关系的人,记起前次平定刘旦后论功行赏,不少人升的升官,晋的晋爵,唯有杨敞什么也没捞着,得补偿一下他才是。老让老实人吃亏,似乎也不地道。身居上位者就要善于搞平衡,手下管着那么多人,一些人好处得尽,一些人什么油水都不沾,就不公允、公正了。该公允不公允,该公正不公正,谁还死心塌地替你办事?

基于此考虑,霍光准备将御史大夫安排给杨敞。不料反对声一片,说杨敞连都尉都不称职,朝廷有变,国难当头,背着双手,躲在后面看热闹,不给予严肃处置,已算便宜了他,哪还有提拔重用的理?何况御史大夫执掌监察司法大权,杨敞这种软蛋,前怕狼,后怕虎,只知明哲保身,不敢有所作为,哪能担此重任!

偏偏霍光看中的正是杨敞的胆小和不敢作为。这种人的优点是,要他圆就圆,要他扁就扁,摆在那里放心。于是顶着压力,让杨敞做了御史大夫。

霍光定了的事,无人能否决,大臣们只得转而佩服杨敞,对他刮目相看起来。上朝时碰上这位新任御史大夫,忍不住要翘起大拇指,说:"杨大夫哪,还是你老人家有头脑。"杨敞仍是那副憨厚样子,嘿嘿一笑:"过奖了,过奖了,杨敞我本是愚笨之人,只知一个心眼跟皇上和大将军干,哪像各位聪明绝顶,这么有头脑?"

大臣们嘴巴张得宽宽的,一时出不了声。只好背过身去,悄悄捆自己嘴巴。还要自作聪明,批评杨敞没头脑,其实最没头脑的,原是你们这些浅薄之徒。

杨敞可顾不得人家有没有头脑,重要的是不断充实自己的头脑。这头脑怎么充实?当然得靠大将军给你充实。正因如此,杨敞才有事没事,常往大将军府蹿,弯下腰,低着眉,乖乖让霍光给自己充实头脑。

这日,御史府有些清寂,没什么要紧事,杨敞又登上车驾,摇摇晃晃去了大将军府。来到府门口,刚掀帘下车,就见丞相王欣的华车也"吱嘎吱嘎"晃了过来。杨敞官小半级,当然得主动上前,去给王欣请安。

王欣还在车里,听到杨敞声音,也不下车了,把他拉到车上,说:"老臣碰上一件棘手事,不好处理,要禀报给大将军,杨大夫在此,正好先给你通个气,你心里好有数。"

杨敞不知何事,说:"要禀报给大将军的事,怎能先透露给下官？不怕挨大将军怪罪？"王欣说："此事与你御史大夫的职责有些关系，透露给你，你有个思想准备，待会儿再一起给大将军去汇报。"杨敞说："什么要事，丞相这么郑重其事？"

王欣拿出一份劾书，递给杨敞，说是河南方面送来的。这倒确实关系到御史大夫职责。只是上书人不往御史府递，却直接送到了丞相府，也不知什么原因。估计内容太重要，怕御史府处理不下，才走了捷径。

果然打开劾书，弹劾的不是别人，竟是洛阳武库令田号二。田号二系已故丞相田千秋次子，其武库令职务又是霍光亲自指令安排的，怪不得王欣不敢掉以轻心，亲自拿着劾书，煞有介事来给霍光请示汇报。

杨敞将劾书粗粗浏览一遍，主要是弹劾田号二管理不善，看守武库的人监守自盗，隔三岔五要偷些武器出去卖钱，于大汉安全极为不利。劾书后面落着上书人名字，竟然是河南太守魏相。这家伙向来自视清高，是出了名的冷面太守，浑身带刺，不是谁都碰得的，恐怕非霍大将军出面，才可能镇得住他。

杨敞也觉得头疼，对王欣说："这魏相也真是的，谁不好弹劾，偏要弹劾田号二。不是见田号二人老实，好欺侮吧？田号二办事能力可能欠缺点，可武库规制完善，壁垒森严，里面的武器是想偷就偷得出去的吗？"王欣说："我也是这么认为的。肯定是田号二不小心，哪里得罪了魏相，魏相故意找他麻烦。"

杨敞摆着脑袋，叹道："魏相那人没救药，向来自以为是，好像多么了不起似的，谁都不放在眼里。"王欣附和道："他就那德性，不知反省自己，一味与人对着干。还不看对象，见人就咬,咬得人人自危,他才心甘。不过也活该他牛气,他连桑弘羊的亲戚要办就办,还会把谁放在眼里?"杨敞说:"这是魏相运气好,桑弘羊还没来得及下他手,自己就先出了事,不然的话,他魏相会这么自在吗?"

两人数落魏相一通,王欣定调子说:"到了大将军那里,我俩还得实话实说,把各自真实想法说出来,不能让田号二这样的老实人吃亏。你又是御史大夫,你的话很重要哦。"杨敞说:"我肯定会按照丞相指示,站在公正立场说话。"

商量完,两人这才下车,进了大将军府。

见两人同时站在面前,霍光觉得奇怪,笑道:"两位双双来到,是有约在先,还是不约而同?"杨敞说:"是在府门外碰到一起的。"

"河南太守魏相弹劾田号二,还请大将军关心关心这事。"王欣说着,恭恭敬敬将劾书呈到霍光手上。霍光看眼劾书,不觉皱了皱眉头。这个魏相真不通味,田号二是我霍光的人,你弹劾田号二,岂不是与我过不去吗?田号二去洛阳时,我还亲自写了条子,托他带给你,你连我的面子也不买,这还了得?嘴上则道:"偷武器卖钱?到底偷的什么武器、卖了多少钱,总得有个具体说法吧,这么含含糊糊的,谁说得清属实还是属虚?"

听霍光口气,明显在袒护田号二。这也难怪,田号二是在霍光过问下去的洛阳,现在有人凭空弹劾田号二,不是打狗欺主,冲着他这个后台来的吗?

王欣理解霍光心情,说起魏相的不是来:"魏相也不识相,仗着读了几句《尚书》,行政能力也算过得去,还镇压过桑弘羊的亲戚,多少有些威望,便自觉了不起,什么都看不惯,动不动就找人茬子,好像只有他一贯正确。"

杨敞接过话头:"肯定是田号二哪里得罪了魏相,魏相拿他没法,只好告他状,写了弹劾书,往丞相府递。要么是田号二到洛阳后,没去拜过魏相码头,或事情太忙,很少去给他请示汇报,他记恨在心,要给田号二点颜色看看。"

霍光不愿跟着两位说魏相长短,只说:"暂且别管魏相的为人,你俩先谈谈,该怎么处理这份劾书?"杨敞说:"魏相那种人,你越在乎他,他越起劲,只能给予冷处理,过一阵子他尾巴就会自动蔫下去的。"王欣也说:"杨大夫说得对,不必太在意魏相。大将军手头要务多,还是把劾书交我收着,别理魏相就是。"

霍光略加沉思,说:"魏相那个脾气,劾书压着不做处理,他会纠着不放的。何况他不是一般太守,名声还不错,事情闹大了,影响也不好。还是派几个钦差,去洛阳跑一趟,检查一下武库情况,确有什么问题,责令田号二及时整改,也好给魏相一个说法。"

魏相一封劾书,就派遣钦差,御史府和丞相府天天都会收到劾书,这钦差派遣得过来?真是小题大做。可霍大将军已明确表态,两人也不好反对,只能表示赞成。王欣还主动承揽任务:"魏相劾书是直接送达丞相府的,就由丞相府安排钦差吧。"

霍光没直接回答王欣,却盯住杨敞,问道:"杨大夫的想法呢?"杨敞笑笑道:"下官没什么想法,一切听大将军的。"

这话听着生动,却几乎是废话一句。你一切听大将军的,大将军要你吃地上的狗屎,你也趴到地上去吃?霍光心里有些不满,又不好说杨敞什么,只得耐着性子道:"你是御史大夫嘛,本来就是负责监察的,莫非你就不想过问过问此事?"

凭杨敞那德性,自然多一事还不如少一事,只是这下霍光当面开口,要他过问这事,他也不好不过问,说:"那就由御史府出钦差吧。不过魏相的劾书是送给丞相府的,御史府的人来办案,魏相若不服气,又怎么办?"

霍光面无表情道:"魏相有什么不服气的?你让王丞相在魏相劾书上落个字,直接批给御史府,御史府再下去办案,莫非魏相还敢放半个屁?"

王欣一旁揣摩霍光的意思,他肯定不想让人知道他在插手洛阳武库案,怕案子由丞相府承办,万一碰到什么硬钉子,办不下去,只能往大将军府推,让他为难。由御史府承办,丞相府可作退路,不容易捅到他霍光这里,回旋余地大。

这么揣摩着,王欣当即在魏相劾书上批了字,把办案权交给杨敞。

杨敞回到御史府,立马调集人员,打着钦差旗号,赶往洛阳。这叫奉旨办案,说白了是表演给魏相看的。王欣则提前派人送信给田号二,要他做足准备,配合好钦差检查。

田号二也知魏相在弹劾他,紧张得不知如何是好,夜里觉都睡不好,眼圈都是黑的。这下接到王欣的信,心里才有了底,长长嘘出一口气。田号二不是特别机灵,却也明白王欣和杨敞都是霍光的人,王欣要你配合杨敞查案,也就什么都不会发生了。

果然钦差们一到洛阳,先联系上被劾人田号二,却把弹劾人魏相扔一旁,好像此行与他无关似的。田号二早做好一应接待准备,将钦差们请入洒扫干净的驿馆,好酒好肉,盛情款待。酒足饭饱,一行人剔着牙,打着嗝,去武库现场巡察。

先库里库外走上一遭,不用说环境整洁,院落幽静,仿佛花园般。再进武库里面视察武器存放保管情况,更是戒备森严,三步一岗,五步一哨。库存武器摆放得井井有条,一尘不染,锃锃发亮。田号二还叫人拿出武器登记册,包括出入库明细,让钦差们对照着做过认真查验,也没发现缺枪少刀。

杨敞显得很高兴,说:"武库管理得蛮好嘛,完全符合相关规制。记得做都尉时,本官也来巡察过洛阳武库,还没见哪任武库令像号二样,把管理做得这么到位,既完善又细致。"

得过表扬,田号二乐得直打尿颤,又将钦差们请到后衙,搬出好几套材料,诸如《武库管理规制》《武库值守和交接细则》《武器保管措施》《武器修理维护办法》,请杨敞过目。杨敞很满意,说:"管理管理,就是要拿规制管,用规制理,洛阳武库管理这么有成效,突出特点就是规制健全,以规制管人理事,保护武器。"

田号二又做过口头汇报,杨敞再强调几句,安排钦差里的笔杆子,根据所见所闻所阅,将此次巡察武库情况形诸文字,回京后王欣那里好有个交代。隔日田号二陪同杨敞几位钦差,参观名胜古迹,饱览大好河山,喜气洋洋。

第三天钦差们准备离洛回京,杨敞才跟魏相见了一面,说:"魏太守递到丞相府的劾书,王丞相非常重视,亲自阅过,郑重批转御史府,交本官酌情处置。为弄清事情真相,咱们钦差一行,专程赶赴洛阳,实地查办。经过两天认真巡察和详细查验,已将洛阳武库管理情况弄个清楚,形成文字,准备拿回去向王丞相交差。同时还另备一份,留给地方官府,算是一个交代。"说罢,让随从将文稿递到魏相手上。

魏相看看文稿,心里冷笑不止。这么走马观花的巡察和查验,又能察出什么、验出什么来?还由当事人全程陪同,吃喝游玩一条龙,即使发现不妥,也碍于面子,视而不见,听而不闻。这纯粹是糊弄人嘛,咱老魏是这么好糊弄的吗?

只是杨敞属副丞相级首长,魏相脾气再大,也只得暂时忍住,说些场面话,什么御史大夫看得起河南人民,亲自下来巡察,实在令人感动。

魏相当然不会这么善罢甘休。杨敞一行刚离开洛阳,他就派出得力干将,对洛阳武库武器流失情况进行明察暗访,寻找证据。一查一访,还真查访出些名堂,找到几支破铜烂铁,确系洛阳武库流失出去的正规武器。

魏相再次书写劾书,连同所获武器一起,派人送往京都,准备直达天听。

二十四、太守坐聋子牢，号二谢大将军

幸亏王欣一直密切关注着事态进程，接到密报，下令把魏相的劾书和武器截留下来。又跑进大将军府，向霍光邀功。还说："这个魏相也是的，给他台阶他不下，硬要与田号二过不去，恼火不恼火？是不是读过几句书的人，都这么认死理，怎么也拐不过弯来？"

霍光不去说读书人长短，读书人也并非个个都似魏相这么犟。只问王欣："你觉得该怎么办？魏相关注洛阳武库本没什么错，初衷是好的，也是为维护朝廷武器不失嘛，应该给予肯定和鼓励。只是他老揪住此事不放，也影响大汉太平安定局面吧？"

别以为霍光的话来得平和，其实恨不得马上就动魏相的手，把他给摆平。王欣最懂霍光心思，也不用他明言，便笑嘻嘻道："这事不劳大将军操心，交给我来处理吧。"

霍光皱着眉头道："这回魏相已经拿到确凿证据，你还能怎么处理？"王欣说："本官自有办法，大将军不必过虑。"霍光说："好吧，你是丞相，有这个职责。"

得了话，王欣拔腿欲出门，霍光又叫住他："魏相可非一般官员，怎么也是个人才，你们可要懂得爱护人才哟。"王欣点头

道:"大将军放心,我会爱护好人才的。"

回到丞相府,王欣就叫来御史大夫杨敞,与他商量,如何摆平魏相。杨敞说:"魏相不是起劲弹劾田号二吗,就以其人之道还治其人之身,让河南官员也弹劾弹劾他魏相。"王欣说:"找河南方面的人,来来回回太费时间,也容易走漏风声。还不如就地取材,在京城物色合适人选,直接状告到御史府,御史府再发兵去河南抓捕魏相。"

这当然最省事。杨敞说:"那又物色什么人,以什么借口状告魏相?"王欣说:"就在丞相府随便找个侍从,在他身上弄几道伤口,就说是魏相滥刑拷打而成,为保命才逃到京城,喊冤叫屈,寻求保护。"杨敞说:"魏相一向以办案严厉著称,这个借口比较适合。"

"这样,你的人去河南抓捕魏相时,也理直气壮些。"王欣说着,又想起霍光要爱护人才的话,特意叮嘱杨敞,千万注意方式方法,不可对魏相动粗。

杨敞会意,告别王欣,回了御史府。王欣又叫过一能干文吏,面授机宜,将任务布置给他。文吏得令而去,抑出个诬告魏相的状子,交与一位能说河南话的仆人,咬着他耳朵,如此这般,吩咐一番。仆人心领神会,告退出门,着手准备。

第二天一大早,御史府门刚一打开,就有人跌跌撞撞,扑上前来,要往门里闯。后面还有三五同伙,耀武扬威,虚张声势。门人吓一跳,拦住来人,不让进门。拿眼细瞧,才发现为首者额青脸肿,鼻破嘴烂,遍体鳞伤,衣服上尽是快结痂的血块。背披麻布,上写一"冤"字,又粗又大,格外抢眼。手里还提了一盏亮着的灯,操一口纯正的河南口音,呼天抢地喊道:"黑了天了!黑了天了!"

喊声引来无数行人,一下子堵住御史府门,你推我搡,拼命往里挤。实在挤不拢去,只好贴人后背,踮了脚尖,伸长脖子,突着脑袋向里探,一边忍不住嘀咕道:"到底出了什么稀奇啰?"里面的人就说:"御史府门前还有什么稀奇?喊冤告状的呗。"

旁边的人接过话头,说:"如今人心不古,世风日下,冤假错案就是多啊!"另有人说:"听口音是河南来的,估计河南府衙办的冤案,民斗不过官,只有往京城跑,碰碰运气,看能否遇见清官,把案子翻过来。"又有人说:"据说河南太守魏相办案,动不动就用大刑,这人肯定是被打成这样的,怕死在魏相棍棒之下,才逃了出来。"

正在大家议论纷纷的时候,门里传出大声吆喝,府役赶开看热闹的人,将告状人带了进去。一边急报御史大夫杨敞,说有河南草民喊冤,引来众多市民围观,影响恶劣。

杨大夫心知这所谓的河南草民出自何处,说:"河南草民跑京城来告状,一定遇上了天大冤情,我御史大夫不过问,谁来过问?"更官衣,正官帽,威武升堂,装模作样审起案来。

告状人早有准备,一开审,就倒豆子样将事先存在肚子里的话全倒了出来。句句都是针对河南太守魏相去的,说他如何徇私舞弊,如何滥用刑律,误将好人屈打成招。

杨敞一听,火冒三丈,拍案而起,大骂魏相身为堂堂太守,竟这么无视国法,真是是可忍,孰不可忍!又好言询问告状人,有没有证据、证人,证明魏相违法办案。告状人宽衣捋裤,让杨敞看他身上伤痕，说这就是证据。又指指旁边同伙，说证人在此，大人可随便问话。

杨敞询问那几个人，回答与告状人所言如出一辙。

审问完毕，杨敞要过文吏笔录，过完目，又让告状人和证人画过押，这才签发拘捕令，派刑役数名跨上缇骑，快马加鞭，离京赴洛，抓捕魏相。

魏相身处洛阳，哪知京城发生的事情？只道发往京都的劾书和武器已有些时候，正掰着指头计算时间，估摸也该有回音了，闻京都缇骑赶到，还以为是来传达好消息的。

不想人家一进门，招呼都不打一声，上前就将魏相扑倒，几下铐住手脚，锁住脖子，前面扯，后面推，往外就走。

太守府人见是京都来的捕役，不好阻拦，可主人就这么被拿走，也不心甘，拦住试问原因。捕役这才亮出御史大夫符印，说魏相犯下大罪，务必即刻带往京都受审。

太守府人不敢抗拒，只得打开府门，放捕役一行上路。

回到京都，捕役们将魏相直接押往御史府刑审大堂，接受审讯。杨敞高坐堂上，厉声问道："堂下案犯姓甚名谁，何方人氏？"

魏相暗骂杨敞明知故问，彼此相识已不是一天两天，前不久才见过一面，莫非这么健忘，转背就不认识俺姓魏的了？不过魏相自己也经常审理案子，知道这是审讯程序，与相不相识、见不见过面，没一点关系。只得多此一举报出自己姓名，外加籍贯。杨敞"嗯"一声，又问道："魏犯你知罪吗？"

魏相不是呆子，早明白是怎么回事。也清楚这不是你姓魏的说理申诉的地方，只得摇头道："罪臣只知白天做公家事，夜晚读圣贤书，不知何罪。"

到了这个地方，还不忘端出读书人架子，标榜自己，这家伙也太不识时务了。杨敞冷笑道："自说罪臣，又不知何罪，岂不前后矛盾？"魏相说："到了御史大人堂上，没罪也会整出罪来，我敢说不是罪臣吗？"杨敞呵斥道："还要强词夺理！你身为堂堂太守，违反朝纲，触犯国法，难道还不知罪吗？"

魏相硬着脖子，理直气壮道："罪臣平生坐得正，行得直，一心一意为国效忠尽力，没干过违朝纲犯国法之事。"

杨敞不想跟魏相练嘴皮子，示意役吏带上伤痕累累的告状人，说："魏犯可给我看清楚啰，堂下这人是谁？"

魏相不是王欣的人，没去过相府，自然不认识这家伙，说："我不知他是谁。"杨敞说："本官再问你，他身上的伤痕是怎么来的，可否知道？"魏相说："我连人都不认识，又怎么知道他身上的伤痕哪来的？"

杨敞一拍惊堂木，大喝道："大胆魏犯！你以为你矢口否定，拒不认罪，就不能定你案吗？"对告状人说："你给我如实道来，让魏犯听听。"

告状人偷偷睒一眼魏相，背经书样诉说起来："本人是河南乡下草民，一向胆小怕事，树叶掉头上都怕痛，担心砸出窟窿来。却祸从天降，邻家丢猪，诬草民所偷，把草民家猪强行夺了去。草民不服，告到河南府，想讨回公道。谁知邻家先赶到府衙，打通魏太守关节，堂审时魏太守便按邻人意愿，断草民偷的邻家猪。草民不承认，魏相就大打出手，把草民修理成这样。"

说着脱下外衣，高挽裤腿，当众展示身上伤痕。

对告状人的控诉，杨敞还算满意，问魏相："魏犯听清楚没有？这是不是事实？"魏相说："我不知他说的什么。"杨敞说："你做下的好事，竟说不知是什么，还想抵赖不成？"魏相说："我没有什么要抵赖的。你们纯粹是在演戏，阴谋陷害好官。"

"你读书人出身，又官居河南太守要职，是谁想陷害，就陷害得了的吗？"杨敞冷冷一笑，又另传数位证人上场。这些所谓的证人劲头十足，纷纷指着堂下的魏相，用河南话说道："在河南府衙大堂行刑逼供受害人的，就是这个太守大人。"

魏相偏头看去，根本没见过这些说河南话的证人，于是厉声责问道："你们到底是什么人，为什么无故污赖本官？"

也许面对魏相逼视的严厉目光，几位证人有些心虚，嗫嚅着语塞起来。杨敞担心露出破绽，大声呵斥魏相道："大胆狂徒，你无情打压受害人，现有证人出面做证，竟反说人家污赖你，给你罪加一等。"

有杨大夫撑腰，几位证人又壮了壮胆，狐假虎威道："姓魏的，你把受害人整成这样，还如此嚣张，你良心被狗咬了？也不睁眼瞧瞧，这可是京都御史府，不再是你的河南府衙，你一张嘴巴说了不算，还是放老实点吧。"

杨敞让告状人和几位证人退到一边，对魏相说："魏犯还有什么要陈述的？"

魏相知道自己不可能有好果子吃，说："到了你御史府大堂上，我还有什么可说的？刀把子就在你杨大夫手上，要杀要砍，随你便吧。"

"好一个硬汉！"杨敞似被激怒了，提着嗓门叫道，"将魏犯大打五十大板，看看是他嘴硬，还是我御史府的棍棒硬。"

闻声，几位役吏舞着大棒，狼行虎步走过来，按住魏相，就要开打。杨敞猛然想起王欣反复叮嘱过，霍大将军先有交代，魏相算是个人才，要懂得爱护人才，不能当作普通犯人对待，忙喝令役吏住手。

役吏只好停住大棒，回头去望杨敞。杨敞说："魏犯虽重罪难逃，却是读书人出身，细皮嫩肉的，禁不起打，暂饶他一回吧。先押出大堂，好好看管起来，以后再审。"

魏相就这样被打入大牢。

也没定所犯何罪，到底该不该杀，不该杀又判多久。反正没个确切说法，就让魏相在里面待着，坐起了聋子牢。

聋子牢是聋子牢，却不能让魏相在里面吃亏遭罪，杨敞又给监狱狱长打招呼，对魏相得客气点，不可动他手，饮食方面尽量优待，让他吃饱吃好。

狱长趁机向杨敞叫穷，说："杨大夫您也知道，监狱没有生财之道，经费严重短缺，犯人伙食费是按犯人数字拿的，一个不能多。标准又定得很死，照顾了魏相，让他吃饱吃好，别人伙食必然受到影响。让其他犯人吃糠咽菜，忍饥挨饿，总不好吧？"

杨敞横狱长一眼，说："本官就知你会提这个要求。好好好，本官向王丞相请示请示，看他能否破个例，给监狱特批些经费。"

找到王欣，王欣开始也有些犹豫，不怎么出得了手。朝廷经费又不是井里的水，层出不穷，想要多少取多少。只是考虑魏相情况特殊，为进一步落实霍光爱护人才的指示，只好答应杨敞，令户部批出一笔经费给监狱。

凭空多出一笔经费，狱长自然高兴，公费花销留下的账务窟窿可填补填补了。经费缘出魏相，对他照顾也就比较尽心，他里面的日子还算好过。

魏相在牢里待着，没人弹劾田号二，田号二也就自在得多，该咋的还咋的。还拿着偷卖武器换来的大钱，跑到京都来，上门感谢杨敞他们几个。

杨敞和王欣不怎么客气就收了钱，霍光不但不收钱，还指着田号二，骂了他个狗血淋头，教训道：有几个臭钱就了不起！这世上最不缺的就是有钱人，当初好多有钱的人想做洛阳武库令，俺霍光要是眼里只有钱，这个位置还轮得到你田号二？

田号二自讨没趣，灰溜溜逃出大将军府。可不给恩人点表示，又实在过意不去，只好回头去向杨敞讨教，霍光到底为啥不给面子，不肯接收感谢。杨敞笑道："霍大将军意思很明白，查办魏相，是在王丞相指令下，由我一手操办的，与他老人家无关。"

田号二没反应过来，说："外人可能有所不知，我这个当事人心里可有数，杨大夫查办魏相案，都是得过霍大将军和王丞相话的。"杨敞说："你还没明白过来？魏相不是一般太守，向有贤名，霍大将军不想与他案子扯在一起，给人落下话柄。"

田号二这才恍然大悟，说："怪我愚钝，让霍大将军为难了。"

只是霍光不受礼，心里实在不踏实，田号二又向杨敞虚心讨教道："那要怎样才能感谢得上霍大将军？"杨敞想想道："霍大将军掌管军队，尚武精神强，你就请他打回猎吧，也许他一高兴，会答应你的。"

"这确是个好主意。"田号二乐道，很快联系好一个上等猎场，去请霍光打猎。果然霍光没怎么推辞就点了头，选一个风和日丽的佳日，骑着高头大马，跑到田号二联系好的猎场，大显了一回身手。

二十五、戍卒相府示威，王欣屈尊探监

打猎归来，已是夕阳西下。

触景生情，霍光想起多年前的傍晚，西天也挂着如血残阳，自己跟伙伴们在平阳城外疯闹，远处过来一支威武之师，为首军官高居马背，年轻英俊，威风凛凛。当时霍光并不知道马上军官就是自己同父异母哥哥霍去病，只痴想人生在世，就当成为马背英雄，奔赴沙场，杀敌立功，做一回人杰。殊不知哥哥是专门回乡来寻找父亲和弟弟的，还把自己带离平阳，到了长安。自此霍光的人生轨迹便发生一百八十度转弯，从军营到未央宫，从武帝侍卫到昭帝首辅大臣，封侯爵，拜大司马大将军，掌管军权，主持朝政，治理天下，成为国家主宰，功劳与名望都已高过兄长。不幸的是兄长早殁，没能看到弟弟步步成长和今日之风光，这不能不算是人生之一大遗憾。

更可叹的还是虎门往往出犬子，兄长几个儿孙都不怎么出色，靠自己这个做叔叔的公权私用，大力栽培和扶持，才勉强到了一定位置上。霍光担心的是，自己身居大司马大将军要位，他们大树底下好乘凉，哪天失去你这大树的庇护，他们还能否自保，都未可知啊。

本来是次愉快的郊猎，不知缘何竟胡思乱想，暗自伤感起来。你又不是脆弱书生，怎么也这样容易动情？还是到哪座山唱哪支歌吧，人究竟不是神，难道管得了眼前，还管得了永远？管得了自己辈，还管得了下一代？

霍光自哂着，抬起头来，望了眼西沉的夕阳。多壮美的夕阳啊，你今日降落，明天还会照样升起来吧？这当然是毋庸置疑的，大自然才不会以人的意志为转移呢。霍光顿时释然了，双腿一夹马腹，再挥臂加上一鞭。不知疲倦的俊马一扬首，奋蹄向前，朝城门方向奔驰而去，将身后卫队甩下老远。

进了城，霍光才按住辔头，让胯下马放慢速度，一边等候后面卫队，一边快意地享受着徐徐而至的晚风。

眼见得卫队渐渐跟上，霍光正要松辔加速，前方突然驶过来一驾车辇，戛然停在马前。车帘未启，里面已送出急切声音："大将军且慢，有急事要禀报。"

那是丞相府的车子，霍光自然认得。果然从车里走出来的，正是王欣。霍光居高临下，问："丞相何故如此慌张？"王欣仰首道："在下已去过大将军府，得知大将军一早外出打猎去了，想必该已在回程路上，才迎了过来。"

霍光心想，说有急事禀报，还这么啰唆干吗？说："还是说说到底什么事吧。"

王欣这才报告道："有七八百名河南戍卒闻知本籍太守被拘，先跑到御史府上访，愿多充役一年，替魏相赎罪。后听说魏相是弹劾田号二上书丞相才进的监狱，又跑到丞相府门前静坐示威，声言不见魏太守，誓不罢休，决不走人。无奈咱不可能调兵遣将，搞武力镇压，激化矛盾，造成更大恶果。且军权掌握在大将军手上，在下也调不来兵，遣不来将。只好自己出面说服，息事宁人。可府役们怕激怒戍卒们，惹大麻烦，拦住在下不让贸然现身。没办法，在下只有出走后门，跑来给大将军汇报，听听您老人家指示。"

霍光感到有些意外，说："我能有什么指示？真派军队将戍卒们镇压下去？军队是保家卫国的，不是用来打压自己百姓的。"王欣苦着脸说："莫非咱们不闻不问，任凭戍卒们在丞相府一直静坐下去？影响丞相府声誉在其次，损害朝廷威信，可是大事。"

"谁不闻不问？我这不是在闻在问吗？"霍光虎着脸说，暗忖这个魏相还这么有民望，河南戍卒都愿替他赎罪，倒是不太想得到。也不知目前这家伙情形如何，问王欣道："魏相在里面应该还算好吧？"

王欣心里暗暗嘀咕，丞相府都快被那七八百号人踏平了，你霍光仿佛没事人似的，反而这么关心犯人魏相。可又不好顶撞，只得点头道："挺好的，在下把大将军爱护人才的指示传达给杨敞，杨敞特意叮嘱监狱，不能怠慢魏相，让他住的单号，不仅毫发无损，且过得舒舒服服，与住驿馆没太大区别。"

听了王欣言，霍光才松下一口气，说："果真如此的话，那丞相府就不会有事了。"

王欣没听明白，说："七八百河南戍卒还待在丞相府前一动不动，一时三刻怕不会走人，怎么算是没事？"霍光笑道："你和杨大夫对魏相这么友好，现在你们有难处，他难道却这么心安理得,不该为你们排排忧,解解难?"

王欣是个聪明人,一听霍光这话,恍然大悟,一拍大腿,说道:"在下怎么就没想到这上面去呢?事因魏相而起,自然也只有把他搬出来,才能解决问题。"撅着屁股爬上车子,掉转车头,往监狱方向急驰而去。

赶到监狱,王欣叫来狱长,让他带着,直接进了魏相的单人监舍。

魏相正斜靠于墙,闭目枯坐,有人入舍,也无动于衷,不肯开目。狱长喊声魏相,上前要拉他起来,王欣赶紧将狱长拦开,蹲到魏相面前,轻言细语道:"魏太守还好吗?本相怕这里条件太差,放心不下,今天特意抽空巡察监狱管理情况,同时也来看看太守。"

魏相依然合着双眼,半日才懒懒道:"是丞相大人吧?大人乃吾朝当家重臣,怎么好意思动您大驾,亲自跑到这个地方来看下官?"王欣说:"应该的,应该的。您虽入囹圄,却是尽人皆知的名臣,不可多得的人才,难道不可来看看您吗?"

像被胳肢了一下,魏相一乐,睁开眼睛,笑望着王欣道:"下官也是名臣和人才?莫非你们就是这么对待名臣和人才的?"

王欣不乐也不笑,拉长着脸道:"都是杨敞办事不老到,仅凭河南草民一面之词,就把太守弄进这里,让您吃苦了。本相代表本人和朝廷,向太守表示深深歉意。"一边煞有介事地给魏相作了一个揖。

魏相鼻子里哼哼,嘴上说:"口头表示歉意,作个揖,又能说明什么?干脆把下官放掉,恐怕比丞相大人一百个歉意加一百个揖还实在。"王欣一脸为难道:"本相也有这个想法,可案子是杨敞办的,本相不好过多插手啊。"魏相说:"大人是丞相,御史大夫办了错案,有责任纠错嘛。"王欣说:"有错纠错是应该的,却没有说的这么容易,还有律法条规管着呢。不过本相已责令杨敞,赶快弄清事情真相,万一魏太守有罪,依律定罪,无罪马上释放,让人平反复职,回去继续做河南太守。"

绕了半天圈子,王欣还没道出来真正来意。魏相先不耐烦起来,说:"王丞相不是跑到这里来陪我聊天的吧?有话还是直说,您一国之相,耽误您宝贵时间,下官心有不安。"王欣笑道:"魏太守还挺诙谐嘛,语带讥讽。本相也不多费口舌,开门见山,直奔主题,实话相告吧。太守福气好,自在悠闲,在这里享清静,哪知丞相府门前已聚集起七八百人,正襟静坐,无声示威,誓与朝廷对抗到底。"

莫非你魏相被捕,有人不平,跑到丞相府抗议去了?魏相将信将疑,说:"下官老老实实待在狱中,有人聚集丞相府,与下官何干?"王欣说:"那些人都是河南籍在京戍卒。"魏相说:"戍卒籍贯能说明什么?"王欣说:"还不能说明什么?这些年魏太守在河南办了不少实事好事,打击黑恶势力,政绩卓著,政声不错,戍卒热爱自己的父母官,愿意在京都多服一年苦役,替父母官赎罪。"

魏相哈哈大笑起来。笑得王欣不知如何是好,说:"这有什么好笑的?"魏相止住笑,说:"下官本来就没罪,要他们赎甚么鸟罪?"王欣说:"丞相府的人也这么劝戍卒们,可他们根本听不进去,声言没见到魏太守,决不撤退。"

魏相不想再与王欣啰唆，青着脸道："丞相大人口水说干了吧？当丞相的要用口水的地方多，别把口水浪费在我这里，还是请回吧。"王欣说："丞相府前的人还在那里没散，本相怎么回去得了？"魏相说："这是你的事。"王欣说："恐怕不仅仅是我的事吧，您魏太守就没有一点责任？"魏相说："他们又不是我花钱请的，我何责之有？"

王欣晃着脑袋，阴阳怪气道："事情莫非真如您想的这么简单？"

一语激怒魏相，他囉地站起身来，指着狱舍门，大声喝道："姓王的，你给我滚，滚得远远的，不要让我再看到你这张可恶的嘴脸！"

王欣却不嗔不怒，轻轻按下魏相的手，和风细雨道："魏太守先别发气，本相话还没说完呢，本相说完后，您再赶本相走也不迟。"

魏相不可能将王欣打出去，只好由着他。王欣说："咱们有幸同朝为官，都在替同一个天子做事，也算是缘分吧？就为这缘分，也应该真诚合作一把。当然本相不会强迫太守，只是请太守换个角度想想，咱们该不该合作。"

说到这里，王欣有意顿了顿，好让魏相跟上自己思路。然后才咳一声，接着悠悠道："本相也知道，那些河南戍卒绝不是太守花钱请的。太守是清官，为官干净廉洁，想请也没这个钱请。就是有这个钱，太守待在这里，也请不了。可戍卒毕竟是为太守才跑去静坐示威的，难道能说跟太守没任何关系吗？人还不少呢，起码七八百人，属于恶性聚众事件。太守应该清楚，朝廷是最忌讳这种恶性聚众事件的,弄不好就会引发大规模民变,酿成大祸,无法收拾,到时谁也担当不起啊。"

魏相似有所动,一屁股跌坐到床上。王欣又进一步说道:"本相可以肯定,那些戍卒是自发聚集到丞相府门前的,与太守本人没有直接关系。可这只是本相一人的看法,太守能确保皇上也这么看吗?皇上如果另有想法呢?"

魏相心里暗暗一惊,脱口道:"皇上会有什么想法?"

这正是王欣需要的效果。他心里窃笑,口气依然很诚恳:"太守是读书人出身,又为官多年,应该知道皇上最看重的是什么。不用说自然是屁股下面的皇位。最看重皇位,也就最害怕那些动皇位心思的人。什么人会动皇位心思?喜钱者显然不会,这些人心思在钱财上,不可能念着皇位。恋色者不会,这些家伙心思在女人身上,不太容易转移注意力。好赌贪杯者也不会,这些货色心思被赌瘾酒瘾所控制,顾不得别的。也就是说,只有那些多少有些恶习和劣迹的人,才最让皇上放心,皇上不用害怕他们图谋不轨。不放心的恰恰是名声好又没有恶习和劣迹的人。他们为什么要好名声,为什么能自律自制,不贪不占,不嫖不赌,不玩不乐?是不是心里有什么想法,视天下之财为己财,视天下之物为己物,视天下之色为己色,视天下之酒为己酒?对这些人皇上肯定会多个心眼,产生某些方面的联想。为什么自古以来,皇上或权臣不喜欢正人君子和清正廉洁之士,却总喜欢奸佞小人,喜欢大错不犯小错不断毛病在身的下属?道理就在这里。"

这简直是歪理邪说。可歪理也是理,邪说也是说,魏相还吱声不得,只好垂着脑袋,听任王欣胡说八道。王欣话兴正浓,继续侃侃而谈："活生生的例子就在太守大人眼前，比如本相就是典型的小人，见钱捞钱，见色猎色，有吃得吃，有喝得喝，只要开心好玩，样样少不了本相。皇上见本相从早到晚忙得不亦乐乎，知道本相无暇他顾，不可能别有用心，才乐意重用本相，将本相一步步提拔到高位。本相还有些自知之明，自己不配做这个丞相，这个丞相照理该由您魏太守来做，您要德有德，要才有才，又敢于坚持原则，与桑弘羊那样的腐败势力作坚决斗争，是真正的国家栋梁。可皇上偏偏不理睬太守，一直让太守在地方任职，太守连京城都进不来。原因也好找，主要是太守没任何污点，没任何疵处，太优秀，太高尚，太正直，太有能力，太有威望，太有名气，太有口碑，太有政声，太有人气。一句话，太让皇上耿耿于怀，放心不下。这也就罢了，如今太守被捕入狱，又有那么多戍卒自发组织起来，到丞相府门前静坐示威，声言愿超期服役，为太守赎罪。待在监狱里的，又不只您太守一人，他们干吗不为别人赎罪，单单为您赎罪，这对您来说难道是好事吗？让他们这么闹下去，闹到皇上那儿，要皇上作何感想？"

说得魏相背脊发凉，四肢僵硬，差点背过气去。王欣还不肯放过他，又说道："太守当然可以把本相这番话当成屁话、狗屎话，不必往心里去。事情发展下去，无非把太守拖出去砍掉。太守是个硬汉子，也许不在乎这一刀，掉头不过风吹帽，没什么可怕的。可太守想过没有？到了这一步，已不是太守一个脑袋的事，估计皇上不会这么善罢甘休的。汉朝法律，臣子谋逆，必诛三族，太守愿意您魏家及您母家妻家数百号甚至上千号人都给您陪葬吗？"

二十六、魏相现身相府，成卒陆续散去

已将话说到这个份上，王欣觉得没有再饶舌的必要，扔下魏相，出了号子。

狱长示意狱卒关上号门，紧走几步，跟上去王欣，说："魏相真有耳福，不出一分钱学费，就听到丞相大人这么多颇有见地的教诲。"王欣说："你不也一直在旁听吗？你耳福也不浅呀。"狱长说："是呀是呀，这些金玉良言，花再大的价钱都是买不来的。魏相若聪明的话，应该幡然醒悟，认真领会丞相大人话里精髓，吸取教训，反省自己，争取宽大处理，尽快走出监狱，洗心革面，重新做人。"

说着已来到监狱门口，王欣转身对狱长说："你马上搞几样肉菜，弄几壶美酒，给我好好款待款待魏相。"狱长说："款待他做甚，就要送他上路？"王欣训道："怎么话这么多？是不是拨给你的款子已用完，不够买肉打酒？"

狱长又是点头，又是哈腰，说："够用够用，丞相批的钱我怎么敢随便乱花？一分一厘都会用在刀刃上的。"王欣说："那就好。别送了，照本相说的去安排吧。"

狱长坚持将王欣扶上车，看着车驾在暮色中渐行渐远，才

放下高扬的手,复身叫过狱卒,去给魏相办酒办肉。

酒肉办好,狱长亲自端进魏相单号,说:"王丞相对太守好关心、好爱护,临走前专门交代,做些好吃好喝的,给您补补身子。太守好好用吧,把您老人家饿瘦了,丞相大人追究起来,我们可负不起这个重大责任。"

魏相也不客气,大吃大喝起来。这个王欣,还真会拍马屁。其实也不奇怪,他本来就是靠拍马屁,从地方拍上京都,从普通官吏拍上御史大夫,又从御史大夫拍上丞相高位的。细细思量,还叫你不得不承认,他那些马屁话并非一点道理都没有。世道本如此,人过正、过直,身上没有疵处,没有毛病,走到哪里都是不怎么受欢迎的。皇上也好,大臣也罢,谁都是人。人有人的本性和欲望,见权动心,见财动念,见色动情,正常得很。相反地,什么都视而不见,无动于衷,才不正常呢。像你魏相这么与众不同,清高孤傲,特立独行,倒显得不近人情,不通人性,还不被人视为三头六臂的怪物?

这么想着,魏相越发郁闷。什么世道,想做个像样点的人竟然这么难。魏相浩然一叹,不觉悲从中来。别无他法,只好借酒一浇心头块垒。

其实魏相一向比较自律,难得沾回酒,怕酒后乱性坏事。事到如今,已没性可乱,没事可坏,何不放纵一回?他加快了喝酒节奏,渐渐就喝高了,整个监舍由慢到快,旋转起来。越旋越快,越转越猛,最后突然从视线里消失掉,不知所终。

魏相大醉,一头栽倒在地上。一醉醒来,天已大亮。王欣昨晚的话又在耳边响起来,一声声,一句句,那么清晰可闻。王欣说得没错，戌卒闹大了，闹到皇上那里，皇上追究起来，确实不是好玩的，将自己三族都玩掉，也太不合算了。魏相不觉打了一个寒战，让狱卒叫来狱长，说："给下官备车，下官要到丞相府去。"狱长故意说："这么早往丞相府跑，有何贵干？"魏相吼道："你怕麻烦，要王欣亲自来接我。"

其实王欣一大早就赶到了监狱，魏相话音未落，便出现在监号外，高声道："魏太守终于想通了？好好好，想通就好。"魏相骂道："少废话，咱们动身吧。"

"魏太守身为河南太守，就这么出去，也有损朝廷形象，还是适当注意点仪表吧。"王欣笑道，扬起手来，朝着狱门方向拍了几下。有人应声而现，原来是杨敞杨大夫，手里还捧着叠得整整齐齐的服饰。

魏相一瞧，竟然是崭新的太守服，忍不住道："杨大夫也太客气了，还给罪官备了官服。罪官身为囚犯，怎么还好享受这个特殊待遇？"王欣说："在我们眼里，魏太守从来就不是囚犯，一直是河南太守。"杨敞也讨好道："对不起，魏太守，多有得罪，还请原谅。"亲自动手，将魏相身上囚服脱去，换上太守服。

人靠衣装马靠鞍。穿着囚服时，看不出魏相与别的囚犯有啥不同，一旦官服上身，一下子气宇轩昂起来，再也瞧不出他是在册囚犯。原来官服有官服的价值，囚服有囚服的意义。官服就是要让官员穿出官员的高贵，囚服就是要让囚犯穿出囚犯的卑贱。

魏相抻抻身上官服，感觉良好，昂首走出监舍。

丞相专车就候在监狱大门外的坪里，周围站着数十名威武卫士。专车是给魏相备的,王欣和杨敞将他请上专车,才各自上了马背,一前一后护卫着,往丞相府方向驰去。

丞相府很快出现于眼前。魏相虽在外地为官,却经常入朝觐见皇上,联络大官小员,对京都大小衙门位置了然于心,凭感觉便知已到丞相府,掀开车窗,向外望了望。只见府前挤着黑压压的人群,有站着的,有坐着的,有躺着的,有歪着的,姿态各异。怪不得王欣和杨敞急如热锅上的蚂蚁,碰到这种情况,就是换了我魏相,也有压力啊。

车子已在减速,由快至慢,缓缓停下。魏相放落车帘,一动不动,安然坐着。他不用着忙,等着王欣和杨敞来请。果然杨敞早已翻身下马,小跑着来到车前,撩开车帘,毕恭毕敬道:"已到了,请魏太守下车吧。"

王欣也快步上前,迎住魏相,将他扶下地来。

在持戈荷枪的卫士们簇拥下,三人来到府前的高台上。其实戍卒们只知魏相大名,并不认识其人。不过服役京都,多少见过些世面,一眼望着魏相,还有王欣和杨敞三人的架势,就知是有些来头的人物。有来头的人物都是颇有气象的,一瞧便知。

正在戍卒们纷纷议论,猜测三人系何方神圣时,台上的杨敞往前站站,两手拢成喇叭状,对到嘴上,粗着嗓门大喊道:"肃静,肃静!给我肃静!"

戍卒们渐渐安静下来,目光集中在杨敞身上,倒看他要说什么。杨敞先自我介绍道:"本官叫杨敞,御史大夫是也。"再指指右边道:"那是当朝丞相王大人,本官上司。你们从没见过这么大的官吧?今天王丞相王大人亲自来看望你们了。"

戍卒们感到好奇,一个个伸长脖子,往杨敞说的王大人看去。有人还踮高脚尖,极力想看清丞相什么样子,到底长没长着眼睛眉毛、嘴巴鼻子。在他们想象中,仅比皇上小半级的丞相,绝非凡夫俗子。皇上乃真龙天子,丞相至少也是条见首不见尾的大蟒蛇,不可能是趴在水塘边的癞蛤蟆。

却见王欣一副猥琐样,要个头没个头,要长相没长相,身单体弱,一脸病态。

戍卒们失望之至,怀疑杨敞说的假话,是见他们熬夜辛苦,逗他们开心的。这个所谓的王丞相也太对不起观众了,恐怕不是什么真货,真货丞相不可能是这个卵样子。朝中再无人,皇上也不可能选这种人做丞相,除非皇上患了眼病,视力不好,或审美力太差。

王欣却自我感觉良好,显得很神气,也站前半步,喊道:"看清没有?本人就是王欣王丞相。我是代表朝廷来看望你们的,向你们表示慰问,你们受累了!"说着朝下挥挥手,像有蚊子飞过来,要将其赶开似的。

戍卒们觉得好笑,我们自愿来静坐,受什么累?不用你假惺惺来慰问,想用几句口水话把我们打发走,没门儿!王欣仿佛看透戍卒们心思,不再啰唆,及时推出中间的魏相:"现在我向你们隆重介绍,这就是魏相魏太守,你们念念不忘的父母官!"

坪里一阵骚动,戍卒们纷纷嘀咕道:"这就是魏大人,他不是关在监狱里吗,怎么会突然出现在这个地方?还衣冠楚楚的,哪像个囚犯?说是管囚犯的狱卒还差不多。也许是王欣和杨敞耍滑头,从街上随便拉个路人,弄到这里来冒充魏相,欺骗我们的。如今假冒伪劣盛行,爹妈都可冒充,还有什么不可冒充的?"

魏相听不清下面的议论,却也从戍卒们的脸上,看出他们的疑虑,用一口河南话大声说道:"兄弟们,王丞相没蒙你们,本人就是魏相,货真价实的河南太守魏相。"

原来魏相老家山东定陶紧挨河南,亲戚朋友里也没少河南人,从小就能说河南话。后至河南为官,河南话说得越发地道,不知他根底的人根本听不出他是外地人,都把他当河南老乡。地道的河南话为魏相赢得河南人普遍好感,加上他为人正派,办事公道,不畏强权,敢于碰硬,河南官民对他交口称赞,无比爱戴。民众都是纯朴的、善良的、可爱的,你敬他们一尺,他们还敬你一丈。敬你的方式也很简单,就是你遭遇不公正待遇时,挺身而出,为你两肋插刀,消灾解难。这就是河南戍卒得知魏相被捕后,为什么会自动跑到丞相府来静坐示威,肯替他赎罪的原因之所在。

这下听到魏相满口河南话,戍卒们很快消除了心头顾虑,不再怀疑这位魏大人是假冒伪劣产品。这世道就是有意思,什么都好假冒,唯独方言乡音假冒起来,还真不那么容易。有些人口齿伶俐,走到哪儿就能学哪儿的话,可学得再像,当地人听去,还是有细微差别。魏相则不同,他从小就能说河南话,再到河南为官,他的话已全是河南味,没谁意识到他不是河南人,把他当外地人看。

用河南话证明自己的身份后,魏相又说道:"魏相何德何能,害你们忍饥挨饿,跑到这里来为我静坐请愿?我真的担当不起啊！你们恩情比山高，比海深，我没齿不忘，几辈子都报答不了。其实我没事，是有人告我恶状，丞相大人和御史大夫召我进京，配合调查，说明情况。两位大人也是为我好，有问题把问题交代清楚，只要不是严重违规违纪，都是可以变通处理的。没问题更好，还可调查个廉官好官出来，还我以清白。"

戍卒们信以为真，交头接耳道："原来是这样。只要魏大人没事，我们还有什么可说的？试想魏大人这么光明磊落的好官，会有什么问题？丞相大人和御史大人再发狠调查，也调查不出问题来的。可恶的还是告恶状的人，这么好的父母官，千载难逢，万年难找，还要跳出来咬他，真是烂肠烂肺，烂肝烂心。"

王欣和杨敞也挺高兴的，想不到魏相背后那么顽固，茅厕里的石头又臭又硬，到了这个地方，竟然如此合作。估计是端出皇上那一招见了效，魏相也怕惹恼皇上，招致大祸啊。比起诛三族，到这里来说几句违心话，又算得了什么呢？

只听魏相又说道："大家也亲眼看见了，本官这不是好好的么？两位大人也知道本官做人为官之道，对我客客气气，没怎么为难我。还把我安排在高级馆舍里，要睡有睡，要吃有吃，要喝有喝。如果本官确有问题，犯了天条国法，两位大人也保不了我，我不可能还这么安安泰泰，到这里来跟你们见面。本官就不多说了，你们都是明白人，还是马上离开这里，该干嘛干嘛去吧。"

戍卒们还是不肯离去，没亲眼瞧见魏大守登上回河南的车驾，心里不踏实。

魏相不得不又提高嗓门，力劝道："你们的好意本官心领了,可你们认真想过没有?你们这不是在帮我,是在害我。你们是为我跑到这里来请愿的,继续闹下去,闹出大麻烦、大影响来,我难道没有任何责任?有责任就得承担责任,皇上追究下来,我这个脑袋还在我脖子上待得下去吗?到时我还怎么到河南去做你们的父母官?你们走吧,这就回你们的营地,好好服完役后,平平安安回家,与父母妻儿团聚。"

见魏相话来得诚恳,戍卒们终于被说动,缓缓转身,陆续散去。

二十七、函谷关传急报，大将军巧戡乱

一场群体事件就这样被消解掉，王欣和杨敞长长嘘出一口气，将魏相请上车子，再送回监狱。然后跑进大将军府，将大好消息报告给坐等回音的霍光。霍光压在心里的大石头落了地，表扬两位干得好。

王欣不想将功劳全揽到他和杨敞两人身上，也随口附和道："还是大将军主意高，指示我们去请魏相，这才不动一兵一马，就把七八百号人都请走了。"

杨敞恨自己嘴慢，将赞叹霍光的绝佳机会拱手让给了王欣。只好没话找话，讨好霍光道："还有就是大将军教育有方，要我们爱护人才，我们才学会善待魏相，把他感化过来。否则魏相不配合，事情就没这么圆满了。"

有人赞扬和讨好，总是受用的，霍光心里也挺舒服。不过霍光到底是霍光，不像王欣和杨敞只顾沾沾自喜，忘了事情还没完，提醒道："魏相已被你们送回监狱，那七八百戍卒若得知他们敬爱的太守还没获得自由，再次聚集起来闹事，又该如何是好？"

这倒是两位未曾想到的，你望望我，我望望你，一时不知如

何应答。霍光笑道:"这也不是什么难事,马上将河南戍卒全都发回原籍,不管他们的役期到还是没到。多打发些安抚费,让他们走得高高兴兴的。这样一来,岂不是什么后顾之忧都没有了吗?"

两位赶紧点头,说:"还是大将军想得周到,我俩怎么这么笨,就没悟到这上面去呢?"离开大将军府,赶紧去落实霍光指令。

河南戍卒发回原籍后,京都平静了一阵子。王欣和杨敞还将事情经过禀报给昭帝,昭帝也赞扬他们办得漂亮,没有问题上交。还叮嘱早些落实魏相案子,有罪定罪,无罪放人。

不想没过多久,函谷关守吏怀揣急报,快马加鞭,往京城飞驰而来。急报是不能延误的,守城将士不敢阻拦,打开城门,放关吏入城,望皇宫奔去。

恰是上朝时间,昭帝与霍光等众大臣正在朝会。忽闻急报飞至,只好暂时放下没议完的议题,让侍臣启开急报,呈到昭帝手上。

急报还没看完,昭帝一张脸就跌了下来,像是过夜的猪肝。大家意识到情况有些不妙,却不敢多问,只得屏住呼吸等昭帝发话。昭帝稳定一下情绪,指示侍臣,让其代念急报。

大家一听,才知又与魏相有关。原来河南百姓得知魏相还关在监狱里,聚集一起,欲入关上书,请求皇上赦免魏相。人数还不少,起码上万人,士农工商,老弱病残,什么人都有,正往函谷关方向进发。函谷关守备害怕对付不了那么多人,一旦关口失守,不是闹着玩儿的,才派关吏连夜出发,进京告急。

侍臣还没念完急报，昭帝就盯住王欣和杨敞，厉声道："你俩不是说魏相的事已处理妥当，不会再有什么隐患了吗？怎么又冒出一万多河南老乡，欲入关进京？你俩说说，有何高招，可以将那一万老乡挡在关外？"

两人早吓得浑身冒汗，腿脚发软，嘴巴哆嗦着，不知如何回答才是。昭帝又训道："事因魏相而起，魏相是你俩抓的，干脆调函谷关守备来京，做丞相和御史大夫，你俩去函谷关做守备，将河南老乡退掉。"

昭帝说的当然是气话。不过这气话还多少有些诙谐意味，惹得大臣们心里直乐。又不好乐出声来，只得用劲咬住嘴唇，偷偷侧首去瞧王欣和杨敞两位。

两位自然乐不起来，正苦着眉眼，一副痛心疾首无地自容的样子。大臣们也就没觉得有什么可乐的了，再乐就是幸灾乐祸，隔岸观火，心里也过意不去。

就在王欣和杨敞如坐针毡之际，霍光开了口。他说："一万多河南老乡要入关进京，这确实不是小事，没及时制止，肯定会闹出大乱。还是老臣到函谷关去跑一趟吧，老乡们也许看在我的面子上，不会为难我。"

听霍光如此说，王欣和杨敞感激得热泪盈眶，恨不得跑过去，跪到霍光膝下，以示大谢。昭帝悬着的心也落实下去，说："朕就知道大将军有办法。关键时刻也只有大将军能为朕排忧解难。"霍光说："老臣是军队长官，函谷关归臣管辖，有老乡要贸然闯关，老臣岂可袖手旁观，任凭事态发展下去，酿成大乱？"

昭帝点头称许，又不无担心道："万一老乡们不听大将军劝告，硬要闯关呢，大将军又如何对付？"霍光说："俗话说只有蛮官，没有蛮百姓，老乡们不会硬闯的。咱们的百姓是最好也是最听话的百姓，都是识大体顾大局的，只要把道理给他们讲清楚，讲透彻，他们肯定会理解你、支持你的。"

见霍光说得这么有把握，昭帝不再疑虑，欣喜道："千难万难，大将军出面就不再难。今天朝会到此为止吧，大将军也好早回府，早做准备，隔日早些动身。"

得了昭帝的话，大家陆续退出朝堂。杨敞也夹在众人之间，来到宫外。要上车时，忽意识到王欣没跟出来。掉头望去，王欣还在宫门里面，步履艰难，脚上像灌了铅似的。杨敞忙退回去，扶住王欣，才发现他脸色难看，死鱼肚样，可能发了急病。问怎么了，王欣还坚持说没事，过一会儿就会好起来的。

估计是刚才昭帝的话太难听，王欣有些受不了，又害怕河南老乡惹出大祸，才吓成这样子。杨敞也不便多问，只说："这段时间被魏相案闹的，咱们都没消停过，快回丞相府，好好睡上一觉，定能恢复过来。"

王欣欲点头以示谢意，却头重如石，动作不得。只有"嗯嗯"两声，在杨敞扶助下，上了车驾。杨敞又道："明天大将军出发去函谷关，咱俩去送送行吧？"

王欣又"嗯"了一声，闭上双目，斜在座位上，差点虚脱过去。

第二天一大早，杨敞就起床上车，跑到丞相府，去约王欣。不想王欣还没起来，府吏打着哈欠，半睁着满是血丝的眼睛，懒懒说道:"王丞相病了,病得好像还不轻,闹得府里整夜不得安宁,谁都没睡好。"

杨敞想进府看望王欣,又怕耽误时间,送不成霍光,复上车赶往大将军府。

只见霍光身着戎装,正准备出发。杨敞上前行过礼,轻声问道:"大将军此去函谷关,有多大把握退掉河南老乡?"

"没把握也要去,知其不可而为之嘛。谁叫老朽是大将军?这个时候老朽不下地狱,谁下地狱?"霍光说得轻松,脸上掠过一丝浅笑。杨敞看在眼里,不明白霍光笑什么。

杨敞哪里知道,昨天离宫回到大将军府,霍光就开始运筹帷幄,调兵遣将,派出三拨人马,连夜出发,赶往函谷关。一拨身着便装,准备潜入河南老乡队伍中,摸清首恶分子,抓捕一批,惩处一批,杀鸡给猴看;一拨假扮上访请愿人员,在老乡中传布小道消息,说魏相已调离河南,安排到江浙一带任职,以瓦解众人斗志;还有一拨也是人数最多的一拨,用于增强函谷关防务,万一老乡们冲关,坚决将他们挡在关外,确保无一人入关。

杨敞不知底细,还要问:"要不要带上魏相?就像上次一样,魏相本人到场,老乡们也许容易说服些。"霍光说:"魏相这牌已打过一次,再打就不灵验了。再说京都不是函谷关,乃天子脚下,凡事得考虑政治影响,能来软的,绝不能来硬的。何况上万老乡也不是数百戍卒,不那么好对付,非得软硬兼施,双管齐下。"

见霍光已成竹在胸,杨敞不再多问,送他上车出城,望东而去。

霍光并不急,让卫队尽量放慢速度,别弄得人疲马乏。队伍一路优哉游哉,看上去不像去救急,倒像集体外出游玩观光,踏青赏景。

由于走得缓慢,待霍光队伍赶到函谷关时,万余河南老乡已返身走在回程路上。别看老乡人数不少,其实毫无组织,大多是跟人屁股乱起哄瞎胡闹的,不过听说要入关去京城,觉得好玩儿,才呼朋引伴,跑出来凑热闹,至于真正目的是什么、那个魏相属什么人,恐怕没谁弄得明白,也不想弄明白。既然属于乌合之众,也就聚得快,散得也快。先是魏相已就新职的小道消息一传开,很快走散一半。接着数十名牵头闹事者被抓走,又溜掉一小半。剩下一批顽固分子,硬要往关口冲,被守关将士随便一击,呼啦啦败下阵来,掉头离去。

虽不出事先预料,霍光还是挺高兴,打马入关,安抚将士们。忽又想起昭帝,怕他担忧,先派出快马,回京报喜。这才从从容容,关里关外巡查一遍,一边发表些重要指令。夜里就宿于关上,与将士们打成一片,同甘苦,共患难。

二十八、王欣命丧黄泉，杨敞接任相位

一夜无语。第二天霍光告别守关将士，带着京都调来的人马，踏上回京路程。

昭帝已得到快报，龙颜大悦，安排盛宴，迎接霍光。待霍光回京入宫，昭帝亲自下殿，把他请入殿堂，为他接风洗尘。

这么重要的活动，又是昭帝亲自主持的，在京主要大臣自然基本到了场。却独独没见王欣，昭帝就问王丞相去了哪里。大家都说不知道，只杨敞说道："王丞相是函谷关急报到京那天得的病，病得还不轻，至今卧床不起，没法赶来参加宴席。"

昭帝顾不上王欣，举盅发话，喜迎霍大将军凯旋。再给予高度赞扬，说大将军是朝廷栋梁，大汉希望，众臣效仿学习的好榜样。

霍光很谦虚，说自己做得还很不够，如果说多少取得些小小成绩，也是受惠于皇上英明，功劳应该归于皇上和在座诸位。说得昭帝哈哈大笑，其他众人也不好不附和着笑笑，一时间君臣和谐，其乐融融。

席间昭帝想起惹出此次群体事件的魏相，问霍光该怎么处置才好，若继续拘押在狱，是否还会引发民变。霍光早有考虑，

说:"陛下根本不用担心,缺乏严密组织的民众闹事,凭的是一时热情,一旦散去,再聚拢来,几乎再没可能。至于魏相,问题还没完全调查清楚,就这么不了了之,律法尊严会大打折扣,暂时还得委屈委屈他,配合一下朝廷,等候判决。再说对民众既要好好引导,同时也不能惯坏他们,有人被捕就闹事,一闹事就放人,形成这样的习惯,以后有关衙门就不要办案了。"

昭帝颔首称善,随口道:"魏相还挺有号召力嘛,先是数百戍卒闹着要替他赎罪,接着又有万余河南老乡自发聚一起为其请愿,还真叫人想不到。"

大臣们揣摩昭帝意思,莫非他还有别的想法,欲将魏相问题上纲上线,另外定性?本来他们就不太看得惯魏相,这家伙谁都不放在眼里,平时进京觐见皇上,或找衙门办事,从没想起到各位家里拜拜码头,好像在等着人家倒过来去巴结奉承他似的。

于是有人怂恿昭帝道:"魏相可不简单啦,向来不贪不占,不腐不朽,仿佛不食人间烟火似的,显得比任何人都廉洁干净,品德高尚。他是不是企图借此沽名钓誉,提高威望,增加人脉,扩大个人影响,一旦时机成熟,好一呼百应,干番大事?"

杨敞正愁没说话机会,赶紧放下酒盅,接过话头说:"这段时间,微臣一直在协助王丞相办理魏相案,也明显感觉出魏相这么特立独行,恐怕带有不可告人的目的。河南戍卒为啥愿替他赎罪,上万民众干吗要为他上访请愿?这里面大有文章哪!"

杨敞话没说完,又有数人附和,都是平时看着魏相不顺眼,欲置之死地而后快的。

魏相清名在外,昭帝对他还有几分好感,这下不过乘着酒兴,随便发了两句议论,不想引来这么多人声讨,倒是有些始料未及。看来人还得随大溜,想特殊卵子四条筋,弄得与众不同,不会有人高兴你。这么想着,昭帝倒不好说什么了,又见霍光只顾喝酒,不置可否,也就岔开话题,号召大家少说多干,别耽误喝酒。

直到酒意阑珊,君臣纷纷散去。

霍光也出宫上车,融入蒙蒙夜色。回到大将军府,与霍显见完面,又在仆人服侍下洗理过,熄灯就寝。多日奔波,确实有些劳累,合上眼没一会儿,就头一歪,进入混沌睡乡。

这一觉霍光睡得真沉,直到被仆人唤醒,好像还在做梦。其实此时天已大亮,若是以往,霍光早已起来,开始阅读。他一向勤奋,有早读习惯。

本来见霍光睡得这么香,仆人也不忍心叫醒他,想让他多休息一会儿。是昭帝急召,才迫不得已而为之。皇使就在大将军府门外,正等着霍光进宫呢。问是何事,仆人也说不清。霍光没再多话,披衣下地,出门上车,往皇宫赶去。

进宫后才知道王欣昨夜已逝,昭帝就是召霍光商量王欣丧事的。

丞相乃三公之首,不幸逝世,对于国家来说,也是件大事,霍光不出面还不行。好在自刘邦建汉到昭帝入主汉宫,已经一百二十多年,各项典章制度日趋完善,无论是皇亲国戚,还是王侯将相,谁死后要办丧事,都有规制可依,惯例可循。得了昭帝指令,霍光就将有关人员召集拢来,部署治丧事宜。众人领命而去，各司其职，有条不紊地忙起来。

除王欣家人，没谁对他的死感到悲伤，还暗暗可乐。这个草药丞相太不带劲，在相位上才待满一年，就两手一撒，追着见田千秋去了。也有认为王欣还是值得的，凭他那点才干，做个王县令、王主事，勉强还信任，竟然步步做上丞相，真被他捡了个大便宜。

还有拿王欣死因说事的。有人说他是被骂死的。函谷关吏进京告急那天，昭帝情绪不太好，当着众大臣多指责了他两句，他当时就吓破狗胆，从此一蹶不振，再没爬起来过。有人说王欣是病死的。他本来体质就不好，全身是病，办理魏相案时，又劳神，又劳力，身体透支严重，才一下子垮掉，直至命丧黄泉。

背后议论王欣，并非真正关心他本人。朝臣们最最在乎的，正是王欣死后丞相位置的归属问题。不少人动起心思来，日不安神，夜不能寐。王欣还没入土，朝臣们就蠢蠢欲动，动起心思来。心思都放在昭帝和霍光身上，想从他俩那里打开缺口。毕竟谁做丞相，主要他两位说了算。直接找昭帝和霍光，有些不方便，只好绕曲线，转弯子，由外至里，悄悄向两位靠近。比如昭帝身边红人，比如霍光老婆、孩子和亲戚，都是下手对象。

不用说，昭帝和霍光也在考虑丞相人选问题。昭帝还专门将霍光召去，对他说："丞相毕竟不是郡府官吏，容易物色，万一用人不当坏事，一郡一府也坏不到哪里去。丞相可是国家栋梁，得有大才大德，才挑得起这付重任。"

这话说来确有道理，一个国家才一个丞相，自然不可随便到街上拉个人，就可往相位上安的。不过霍光并不觉得丞相有什么大不了的。武帝设立内朝以来,这相位说重要也重要,说不重要也不重要。比如田千秋和王欣就算不得什么大才大德,在丞相位置上待着,也没见待不下去。甚至可以说,只要有他霍大将军在,朝廷就是不设丞相,也无大碍。

霍光脑袋里这么想,嘴上却不好这么说。只道:"丞相一职太重要,一旦人没选准,老是滋事添乱,弄得朝廷鸡犬不宁,陛下连个安稳觉都睡不成,就不怎么好了。"意思明摆在这里,只有老实本分的人做丞相,才不会多事,他霍光才好驾驭。

皇上也是人,也想睡安稳觉,昭帝于是问道:"那大将军想法呢,谁人适合这个相位?"

霍光等的正是昭帝这话。他心里早已有人,这人便是杨敞。别以为杨敞一年的御史大夫做下来,没劾一个贪官,没抓一名恶吏,除协助王欣将魏相逮进监狱,没办件像模像样的案子,却深获霍光欢心。这下王丞相呜呼哀哉,御史大夫又离相位最近,霍光自然最先想到的就是他。于是顺着昭帝问话答道:"老臣觉得杨敞比较适合。杨敞在任御史大夫期间,御史府上下齐心,内外团结,没出过什么差错,也没给陛下惹出什么麻烦,算是个比较称职的好大夫,让他晋升丞相,陛下完全可以信得过。"

无所作为,得过且过,又到哪里去出差错,惹麻烦?昭帝也知道杨敞德性,让他做丞相,与没有丞相差不多。却因霍光力荐,还不太好否决。反正军政有霍光主持,他又这么强硬,来个平庸点的丞相,还好合作些。若再弄个能人上来,两强相争,天天你争我斗,不仅不利于朝廷安定,大汉事业也将大受影响。

昭帝于是根据霍光提议，下诏任命杨敞做了丞相。

这个杨敞，德能勤绩没一样拿得出手，一年多时间却连升两级，位及丞相，众人都感到奇怪，怎么也想不通。可细加寻思，又觉得这既怪又不怪，还挺符合情理的。情理情理，有情才有理，国人习惯的就是以情为理。作为霍光老部下，杨敞追随主子多年，步步紧跟，忠心耿耿，"情"字上最靠得住，霍光不让他做丞相，才违情背理呢。也就不得不服杨敞的高明，这家伙貌似憨厚老实，其实心机暗藏，狡猾多奸。又一直在霍光手下任职，对主子再了解不过，善于处处投其所好，才如愿以偿，平步青云。

杨敞自然也不愿霍光失望，上任伊始，便揣摩主子意思，对朝廷各要害职位进行适当调整，该提拔的提拔，该重用的重用，可谓皆大欢喜。

二十九、夫人吹枕边风，儿子升中郎将

见王欣死后，杨敞等人该捞好处的捞到了好处，不该捞好处的也捞到了好处，霍显心里难免失衡，在霍光面前嘀咕道："你就知道安排这个，起用那个，也不考虑考虑自己人。"霍光道："杨敞他们跟随老夫多年，还不是自己人？"霍显说："他们又不姓霍，是你什么人？"

霍显话里意思，是要霍光也扶持扶持他霍家子弟。霍显又不是第一回在自己耳边吹这个风，霍光还能不明白？可想起霍家几个子弟，就头皮发麻，肚里来气。不说别的，只说儿子霍禹吧，就是不思进取的公子哥儿，成天游手好闲，飞鹰走狗，不肯学好样，务正业。其实平时也没少管教这小子，只要有时间，霍光就把他叫到身旁，苦口婆心教他认真读书，诚恳做人。还请当时最有名望的耆宿大儒做家庭教师，讲经授典，灌输圣人之道。无奈霍禹不进油盐，当面还算老实，转背就将霍光和老师的教导全都扔到脑后，该玩照样玩，该乐照样乐，该打闹照样打闹。见儿子这个样子，霍光怎么好随便给他封官委职？即使人家畏你大将军权势，不好说什么，自己也过意不去呀。

见霍光沉默不语，霍显又说："我也知道霍家几个子弟还

不怎么成熟，你不满意也有你的道理。可依我看，他们不成熟的原因，主要是没正经事可做，难免无事生非。你适当安排些事务给他们，他们肩上有了压力，自然会成熟起来的。尤其霍禹，年龄也不小了，老让他闲着，他不到处瞎转，又有什么好干呢？"

霍光还是没明确表态。霍显继续说道："我这不仅是为霍禹他们前途着想，更是为你霍家未来考虑。你年事渐高，不趁在位时手上有点权力，将霍家子弟扶几个上去，到时你一退下去，大权旁落，谁能确保咱霍家长盛不衰？权力不用，过期不补啊。"

霍显嘴里不是霍家子弟，就是霍家将来，其实她最担心的，还是她本人今后的荣华富贵。她也没忌讳霍光的年龄问题，意思是她还这么年轻，霍家后继乏人，你霍光一死，以后我霍显怎么办？只不过后面半截话太难听，霍显留在肚子里，没有出口。

也是被缠得没法，霍光只好发话道："待时机成熟后，老夫会适当考虑的。"

抠出霍光嘴里这句话，霍显心里也就有了数，专门把霍禹找去，半批评半启发道："禹儿啊，你年龄也不小了，是几个兄弟中的老大，你可得像个老大的样子。"

霍禹一时没听明白，鼓着眼睛道："我怎么不像老大样子了？不偷不抢，不抽不吸，吃喝嫖赌和打架斗殴的事也好久没沾边了，你还要我怎么样？"霍显点头说："这还不错，你是霍大将军的儿子嘛，就要表现好一点，只有表现好了，以后才会有大出息。"霍禹说："什么大出息？也像老爷子样，做大将军？"

"男儿当自强嘛，就是要有这个志向。"霍显不知在哪里听说过，教育子女的最好方法是多用拇指，少用食指，也就将大拇指竖得高高的，对霍禹道，"昨天为娘还跟你老爷子说起，你已一天比一天成熟，适当时候也该给你安排安排了。"

安排之说为官场惯用语，霍禹没入官场，不懂其确切含义，说："安排我啥?"霍显轻轻笑道："安排也不懂?就是给你弄个一官半职，让你做官。"

听说有官做，霍禹乐得直蹦，拍着手掌说："我要做官啰，我要做官啰!"

生怕霍禹蹦得太高，撞着天花板，撞破脑门，霍显忙伸手拉住他，让他坐回原处，说："官可不是那么好当的哟，你这个天真无邪的样子，怎么当得了官?要深沉点，世故点，像你老爷子那样。"霍禹愁眉苦脸道："老爷子那样子，我怎么学得来?成天绷着个苦瓜脸，好像人家借他米，还他糠似的。"

霍显笑笑，说："谁叫你们兄弟太幼稚?他怕管不住你们，才在你们面前故意装得那么严肃有余，活泼不足。你不知道，你老爷子其实也有开笑脸的时候。"霍禹说："想见他老人家开笑脸，怕得等到太阳从西边出来了。"

霍光几时开笑脸，霍显觉得一点不重要，重要的是霍禹的前途问题。于是又说道："你不是想做你老爷子那样的大将军么?那可不是一般的官，是冲了顶的大官。不过大官都是从小官做起，再一步步做大的。你老爷子要安排你，自然不可能一下子给你安排大官，得先安排小官让你做做。你小官做得好，自然慢慢会给你大官做的。"

霍显多啰唆得几句，霍禹就不大坐得住了，脚尖老在地上点，像烦躁不安只想挣脱缰绳逃掉的马驹。知子莫如母，霍显清楚继续废话，霍禹已听不下去，再说纯属白说，最后叮嘱道："给为娘记住，一定表现老成点，不然老爷子不给你安排官，为娘也拿他没法。"

也许是有了做官的盼头，霍禹果然安静规矩了几天，没乱跑发疯。还装模作样看起书来，尽管一个字也看不进去。霍光甚觉奇怪，问霍显怎么回事。霍显说："人事有变化，别总老眼看新人。随着年龄一天天长大，禹儿自然也会慢慢变得成熟和懂事起来。毕竟是你大将军的儿子，将门出虎子，再差也差不到哪里去。"

霍禹能有这个表现，霍光当然挺高兴，琢磨着怎么安排安排他。先找来霍禹，当面鼓励道："为父欣喜地看到，近段时间禹儿好像有了些进步。挺不错嘛，霍光儿子就应该是这个样子。要知道，咱霍家不是寻常百姓人家，为人瞩目，你稍有一点点越轨行为或犯规动作，他们都会看得一清二楚，指着你背影吐唾沫。"

霍光并非一次两次宣讲这些大道理，霍禹哪里听得进去？张开嘴巴打起哈欠来。霍光有些不满意，要批评霍禹两句，与长辈说话，得打起精神，这么萎靡不振，像梦游似的，成何体统？转念一想，霍禹好不容易有些长进，训斥得太凶、太多，挫伤他积极性，就适得其反了。只好耐着性子，长话短说道："考虑到你年龄已经不小，老放手下捂着，不利于你成长，看看能否给你安排一下。你有什么要求和想法吗？有就提出来。"

听说有安排，霍禹心头一振，两眼放出亮光来。也没说要求和想法,迫不及待道:"父亲打算给我安排个好大的官?"霍光哭笑不得,说:"你现在宦籍都没入,哪里有官安排?"霍禹哭丧着脸道:"母亲说了的,安排就是弄个一官半职,让我做官。"

霍光晃动着脑袋,无奈道:"你以为官是这么好做的?为父当年也是从普通士兵,一步步升上来的。有啥法子呢,把你扔外地去做衙役,为父也不怎么放心,还是安排你去军队锻炼锻炼吧。军队是个大熔炉,容易锻炼成材。"

在霍禹印象里,军队无非是个冲锋陷阵的地方,极为不满道:"父亲要我去军队送死?我知道你的良苦用心,反正看着我不顺眼,巴不得我早死于战场,免得惹你不乐。再说我死了,母亲也会气死,到时你好娶个嫩婆娘进屋,逍遥快活。"

呛得霍光眼睛翻白,扬手去扇霍禹嘴巴。霍禹两腿一弹,早跳将起来,逃出屋去。霍光哪追得上这小子?只好作罢。

见霍禹奔出屋,飞也似的逃得没了踪影,候在屋外的霍显不知发生了什么,进去问霍光究竟。见霍光脸色青着,怕挑起他火性,霍显嘴巴张了张,没有出声。直到夜里霍禹归府后,才把他叫来,问他父子俩沟通得怎么样。听霍禹简单说完经过,霍显就笑道:"你真不懂事,你爸安排你去军队锻炼,是对你的最大照顾,你怎么就不明白呢?"

霍禹撇撇嘴角,说:"要照顾,怎么不直接安排我做官,还安排去军队送死?"霍显说:"你知道个屁!对别人来说,军队确是送死的地方,到了你这里,则无异于人间天堂。你摸着狗脑壳想想,你父亲是大将军,军队最高统帅,军队里大小首长都是他一手栽培起来的,你去了军队,这些首长能不对你高看一眼、厚爱一筹,把你当宝贝捧在手心,难道还真会像一般士兵样,派你上前线去卖命?"

霍禹这才恍然大悟,眉飞色舞道:"母亲是说这军队还真的去得啰?"霍显说:"当然去得,去不得你父亲还让你去?你只要到了军队,军队首长会给你安排最好岗位、最好差事,先过渡一下,再提拔你做军官。军官台阶多,得从底层做起,逐级往上走,不可能一上来就让你做现成将军。不过不用担心,每个台阶都不会待太长时间,用不了几年你就会从底层军官开始,步步高升,晋级到高级军官。条件成熟后,将来就是做你父亲这样的大将军,也不是完全没有这个可能。"

说得霍禹热血沸腾,说:"这军队我去定了,麻烦母亲给父亲说说,快给我安排。"

大将军儿子要去军队当兵,自然是全军头等大事,军队首长纷纷忙碌起来。平时与霍光走得近的,直接跑进大将军府,强烈请求霍光,将霍禹放到自己部队去,保证将他培养成能征善战的合格军事将才。与霍光关系不怎么密切的,就在自己部队物色跟大将军府有些瓜葛的人,下达死命令,能把霍禹招进自己部队,给记大功,授大奖。

霍光当然不会轻易答应人家。哪个活动得勤,就将霍禹交给哪个,也太不严肃了。首先得选择自己的人,同时还要会带兵,敢于对霍禹从严要求,有利于其健康成长。若找个只知拍你霍光马屁的将军,对霍禹一味宠着、惯着,不敢管教,岂不害了霍禹?

几经权衡,霍光才选中一个叫范明友的将领,将霍禹送到了他手上。

范明友早年在宫廷卫队服役，霍光看着顺眼，起用他为未央宫卫尉要职，后又外放军队，安排要职。有这层关系，范明友自然对霍禹格外关照，很快将他破格擢拔为军官。没几年霍禹就一步一个台阶，做上高级将领，成为范明友副官。

栽培霍禹有功，范明友当然不会吃亏，被霍光纳作女婿，授予将军衔。不久乌桓出现军情，又受命为度辽将军，成为坐镇一方的大将。战时正好火线提拔将官，范明友将霍禹名字报到朝廷，抑委任为中郎将要职。

朝廷由霍光主事，霍光就代表着朝廷，呈报最后递到他那里。霍光多少有些犯难。范明友是你女婿，女婿报上你儿子，请你批准提拔为中郎将，肯定会有人说闲话。

霍显一旁给霍光出主意道："叫明友再加报一个中郎将上来嘛，两人同时批准，人家就不怎么好说闲话了。"霍光说："中郎将有编制管着的，哪有你说的这么简单，想加就加？又不是你家里仆人，多一个少一个无所谓。"霍显说："编制出自人手，人还被编制撇死不成？"

霍光觉得也有道理，自己是军队最高首长，给下面部队增加个中郎将编制，看谁敢嚼舌头。当即下文，以战争需要为由，给范明友增配中郎将编制一名。

有编制自然不愁人头，霍光想起车骑将军张安世是自己人，他儿子张千秋乃霍禹战友，也是个军官，正好做个顺水人情。于是给范明友打招呼，干脆将张千秋也给呈报上来，与霍禹一同批准为中郎将。

两人同时提拔晋级，人家还真的不好说什么。何况战时用人之际，无论是任人唯亲，还是任人唯贤，都是国家需要，谁有意见，也吱声不得。

范明友有些韬略，加上运气不错，乌桓之战，汉军大获全胜。凯旋后，范明友带着霍禹和张千秋两位中郎将，去大将军府谒见岳父老子。

女婿和儿子征战有功，霍光自然高兴，设下豪宴，给三位接风洗尘。觥筹交错间，霍光高度赞扬范明友指挥有方，仗打得漂亮，为国家长治久安做出了巨大贡献。又掉头试问张千秋战争经过情况，以及战地山川形貌。张千秋有问必答，将敌我力量对比、谋阵布局方略、取胜原因分析，还有征途所经地方，说得仔仔细细，清清楚楚，如数家珍一般。

霍光很满意，表扬张千秋是个有心人。还说打仗不仅仅是拼实力，更是拼智力，只有多观察、多思考、多研究自己和敌军，才能战无不胜，攻无不克。

又回头问霍禹有何识见，感想怎样。谁知霍禹结结巴巴，一问三不知，只说有文书记录，一查就知。霍光感到非常失望，想教训儿子几句，范明友和张千秋在场，又不好让他俩难堪。

直到散席，霍光心里还堵着，老不畅快。霍显也看出霍光脸色不对，说："女婿和儿子大胜而归，应该高兴才是，怎么反而卖起猪肝来了？"

霍光浩叹一声，摇头道："霍家必衰，张家必兴也！"

霍显不知何意，问到底怎么回事。霍光不愿多说，撇下霍显，去了书房。

三十、辅国意欲归政,天子溘然告崩

不觉到了元凤七年(前73年),国家承平,朝野安定。屈指算来,霍光受武帝托孤主理朝政,已历十二年之久。十二年以来,霍光殚精竭虑,内平叛乱,外结友好,废除旧制,创立新规,减税免赋,鼓励农桑,逐渐摆脱武帝穷兵黩武造成的民穷国困局面,如愿实现富民强国和天下大治愿望。霍光自觉没辜负武帝托孤,也对得起昭帝信任,可谓问心无愧。

回思着武帝托孤旧事,霍光信步来到宣室殿西画室,立于周公辅成王图前。转瞬之间,此图已在画室挂了十三四个年头,武帝赐图情形依然历历在目,仿佛刚刚发生的事。霍光心存感激,感激武帝知遇之恩,给予自己辅政昭帝的机会,才做出振兴大汉的千古伟业。试问古往今来,又有几人能如此幸运,荣获英主青睐,放手创立盛世,造福君民,实现人生最大价值?不用说,除俺霍光,也就只有古时周公,彼此两相媲美。

心里这么暗忖时,霍光一直仰望着图中周公象,久久没有转睛。周公明明也在注视自己,眼里饱含赞许,似乎在说,霍光你做得对,昭帝就是现世成王,你没有愧对他。

霍光反复琢磨,当年武帝赐周公图,既有让自己效仿周公尽力辅政之心愿，想必也暗含希望自己学周公及时归政之意图。周公于成王十三岁即位时摄政，至成王二十岁归政，总共辅政七年。昭帝即位时小成王五岁，年仅八岁，而今恰好也年届二十，正值当年成王主政年龄。心智也已成熟，且长期见证霍光辅政，耳濡目染，感同身受，独自主政该没大问题。加之霍光已六十五六，比时人阳寿多活了二十多年，眼见来日不多，正好把一个太平盛世拱手还给昭帝，他日九泉之下，也好面对武帝。

霍光下定归政决心后，离开画室，出宫回了大将军府。顾不得喘口气，便走进书房，拿出笔墨，开始草拟归政奏折，以便翌日上朝，面呈昭帝。没写几句，杨敞拿着岳父司马迁《史记》部分稿件，入府来请霍光指点。

"太史令大手笔，老夫岂敢指指点点？容后慢慢受教吧。"霍光笑道，收下书稿，顺便说了说欲归政昭帝的想法，还道昭帝已至当年成王摄政年龄，归政适逢其时。杨敞沉默片刻，不无担忧道："说大将军乃当今周公，有目共睹，别无异议，可皇上是不是当朝成王，恐怕不太好说。"霍光道："皇上贤明，老夫归政后，有尔等辅佐，主理朝政，已无大碍。"杨敞叹道："皇上智识不差，差者还是其龙体，无不令人忧心啊。"

霍光一时无语。昭帝自小体质虚弱，又身处宫中，宫女如云，稍稍谙事，便沉湎女色，不能自拔。无奈之下，霍光只好让杜子陵做了穷绔，交给上官皇后，勒令宫女上身，以免招惹昭帝。起初半年，果然见效，昭帝身体渐渐恢复，朝臣无不欣慰。可久而久之，昭帝色心难耐，白天没法沾染穷绔在身的宫女，夜里常常躲开上官皇后，私自宠幸宫女。且更加毫无节制，仿佛要补偿半年多来的饥渴似的。为此上官皇后还向霍光哭诉过。然霍光不好过多干预,毕竟昭帝正当盛年,要他仅仅跟皇后好,也不现实。见大将军睁只眼闭只眼,昭帝越发放肆,竟密令太监出宫物色美女,带回藏于宣室殿,只要退了朝,霍光又没在宫中,便与美女们厮混一起,龙体从此越发虚弱。

此情霍光不可能不知,之所以仍坚持归政,自然另有想法。当即对杨敞道:"色欲如洪水,堵是堵不住的,只好老夫早些归政,让皇上把心事放到朝政上来,别再沉湎于女色。老夫年事已高,累了一辈子,也该好好歇息歇息,过两年清静日子。"

杨敞还能说甚么,点头道:"但愿如此。"

谁知隔日霍光拿着归政奏本来到宣室殿,却不见昭帝上朝,一问说是病倒在榻,无法起身。来到昭帝病榻前,御医正在诊病。霍光问候几句,把御医拉到外面,询问昭帝病情,御医实话道,皇上以虚弱之躯,无节制地贪恋床笫之欢,身体渐被掏空,一时三刻自难恢复,只能慢慢调理,看看效果如何。

霍光心下暗叹,嘱托御医,尽心诊断施药。自此昭帝病情时好时坏,一直没太大起色。霍光又遍召天下名医,入宫诊断,效果依然不佳。那就改元吧,以借助朝廷新气象,一扫昭帝身上晦气。于是改来年(前74年)为元平元年,唯愿昭帝平安大福,再无大恙。

果然转过年来,昭帝略为好转,竟能勉强上朝,与朝臣商议大事。霍光正准备拿出归政奏本,不想夜空忽现一星,体大如月,自东往西而去,后面有许多小星跟随,像是一起去赶集似的。霍光正在惊异,宫中传来消息,说昭帝再度病倒,情况危急。

霍光吓一大跳，连夜赶往未央宫，探视昭帝，责令御医和宫外召来的名医，竭尽全力，非诊好昭帝病不可。可这回医生再无回天之术，拖延月余，昭帝终因医治无效，于春末夏初之际，溘然告崩，享年二十一岁，在位十三年。

昭帝在位时间不短，亲政时间不长，却也算是明君，在霍光辅佐下，施行不少利国利民善举，实现天下大治。明君命短，确是国之不幸，可也没办法，谁也抗不过天意。霍光等众臣齐聚宫中，料理后事，操办国丧。国丧好办，反正有规矩管着，不好办的是谁来做治丧主理人。这主理人不是谁都有资格做的，得是未来皇位继承者。昭帝缺的恰恰是继位者。原来上官皇后才十五岁，人没长熟，又常受昭帝冷落，未曾生育，其余妃嫔和宫女也无儿子。霍光只有主持召集专门会议，商议由谁来做治丧主理人，换言之就是由谁来接班。

昭帝驾崩后，武帝六个儿子仅剩广陵王刘胥，有大臣提出可让其袭继大统。霍光板着面孔，默不作声。有人揣度霍光心思，定是怕刘胥做了皇帝，不好驾驭，才没有表态。其实霍光早有归政昭帝之念，只求新帝到位，自己致仕归家养老，哪还在乎刘胥好不好驾驭？皆因刘胥不贤，一向不讨武帝喜欢，刘据兵败自杀后，又曾谋立太子位，更令武帝厌恶，真让他袭位，实在违背武帝遗愿。何况弟死兄继，伦理不易理顺，会造成许多不必要的麻烦。

朝臣中没有傻子，自然懂得此理，于是道："广陵王系大行皇帝兄长，继立亦非完全不可。从前周太王立王季，文王立武王,无非所托得人,也没拘泥于长幼。只是广陵王无德无才,武帝当年才没让他断位,现在由他接班,大为不妥。"

这话说到了霍光心坎上,他点头道:"将国家交给广陵王这样的角色,确实让人放心不下。众位再开动脑筋,琢磨琢磨,看还有没有更好的人选。"

众位便抓耳挠腮,又开始琢磨。琢磨来琢磨去,才琢磨出一个刘贺来。刘贺是昌邑哀王刘髆之子,系武帝与李夫人直系孙子,确实值得考虑。不过也有人反对,说刘贺啥真才实学都没有,只擅长声色犬马,尤其到了马背上,便会疯子样忘乎所以,半天可跑三百里。

不想霍光却明确表态,说刘贺是个比较适合的人选。众臣一时反应不过来,提出质疑。霍光解释道:"武帝临终时,曾当面嘱托老臣,一定善待李夫人后代。李广利降匈后,李家满门抄斩,不久昌邑哀王郁郁病逝,留下独子即李夫人孤脉刘贺,武帝让其继承昌邑王爵位,无非想给李夫人一个交代。眼下无更好的皇位继承人,能扶昌邑王登上大位,既能解除刘汉后断无人之忧,也算对得起武帝在天之灵。"

众人释然,顺着霍光口气道:"刘贺跟大行皇帝是叔侄关系,以侄承叔,也说得过去。"

刘贺就这样被确定为昭帝继承人。事情紧急,霍光很快以上官皇后名义下诏,派出数位大臣,速往昌邑迎接刘贺,入宫做昭帝治丧主理人,主办大丧。

几位大臣连日兼程,赶到昌邑时,已夜深人静。事关重大,只得叫开城门,直入王宫。刘贺被人从梦中拽起,懵懵懂懂接过上官皇后懿旨，揉着睡眼，才看数行，便手舞足蹈，喜气洋洋，只差没在地上翻筋斗了。

还有那一班狐朋狗党，厨夫走卒，听说刘贺要入京继承皇位，纷纷跑进王宫，弹冠相庆，欢呼雀跃。并强烈要求，跟随主子进京。刘贺也不推辞，一一应承下来。

事不宜迟，连夜收拾行装，第二天启程上路，随从一大帮，不下四百人。

想着有皇帝可做，刘贺心花怒放，一路快马加鞭，追风逐电似的。一口气跑了一百三十多里，回头一瞧，没一个人跟上，连朝臣都没见影子。只好勒住马头，入驿等候。

直到天黑，随从们才上气不接下气赶到，清点人数，只留下三百左右，说是沿途驿站马力不足，倒毙无数。原来每处驿站多不过百来匹好马，哪应付得了刘贺这四百多人？只有临时找些劣马凑数，一路累死不少。不得不发还数十人，留下两百多号随从，次日继续前行。

快到下一个驿站时，见途中多美妇，刘贺口水直流，指使手下喽啰，跑到百姓家中，只要稍有些姿色者，便强行拉入车里，带回驿站。也是刘贺禁得起折腾，连日奔波，不觉疲惫，还有精力快活。民女不从，刘贺还淫笑道："真不识抬举！老子是继任皇帝，想跟老子睡觉的美女佳丽多了去了，不是你行狗屎运，哪轮得到你头上？"

事被随行朝臣闻知，不好拿刘贺怎么样，只得逮过他手下人，交卫士正法。又趁势搜出美妇，送归民家。刘贺毕竟还不是正式皇帝，心有不快，也不便干预，只得听由朝臣处置。

一路来到霸上,离都城已不过数里,霍光早安排大臣夹道相迎,将刘贺请下马背,改乘豪华车驾。行近都门,大臣开导刘贺:"大王这可是入都奔丧,望见都门,就该放声大哭,表示对大行皇帝深切悲痛之情。"

刘贺不以为然,心想真是好笑,我就要做皇帝了,还悲痛个什么鸟?也是昭帝早死,不然这皇位也轮不到我刘贺,我高兴还高兴不过来呢,哪里还悲痛得起来,哭得出声音?这话自然不好直接出口,只得故意咳几声,硬着喉头道:"这几天风餐露宿,受了些风寒,喉咙正痛得要命,说话都有些吃力,要哭恐怕很困难。"

进得城门,大臣们又旧话重提。刘贺还是不从,说:"这里离未央宫还有一段距离,反正哭也没谁听得见,待会儿再哭吧。"

很快来到未央宫外,刘贺脸上仍只有喜色,毫无戚容。大臣说:"就要下车了,大王得做好准备,一定得对着宫中下跪哀哭,否则会影响您登基入大位的。"

刘贺这才变得稍稍老实了点,一下车便趴到地上,干号几声,总算尽了尽礼。

然后起身入宫,由上官皇后下谕,立为太子,同时担任治丧主理。这主理自然只是挂个名,具体丧事用不着刘贺操心。事实是要他操心,也操不来。反正有霍光等大臣部署调度,大丧弄得像模像样,该讲的排场要讲,该弄的仪式得弄,不能失了昭帝面子。

两个月后,昭帝下葬平陵,刘贺接过皇帝玺印和绶带,嗣承昭帝，登基为皇，同时尊上官皇后为皇太后。登基礼毕，刘贺狂喜之下，开始大肆封赏，且一天颁赏数十次，仿佛猴王给群猴赏赐山果野桃。更可笑的是刘贺封赏的，并非迎他入朝和推举他上位的朝中老臣，竟是他从昌邑带来的狐朋狗党，无不令人瞠目。老臣们于是走进大将军府，找霍光抱怨：无功不封赏，新皇刚登大位，便对寸功不建的昌邑旧属大封大赏，有违祖制，不成体统。

还有不成体统的，刘贺见未央宫比昌邑王宫豪华气派得多，乐不可支，顾不得守丧规制，一味胡闹。见有美貌宫女，就召到身边，陪玩陪酒陪睡，好不风流快活。又将库房里的乐器取出来，大鼓大擂，大弹大吹，弄得乌烟瘴气，皇宫不像个皇宫，几乎成了马戏团。

大臣们脑袋直摇，道："大行皇帝尸骨未寒，新皇就敢这么乱来，简直不像话。"有人接话道："这就是大将军选的皇位继承人，也不知他看中刘贺哪一点。"另有人说："大将军也不是圣人嘛，也有看走眼的时候，以为刘贺是明君圣主。"还有人说："估计大将军觉得宫中太冷静，把刘贺请来，天天有热闹看。"

三十一、新君荒唐无度，老臣惶惶不安

这些话传到霍光耳里，他也非常难受。照他最初想法，刘贺混账点没大关系，只要大事面前听话就行。环境改造人，人都会随遇而变，只不过得有个过程。刘贺长年待在昌邑那地方，天高皇帝远，没见过什么大世面，天天跟些没教养、没素质的人打交道，野点疯点情有可原，相信他进宫后总会有所收敛，慢慢乖巧起来。不想这小子竟如此荒唐，完全不按规制办事，不依礼教做人，且丝毫看不出转变的迹象，又怎么配做大汉皇帝呢？

霍光只好耐着性子，苦口婆心教育刘贺："没有规矩不成方圆，陛下为万民之主，一言一行都得有个皇上的样子才行，绝不可把自己视同贩夫走卒，想怎么就怎么。"

刘贺也知自己不太像话，在霍光面前还算老实，表示一定严格要求自己，改邪归正，重新做人。只是一转背，便将说过的话忘个干干净净，是什么样还什么样。

原来人都有本性，不是教育能解决问题的。老话就说，生出是条龙，教出是根虫，世上好像还没有把虫教育成龙的先例。

霍光多教育得几回，见刘贺依然如故，没有成龙的可能，非

常失望，觉得再这么下去，大汉江山恐怕要丢在这小子手里，得设法补救补救。然凭霍光一己之力，自然补救不过来，必须找人协作。找谁好呢？霍光寻思，还是先与大司农田延年商量一下。

田延年也与霍光有同感，认为再让刘贺闹下去，别说大汉不保，就是他们这些做大臣的，也不好意思再在朝中待下去。霍光问道："依大司农意思，这事该怎么办才好？"

田延年想想，说："大将军是国家主心骨，国家存亡系于您一身，既然刘贺尸位素餐，不适合待在皇位上，何不禀奏上官皇后，另选贤明？"

霍光心里早有这个想法，却故作惊恐状，扒着耳朵，听听周围动静，说："大司农说话小声点，万一隔墙有耳，要掉脑袋的。"

田延年知道霍光有意做这样子，笑道："大将军真担心隔墙有耳，也就不会找下官来议论皇上长短了。您干脆把话挑明了，是不是想换皇帝？有这个想法，下官配合您。"霍光故作为难道："这有些不妥吧，刘贺是老夫力主拥立起来的，皇位还没坐热呢，就把他赶下去，好像不太讲得过去。"田延年说："有什么讲不过去的？大将军在为国家和黎民考虑，心底无私，坦荡浩然，朝野都会衷心拥护您。"

有田延年这话，霍光理直气壮多了。先给田延年弄个给事中的兼职，好名正言顺参与内政，再召车骑将军张安世，一起密谋如何废除刘贺。张安世是霍光一手提拔上来的，自然霍光怎么说他怎么做，表现踊跃。

霍光他们已暗暗开始行动，刘贺还蒙在鼓里，天天呼朋引类,撒野发疯。这日又起兴致,带着随从,出宫寻欢作乐。光禄大夫夏侯胜拦在宫门口,恳求道:"好长一段时间了,天空总是阴沉沉的,不见放晴,也没有下雨。这可不是好兆头啊,臣子们恐怕要谋反犯上,陛下还往外跑什么跑?"

刘贺正在兴头上,忽然有人扫兴,不免大发雷霆,骂夏侯胜妖言惑众,糊弄君上,厉声叫过左右,把人给捆绑起来,交相关衙门惩处。

各衙门里都是霍光的人,很快汇报到大将军府。霍光闷头想想,夏侯胜该不是无中生有,随口胡诌吧?肯定听到了什么风声。只是废立之事,仅给田延年和张安世透露过,再没其他人知晓,夏侯胜又怎么得知的呢?莫非他真会天算?田延年向来老实厚道,估计不会胡说八道,八成是张安世那家伙泄出去的。于是找来张安世,责问道:"夏侯胜在皇上面前说,臣子们要谋反犯上,是不是你把消息漏给他的?"

张安世是个有头脑的人,知道刘贺成不了气候,下位是迟早的事,巴不得与霍光合作一把,换个皇帝,自己也好做拥立新君的大功臣,自然不会跑去与夏侯胜乱说。可又不知夏侯胜从哪里知道的消息,张安世有口难辩,拍着胸脯说:"大将军冤枉下官了,下官根本没与夏侯胜接触过,更不用说泄露消息给他。大将军不相信,可马上找来夏侯胜,与下官当面对质,问问他是何时、何地跟下官见过面、说过话。"

张安世这么肯定,霍光也怀疑起自己的怀疑来,亲自提审夏侯胜,问他是听谁说臣子们要图谋犯上的。夏侯胜从容道:"大将军一定看过《洪范传》吧,其中有言:皇极不守,现象常阴，下人且谋代上位。罪官见天象反常，皇上又老想着往外疯跑，只得好心好意劝告他，谁知他一意孤行，还把罪官给抓了起来。"

霍光吃惊不小，想不到这夏侯胜还有这个本事，通过书上只言片语，窥破未曾付诸行动的预谋。一旁陪审的张安世也非常惊异，没料到世上竟有这等奇人。两人估计夏侯胜并不知道实情，放掉他，让他官复原职，继续做光禄大夫。

夜长梦多，事情已被夏侯胜不幸见中，也就不能再拖延，得赶紧采取措施。这是个天大的动作，没有丞相府支持不行，霍光让田延年立即去相府找杨敞。

说起这个杨敞，虽属庸才，却娶了个能干的夫人，有时朝中大事决断不了，还会回家向夫人讨教。原来杨妻系太史令司马迁之女，从小知书达理，胆识非凡，素质比杨敞这个大丞相要强多少有多少。这好像是中国官场老传统，官越大越听夫人话，连霍光这样的男子汉大丈夫，也对霍显言听计从。怪不得人们常说，男人天生就是贱骨头，可管天，可管地，唯独管不了自己，非得交给女人看管不行。想想女人放任男人不管不问，听凭男人吃喝玩乐，声色犬马，什么正业都不务，男人还能出息到哪里去？

这天田延年走进相府时，不知杨敞因为何事，又在虚心接受夫人谆谆教诲，是是是地一个劲儿点着头，好像读了那么多书，就记住这么一个"是"字。好在杨妻是个聪明人，人后训夫如子，人前却还要维护夫君那点可怜的臭面子，见田大司农到访，忙做出低眉顺眼的弱女状，不声不响退到后堂。

夫人一走，杨敞就立即上前迎住客人，朗声道："今天什么风,把司农大人给刮了来?"

田延年只客套两句,马上话入正题,说明来意。听说霍光准备废掉刘贺,杨敞吓得身子一阵哆嗦,手中扇子都掉到了地上,背脊冷汗真冒,像淋了屋檐水似的。

退到后堂的杨妻并没走开,也在偷听田延年说话。还透过屏风缝隙,观察着外面动静。一见杨敞那熊样,便气得直咬牙,心想在夫人面前猥琐点,说明你有品位,一等男人怕夫人嘛,在外人面前也这么不中用,不是出你杨家丑吗?又不好跑出去,当着客人面批评教育丈夫,只得强忍住,看杨敞下面表现。

不想杨敞僵在地上,竟然不吱一声,哑巴样,田延年等了半天,也没见他有何表示。等得田延年不耐烦起来,催促道:"大人是一国丞相,事到临头,到底是支持,还是反对,总得张嘴发句话吧?"

杨敞嘴巴真的张了几张,却仍出不得声。还拿眼睛四处乱瞟,仿佛在寻找夫人,急着向她老人家讨主意似的。屏风后的杨妻那个急呀,急得几乎心脏骤停,脚底一下一下跺着。还不能跺得太重,怕客人听出来。

正好墙角闪过一个丫头,杨妻灵机一动,踮起脚尖,跑过去截住她,轻声耳语了几句。丫头会意,点点头,转身走进客厅,来到田延年面前,行过礼,说:"天气太热,客人脸上都淌下了汗水,还是到偏屋去洗把脸吧。"

田延年也发觉自己脸上正在冒汗,不知是被这要死不活的杨敞急的,还是衣服穿多了热的,跟着丫头去了偏屋。杨妻趁机转出屏风,点着杨敞鼻子,低声骂道:"看你这出息样,田大司农官比你小，你就这么缩头乌龟似的，到了比你官大的人面前，你那脑袋岂不要缩进裤裆里，再不肯伸出来？"

夫人隆重出场，让杨敞底气足了许多。底气一足，人也变得风趣幽默，笑道："缩头有什么不好？枪打出头鸟，缩头可是智慧的表现。再说本相乃三公之首，一人之下，万人之上，到哪里去碰比本相官大的人？故在田大司农面前缩缩头，不仅无损于本相高大形象，还可体现一国重臣之谦虚美德嘛。"

美德不能管饭，杨妻不感兴趣，说："本妇没资格上朝，搞不清那个刘贺是俊是丑，却也闻知不是啥好货，继续让他坐在皇位上，臣民沾不了什么光。现在朝廷军政事务由霍大将军一张嘴说了算，可说是没穿龙袍的皇上，他铁了心要换掉刘贺，你还敢说半个不字？他让田延年跟你打招呼，无非看你丞相面子，又是他扶你上来的，表示对你尊重而已，你支持不支持都一样，都不可能阻止他。既然阻止不了他，还不如挺身而出，跟随他好好干一场，事成后你也有一份废旧立新的功劳，吃不了亏。"

杨敞还是下不了决心，说："夫人这不过是一厢情愿，只顾往好处想。凡事都有两种可能，可能成，也可能败。换皇帝又不是换衣服，万一事情败露呢，是要掉脑袋的。"

杨妻恨铁不成钢，耐心训道："亏你天天跟大将军在一起，还不知道他的厉害？自武帝托孤以来，大将军权力越来越大，有人不舒服，恨不得剥他的皮，食他的肉，一次又一次企图整死他，结果怎么样？谁真正撼动过他？说到眼前这个刘贺，他是怎么做上皇帝的，你比我更清楚，还不就是大将军一句话的事？大将军既然可把他扶起来，自然也可把他拉下去。何况大将军也是为大汉和朝廷着想,怕刘贺误国误民,才搞这么个大动作,你跟着他干,也是效忠国家,造福人民,是好事,不是坏事。识时务者为俊杰,听本妇的话,别再优柔寡断。当断不断,反受其乱,关键时刻站错队伍,那才真会掉脑袋呢。"

不愧为司马迁女儿,杨妻的话入情又入理,容不得杨敞不服。可他还是下不了决心,不是顾虑这,就是顾虑那。杨妻恨不得一巴掌甩过去,甩他个面瘫。可气现在不是甩耳光的时候,杨妻还要继续开导杨敞,田延年已经来到客厅门口。

想回避已经来不及,杨妻干脆迎上前去,给田延年唱个诺,说:"怪不得早上一开门就有喜鹊登枝,冲老妇高声歌唱,原来有贵人光临。刚才夫君把田大司农来意说了说,老妇感到很欣慰,说明大司农和大将军信任夫君,在这国家生死存亡关头,没有把他扔一边,还能记得起他。夫君态度非常明确,头可断,血可流,也要与你们紧密联手,扭转乾坤,坚决捍卫大汉和国家大局。"

田延年早闻杨妻系司马迁之女,是不可多得的女中豪杰,今天当面领教,便知一点不假。于是点头道:"杨丞相态度若有夫人这么明朗,下官就可多省些口水养牙齿了。"

"不是老妇态度这么明朗,是夫君识大体,明大义,懂得担当,知道怎么做。"杨妻掉头给杨敞使个眼色,启发道,"夫君说是不是啊?"

夫人已把话说到这个份上,杨敞当然不好再往后面缩,只得挺身上前,说:"夫人所言正是本相心里话,本相要与大司农和大将军并肩作战,舍得一身剐,敢把皇帝拉下马。"

三十二、大将军图废立，众老臣齐附和

掏出杨敞嘴里的话，田延年这才踏实了，到大将军府去给霍光复命。霍光点头道："杨敞有这个姿态，算他头脑清醒。"田延年说："哪是杨敞有这个姿态，是杨夫人有这个姿态。"霍光说："杨夫人有这个姿态，更加放得心。杨敞一回家，就成了杨怕妻，什么都得夫人做主。既然杨夫人已拿定主意，杨敞自无二话可说，绝对会按夫人意思办。"

已将杨敞争取过来，也就到了采取实质性行动的时候。霍光又召来张安世，当两人面说："此次行动有两项任务，一是拿下刘贺本人，二是对付刘贺从昌邑带来的乌合之众。时间就放在明天上午，咱们双管齐下，同时出击。"当即拿出兵符，交给张安世："你是车骑将军，昌邑方面的乌合之众就交给你了，你这就去调集羽林军，周密部署，不可有误。"

张安世走后，霍光又给田延年布置任务："麻烦大司农，马上起草一份奏牍，明天咱们一起进宫，先召集群臣，当面表态，再集体奏请太后，废掉刘贺。刘贺的言行，太后早看在眼里，估计会支持众位的。"

"太后那么英明，定会主持正义。"田延年嘴里说，心想太

后才十五岁年纪,又是你霍大将军亲外孙女,正义在你手里,她不支持正义支持什么?

又讨论了些细节问题,田延年准备出门,霍光又提醒道:"大司农别忘了自己还兼着个给事中的职务,到了群臣面前,可得有个给事中的样子。"田延年笑道:"给事中该是个什么样子?"霍光没笑,说:"给事中负责宫中内务,碰到特殊情况,可行使特权。"

田延年心下明白,说:"到时下官会尽职尽责的。"

隔日一大早,霍光和田延年就进了未央宫,紧急召令丞相、御史、列侯、大夫、博士及两千石以上官员开会,且申明会议重要,不能迟到,更不能缺席,违者后果自负。

百官猛然接到通知,不知出了何事,搞得这么紧张。只好匆匆入宫,步入宣室殿。不见刘贺,只有霍光一动不动站于殿前,目光如炬,在大臣们脸上扫视着。这是刘贺做皇帝以来,殿里一道常见风景,大家也不为怪。原来刘贺白天飞鹰走狗,够辛苦的,晚上睡眠重,早上总起不来,难得上回早朝,有事一般都由霍光召集众臣,会商决断。

见人陆续到齐,霍光抬手往下压压,示意众位闭住问长议短的嘴巴,这才清清嗓子,说:"今天将各位召集拢来,是有大事商量,征求意见。各位也看到了,刘贺进宫后,从没正儿八经上过朝,干过几件像样的事,整天不是在宫里吃喝玩乐,就是外出游荡扰民,置国家与人民于不顾。老夫要问的是,你们能否容忍刘贺再这么继续闹腾下去?"

听霍光直呼刘贺其名,公然揭露其不是,众臣吃惊不已,以为霍光夜里没睡足,青天白日说昏话。可瞧他那张端端正正的老脸,气色好得很,又不像没睡足的样子。

众位不痴,顿时明白过来,霍光要干什么。

谁都知道这老家伙的脾气,他要干的事,没有谁拦得住,他嘴上说是与你们商量,实际就是要你们听他的,并非真有商量余地。

不过话说回来,刘贺毕竟不是郡吏府尹或主事博士,高兴了想动就动。好歹人家也是个皇帝,一国之君,在皇位上待了没几天,就拉人家下来,不厚道不说,也太不严肃了吧?再者刘贺混账是有些混账,却也没伤过天,害过理,卖过国,投过敌,叫做小错误不断,大错误不犯,应该还没到撤职的份上。

这是偏向刘贺,暗暗为他抱不平的。也有替自己着想的。刘贺尽管没用,也从昌邑带来两百多号人马,宫中又多少有些亲信,若得知主子要被废掉,对抗起来,手无缚鸡之力的大臣们还不一定占得了上风。到时万一刘贺没废成,在场的大臣还能有好下场!这么一想,也就不知是响应霍光,大胆参与废立好,还是袖手旁观,明哲保身好。

事实是到得这个地步,是进是退,已经由不得众臣自己了。只见田延年"腾"地站起身来,按住佩剑,先面向霍光道:"当年武帝赐大将军周公辅成王图,全权委托您扶持昭帝,打理朝政,无非看您忠勇贤能,足可安刘家,治天下。昭帝朝的辉煌成就已雄辩证明武帝对大将军选择的正确,大汉离不开您,大汉臣民需要您。谁知刘贺入宫以来,昏庸无道,荒淫无耻,群臣无所适从,社稷危在旦夕。大将军若不当即立断,继续听任刘贺胡来,坐视大汉灭亡，试问他日到了九泉之下，还有什么面目会见武帝！"

霍光对田延年的表现很满意，暗暗称赞他问得好，还有些给事中的气派。脸上浮出愧疚之状，对大臣们拱手谢罪道："要怪全怪老夫，识人有误，没选好昭帝继承人，差点弄得国将不国。众位要斥责首先斥责老夫，老夫保证虚心接受，痛改前非。"

当然不会有谁敢斥责霍光。田延年"当"的一声抽出佩剑，点着众臣，厉声道："事到如今，已容不得咱们犹豫，只有废掉刘贺，重选贤君。众位先想明白，这就给下官表个硬态，谁胆敢不从，下官这柄剑可没长眼睛！"

见田延年这副架势，大臣们知道已无选择余地，只能跟着霍光干。于是纷纷离席，跑到霍光面前，大声表态道："大将军心系大汉江山，咱们都是大汉臣民，坚决站在大将军身边，大将军指南，咱们不往北，大将军指东，咱们不往西！"

霍光点点头，心想这还差不多。先抬抬手，请大臣们起身，然后从袖中取出一方绢帛，说："这是老夫托田大司农起草的奏牍，是请求太后罢免刘贺的，这里先跟大家通个气，听听各位高见。田大司农，你给大家念念。"

田延年接过奏牍，高声念起来。准确说不是念，是背诵。奏牍是田延年自己起草的，字字句句烂熟于心，不看原稿，也信口成诵。田延年念完，霍光问道："大家对奏牍有没有不同看法？有不同看法可现场发表。"

霍光话没落音，杨敞挺身而出，表态说："本相没有不同看法,完全赞成奏牍上意见,立即废除刘贺,另立新君。"

众大臣略感奇怪,这杨敞平时遇事都是缩头乌龟,不是前怕狼,就是后怕虎,今天怎么如此积极主动?他们哪里知道,杨敞早上出门时,杨妻就耳提面命,要他关键时刻踊跃点,主动点,别落人后,不然新君还没上任,恐怕就该交出丞相位置了。杨敞牢记妻言,生怕人家抢了头功,壮着胆子,第一个站了出来。

"本相这就带个头,签上自己名字。"为表现得更加突出,杨敞还让侍吏呈上笔,从田延年手上要过奏牍,认真署下"杨敞"二字。然后转过身去,令其他大臣照办。

杨敞虽没什么威信,好歹也是个丞相,他老人家带了头,其他人还有什么说的?纷纷上前,准备签名落字,以实际行动支持霍光英明决策。

见大家想法已高度统一,签不签字区别不大,霍光从杨敞手上拿回奏牍,说:"情况紧急,不容拖延,这么多人签字,一下子也签不完,就免了吧。如果众位没有不同想法,就一起去拜见太后,请她拍板下旨。"

众臣异口同声,表示听大将军的,随着霍光,离开未央宫,往长乐宫方向赶去。上官太后正在宫中,要废皇帝,还得她开这个口,不然霍光他们的行动就名不正言不顺,属于犯上作乱,无以服天下。

其时上官太后正跟宫女说话,蓦然瞧见一大帮大臣吃过老鼠药似的,癫癫狂狂跑进宫来,顿时吓得浑身发抖,只想往僻处躲。前次上官父子谋反案,就闹得天翻地覆,上官太后没少受惊吓,是因身为皇后,又系霍家外孙女,才没像娘家其他人样脑袋搬家。这次不知又出了什么变故,惹得这帮大臣放着好好的朝不上,纷纷往长乐宫跑。

不过毕竟担着个太后名分,也得有个太后样子,不能让大臣们见了笑话,上官太后这才放弃躲避的念头,硬着头皮,立稳脚跟,倒看这帮大臣要把自己这所谓的太后怎么样。

大臣们很快来到近前,在霍光带领下,脱去官帽,齐崭崭跪到地上。

上官太后一眼望去,下面全是脑袋,有半秃的,有全秃的,有半白的,有全白的,很觉滑稽。这朝堂里的人事就这么怪,臣下多老人,皇上多少年,老年人老给年轻人跪拜,年轻人怎么承受得起?怪不得昭帝二十出头就命归黄泉,估计就是被这伙老臣折的寿。

这么想着,上官太后不由得伤感起来,掉过头去,不忍多看这些奇奇怪怪的脑袋。

大臣们哪知上官太后心事?虔诚地趴在地上,向她问候请安。上官太后心烦得很,你们这么兴师动众,赶集样往长乐宫跑,本太后哪还安得了?只是害怕自己折寿,才又回过头去,耐着性子要众臣起身。

众臣不肯起来,仍一动不动趴在那里,恳请太后恕罪。

上官太后觉得好笑,无缘无故要人恕罪,你们到底何罪之有?即使有罪,本太后一个十五六岁的寡妇,也治不了你们罪,恕不恕罪有啥区别?何况义理都掌握在你们手上,本太后从来就只有服从义理的份儿,也没能耐恕得了你们的罪。

可大臣们口口声声要你恕罪,你不假装恕罪,给足面子,他们死死趴在地上不起来,你还真拿他们没法。上官太后只好说:"本太后恕你们罪,众臣起来说话吧。"

大臣们这才正冠起身,显得很乖巧的样子。上官太后松下一口气,道:"各位臣工说吧,到底发生了什么事,这么煞有介事的?"

有人应声出列,又"咚"地跪到面前,双手高举,呈上奏牍。

上官太后皱皱眉头,不知说啥好。刚表过态恕你们罪,怎么又跪下了?你们这些人也太不把自己膝盖当回事了。转而想想,这是平常礼仪,大臣们呈送奏牍之类的玩意儿都得下跪,要他们不跪行吗?

想通了,上官太后也就稍稍心安了些。抬眼看去,原来跪地上的不是别人,正是外公大人。外公跪外孙女,确实不像话,上官太后想叫霍光免礼,知道没给出说法前,打死他都不会起来的,只得示意侍女,要过奏牍,呈将上来。

一见是弹劾刘贺的,上官太后也有些吃惊,说:"怎么想起要废掉皇帝?"霍光说:"霍光失察,迎立昏君,弄得国家不幸,民怨沸腾。昏君不废,大汉危矣!"

霍光话刚说完,后面的大臣们重又齐刷刷跪到地上,大声道:"废掉刘贺,重振大汉!"

事情仓促,上官太后顾不得霍光和大臣们的膝盖,匆匆看起奏牍来。一边心下嘀咕,这么多大臣跪在下面,誓死要废刘贺,本太后还有什么话说?

见奏牍中刘贺罪行一桩桩,一件件,列得明白,上官太后几分无奈,叹道:"这刘贺也确实太不像话,仿佛还在他的昌邑王国,爱怎么就怎么,将个朝廷搞得昏天黑地的,看来也只有把他废掉算了。问题是怎么个废法,你们想好没有?"霍光朗声道:"此事太后不必操心,老臣已安排妥当,只请您到未央宫走一趟,一切就可敲定。"

　　上官太后于是动步,在霍光他们簇拥下,驾临未央宫,步入平时供朝臣休息的承明殿,传诏刘贺。

三十三、太后诏废新君，刘贺下位出都

刘贺还在龙床上呼呼大睡，外面翻了天，竟浑然不知。原来他身边侍臣早被张安世的人控制起来，没谁给他报信，他也就一直蒙在鼓里，睡得很安稳。这下有人传入太后诏令，刘贺才揉着发涩的眼皮，起床穿好龙袍，睡眼蒙眬到承明殿去见太后。

才入殿，霍光就指示门吏，将前后大门一齐关上。也许关门声太重，刘贺全身一悚，睡意顿消。认真望望霍光，感觉有些不妙，问道："关门干什么？"

"没干什么，门外宫人走来走去，太嘈耳朵，关门说话方便。"霍光还算客气，轻言细语道，"今天天气好像有些热，还是请陛下解下绶带，脱去龙袍吧。"刘贺愕然道："解绶带，脱龙袍？大将军什么意思？这里又不是澡堂子。"

霍光语气变得稍稍坚决了些，说："不是澡堂子，难道就不能解绶带、脱龙袍了？您可听明白了，这是太后懿令。"

"太后懿令？"刘贺去瞧上官太后。上官太后轻轻点点头，声音不高不低道："不错，正是本太后懿令。"

刘贺明白过来，霍光是要拉他下位。这老家伙也太狠心了，

俺才做皇帝,刚尝到做皇帝的甜头,享受到做皇帝的风光,他竟起歹心,要赶开我,居心何在!刘贺真是一千个不甘,一万个不愿,恨不得扑到霍光身上,咬破他的喉管,要了他的老命。顿时脸涨得通红,手指霍光,想骂句粗话,竟骂不出声。半天才憋出这么一句:"要是朕不解、不脱呢?"

"您可以不解、不脱。"霍光厉声道,"啪啪啪",拍三下手掌。还没拍完,侧门"咣"的一声开了,张安世出面在门口,身边拥着数十名全副武装的卫士,出鞘的长剑闪烁着逼人的寒光。

刘贺见势不妙,转身要走开,可已没他的退路。霍光又缓下语气,奉劝道:"皇上还是知趣点,自己动手吧,免得做臣子的冒犯您,背个犯上作乱的千古骂名。"

刘贺只好自解绶带。一双手有些不听使唤,一直抖个不停,怎么也没法将绶带解下来,还是霍光上前帮忙,才好不容易完成任务。

接着又动手脱掉身上龙袍,脱得只留里衣在身。霍光还算满意,让田延年捧着绶带和龙袍,以及刚从宣室殿取来的玉玺,呈至上官太后面前。然后朝张安世抬抬下巴,说:"请昌邑王到太后面前听诏。"

原来王和皇的区别,就差一条绶带,少一件龙袍,缺一只玉玺。

在皇位上仅待过二十七天的刘贺,就这样又成了昌邑王。刘贺双腿都在发软,哪还挪得动步?还是张安世上前把他架住,拖至上官太后跟前。刘贺变得老实起来,自动跪到地上,叩首道:"臣有何罪,太后要收走绶带、龙袍和玉玺?"也不敢再自称为朕，只好称臣。

上官太后说声听诏吧，偏偏脑袋，看了眼旁边的尚书令。尚书令会意，高举奏牍，开始念起来。奏牍不长，无非是刘贺如何不讲规矩，不遵祖训，胡乱封赏，昭帝大丧期间，沉湎于酒，荒耽于色，整日与昌邑奴才胡闹，失帝王之礼，乱大汉之制，长此以往，恐危社稷，天下难安，非废掉不可。

尚书令念完，上官太后说了一个"诺"字。刘贺还趴在地上，脑袋嗡嗡乱响，像没听清尚书令念了些什么。还是旁边的霍光提醒道："该昌邑王起来受诏了。"

刘贺这才一个激灵，站起来，说："我听《孝经》里说过，天子有诤臣七人，虽无道，不失其天下。"

刘贺说出《孝经》里的这段话，还真让霍光有点始料未及，不知如何反驳才好。停了片刻，霍光才道："太后已诏令废您为王，还何言天子？"并示意侍臣，扶刘贺离殿，出金马门，刘贺朝西拜了一拜，说："我这个人还是太愚笨、太糊涂，担当不起汉朝的大事！"起身上了天子的副车，由大将军霍光亲自护送，一直到昌邑王原来在长安城的旧宅。

一路上，刘贺心里是又怒又恨，他知道是霍光搞的名堂，又不好发作。倒是霍光依然毕恭毕敬，就当刘贺还是皇上一样。只是一口一声昌邑王，叫得刘贺火起，骂道："老子不是你的昌邑王，是你手中柿子，你爱怎么捏就怎么捏。"霍光笑道："昌邑王言重了，不管您是皇上，还是昌邑王，都是武帝和李夫人孙子，在您面前，老夫永远只有一个身份，那就是忠心耿耿的臣子。"

外人听来，此语是说给刘贺听的，其实更是说武帝在天之灵的。也就是说，霍光并没辜负武帝善待李夫人后代的嘱托，怪只怪刘贺不争气，苦心孤诣扶他登基，他也守不住大位，为了大汉天下和黎民百姓，我霍光不得不这么做。

刘贺哪知霍光此刻心情？只心里抱怨，成也萧何，败也萧何，自己这个可怜皇帝是霍光扶上去的，现在他拉你下来，也是他的事，莫非你还敢逞能不成？刘贺忍气吞声道："本王在昌邑待得好好的，从没伸手向大将军讨过帽子、要过位置，大将军忽然异想天开，要本王离开昌邑，来做这个皇帝。皇帝也得人做，你不做皇帝，我不做皇帝，皇位白白空在那里，也是个浪费，本王这才配合大将军，扔下王位，乖乖坐到皇位上。不想皇帝瘾还没过足，大将军又改变主意，说本王不配做皇帝，把本王从皇位上拉下来。大将军既然要找配做皇帝的人来做皇帝，当初何不悠着点，经认真考察后再做决定？考察不合格，别惊动本王，本王不会有任何意见，也省得辛辛苦苦跑这么一趟。"

霍光觉得刘贺批评得对，说："当初确实不该草率行事，匆忙决定昌邑王来做这个皇帝。好事不在忙中取，尤其是天子大位，就是再紧迫，也急不得，好事变成坏事。"

到了昌邑王旧宅，霍光将刘贺送入府内，招呼府上人安顿好主人，这才跪到刘贺面前，谢罪说："你昌邑王做的种种事情，实在是上天把你放弃了，老臣宁愿对不起你，也不能对不起国家，对不起大汉。"刘贺望着天花板，无话可说。霍光趴到地上，垂下脑袋，"咚咚咚"磕了三个响头，泣不成声道："老臣此后再不能侍奉昌邑王左右了，恳请昌邑王自珍自爱，多多保重贵体！"

说完，霍光站起身，掩面而去。

送走昌邑王，霍光连忙回到宫中。考虑到朝廷无主，霍光提出暂时请上官太后亲政。上官太后一个无夫无儿的孤寡小女人，又亲得了什么政？霍光打算找个老师，给她补补课，长些经世治国本领。忽想起曾奉劝刘贺别外出乱跑的光禄大夫夏侯胜，那可是个奇才，临时把他提拔为少府，封关内侯，给上官太后做内廷教师。

夏侯胜做梦也想不到天上会掉馅饼，没建尺寸之功，仅当刘贺面说了两句废话，便又提拔重用，又封侯赐爵的，也不知是不是夏侯家祖坟冒了青烟。内廷教师也就做得格外卖力气，将平生所学经术，一股脑尽行灌输给上官太后，也不管上官太后接不接受得了，也不管对经世治国到底有啥实际作用。

上官太后毕竟是女流之辈，不便久亲政务，霍光准备召集大臣们，开个专门会议，集体讨论谁来做皇帝好。霍光记性不错，不可能这么快忘记刘贺的批评，天子大位搞不得一言堂，还是博取众人智慧，集体慢慢确立人选为佳。

大臣们兴奋点却还在刘贺身上，老揪住他不放，说他虽然不再是皇帝，却仍是昌邑王，余威还在。昌邑又是刘贺老巢，经营日久，树大根深，势力不小，如果这小子还留恋着皇位，兴风作浪，惹是生非，麻烦还真不小。

大臣们的意思明白，还是让刘贺挪挪窝，把他孤立起来，断掉其念想。霍光只好将选拔皇帝的事情暂时放一放，先把刘贺的事彻底了结后再说。

消息传到刘贺耳里，他着急起来，派特使找霍光求情。霍光说:"老夫知道昌邑王回去后表现还算不错,根本不想动他,都是大臣们多心,到老夫耳边乱嚷嚷,烦不烦人?"

特使不知霍光葫芦里装的什么药,试探道:"昌邑王好歹做过几天皇帝,由皇帝降格为王,惩罚虽说够重,到底又回到昌邑老窝,日子还过得下去。若挪他处,面子丢不起不说,且水土不服,生活不习惯,恐怕就活不了几天了,还请大将军可怜可怜他。"

霍光故作为难道:"老夫没问题,只是大臣们那里,不太好说话。"特使说:"大将军再与大臣们商量商量,只要不离开昌邑,就是脱下王冠,昌邑王也不会有什么想法的。"

霍光脸一黑,说:"那怎么行?昌邑王已顾全大局,交出皇位,怎么还能让他交出王冠呢?这老夫是坚决不答应的。"特使说:"昌邑王不交出王冠,只怕得交出老命,大将军还是看在君臣一场的分上,让昌邑王多活几天吧。"

霍光浩叹一声,说:"既如此,老夫与大臣们商量看看,过两天你再来听信吧。"

两天后特使又找到霍光,霍光满脸无奈,道:"老夫反反复复给大臣们讲好话,口水都讲干了,请他们放昌邑王一马,这些家伙一个个死心眼,就是固执己见,说不把刘贺挪离昌邑,他们就集体辞职,回家抱孙子去。老夫还需要这些大臣打理朝政,不好与他们死掐,只得请示太后,采取折中方案,让昌邑王继续留在昌邑,只是削去王号,保留食邑两千户,多少有个生活来源,不至于挨饿受冻。"

刘贺虽被削去王位,毕竟还能待在老窝里,又有些食邑,生活无忧,颇为心安。也就对霍光感激不尽,托人捎信,诚谢他的大恩大德。

拔毛的凤凰不如鸡,刘贺已什么都不是,霍光也就毫无后顾之忧,将选拔新君的要务又提上议事日程。这回霍光变得谨慎多了,不想刚赶走个刘贺,又请个刘贺进来,到时废起来也够麻烦的。一连主持了好几次廷议,让大臣们推荐候选人,无奈都不怎么满意。

一时没法决断,弄得霍光心烦意躁,不出声感慨道,高祖刘邦出生入死,打下天下,建立汉朝,本想着江山万年长,却一代不如一代,才过百年,要在刘家后人里立个像样点的皇帝,竟打着灯笼火把都找不到,高祖九泉之下如若有知,不晓得会作何感想。

回到府中,霍显见霍光心事重重的样子,知道他在为啥犯愁,旁敲侧击道:"霍大将军要风来风,要雨来雨,想不到也有为难之时。也怪刘家那么大的家族,竟然找不到个合适人选来做皇帝。"霍光说:"找皇帝又不是找石头,随便走到哪里,总能碰到两尊有模有样的。"霍显说:"既然刘家人里找不到合适人选,是否可以另辟蹊径,想其他办法?"

霍显什么意思,霍光还能听不出?虽说小事上有些怕夫人,大是大非面前,霍光却从不肯含糊,指着霍显鼻子,厉声道:"快给我闭住你那张臭嘴!这话也是该你乱说得的?是不是脑袋在脖子上待烦了?"

这老家伙也太胆小了点,这么好的机会白白从手上溜掉,不可惜吗?霍显说起蛮话来:"谁心里都有数,武帝驾崩后,你霍大将军就是实际意义上的皇帝,只是没背皇帝名义而已。如果你下面那坨东西硬得起,自己顺便坐到皇位上,比任何一个刘姓子孙来做皇帝都强,大臣们也会对你服服帖帖,说一不二。"

说得霍光背脊直发麻,只得耐着性子道:"真是妇人之见!这话就到老夫这里打住,再不可在第三人面前瞎说,否则咱霍家就要大祸临头了。"

三十四、异想偷梁换柱，串通众臣劝进

见自己一张嘴巴说服不了霍光，霍显只得掉头去找霍禹。

一听老爷子放着现成皇帝不肯做，霍禹气愤得要吐血，吼叫道："老家伙老糊涂了，这是上天看得起咱霍家，才赐给这么好的时机，老家伙却不识抬举，硬往外推。"

霍显知道霍禹为啥气愤，说："看上去你比老家伙积极性高得多。"

霍禹心里说，这不废话吗？俺没有积极性还谁有积极性？这是明摆着的，老家伙做了皇帝，俺霍禹就是当然太子，预备皇上。太子不像别的官，非得从低到高，一级级往上做，做得眼睛都花了，胡子都白了，背都起拱了，还不见得能做到理想位置。太子都是一步到位，不需一个官级一个官级苦苦往上爬，只需有个好老子，你头天还什么都不是，一觉醒来就是理所当然的皇位继承人，待哪天老子活得不耐烦了，空出位置，即可将"太"字改作"天"字，君临天下。老家伙已这个年纪，估计皇帝也做不了几天，今天退朝走出宣室殿，难保明天还能再回到皇位上去，到时就该俺做太子的隆重继位，闪亮登场，这多爽！

霍禹自顾自做着白日梦，竟忘了搭理霍显，霍显有些不满，

说:"你发什么痴?以为你已是太子,有皇位在等着你啦?先想想办法,怎么才能促成老家伙下决心,去做这个皇上。"

霍禹想象中已大模大样坐到皇位上,是霍显打这一岔,才极不情愿地抛开皇位,慢慢回过神来,说:"还得想法子,让老家伙真正认识到做皇帝的好处,到时谁想拦他不干皇帝都拦不住。"霍显说:"你还不知道老家伙那德性,他认准的死理,谁改变得了他?动嘴皮是管不了用的,还得拿出点行动来。"霍禹问:"什么行动?"

霍显早有想法,附在霍禹耳边,如此这般叮嘱起来。听得霍禹一个劲地点头,嘴里不是行行行,就是是是是。

得了霍显指令,霍禹立即行动,拿笔开始写劝进表。霍显意思,写好劝进表后,让大臣们签上字,再逼迫霍光,到时不怕他不就范。

可怜霍禹平时最头疼的就是有字的东西,要他读书写字,比剥他皮还难受。可事情又不便到处张扬,不好随便请个识字的算命先生或街头刻字的代劳,只好自己勉强为之。

花大半个晚上,挖空心思憋出几个字,拿去给霍显过目,霍显直摇头,说:"为娘虽腹内空空,没有文才,可凭直感也觉得还写得不怎么到位,缺少一定的鼓动性。拿着这个东西要大臣们签字,大臣们肯定不会买账。"

霍禹对这个命题作文本来就没有把握,听霍显这么说,更没信心,说:"怪儿子平时不肯听老家伙教导,不愿静下心来读书,如今书到用时方恨少。可又怎么办呢?儿子就这个水平,再怎么发挥,也发挥不上去了。"

霍显也知霍禹不是谦虚，他还没学会"谦虚"二字。只能在霍家其他人里想办法，看能否物色个拿得起笔杆子的角色。想了半天，想起霍家子侄中，霍山文才略强些，于是吩咐仆从，把他从睡梦里拽起来，说霍禹在书房等着他。

跟着仆从懵懵懂懂来到霍禹书房，霍山揉着眼睛，将霍禹写的劝进表瞧了半天，也没瞧出名堂，脑袋里仍是没做完的春梦。

霍禹顿时火起，在他背上猛拍一掌，才把他拍醒过来。清醒过来的霍山这才看明白劝进表，也顾不得多问，按照霍显意思，一字一句认真修改起来。

经霍山动过的劝进表，比霍禹原稿强多了，天一亮霍禹就拿着出了大将军府。

先来到丞相府。杨敞是堂堂丞相，他肯带这个头，其他人就好办了。谁知杨敞接过劝进表，只看了个开头，就全身抖起来，差点把劝进表抖落在地。霍禹肚子里发笑，平时只听人说这杨丞相胆小如鼠，怕事怕夫人，还不怎么相信，今天算是当面见识了。

费了好大劲，杨敞才勉强将劝进表看完。这可不是废刘贺，刘贺太混账，废掉他可谓人心所向，虽有风险，胜算却很大。霍光要做皇帝，是大汉改姓，江山易主，弄不好朝中会死不少人不说，还会搞得天下大乱，百姓遭殃。

死人就死人，遭殃就遭殃吧，这也没什么了不起的，最让杨敞想不通的是，霍光又不姓刘，凭什么做这个皇帝？都是大汉大臣，得恪守臣子本分，老想着做皇帝，天下还能平静，朝廷还有安宁?你干上了大将军,就有皇帝可做,我杨敞好歹也是丞相,彼此半斤对八两,莫非本相却做不得,只能在岸上歇着吗?

这个念头只在杨敞脑袋里稍稍闪了闪就消失了。他自知无法跟霍光比。不说自己的丞相大位是霍光给的,就是能力和名望什么的,人家都远在自己之上,根本不处于同一个层面,两人没有一点可比性,霍光要做皇帝,自己也动这个念头,简直好笑。

杨敞暗暗认可霍光做皇帝的合理性,心里却还是有些不踏实。仅仅一份劝进表,又没见着霍光,怎能断定就是他本人意思?也许是霍禹不知天高地厚,擅作主张,霍光不一定真有这个想法。凭多年来对霍光的了解,他好像不会干出这种事来的。杨敞于是试探着问霍禹道:"是不是霍大将军要你来的?咱俩朝见晚逢,这事怎么没听他透露半句?"

霍禹知道杨敞有怀疑,说:"丞相大人也是的,这种事怎么能随便透露呢?不到一定火候透露出去,会惹来杀身之祸,莫非如此浅显道理大人也不懂?晚辈跟大人说吧,俺老爷子早就有此志向,只是一直不吭声而已。大人也看到了,刘家人一代不如一代,他们谁做皇帝比俺老爷子更强?为国家和天下苍生,大人也应该支持霍大将军来做这个皇帝。"

谁做皇帝强,谁做皇帝弱,关我杨敞什么事?对于我来说,只要有丞相位置可坐,谁做皇帝都一个样。再说自己是霍大将军一手扶到丞相位置上面来的,估计他做了皇帝,这个丞相仍然会留给自己。杨敞于是说:"本相是霍大将军的人,他老人家真有这方面想法,本相当然会大力支持。"霍禹说:"霍大将军没有这个想法,难道是我霍禹有这想法?我一个小小中郎将,离皇位距离也太远了点。"

你离皇位远,可你老爷子做了皇帝,你就是太子,离皇位就近了。杨敞心里想着,明知故问道:"那你要我干些什么?"霍禹笑道:"很简单,请大人在劝进表上签个字。"

签就签,签个字又不是上杀场。不为别的,就为坐稳这丞相之位,也该劳驾自己的手,把这字签下。杨敞乖乖在劝进表上留下自己名字。

别过杨敞,霍禹找了田延年。田延年也感觉这事来得蹊跷,将劝进表看了一遍又一遍,一时拿不定主意。霍禹笑道:"大司农才高八斗,莫非劝进表上还有您不认识的字?"田延年说:"本官不是在认字,是觉得这劝进表挺有意思的。"霍禹说:"有什么意思?"

田延年清清嗓眼,说:"本官跟大将军关系还算不错,平时有什么大事小情,他都乐意跟本官沟通,征求征求本官意见。改朝换代这样的大动作,又不是改妻换妾,他老人家怎么却不跟本官论一句呢?哪怕半句也行,本官也好有个思想准备,全力支持他。本官承受能力差,这下突然间冒出一份劝进表来,心脏受不了啊。"

霍禹冷冷道:"别拿心脏吓在下,还不至于这么严重。又不是要您老人家交出大司农的位置。大司农也应该想得通,大汉是刘家的大汉,身为大汉大臣,大将军想将其改姓为霍,也多少有些难为情,要他在您老人家面前开这个口,他开得了吗?无奈只好让我做儿子的出出面,请你们这些大臣鼎力促成。"

这话倒也不假。田延年心想,不管是不是霍光意思,你在劝进表上签上字,表示你对他的忠心,他总会高兴的,绝没有反过来怪罪你的理。

没再多想,田延年也签下自己的名字。霍禹谢过田延年,去找少府夏侯胜。

夏侯胜善于揣度天意,预测未知,这两天见天象混乱,一时不知大汉命运到底如何,只得照霍禹所说办。也只能照办,霍光准备废掉刘贺时,自己多嘴多舌,无意间泄漏了天机,差点坏了人家大事,刘贺被废后,霍光大人大量,不但不加罪于你,还提拔你做了少府,如今霍光要做皇帝,你难道不该全力支持他吗?

夏侯胜的字也就签得迅速,比杨敞和田延年干脆多了。

得了夏侯胜的字,霍禹又上了另一位大臣家。一路走来,几乎没有拒绝的,疑心重的也只是稍稍犹豫,多问上两句,就乖乖签了字。

霍禹找大臣给劝进表签名的事不胫而走,很快在大臣中传开来。开始是愤慨,大骂霍光不忠不义。接着是默许,反正刘家后继无人,霍光做皇帝也要得。最后是企盼,恨不得霍禹早些上门,以便尽快签上自己的大名。大臣们都是聪明人,知道这个字绝对签得。签了字,一旦霍光做上皇帝,自己有一份功劳在里面,何愁以后不飞黄腾达,平步青云?万一霍光不做这个皇帝,另选新君,也没有任何风险。霍光不做皇帝,仍会做大将军,继续掌握军政大权,你在劝进表上签过字,他会记住你的耿耿忠心,不会让你吃亏。

基于这个心理，大臣们一个个翘首以待，双眼紧盯大门口，巴望霍禹早些出现。迎来霍禹，签上大名的，欢天喜地，比嫁娘赚了大钱还激动。没盼上霍禹的，则满面戚容，唉声叹气，如丧考妣，惶惶不可终日的样子。这可不是小事，不管霍光做没做皇帝，日后朝政仍会掌握在他手中，你不签字，说明你与他离心离德，以后看你还怎么在朝廷上混？也有一种可能，霍光并非真要做这个皇帝，只是趁这皇位空缺的特殊时期，故意让霍禹拿份劝进表，到处叫人签字，考验大家。你禁受住了考验，霍光从此会把你当作他的人，你大树底下好乘凉，禁受不住考验，以后别怪霍光对你不客气。

　　没签上字的大臣越想越害怕，越想越恐惧，担心等待下去，等不来霍禹，一切就完了。于是毅然走出门去，上了大将军府，改被动为主动，争取签上这个字。

　　比如御史大夫蔡义之流，霍禹还来不及上门求字呢，他就屁颠屁颠，飞快跑进大将军府，堵住又要出门的霍禹，主动签下自己大名。

三十五、朝堂怒不可遏，画室默然自省

只有一个张安世，得知霍禹拿着劝进表让大臣们签字，赶紧躲了起来。

张安世是举足轻重的权臣，他的字非常重要，霍禹肯定不会放过他。可张安世实在不想签这个字。他一向敬重霍光，敬重他忠于刘汉不动摇，敬重他敢担责任，以刘汉事业为己任，十年如一日，为国计民生殚精竭虑，以尽臣子职责。见贤思齐，张安世也就处处以霍光为楷模，为人也好，做官也罢，一心向霍光看齐。却万万想不到，霍光竟生出取代刘汉，自己做皇帝的想法。这想法违背天理，不近人情，张安世怎么也没法接受。霍家世食汉禄，没有刘汉就没有霍家的今天，没有霍家的辉煌，如今刘汉不幸，无以为继，霍光不积极寻找刘家后人承袭大统，竟欲偷梁换柱，取而代之，简直是大逆不道，只怕没什么好下场。联想自己张家，也跟霍家一样，世代在朝为臣，享不尽的荣华富贵，刘汉危在旦夕，自己身为车骑将军，无力阻止霍光恶行，挽刘汉江山于既倒，至少也得坚守为臣的底线，决不助纣为虐，在劝进表上签这个可耻的字。

张安世是以下去视察军队为借口，悄然离开京城的。车骑

将军到下面军队去,需大将军批准,霍禹想问霍光是否属实,霍光正在宫中与太后研究皇位继承人的事,没地方可问,只好作罢。反正已有那么多大臣在劝进表上签好字,少你一个张安世也无所谓。大臣们对霍大将军升级做皇帝都这么积极主动,不甘落后,独你张安世躲得远远的,到时汉朝改成了霍姓,看你张安世有何面目来见霍皇上。

该签字不该签字的都签了字,霍禹长嘘一口气,准备翌日上朝,向临时亲政的上官太后亮出劝进表,逼迫父亲大人接受皇位。

这天的朝会,霍光以上官太后名义下达了几项朝务旨令后,重提皇位问题,恳请众臣荐贤举能,发现刘家有像样点的人才,尽管提出来。大臣们就在下面暗暗发笑,这个霍大将军真会作秀,背后让霍禹逼迫你在劝进表上签字,当面还要你举荐什么皇位继承人。

见大家都不吭声,霍光恼火得很,说:"众位怎么啦?到朝堂上做起哑巴来?国家无主,天下不安,你们也好意思做哑巴?"

大臣们还是没有反应,像一尊尊泥人似的。沉默好一阵,霍光又准备骂人,霍禹突然站出来,大声道:"大将军别催众臣去找皇位继承人,继承人就在朝堂上。"

"你不是说疯话吧?"霍光不满道,"谁是皇位继承人,你让他站出来,给大家瞧瞧。"霍禹趋前一步,从袖里掏出劝进表,呈给霍光,神气活现道:"继承人已写在上面,大将军看清楚了,再让太后过目下诏。"

霍光颇觉奇怪，接过劝进表一瞧，上面赫然写着自己大名，后面签满众大臣的名字。

霍光愣怔片刻，马上明白是怎么回事。他怎么也想不到，霍禹会来这一手。估计是霍显出的点子，这个女人真喜欢添乱。霍光将劝进表往地上一甩，指着霍禹大骂道："是你干的好事？你这个祸国殃民的东西！快来人，给我拉出去斩了！"

大臣们不知霍光真发火，还是故意做样子给大家瞧的，齐刷刷跪下，大声恳求道："大将军息怒，大将军息怒！中郎将没有错，您是国家的希望，苍生的救星，您做皇帝是众大臣和天下人民的共同愿望，您就答应众臣请求，早日登上大位，接受朝贺吧。"

见众大臣这么维护自己，又是在劝进表上签名，又是跪求自己做皇帝，霍光不禁又喜又忧。喜的是自己算没白在汉庭干这二三十年，建立起如此崇高的威信，得到大臣们一致推崇和拥戴。忧的是这事闹得太出格，太不像样子，影响太坏不说，对你霍光本人和霍家子孙恐怕也不是什么好事。

霍光背着双手，在地上徘徊起来。面对这突然出现在眼前的带着戏剧性的场面，霍光一时不知如何是好。同意大臣们请求？霍光没有丁点思想准备，这事可儿戏不得。跟大臣们瞪眼睛耍脾气？他们是劝你做皇帝，又不是要你喝尿吃屎，你凭什么跟人家过不去？

脚踱步子，霍光脑袋陀螺样急速转动着，不时瞧眼五体投地的大臣们。这是大臣对君主的大礼，不是谁都有资格享用的。相对矮下去的大臣，站着的霍光显得那么高大伟岸，那么威武庄严。霍光飘飘然起来，觉得自己已是君临天下的皇帝老子，朝臣和整个天下已归自己所有，全在自己掌握之中。事实也是这十多年，自己名义上虽不是皇帝，却没有一日不在代行皇帝职能，操办朝廷大事。如今刘家无人，大臣们有这个强烈愿望，呼声这么高，自己就汤下面，正名为皇，也顺理成章啊。相反地，坚持不做这个皇帝，也就太对不起大臣们的一片美意，太辜负天下百姓的殷切期望了。

霍光心潮澎湃，思绪万千。不觉间就踱出侧门，到了后殿。虽说六十多年的人生，什么风浪都经历过，可做不做皇帝这么重大的问题，却还是第一次遇到，一时还真没法做出理性决择。得冷静冷静，别头脑发热，干出傻事来。皇帝是天下第一人，谁不惦记，谁不念想？小民百姓远离魏阙，尚且念念不忘皇帝轮流做，明年到我家，自己独掌朝廷军政大权十多年，皇权于手，皇位于前，说丝毫不动此念，也难以令人置信。不过掌皇权与做皇帝，毕竟不是一回事，混为一谈，只能说明你弱智。没错，你霍光确实是个没戴皇冠的皇帝，朝中大事都你一张嘴说了算，上上下下左左右右都得看你眼色行事。可这毕竟是以刘家天子名义发号施令，人家表面上是听你霍光的，实际服从的还是刘汉皇权。如果你狗胆包天，敢把皇位挪到自己屁股底下，情况就完全不同了，别说各地刘家王爷会联合起来对付你，天下百姓也会视你为不义之贼，群起而攻之，陷你于万劫不复之境。就是今天这些信誓旦旦要拥你为皇的大臣，也不见得真心愿你做皇帝。平时你一手遮天可以，至少名义上大家都是大汉臣子，都在为刘家跑腿办差，凭什么你就可做皇帝，要大家向你俯首称臣？说不定这些人在霍禹劝进表上签字，假惺惺拥你为皇，就是要怂恿你以天下为敌，众叛亲离，自取灭亡，好站一旁看你热闹。到那时，你猛醒回头，想悬崖勒马，就什么都来不及了。

脑袋里翻江倒海之际，霍光不觉来到一个地方，不快的步子放得更缓，最后停了下来。这是宣室殿西画室，有专门守吏日夜值勤，见霍光走近，大开室门，把他让到里面。霍光走到《周公负扆图》前，面对着画里的周公。周公双目炯炯，逼视着霍光，好像在说：霍光你好久没来看望我了，在忙些什么呀？是不是忙着篡汉，准备自己来做皇帝？

霍光无法面对周公，垂下头来，陷入沉思。是呀，你是武帝一手栽培起来的大汉重臣，武帝高度信任你，送你周公图，希望你像周公样，辅佐刘家子孙，振兴汉朝伟业。如今你却心生异志，企图背叛大汉，你心中还有没有武帝，眼里还有没有周公？你当然可以背叛大汉，你有了足够厚的资历，足够硬的手腕，足够强的势力，已没人能阻止你。可你能背叛当年你面对周公图许下的誓愿吗？你一向以周公自居，莫非周公就是你这个样子？你最好别玷污周公，你的品德、你的言行，与周公相去何止十万八千里？别说周公，连普通人都不如啊。普通人背信弃义，尚且知道为人不耻，良心上也过不去啊。虽说良心卖不了钱，也当不得饭，可人没了良心，与畜生又有啥区别？

霍光幡然醒悟，觉得还是继续做周公好，有现成的皇权可随意使用，上君下臣都听你的，还能博取忠君爱国的美誉，为天下民众所敬仰和崇拜。霍显和霍禹太天真，以为你做了皇帝，他们就是现成皇后和太子，风光无限。殊不知这是冒天下之大不题,公然把你推到天下人的对立面,做民众公敌,其结果只能是人所共讨之,人所共诛之,霍家从此将彻底完蛋,你霍光不仅不得好死,还将背上万世骂名。

霍光给周公,还有心中的武帝作个揖,徐徐转身,离开画室。

回到朝堂,大臣们还跪在地上。霍光上前把杨敞和田延年扶起来,对大家说:"都起来吧,都起来,跪在这里,怎么给老夫去物色皇帝候选人?"

确信霍光不是作秀,真的无意做皇帝时,大臣们纷纷起了身。心里想原来是霍禹那小子想做太子,导演了这出闹剧,逗我们开心。这么胡来,这小子以后只怕没什么好下场。

霍光不做皇帝,托大臣们物色皇帝人选,大臣们心里舒畅,自然踊跃得很。不用说,这些人一个个心里藏着小九九,都想着把跟自己关系铁的刘家后代推荐上来,弄个拥立之功。

不想推举上来的刘家后人都是些草包,霍光一个都不满意,众臣也很失望,很泄气。

直到光禄大夫丙吉递上一书,霍光才眼前一亮,心里有了底。

三十六、苍天不灭刘汉，后继自有贤孙

这丙吉原是武帝朝的狱长，光禄大夫是在昭帝手上提拔的。

当年巫蛊案发，刘据兵败身死，其儿孙也难逃厄运，杀的杀，抓的抓，无一幸免，连襁褓中的孙子刘病已都被逮入监狱。还是狱长丙吉同情这个没爹没娘的孩子，找两个女犯轮流哺乳，刘病已才活了下来。武帝还不肯放过，听术士说狱中有天子气，诏令丙吉，将犯人一律处死。丙吉没有照办，对诏使说，天子以好生为大德，他人无辜，都不可妄杀，何况陛下自己曾孙刘病已也在狱中。诏使只得回宫，将丙吉的话原原本本禀报给武帝。武帝半天没有出声，似乎意识到了什么。良久才叫过文臣，颁下赦书，所有狱中罪犯，一律免死，刘病已这才拣了条贱命。一晃几年过去，丙吉觉得监狱条件恶劣，不利于孤儿成长，到处求人收养刘病已。却没谁愿意接手，怕惹麻烦。后经多方打听，得知刘据岳母史家老太太还活在世上，丙吉忙将刘病已送上门去。史老太太虽年事已高，可见了这个外曾孙，怜惜不已，还是打起精神，接纳下来，好生看养。不久武帝驾崩，临死前想起太子冤案，心生后悔，颁下遗诏，命找回曾孙刘病已，交掖庭令张贺收

养。张贺就是张安世老兄，曾服侍过卫夫人，太子冤案中受到牵连，被处宫刑。刘病已是刘据和卫夫人遗脉，张贺感念旧恩，对这小孩格外厚爱，还出钱送他入读私塾，学习经史。没爹娘的孩子懂事，刘病已很争气，发愤读书，学有所获。渐渐长大成人，到了该娶妻生子的时候，张贺又寻思着给他找个好妻家。正好负责宫中织染事务的啬夫许广汉养有一女，与刘病已年龄相当，可成一对。这许广汉也因上官父子和桑弘羊谋反案，遭受宫刑，与张贺同病相怜，关系密切。这下张贺为刘病已提亲，许广汉自然没话可说，将女儿嫁给了刘病已。成家后的刘病已并没完全沉浸在温柔乡里，依然手不释卷，继续刻苦学习。苦读之余，则畅游天下，广交朋友，留心风俗民情，了解民间疾苦，可谓人情练达，世事洞明，算是个人才。

丙吉上书霍光，就是专门推荐这个刘病已的。他先抬高霍光，说："大将军受托孤重任，尽心辅政，政绩斐然，令人佩服。不幸上天不长眼，昭帝早崩，匆忙之际弄来个刘贺，又不成器，只好打发回了昌邑。国家不可一日无君，这就全看大将军您的了，只有您老人家才有这个能力扶持社稷，安定宗庙，确保大汉天下永远发达太平。"

这话挠到了霍光痒处，他自然受用，继续往后看下去："为大汉江山着想，大将军发下话，让大臣们寻找刘家后裔，推举皇帝人选。遵照您老人家指令，下官多方留意，四处采访，却遗憾地发现，刘家宗室王侯不少，可多无德望，没几个像样的。就在下官深感绝望之时，有一个人物浮现在面前，可谓踏破铁鞋无觅处，得来全不费工夫。这人就是武帝和卫夫人儿子刘据的孙子刘病已，多年前下官做狱长时曾收留过他，后在掖庭长大，如今已十八九岁，腹有诗书，精通经术，是个不可多得的人才。大将军如果觉得刘病已还算不错，可以提交大臣们讨论，众臣没有异议，就迎入宫中，令他先侍奉太后，让天下人知道皇位后继有人，然后再举办登基大典，这样大汉江山就有依靠了。"

才见着刘病已这个名字，霍光就已有几分动心。刘病已血管里流着卫家血液，霍、卫两家渊源不浅，没有卫家就没有霍家兄弟的辉煌，霍光不可能无动于衷。且当年霍光又亲眼见证过巫蛊冤案发生全过程，非常同情太子刘据遭遇，其孙子若能东山再起，也属上天施恩。何况刘病已又那么争气，人才难得，霍光也就初步认定了这个角色。当面答复丙吉道："如果丙大夫所言不虚，那你就为大汉做了件功德无量的大好事。"

霍光一向果敢，当即召集朝会，正式提出刘病已的名字，请大臣们各抒己见。先是太仆杜延年对刘病已也有些了解，见霍光看好刘病已，第一个站出来，举双手赞成。加上丙吉出面美言，张安世又一旁力挺，其他大臣包括骑惯了墙的丞相杨敞都没意见，于是一致通过刘病已来做皇帝的决议。

廷议毕，霍光让人据大臣意见，起草好奏章，叫上杨敞，跑去请示上官太后。上官太后接过奏章，只见上面写道："武帝曾孙刘病已年满十八，师受《诗经》《论语》《孝经》，躬行节俭，仁慈爱人，正好可接昭帝位，登大宝，承祖庙，君临天下。"

这奏章也有意思，只提昭帝，却将做过二十七天皇帝的刘贺一笔抹杀。这大概就是后人掰着指头历数汉朝皇帝时，怎么也数不到刘贺头上的起因之所在了。

上官太后少不更事,名义上为宫中内主,事实做不了什么决断,自然霍光怎么说,她怎么点头,准如所奏,命人迎接皇曾孙刘病已。

可这皇孙还不是随便好迎接的。照丙吉说法,这是请刘病已进宫侍奉太后,带有家务事性质,外姓人不好插手,只能刘家人出面。好在汉朝都是刘家的,最容易的事就是寻找姓刘的。很快物色了个叫刘德的人,请他辛苦一趟。

刘病已住在城郊,刘德车马赶到时,刘病已正歪坐在树下,与邻居们说些上不着天,下不着的闲话。只听一老头说:"大家说奇怪不奇怪?前不久泰山有块石头,无缘无故就自己站了起来。还有棵柳树枯死多年,忽又转活,欣欣向荣的样子。有人于是猜测,会有平头百姓时来运转,荣登大位。"旁人接话道:"还有更神的,说是转活的柳树很快长出新叶,小虫吃过柳叶后留下印痕,仔细辨认,竟是三个字:病已立。"

众人目光"唰"地向刘病已投过去,羡慕地说:"病已兄弟,看你肥头大耳,高鼻阔嘴,就是个大富大贵相,莫非真有皇帝等着你去做?"刘病已说:"别拿小人开心好不好!小人有皇帝做,还在这里闲着?"众人说:"你要是做了皇帝,可得请我们好好喝几盅。"

众人说着,还动手动脚,来拉刘病已,说这就下饭馆去。刘病已不官不吏,无人送钱送物,囊中羞涩,哪请得起众人?只得捧着肚子,哎哟哎哟唤道:"好疼好疼,小人上茅厕回来,再请你们下饭馆好吗?"

众人搞不清刘病已肚子真疼还是假疼,生怕他拉包稀粪在裤裆里，臭不可闻，不得已松了手。刘病已装模作样跑到茅厕门口，正要往里钻，只见远处驶过来一队车马，为首的刘德亮着嗓门喊道："皇曾孙在吗？请皇曾孙出来领旨！"

刘病已刹住脚步，回头去寻那嘹亮的呼声。他哪晓得皇曾孙是谁？只觉得皇曾孙应该待在皇宫深宅大院里，跑到这旮旯里来找什么皇曾孙啰，实在滑稽。

邻居们见刘病已提着裤头，傻傻站在茅厕门口，就大声笑话他："人家在叫皇曾孙哩，莫非你是皇曾孙不成？还不快进茅厕，撒泡粪照照自己影子？"

话没落音，那笑就凝在了脸上，暗忖大汉属刘，众人里也就刘病已姓刘，硬要就地弄个皇曾孙出来，也只有他可能性最大。莫非真被他撞了狗屎运，要做皇曾孙不成？又觉得不可思议，嘲笑刘病已道："还不进茅厕去，稀粪都兜裤裆里啦！"

刘德已来到近前，刹住车马，东张西望起来。也是他目光厉害，一眼就看出痴在茅厕旁边的刘病已与众不同，上前道："您是不是姓刘？"

刘病已只知机械地点头，张开的嘴巴早失去说话功能。刘德说："您大名是不是病已？"

刘病已又点点头。刘德眼睛一亮，高举圣旨道："那您就是皇曾孙了！请接旨吧。"

刘病已懵懵懂懂的，没法明白刘德的话，说："接什么旨？"刘德说："太后懿旨。"刘病已说："太后？小人站得太后了？那小人站前面点。"往前移了半步。刘德忍俊不禁道："站前面点也没错。快接旨吧，好随本官进宫。"

刘病已伸了手来接圣旨。刘德却不给,说:"接旨前先要听旨。"

刘病已偏偏脑袋,送上耳朵。刘德望眼那只脏兮兮满是耳屎的大耳朵,说:"听旨得矮身下跪,表示恭敬。"

刘病已只好紧紧裤头,"扑通"一声趴到地上。心下还有些烦,自思接道旨还这么多名堂,也不知谁定下的臭规矩。

还没思明白,只听刘德高声宣读起来,无非是太后如何思念皇曾孙,传刘病已进宫,陪侍左右,叙天伦,明大德。

宣读完毕,刘德才将圣旨递到刘病已手上,请他登车上路。

这套程式虽说有些复杂,其实前后时间并不长,看得邻居们一个个眼花缭乱,一时不知到底发生了什么。直到刘病已钻入豪车,绝尘而去,众人才后悔不迭道:"刘病已还没请咱们下饭馆呢,怎能就这么放过了他?"

三十七、辅国高高在后，新帝惶惶不安

进得皇廷，刘德先安排人给刘病已沐浴更衣，再带着去未央宫宣室殿拜见上官太后。赶走刘贺后，得由上官太后亲政，她只好离开长乐宫，住进未央宫宣室殿。未央宫的富丽堂皇自不必说，刘病已几时见过？以为是做梦到了天庭。心里好奇着，却不好意思东张西望，努力低着脑袋，紧贴刘德屁股，亦步亦趋。

走进未央宫，来到宣室殿上官太后面前，免不了又是一番繁文缛节。刘病已依然低头垂首，始终不敢仰视，木头一样，刘德支一下，他动一下。

刘病已系昭帝哥哥刘据孙子，上官太后系昭帝皇后，按辈分算是刘病已堂祖母。故待刘德简单介绍完刘病已后，上官太后便说声孙儿平身，赐他一旁就座。

刘病已还没完全弄懂太后辈分，听话音又奶声奶气的，像是个小女孩，没法想像自己是小女孩的孙儿，不敢起身入座，依然一动不动跪在地上。刘德只好捅捅他，提醒道："太后在叫您呢，皇曾孙。"

刘病已这才小心翼翼站起来，抬抬屁股，挨到旁边座位上。忍不住偷偷拿眼角去瞧上官太后，竟是个稚气未脱的青涩

女孩。刘病已暗吃一惊,莫非这就是祖母上官太后?不难看出,她比咱做孙子的小了好几岁,叫咱哥哥还差不多,怎么叫孙儿呢?这不乱套了吗?

刘病已实在想不通,又不好多问,只能闷在肚子里。倒是上官太后年龄虽小刘病已几岁,却因平时见多场面,老到得很,除声音稚嫩了点,言谈举止颇为得体大方。刘病已心里佩服着上官太后,磕磕巴巴回答了几个问话,总算没出什么大丑。

上官太后看出刘病已的尴尬,也不为难他,很快放他出了内殿。刘病已松口气,伸手摸摸内衣,已经湿透,几乎拧得出水了。

将刘病已安顿好后,刘德任务已然完成,又跑去给霍光复命。霍光很满意,打发走刘德,让人去叫杨敞,商量怎么安置刘病已。杨敞飞快赶到,问是不是已找到皇曾孙。霍光说:"可不是?皇曾孙已给你请了回来,下步该怎么办,就看你丞相大人的了。"杨敞说:"这还不好办?找人看个好日子,将皇曾孙隆重推上皇位,也就大功告成。"

若这么简单,还请你杨敞来商量个啥?拥立皇帝又不是任命小小邑令,怎能草率行事?也不知杨敞故意装痴,还是真少了根筋,说话这么不过脑子。

又觉人家也已老大不小,还是堂堂丞相,论官阶,与你霍大将军不相上下,犯不着你来批评教育他。霍光只好就事论事道:"皇曾孙虽系武帝正宗嫡系,却早已削籍为民,就这么直接安到皇位上,多少显得有点突兀吧?"

杨敞一副恍然大悟的样子,忙啄着脑袋道:"是是是,猛然从民间找个皇曾孙出来，直接扶到皇位上，刘家皇族和朝野上下也不易接受。干脆给皇曾孙封个官，从县府做起，一步一个台阶往上走，积累够资格，又受到历练，届时再登皇位，自然没人敢说半个不字。"

霍光压住心头火气，说："丞相这主意不错嘛，让皇曾孙从县府做起，可增加识见，提高实际行政能力。问题是等人家一个个台阶走完，回到皇宫，你我两个尸身早已入土烂掉，拥立大举也就成了后人的事。"

杨敞脸一红，说："那还是大将军拿主意，本官服从安排就是。"

霍光瞥眼杨敞，又觉得他的憨态有几分可爱，缓缓口气道："还是这样吧，先请示请示太后，给皇曾孙封个侯爵，再走下步棋。反正皇族成员封侯有惯例在先，谁都不会放屁。"

杨敞当然说好，随霍光去见上官太后。上官太后说："这也好，过渡一下，让众臣心里都有个准备。那又封什么侯呢？"霍光看着杨敞说："丞相说呢？"杨敞说："还是以大将军意见为是吧。"霍光想想说："就封为阳武侯吧，反正只是个形式。"

上官太后表示恩准，让两位先禀告刘病已，然后再下达懿旨。

也是刘病已生长在民间，识人无数，通晓人情，又有些悟性，初次与两位大臣见面，就感觉出霍光英气逼人，是个有分量的人物，相反地，杨敞显得平常庸碌，无足轻重。待两人开口说话，更看出朝中大权集于霍光一身，杨敞不过是配角而已。当即明白做主迎自己进宫的，肯定是这霍大将军无疑，免不了对他老人家又感激又敬畏。

客套过后，霍光就以上官太后名义，表示让刘病已封侯的意思。刘病已进宫后，跟宫里人打了些交道，意识到自己是来做皇帝的，这下听说要封侯，难免有丝丝失望。不过话说回来，就是这个侯爵也已很够意思。活到十八岁，刘病已一直不知自己的真实身份，史、张两家怕惹麻烦，从没给他露过口风，他也就从无奢望，想都不敢想这辈子还有出头之日。就在这平头百姓做得乐滋滋的时候，突然冒出个刘德，将自己迎入宫来，锦衣玉食不说，还备好现成侯爵等着你坐享，还有什么不知足的？

一知足，刘病已态度也就显得很诚恳，真心感谢霍光和杨敞大力栽培。霍光对刘病已的表现比较满意，说："封侯主要为解决身份问题，不必亲自到侯国去，太后也舍不得皇曾孙，需要您留下侍奉左右。"刘病已说："侍奉太后是病已最大心愿，一切听大将军和丞相的。"

隔日太后懿旨颁布下来，刘病已从一介平民一跃而为阳武侯，再不用将自己混同于普通平头百姓。俗话说骑着驴骡思骏马，官至丞相望侯王。作为普通人，封侯算到了顶，刘病已觉得能有这个样子，这辈子已别无所求。

可好戏还在后头，不久霍光召集群臣，轰轰烈烈将刘病已迎入未央宫。举行过该举行的隆重仪式后，上官太后拿出玺绶，亲自授予刘病已。这是不久前从刘贺身上拿下来的。那小子太没出息，玺绶只在身上戴了二十七天，就被迫交了出来。

玺绶于身，荣登大位，刘病已正正式式成了皇帝。

一时间刘皇帝有些恍惚，月前还是个郊外小民，谁也不当回事，岂料一觉醒来，忽被人当皇曾孙拉进宫中，好住好穿，好吃好喝，还封为堂堂侯爷，现又煞有介事，换上龙袍，登临大宝，成为天下人主，南面称孤。刘病已以为在做白日梦，悄悄伸手于龙袍下，用力掐掐大腿，感觉一阵疼痛，才坚信并非痴心妄想，是千真万确的事实。恨不得跳下皇位，在殿前连翻几个跟头，以释放心头狂喜。可身为皇上，岂能由着性子胡来？又不是乡下平民，别说翻跟头，就是效驴打滚，学狗吃屎，也没人当回事。据说刘贺就因率性瞎闹，皇位还没坐热就被赶下台，夹着尾巴回了昌邑。傻子都知道皇位是个好东西，刘病已当然想多坐几天，不愿重蹈刘贺覆辙。于是暗暗咬牙，努力稳住自己，摆出一副皇帝样。

也是怪，别说刘病已没做过皇帝，就是皇帝啥样子也没从没见过，可一旦龙袍加身，装起模作起样来，还确像那么回事。看来做皇帝也没什么了不起的，只要屁股往皇位上一坐，根本不用别人开导，不必训练彩排，就无师自通，能端出个皇帝架势来。

不知是不是刘病已架势端得足的原因，他在皇位上一坐就是长长的二十四年，比短命皇帝刘贺强过千倍万倍。后因刘病已庙号孝宣，史称宣帝。

皇位是刘家先皇们留下的，宣帝即位后，第一件事就是亲自上高庙去谒见先皇，祈求祖先庇佑自己稳坐皇位，庇佑大汉江山千秋万代永不变色。

皇上谒见高庙，朝中大臣也得倾巢而出，陪同前往。车骑将军张安世负责皇宫治安和警卫，本该由他护驾，霍光考虑这是宣帝第一次参加如此重大的宫外活动，不敢掉以轻心，决定亲自担任保驾护航重任，与宣帝骖乘同行，也就是同坐一部多马齐驾的皇车。

皇车备好后，霍光躬着腰，将宣帝请出皇宫。快到车前，霍光又紧走几步，接过车夫手上的登车墩，垫到宣帝脚下。然后回头，说声皇上请登车，伸手去扶宣帝。

也许是初为人君，霍光这么恭恭敬敬，宣帝还有些不好意思。放着霍光是自己大恩人不说，光说年龄，他也属爷爷辈，怎么能行此倒礼，让爷爷做孙子，让孙子做爷爷呢？转而又想，官场可不好以年龄论尊卑，有时朝政需要，上位者年龄再小也是爷爷，下位者年龄再大也是孙子。平时常说谁谁谁善做孙子，大概就是这个道理，有些孙子是做出来的，不见得都是生出来的，已完全超出伦理意义上的辈分范畴。既然年长的可以是孙子，年少的可以是爷爷，让霍光这个老头当孙子，俺这十八岁的年轻人做爷爷，也就没什么不好意思的，只管享受做爷爷的礼遇就是。

这么想着，宣帝心安理得起来，尽管让霍光扶着，从容登上皇车。作为老臣，霍光太熟悉官场游戏规则，十分清楚自己孙子角色，吻着宣帝屁股上车后，又急急绕到前面，熟练地伸出长袖，在正位的高几上抹两把，再低下脑袋，鼓腮噘嘴，吹上数下，恭请宣帝入座。

其实几上一尘不染，早被车夫擦得干干净净，霍光此举似乎有些多余。如果这么认为，就显幼稚了，老到的霍光不可能这么幼稚。宣帝既然是爷爷，就得把他当爷爷侍候，爷爷要入座，怎么能袖手旁观，没事人样呢？

明白爷爷与孙子的关系，宣帝对霍光的服务也就照单全收，毫无丁点犹豫。

旁边还有只矮几，不用猜也该属于侍臣，宣帝以为霍光会跟着坐上去，陪侍一旁，不料等到出发时，车夫扬鞭，骏马奋蹄，车轮滚动，也不见他坐上前来。矮几就是用来坐的，犯不着空着在这里，让霍光老不老的站在后面吧。虽说人家是孙子，孙子也有只屁股，凡屁股都有享受座位的权力。宣帝扭头去瞧霍光，想招呼他入座，却见他笔直地挺立着，手按佩剑，一脸威严，冷峻的目光注视着前方。

宣帝心头莫名地一惊，赶忙回头，哪还敢叫霍光入座？也许大将军觉得高高站着，可以眼观六路，耳听八方，更好地为宣帝护驾。可宣帝却觉得有个高大身影在后面罩着，很不自在。这霍光不会居心叵测，来什么动作吧？万一他手心发痒，抽出腰里佩剑，往前一挥，自己这只脑袋岂不瞬间就会离开双肩，掉落滚滚车轮之下？

宣帝有如芒刺在背，恨不得起身弃座，跳下皇车，逃得远远的。

也是宣帝还算有些定力，没临阵脱逃，仍纹丝不动端坐在高几上。理智告诉他，这些想法太荒唐，太没道理。霍光力主将你扶上皇位，说明他看好你，你又没哪里得罪他，对他言听计从，他干吗要动你的手？宣帝暗暗自省，或许是自己太嫩了点，虽贵为皇帝，算是爷爷，可在孙子霍光面前，心理上占不到优势，才感到如此压抑。

不过宣帝发现，理智和自省并不能完全排解心头恐慌，他还是觉得霍光煞气太重，对自己有种说不清道不明的无形的威胁。这种无形的威胁往往比霍光那有形的阴影，更让人不安。宣帝也知道，你刚被霍光扶上位，他自然不会把你怎么样，可谁又能确保，以后他不会改变主意？刘贺不也是他扶上皇位的吗，结果不照样被他赶了下去？你当然不是刘贺，不会像他那么混账。可在皇位上多待些时日，每天都要与霍光共事，不小心哪里惹恼他，他找个借口把你废掉，岂不是小菜一碟，易如反掌吗？

宣帝越想越可怕，恨不得跟霍光换个位置，让他坐前面，自己到后面去为他保驾。事实这是不可能的，皇帝只能守皇帝本分，接受保驾或说管制。宣帝只好硬着头皮，继续待在高几上，在霍光看护下，往高庙而去。

好不容易到达高庙，自然得按套路谒皇祖，行大礼，每项内容都不落下。

三十八、皇上位居大宝，皇后家在何方

认认真真走完过场，到了该回程的时候，宣帝想起上车后，霍光又会大山样站在后面，心里就恐惧顿生，连坐车的勇气都一跑而光。不坐车，难道还走路回宫不成？当然不可能。大臣们不同意还在其次，给霍光留下不好印象，视你为不懂规矩的刘贺之流，就坏事了。想想还是从前做平头百姓好，何去何从，提腿就可动步，谁也管不了，多么自由？

既然还得坐车回宫，是不是可躲开霍光，去坐大臣们的车？这也不像话。君就是君，臣就是臣，君坐臣车，坏了君臣礼制，没谁负得起这个责任。是不是干脆把霍光支开？这倒可以考虑，只是得找个借口。借口要说得过去，总不能直说霍光站在身后，自己没有安全感吧？这样自己的阴暗心理岂不暴露无遗？

也是宣帝脑子好使，借口找起来不难。他将张安世叫到面前，当霍光面道："张将军啊，护驾本是你车骑将军的职责，来时大将军已代你一路陪朕到高庙，回宫时总不好再辛苦大将军吧？大将军是国家栋梁，大汉江山还得他给朕支撑，把他老人家累坏了，朕依靠谁去？"

与皇上骖乘同车，是每一个做臣子的最大心愿，出发之前

张安世就有这个强烈冲动,只是碍着霍光,才不得不上了自己的车子。现在宣帝主动提出这方面的指令,张安世自然求之不得,是是是点着头,恨不得马上拥着宣帝,蹦上皇车。又明白这事宣帝说了还不能完全算数,赶紧回头对霍光说道:"皇上心疼大将军辛苦,回驾时大将军坐自己专车,把保驾皇上的光荣使命交给安世如何?"

霍光不是宣帝肚里蛔虫,哪知他所思所想?还道他是真关爱自己,心头升起一股暖流,说:"老臣一点不辛苦。为陛下护驾是莫大荣幸,也是身为大将军的老臣应该做的。"宣帝说:"朕也知道大将军在保护朕,朕非常感动。不过您已尽了责,回程时也让张将军代代劳吧。"

还问霍光身边的丞相杨敞和御史大夫蔡义:"两位爱卿,你们说呢?"

"那是那是那是。"蔡义抢在杨敞前面,连捣数下脑袋。却一时失去平衡,一个趔趄,往前扑去,还是霍光伸手捞住,把他扯将回来,才没钻入路边水沟。原来蔡义已经八十好几,腰弯背曲,头重脚轻,在捣脑袋捣得太用力,无法自控,差点出大丑。

宣帝把话说到这个份上,霍光不好再坚持,与杨敞和蔡义退到一边。

一生谨慎且智慧过人的霍光哪里想得到,正是这次护送宣帝来谒高庙,让这个看上去谦让温顺的年轻皇帝心生不安,为以后霍家全盘覆灭埋下祸根。

看着张安世扶宣帝登车后,霍光这才转过身,向后面的大将军专车走去。杨敞和蔡义顾不得自己,跟在霍光后面,先送他上车。蔡义还抖擞着，上气不接下气道："皇上好照顾大将军的，怕您劳顿，赐您坐自己的车。"

霍光本不想理他，看在他啃过几本经书，做过昭帝几天老师的分上，才随口说道："这是皇上仁慈，体贴老臣嘛。"蔡义说："也是大将军有眼光，拥立如此仁德的皇上，这可是广大臣民和大汉江山的莫大福分。"说得唾沫四溅，嘴角涎水长流，屋檐水一般。

霍光没再与蔡义废话，登车直追前面的皇车。

张安世身上没有霍光的凌人盛气，皇车上的宣帝自在多了，怡然自得，好不欢喜。路上想起从宫人那里听过的逸事，自己进宫前，霍光儿子霍禹想拥立霍光做皇帝，拿着劝进表找大臣们签字，大臣们为讨好霍光，一个个主动得很，字签得飞快，只有这个张安世不愿同流合污，悄悄躲开，没有在劝进表上签字。

宣帝莫名地就对张安世好感起来，觉得这样的良将才可倚重，可促成自己干番大业。

谒见过高庙，宣帝在霍光等大臣辅佐下，渐渐进入皇帝角色。身为皇帝，自然不用干具体事务，主要是决策大计，管好臣子，理顺各种关系，上上下下左左右右都要摆得平。儒家理念，修身齐家在前，治国平天下在后，宣帝打算先把刘家内部事情办好，再说别的。如今刘家最大的人物也就是上官太后了，最要考虑的便是她老人家的待遇问题。道理很简单，自己这个皇帝虽为霍光所立，名义上还是她老人家下的诏，玺绶也是她亲自授予的，总不能叫她什么好处也不沾呢。宣帝于是找来霍光，说："上官太后辈分高，老叫太后，好像有些不太恰当吧？大将军给出出主意，是否让她再上个台阶？"

上官太后是霍光外孙女，他当然不想让她吃亏，说："此次迎立皇上，如果没有太后玉成，也不可能达到这个效果，让她适当登个台阶，还真有必要。"

两人于是达成共识，由宣帝本人出面，尊上官太后为太皇太后。

太皇太后待遇得到妥善解决，接下来便是皇后问题。太皇太后关系太远，皇后与皇帝朝夕相处，至关重要。原来男人天生就是贱骨头，没人管束，喜欢胡来，难得成器。皇帝也是男人，上面又没有更大的官，谁也管不了，实在是个麻烦事。有人就想着将皇帝降一级，叫作天子，意思你皇帝官再大，还有天父在上，可服天父管，也算有个依靠。只是这天父太虚幻，他管不了天子，也管不好天子，只好打女人主意，安排个女人来做皇后，天天盯着皇帝，该管教管教，该敲打敲打，让他老实规矩点，多务正业。

朝中都是明眼人，谁都知道上官太后已晋为太皇太后，下步就该皇后隆重登场了。那么谁家有女可充当皇后，出来管理宣帝呢？大臣们转悠着眼珠子，动起心思来，都想把与自己有瓜葛的人推上去，宫内有个照应，以后飞黄腾达不愁。可大家又很清楚，不是谁都能与皇帝攀上这门亲的。与张家男选女子，李家儿娶妻妾不同，皇帝选后得考虑政治因素，多为政治联姻，以固皇权，强国本。

大家掰开指头一排，觉得还是霍家最有资格做皇家姻亲。霍光有小女名叫成君，长相如父，美貌漂亮，还未许人，正好与宣帝匹配。这对宣帝来说,好处是明摆着的。霍光系三朝元老,在朝三十载,主政十多年,掌控了太多的政治资源,与他结亲,强强联合,对巩固皇权大有裨益。再说没有霍光,也就没有宣帝的今天,出于感恩,也该将霍家女娶回宫。

连霍光夫人霍显也这么认为,做梦都想着成为宣帝岳母娘。人都是理想主义者,自己人生很失败,希望寄托在子女身上。自己没啥出息,盼着子女大贵大富。废掉刘贺后,霍显异想天开,怂恿霍禹拿着劝进表,到处找人签字,好拥立霍光为皇,她也弄个皇后当当。谁知霍光不争气,不肯就范,自己皇后梦落空,恨霍光恨得牙痒痒。这下宣帝要立皇后,正好把小女成君推上去,让她代替自己过一把皇后瘾。这也是十拿九稳的事,霍光废立功大,威高权重,宣帝不娶霍家女做皇后,不弱智吗?霍显也就把握十足,对霍光道:"宣帝已尊咱家外孙女为太皇太后,下面也该尊你霍大将军为岳父大人了吧?"

霍光当然也有这个想法。结下皇亲,做皇帝岳父,面子大不说,也是霍家长盛不衰的可靠保证。霍光心里明白,自己活在世上,霍家什么事都没有,享不尽的荣华富贵,可哪天自己四肢一伸,下地见了武帝,就很难说了。霍光儿子霍禹,孙子霍云,以及老兄霍去病的孙子霍山,都不怎么出众,光凭他们自身品行和才干,想延续霍家现有荣耀,好像不太可能,还得另辟蹊径,想别的办法。想来想去,还是与皇家联姻,操办起来容易,效果也最好。

可霍光心里没底,不知宣帝会是什么想法。宣帝是当事人,关键还在于他。霍光隐约觉得,宣帝表面温和,其实骨子里有股倔劲,只不过刚入宫,根基还不牢,翅膀还不硬,比较内敛而已。跟这样的主子打交道，得有些讲究，不可勉为其难，逼他做他不愿做的事。有句话说欺老不欺少，自己已这把年纪，土埋半截，宣帝那么年轻，来日方长，拼着老命与他争锋，笑到最后的肯定不是你。

见霍光不吭声，霍显来了气："怎么哑巴啦？放着现成国丈不做，你还想做什么？"霍光说："你知道个啥，以为这个国丈是你想做就做得了的？"霍显说："怎么做不了？莫非我堂堂霍家还配不上他们刘家？他刘病已心里应该有数，没有你霍光，皇宫大门朝东朝西他都搞不清楚，你肯做国丈，可不是占他便宜，完全是看得起他，为他撑台子。还有我家小女，生在名门，长在深闺，才学好，见识广，品位高，要多贤惠有多贤惠，要多美丽有多美丽，不说天上少有，也属人间难寻，她不嫌弃刘病已出身寒微，缺乏教养，愿意下嫁于他，是他贱人有福，他还有什么可挑剔的？"

说得霍光哭笑不得："哪有你说的这么简单？皇上已经成人，凡事有自己的主张，不是十岁八岁的小孩，你要他怎样他就怎样。再说皇上已有妻室，如果他旧情难忘，还想着原来的妻子，你总不好棒打鸳鸯吧？"

霍显瞪着霍光，说："我还不知道刘病已有妻室？他原妻姓许，父亲许广汉，小小啬夫，还受过宫刑，下面那坨东西都已不知去向。"霍光说："你说许氏就说许氏，管她父亲下面那坨东西干什么？"霍显说："我意思，与咱霍家比，他们许家算什么？宣帝可是堂堂皇上，不是街头贩夫走卒，跟这样的人家结亲，不是丢皇家和大汉臣民的丑不？"

霍光不满霍显这种口气，说："扯得也太远了，这关大汉臣民什么事？"霍显说："皇上是大汉臣民的皇上，怎么不关大汉臣民的事？何况老话说了，贵易交，富易妻，皇上是天下第一富贵人，还留着原妻，也不符合规矩嘛。"霍光说："老话是老话，皇上不按老话办，你还能赶着鸭子上架不成？"霍显梗着脖子道："你少跟我耍滑，与皇上结亲的事，你到底管不管？你不管，老娘我自己托人找皇上说去。"

霍光当然不愿让霍显瞎掺和，制止道："你别给老夫添乱行不行？好事被你弄成坏事，看我揪不揪掉你脑袋？"霍显听出些意思，说："那你把好事弄成好事，我就服了你了。"

霍光不再理睬霍显，背着手进了书房。书童殷勤献上茶水，问他要不要点心。霍光说不要，在地上徘徊起来，琢磨着怎么才能让小女成君做成皇后。总不能直接对宣帝说，我家小女嫁不出去，皇上看老臣面子，娶老臣小女为妃吧？皇帝女儿不愁嫁，咱霍光女儿应该也能找到不错的婆家。看来还得拐个弯，找个合适的人促成促成。

那又找谁好呢？找街上的媒婆自然不行，人家有这个兴趣，还没法靠近皇上呢。还是在朝中找位有些资历的大臣吧，适当时候怂恿怂恿宣帝，也许能说动他。霍光忽然想起御史大夫蔡义来，这家伙能力不怎么样，却是朝中年纪最大的老臣，又做过昭帝老师，他出面为宣帝提亲，宣帝肯定会慎重考虑。

主意已定，霍光便停住步子，对门外的书童说："让车夫备车。"

三十九、霍门深闺有美，殿上皇帝无意

赶到御史府门口，门人见是大将军车驾，赶紧跑去通报蔡义。树老枯叶多，人老瞌睡多，本来蔡义正在读经，没读两行，就两眼一花，在案边歪了过去。被门人摇醒后，脑袋仍是糨糊，直到听说霍光到访，才一个激灵，清醒过来，佝偻着身子，踉踉跄跄朝大门奔去。一见霍光，忙行礼致歉："不知大将军驾临，有失远迎，实在抱歉！"

霍光也还还礼，笑道："蔡大夫客气了。外出有点事，路过贵府，顺便进来看看，多有叨扰。"蔡义说："哪里哪里，大将军日理万机，肯抽出宝贵时间光临垂训，是看得起老夫啊。"

来到正堂，家奴端上果品点心，主客一边享用，一边闲聊。蔡义心知霍光一定有事，不可能真是路过门口，一时心血来潮，溜进来看风景。御史府风景再好，也无法与人家大将军府相比。想霍光乃当朝第一重臣，好多正事大事要事够他忙的，不是普通街坊邻居，无所事事，袖着手跑出来串门解闷。

霍光却很沉得住气，真如没事人似的，只顾有一句没一句，说些无关痛痒的废话。蔡义暗自思忖，莫非人家有事不好自己开口，等着你蔡义先张嘴巴？那又是啥事呢？估计不会是公事。公

家人说公事,理直气壮得很,不是青年男女相亲,扭捏难言。再者说公事,也不必跑到你家里来,朝堂上爱怎么说就怎么说,有谁还敢堵大将军嘴巴?

这么琢磨着,蔡义忽想起宣帝还没立后,顿时豁然开朗,意识到霍光登门造访,真正意图就在这里。于是用不经意的口吻,试探道:"皇上已尊上官太后为太皇太后,估计下步也该考虑考虑皇后的事了吧?"

"是啊,对皇上来说,这可是件大事。"霍光心想,这蔡义还没完全老糊涂嘛,老夫什么都没说,也能揣摩出老夫想法来。只听蔡义又说道:"宣帝登基不久,可能还没合适的皇后人选,咱们这些做臣子的,得替皇上操操心,出点主意。"霍光说:"听人说,皇上进宫前,已娶许氏为妻,那不是现成的皇后吗?"

这霍光真有意思,既然认定许氏是现成的皇后,还辛辛苦苦上御史府来干吗?蔡义摇头道:"许氏人倒不错,如果皇上还是普通老百姓一个,两人做夫妻,没什么不可以的。皇上已是皇上,还新瓶装旧酒,立许氏为后,恐怕就不妥当了。"

霍光不以为然道:"不见得吧,什么身份才能做皇后,好像没谁做过这方面的硬性规定。"蔡义说:"这方面的硬性规定确实没有,可事情总得有个约定俗成吧。凡人都讲究门当户对,说是龙配龙,凤配凤,蟑螂配臭虫,皇上立后更不可敷衍了事。那许氏出身低微不说,其父许广汉还是个阉人,让阉人做国丈,不是笑话吗?"

霍光叹口气,说:"照蔡御史如此说,皇上真立许氏为后,还确实有些难为情。那又找个什么人家的千金做皇后才好呢?"

"先容下官仔细想想。"蔡义故意伸出手掌,掰起指头来。一边掰,一边嘀咕道,"纵观朝中大臣,凡有些名望的,好像还真没发现谁家有好女,能与皇上匹配,可担皇后大任。"

见蔡义一脸失望,霍光笑笑道:"这皇后不好找吧?"

"是呀,世上最难的事,恐怕就是替皇上找皇后了。"蔡义说着,仿佛才发现霍光的存在似的,煞有介事地盯住他的脸,指指他鼻头,"下官只顾着数别的大臣,竟把大将军您给漏掉了。您家不是有小女美貌如花,正好配给皇上吗?"霍光拦开蔡义的手指,说:"蔡大夫别误会,老夫可没这个意思哟。"

不是给小女谋皇后宝座,霍光怎肯放下大将军架子,来见咱糟老头?这下你把话挑明,他又不愿承认,说没这个意思。也许这就是霍光这些权臣的说话风格,口说没这个意思,其实就是这个意思。蔡义讨好道:"哪天上朝,下官一定给皇上提提。贵千金愿入宫为后,这可是天大美事,皇上肯定乐意。"

见蔡义话来得诚恳,霍光再不好装蒜,说:"难得蔡大夫有此美意,老夫还有什么可说的?就看小女有没有这个福气了。"蔡义说:"贵千金没这个福气,谁还有这个福气?为保险起见,下官再跟其他大臣通个气,比如丞相杨敞和大司农田延年他们,应该也知大将军家有凤女,他们能附议力挺,不愁皇上不心动。"

蔡义只找杨、田两位,不找其他人,自有其道理。杨敞是霍光扶起来的,田延年也系霍派人物,头次霍禹要拥霍光做皇帝,他俩在劝进表上签字签得最踊跃,现在要立霍家女为后,自然更没话说。

果然听蔡义说霍光有意让小女做皇后，杨、田两位劲头格外大，表示坚决赞同，大力支持。

这日上朝，议完朝政，还有些时间，宣帝一副虚心讨教广纳善言的样子，说："各位爱卿还有别的意见没有？有意见只管提出来。朕入宫时间不长，希望各位多多建言献策，出主意想办法，共同打理好国事，促进大汉长治久安，永享太平。"

做大臣的都是忙人，上朝公务忙，下朝应酬更忙，说是酒场就是战场，酒量就是胆量，酒风就是官风。这天朝议，君臣欢洽，提前议完正题，各位心思早飞出朝堂，到了同僚或部属预约的酒桌上。偏偏碰上宣帝心情好，要退朝时又布置附题，各位当然不好拂他意，转背离朝，只得乖乖留下，耐着性子陪议。

毕竟不是研究朝政，说起话来也就显得随意，想到哪儿说到哪儿。主要是些大话空话客气话，官话套话原则话。比如治国离不开德政，要以人为本，以民为本。秦朝实行严刑峻法，大失民心，其兴也勃，其亡也速。高祖建汉以来，吸取亡秦教训，以德治为国策，以爱民为宗旨，国家富强，人民安康，今后还要继续坚持以德治国不动摇。比如强国须两条腿走路，离不开武功，也少不了文治。高祖以武功建国，文景以文治立国，武帝以武力开疆拓土，昭帝以来休养生息，放水养鱼，各项事业取得突破性发展。说来说去，全是些华词丽句，声声入耳，又放之四海而皆准。这也是国人天性，喜欢讨口彩，巧舌如簧，专吐美言，两耳如瓢，专接美音，你好我好他好，且不是小好，而是大好。

趁着宣帝高兴，蔡义开言道："陛下荣登大位以来，德被五湖，恩泽四海，君臣鱼水情，军民一家亲，官员恪尽职守，百姓安居乐业，政治清明廉正，经济蒸蒸日上。要说还有什么欠缺，恐怕就是陛下一心忙碌国业，顾不上打理家事，未曾设立皇后。其实立后说到底也不是陛下家事，更是国家大事。对于一国之主的陛下来说，国家国家，国就是家，家就是国。家无家母不安，国无国母难宁。皇后乃一国之母，皇后不立，国家和百姓缺乏主心骨，哪有饱满热情建设国家，造福人民，惠及子孙？因此我们做臣子的，强烈请求陛下早做安排，择配皇后，母仪天下，共创大汉辉煌。"

说得众臣频频点头，说蔡大夫没白做先帝老师，见识卓绝，善于透过现象看本质，寥寥数语就将家国关系剖析得一清二楚，好不让人佩服。又说陛下一心为国为民，确实是吾国吾民最大幸运，可陛下再忙，也不能耽搁立后大事。诚如蔡大夫所说，陛下乃天下人主，立后不仅仅是陛下家事，更是国家大事，从国家和大汉臣民利益出发，陛下也得将立后大事放在心上，认真对待，不可再拖延下去。

众臣一片诚意，宣帝自然得领情，笑道："感谢蔡大夫和众爱卿关怀，朕自会慎重考虑立后大事的。"蔡义说："陛下会考虑就好。事不宜迟，早考虑总比晚考虑好。据微臣所知，霍大将军就家有小女，名曰成君，要貌有貌，要德有德，要才有才，是个绝佳的皇后人选，陛下可酌情优待选召。"

田延年是个急性子，又得过蔡义的话，赶紧站出来，附和道："微臣也在大将军府上多次见过霍成君小姐，那真是天下第一号大美女。陛下生逢其时，霍大将军生养了这样的大美女等着您，千万不可错过哟。"

杨敞暗怨自己反应迟钝，被田延年抢了讨好霍光的风头，忙夺过话题道："陛下识人无数，想必见过天下不少美女，不过那是陛下没认识霍家女之前，哪天见过霍女后，您就会觉得，从前见过的美女都算不上美女，更庆幸今生没白长了双慧眼。此乃天赐良缘，陛下务必抓住机遇，尽快迎娶霍女为后。"

关于皇后人选，大臣们早就看好霍光小女，私下里已有议论。这下蔡、田、杨三人你一言我一语，当宣帝面将霍女吹上了天，众人也就觉得这个皇后已是铁板钉钉，非她不可。于是众口一词，说陛下如果不娶霍女为皇后，肯定是一辈子的遗憾。

唯有霍光不便吱声，一直面带微笑，听大家夸奖自家小女，心里舒服得灌了蜜似的。他相信语言的力量，大臣们这么推崇你霍家小女，宣帝不可能无动于衷。

事实是宣帝并非聋子，已被大臣们说得心痒痒的，恨不得立召霍女进宫，见识见识，开开眼界。他知道大臣们所言不虚，霍女肯定是大美女无疑。男肖母，女肖父，霍光都这么英俊美貌，他女儿如果是丑八怪，就麻烦了。

不过宣帝不信只霍家才出美女，别人家的女儿都是麻脸歪鼻和青面獠牙。大臣们之所以力挺霍女，不用说是冲着霍光去的，想讨好巴结他。当然话说回来，霍光在朝中经营三十多年，已是树大根深，权雄势厚，娶霍女为后，对巩固自己的皇权，只有好处没有坏处。朝廷折腾不起，皇权不稳，天下难安，大臣们肯定也是为你着想，怕你不小心成为刘贺第二，才出此高招。只不过没人说破而已，众臣信得过你的智慧，知你明白其中利害关系。事实这也是和尚头上的虱子，明摆在这里的，说破反而显得浅薄,没啥意思了。

只是事物总有两面性,有正就有反,有利就有弊。娶霍女有益皇权,同时也将进一步扩大霍家势力,弄不好就会尾大不掉,反过来对皇权构成更大威胁。宣帝不可能不担心,真娶霍女为后,他们父女俩一里一外,白天霍光双眸盯住你,夜里霍女两眼看住你,你哪还有人身自由?别说做皇帝,就是做常人,也不自在呀。与霍光骖乘同行共赴高庙的情形又浮现在宣帝脑海里,霍光冷峻的目光至今还让他不寒而栗。

宣帝决意不娶霍女为后。可大臣们呼声这么高,霍光也在场,又不便硬性拒绝,只得借故道:"大将军家有美女,朕自然求之不得,可性急吃不得热豆腐,立后事大,不可过于仓促,还是容朕再仔细琢磨琢磨吧。"

大臣们有些意外,万没想到宣帝会是这个态度。娶霍女为后是天大的好事,可谓无本万利,宣帝竟然不识好歹,还要琢磨琢磨,也不知他有什么好琢磨的。当然当事人毕竟是宣帝本人,他只说立后是国事,并没把话说死,不娶霍女,众人也不好赶着鸭子上架,强行逼迫他,只能任他自个儿琢磨去。

最难堪的还是霍光,自家小女出身高贵不说,人才也这么出众,宣帝竟不肯买账,自己这张老脸还真有些丢不起。丢不起也得丢,你总不好因宣帝不娶你女儿,像对待刘贺样把他罢掉吧?霍光做事有自己原则,不会任着性子胡来。

话是从蔡义嘴里冒出来的,只好他来打圆场:"霍女不是普通人家之女,陛下为慎重起见,不肯草率行事,也有一定道理。来日方长,以后慢慢再议不为迟。"众人跟着打和声:"陛下这么年轻,霍女也正值青春年少,悠着点也好。"

宣帝于是顺坡下驴:"朕是大将军一手扶持起来的,大将军还这么看得起我,要赏千金于朕,朕心有不安啊。"

立霍女为后的事就这样暂时搁了下来。

四十、宣帝诏寻故剑，蔡义八十为相

大臣们都有一张嘴，背后议论起宣帝不纳霍女的原因来。有的说朝廷内外已有不少霍家耳目，宣帝不想在内廷再安放个眼线。有的说宣帝欠霍光情太多，生怕债上加债，无以回报，在霍家人面前抬不起头。也有的说大汉是礼仪之邦，霍光外孙女已是太皇太后，又让小女做皇后，两人走到一起，不知谁大谁小，有违人伦。

正在大家议论得起劲的时候，宣帝以诏令形式，发布了一个遗失启事。启事内容简单，说他有宝剑遗失民间，入宫时走得匆忙，顾不上宝剑，还请大臣们帮忙将故剑寻回来。

见了启事，大臣们甚觉奇怪，不知这是什么宝剑，害得宣帝已入宫为帝，还念念不忘。宫里又不缺宝剑，走进武库，随便拿一柄出来，保证比他做老百姓时使过的宝剑强。何况宣帝又不是武人，不可能对一件兵器如此痴情。

大臣们都是精英人物，没几个智力低的，渐渐就有人悟出这则遗失启事背后的真实意图来。宣帝迟不发遗失启事，早不发遗失启事，偏偏大家催他立霍女为后的时候发遗失启事，恐怕与立后之事不无关系。谁都知道宣帝发达前已娶许氏为妻，也许患难之交不可弃，糟糠之妻不下堂，虽已贵为皇帝，宣帝还想把旧妻弄进宫来。

也就是说宣帝是以故剑喻旧妻，说是寻故剑，其实是想迎旧妻。

一边是威高胜主的霍光千金，一边是人贱位卑的许广汉之女，宣帝竟毫不含糊将天平倾向于后者，确实有些出人意料。是不是宣帝念着夫妻情分，不想扔下这份老感情？宣帝已为人主，不再是邻家大哥，岂可感情用事？官场中人喜欢标榜自己，常说做官讲原则，做人讲感情，可真无条件讲感情的，好像还不是太多。毕竟感情吃不得，穿不得，更不可拿来当武器，惩恶扬善，保家卫国。

还是霍光目光毒辣，一眼看穿宣帝肚子里的小九九。皇帝也是人，只要进行换位思考，站在宣帝本人角度，设身处地为他着想，就能明白其良苦用心。先假设没有旧妻一家的栽培，那宣帝可能还是街头不学无术的混混，就是众大臣扶他做上皇帝，也会因本性难移，恶习不改，跟刘贺一样被赶出宫去。树有根，水有源，做皇帝没几天就扔下许氏，岂不是给天下人留下不仁不义的话柄？皇上为万民之父，得有个做父亲的样子，道德示范太重要，总不能做个忘恩负义之徒，让天下人跟着学坏吧？这对治国驭民也没有任何好处。至于你霍家小女，也有的是机会，不会太委屈她的。百姓尚且三妻四妾，皇上还能搞一夫一妻制？待许氏入宫后，宣帝再娶你霍家小女还来得及，不给皇后高位，给个昭仪什么的，做做二皇后也不赖。二皇后归一皇后管理，相对好控制些，能起到对霍家既扬又抑的理想效果。这样喜新不厌旧，既树立了道德形象，又可与霍家联姻，政治上不吃亏，还能避免霍家女做皇后给皇权带来的不利因素，真是三全其美啊。

正是看透了宣帝内心，霍光也就不好再坚持原来的想法。本来在小女嫁宣帝为后的问题上，他愿望强烈，却多少有些顾虑。自己已这么显赫，离皇位仅差小半步，还让小女入内为后，岂不什么风光都被你霍家占尽？盛极必衰，太得势，太炙热，不见得就是好事。宣帝又不是刘贺，入宫时间不长，却颇得人心，是个人君料子，朝野威信不错，霍光不想与他过不去。于是主动做出让步，给大臣们打招呼，看个好日子，安排有关人员赶往许家，将许氏迎进长乐宫，等着册立皇后。

宣帝自然受用，先封许氏为婕妤，主理一段长乐宫事务，再转正为皇后。

被众臣广泛看好的霍光小女被晾在一边，出身寒微的许氏却进宫成为内主，上上下下都有些不可思议。还有霍光，竟也排内不排外，甘拜下风，不知他居心何在。不过大将军做的决定，没人敢放屁，只能认可。

只有霍显一时转不过弯来，在霍光面前大发雷霆："还说你霍光是大将军，是没戴皇冠的皇帝，竟败在连卵都没有的许广汉脚下，你还是不是个男人？你下面那条卵哪去了？"霍光不温不火道："你就知道拿卵说事，也不看远点，想想未来。"霍显说："想未来干什么？你都已这个年纪，还有好多未来？老娘属于现在，要的是现在能活出人样来。"霍光说："你这不是人样，还是狗样？"霍显说："老娘不跟你啰唆，反正老娘咽不下这口气，我家成君做不成皇后，老娘要许广汉女儿的皇后也做得不那么舒泰。"

霍显是个什么德性，霍光比谁都清楚，担心她敢说也敢做，鼓眼盯住她，警告道："你放老实点，别给我添乱啊！"

皇后到了位，宣帝受用之余，还觉得不过瘾，不久又放出口风，说准备按先朝老规矩，册封许后父亲许广汉为侯。

见宣帝得寸进尺，霍光不干了，出面干涉，说君子不近刑人，许广汉受过宫刑，封侯不宜。宣帝肚里嘀咕，这实在是歪理一个，当侯爷又不是做面首或鸭子，受过宫刑，下面已去，能力丧失殆尽，没法从事正常营生。

倒是大臣们个个都支持霍光。也不仅仅是看霍光眼色行事，他们都是有身份、有地位的人物，让阉人凌驾于自己之上，似乎有失尊严。于是公然站出来，反对封许广汉为侯。

众怒难犯，宣帝不好得罪大臣们，只得暂时放弃初衷，让岳父大人先委屈一段。

冬去春来，宣帝依例改元，号为本始元年。接下来轮到功臣们受封领赏，共享新朝成果和福祉。宣帝先让霍光拟个初步名单，再定好时间，通知丞相杨敞和车骑将军张安世等诸位大臣，一起来商议封赏事宜。

其他人陆陆续续进了宫，却迟迟不见杨敞影子，宣帝只好派使臣去相府催促。

没多久，使臣匆匆返回来，说杨敞已然病逝。大家愣了愣，以为使臣在开玩笑。杨敞的丞相做得稳稳当当的，怎么舍得就此放手？何况就要论功行赏了，杨敞在拥立宣帝时多少出过些力气，难道不邀了功领了赏再上路，竟肯空着双手，提前动身？

又意识到这种玩笑不是那么好开的,大家才觉得杨敞之死恐怕假不了。莫不是得知宣帝有赏,激动过头,脑血冲顶,一命呜呼?正要向使臣追问杨敞死因,杨家派人入宫报丧来了。宣帝只好宣布休会,搁下封赏功臣之事,先处理完杨敞丧事再说。

杨敞身为丞相,得依丞相规制举行丧仪,让他享受应有的哀荣。既然人家生前来不及从宣帝手里捞到什么好处,死后让他风光风光,也不为过。

人死为大,为死者举丧,再有规模,再隆重热闹,也不是什么稀奇事,无须赘述。不可不交代的还是杨敞留下的丞相位置。官场中人最受不了的,就是高位显位要位白白空在那里,却让争先恐后的屁股们拥挤一旁,急切不得入位。丞相位置也太逗屁股们念想了,杨敞尸骨未寒,宣帝就召集霍光等大臣,商量谁来做这个丞相。

也是宣帝好说话,大家还算畅所欲言,纷纷发表自己高见。有的说丞相位置显赫,朝野瞩目,得任用众望所归的贤人。有的说丞相是个干事的角色,重任在肩,得选配有魄力有才干的能人。有的说丞相上要对皇上负责,下要对民众负责,中间还要对朝臣负责,最好物色善于协调关系左右逢源的高人。真是公说公有理,婆说婆有理,一时没个定论。

宣帝人年轻,又登基不久,无朝政经验,也拿捏不准,只得请求霍光:"大将军乃三朝元老,主政时间那么长,什么人适合做丞相,您心里最有数,还是您给朕做主吧。"

"丞相为百官之首,不是小官小吏,老臣怎么敢给陛下做主?不过陛下这么信任老臣,老臣多少可以给陛下提供些参考意见。"霍光不好凌驾于宣帝之上,或至少不能让他形成这么个印象,"丞相乃陛下意志的执行者,让谁挑这副大梁,必须慎之又慎。众人意见都有道理,从丞相的重要性和特殊性看,必须高标准严要求,选准人才,让贤人能人高人上,一般角色信任不了,担当不起,充任丞相,会坏陛下大事。只是什么人才算贤人能人高人,无从衡量,没法确认,不像看得见的高矮胖瘦,可拿尺寸测试。老臣想法,还是集思广益,由大臣们提名举荐备选人数名,最后交由陛下亲自拍板定夺。"

众人都认为提名举荐是个不错的办法,比少数人说了算要好。人才虽无尺寸可量,可人人心里都有一杆秤,只要用心秤称称,什么都能称出斤两来,人才也不例外。宣帝也认可这个做法,问霍光:"提备选人员时,是否得先定个范围?"霍光说:"有这个必要。还是从副丞相级或相当副丞相级官员里提为妥,其他官员数量太多,也提不过来。"

宣帝表态说:"就按大将军所说范围,大家踊跃提名吧。"

在副丞相级或相当副丞相级官员里提个丞相人才,应该不是难事,可到底提谁的名好呢?大家又颇为踌躇。提能力强的,不好共事。提会来事的,不得安宁。提口才好的,没你话说。提读书多的,显得你没学问。提长相俊的,你相形见绌。提年纪轻的,来日方长,老占着位置,十年八年又轮不着你。

各人心里打着小算盘,那些能力强的,会来事的,口才好的,读书多的,长相俊的,年纪轻的,也就难得有人提及,所提之人都是普通角色,就是拿着放大镜照,也照不出有啥丞相之才。只是有一点可以肯定,这些人做上丞相后,于己只有利,绝无害。

宣帝一时顾不上这么多,先让文臣做好笔录,再矮中选高,最后筛出三个人:车骑将军张安世、御史大夫蔡义、大司农田延年,以供备选。

别说老谋深算的各位大臣,连阅人不多的宣帝也看得出来,这三个人并不适合做丞相。张安世颇有将才,没朝政经验,做丞相明显不合格。霍光这里也不容易通得过,头次霍禹要拥霍光做皇帝,满朝大臣都在劝进表上签了字,唯独张安世故意躲起来,霍光心里肯定有想法。田延年各方面勉强过得去,就是脾气急躁,最近又老有人检举他及家人,经济上有违纪问题,重用为相,众望难归。至于蔡义,做过昭帝老师,资历不浅,威望也高,可已八十多岁高龄,做丞相不知吃不吃得消。

可这三人都是从大臣提名人中筛选出来的,还不怎么好否定。宣帝只有跟霍光商量,想听听他高见。霍光说:"在副丞相一级大臣里,这三位确实不是特别理想的丞相人才。"

宣帝感到为难,说:"那该如何是好?又不是其他虚职,空在那里就空在那里,反正无关大局。没人做丞相,谁来给朕打理朝政?"霍光叹道:"老臣也没想到,满朝大臣,竟选不出个像样的丞相来。"宣帝说:"是不是推倒提名,另选贤能?"

霍光沉默片刻,说:"是陛下点头恩准,才提的名,轻易推倒,大臣们肯定会有想法,也有损于陛下威信。"宣帝说:"那还是从三人中产生?"霍光说:"恐怕只好这么办了。"宣帝追问道:"又定谁好?"

霍光故作沉思，好一会儿才说："就定蔡义吧。蔡义是与丞相位置最近的御史大夫，进级为丞相，也算顺理成章。再说他品德可靠，服务朝廷数十年，忠于大汉无二心；品行过硬，从没有行贿受贿行为，廉洁自律很自觉；为人也正派，一向洁身自好，不朋不党。再说还当过昭帝老师，这样的资历做个丞相，谁也没话说。"

霍光所说确也句句都是事实，宣帝只好认可，隔日临朝，正式在大臣中做了宣布。

大家心里明白这是霍光主意。蔡义不仅在霍禹拥立霍光为皇时表现积极，前不久又力主选霍女为后，给他弄个丞相当当，也算是对他的回报。再说蔡义年老昏聩，无力国事，霍光正好继续把持朝政，换个年富力强又想做事的能干人，也不怎么好控制。

这些话当然不便明说，大臣们只得质疑蔡义的年龄，自古以来少有这把年纪还委之以丞相职务的，肯定不利于朝政。霍光却撇开年龄和朝政问题，说："蔡大人连昭帝老师都做得了，做个丞相还不够水平吗？"

这当然是强词夺理，老师和丞相是两个完全不同的职业，彼此并无必然联系。也是慑于霍光权威，大臣们不好与他争执，只得缄口不语。

四十一、辅国明言归政，君臣执意力阻

八十多岁还有丞相做，蔡义心里乐呵，跑进大将军府，去感谢霍光。霍光说："丞相感谢老夫干什么？大臣们不提你的名，宣帝不点头，老夫能决定你做丞相吗？"

蔡义鼓动着没牙的嘴巴，意味深长道："大臣们提下官的名没错，宣帝最后拍的板也是事实，可这都是大将军的精心安排，否则哪来如此良好效果？"霍光故意否认道："老夫可没精心安排过，都是听其自然，充分体现大臣们意思。"

蔡义笑笑，道："大臣们的意思挺有意思。他们精明着呢，让年轻又有能力的人出任丞相，一时半会儿挪不了位，他们就会失去进级的可能。还不如让下官过过丞相瘾，反正下官年老多病，在位置上待不了几天，他们多少还有些希望。大将军正是看中大臣们这个心理，才给宣帝出此主意，由大臣们提名，最后将丞相归于下官名下。"

霍光也笑了，说："丞相还不糊涂嘛，看来让您做丞相，算老夫没看错人。"蔡义说："谢谢大将军夸奖！大将军恩重如山，只是下官这把年纪，不知还有没有机会报答得了您老人家。"霍光打官腔道："丞相要报答的不是老夫，是大汉和皇上。"

"那也是，那也是。"蔡义抖抖擞擞拿出封赏功臣的初步方案，呈给霍光，请他过目，"本来方案该由大将军来做的，只因大将军为首功大臣，第一个要封赏的就是您老人家，皇上才诏令下官代的劳。"

"你是丞相嘛，这么重大的方案，当然非你莫属。"霍光接过方案，眼睛在上面瞭着。只见自己大名列在首位，增封食邑一万七千户。这可是当朝最大的封赏，蔡义还真会拍马屁，一上场就还你个这么大的人情。

霍光心里受用，说："丞相真大方，给老夫这么大的封赏，老夫受之有愧哪。"蔡义说："大将军真会说笑话，哪是下官大方？明明是皇上的恩赐嘛。"

看在一万七千户食邑分上，蔡义告辞时，霍光破例送他出门。到得门外，蔡义立住脚跟，附到霍光耳边，轻声道："今后大将军有什么事，自己不好出面，也不方便跟别人说，只要跟下官打声招呼，下官定效犬马之劳。"

望着蔡义登上车子，霍光回身正要进屋，这才发现霍显就站在身后。霍显不阴不阳道："这蔡义还算有些情义，昨天你让他做上丞相，今天就登门拜访你来了，表示要为你效劳。"霍光说："老夫身为大将军，吃喝拉撒睡，生老病死退，朝廷负责到底，要他效什么劳？"霍显说："话别说得这么硬气嘛，大将军就没有求人的时候了？比如我家小女成君，你总不能老放在家里养着吧？女人可不比男人哟，禁不起老，年龄越大越不值钱。"

霍光知道她最放不下的就是小女婚事，说："我家成君金枝玉叶，还愁嫁不出去？"霍显说："你想泼水样，将成君随随便便泼出去了事？这我为娘的可不干。"霍光说："莫非你还想着做皇帝岳母？你不见皇上已有皇后？"霍显说："皇帝为天下人主，一个皇后就够了？蔡义曾力主皇上娶咱家成君为后，现在他已是丞相，说话更有分量，让他瞅个机会跟皇上说说，把成君召入长乐宫，做个昭仪什么的，说不定以后还有进步皇后的希望。"

霍光当然也有这个想法，可又觉得还不是时候，说："皇上是个有抱负的主子，想干番大业，无心他顾，何况还恋着原配，目前恐怕不会召成君入宫。蔡义也刚做丞相，总得先干些实事，不可能一上场就去给皇上保大媒吧？"霍显说："蔡义已这把年纪，你不抓紧点，哪天他两眼一闭，就用不上他了。"霍光说："先说到这儿吧，以后慢慢计议。"

霍显也知不能操之过急，没再纠缠霍光。

改日上朝，宣帝就嘱蔡义公布封赏方案。除增封霍光食邑一万七千户，还加封车骑将军张安世食邑一万户，另有十位列侯也得以加封。其他新封侯五人，赐爵关内侯八人。明眼人发现，这些受封领赏人中，除张安世等个别大臣外，几乎都是在霍禹劝进表上签过字的。

还有一个许广汉，因是宣帝岳父，宣帝放不下他的待遇问题，顺便封为昌成君，为日后封侯做好铺垫。霍光虽对宣帝封许广汉有些看法，却想着小女成君入宫的事，不便再与宣帝较劲，没有吱声，算是默许。

蔡义觉得还不过瘾，又做方案，给霍光儿孙霍禹和霍云，及其兄孙霍山，都封了要职。连霍光好几位女婿外孙也没落下，陆续安排了好位置。

霍光心里感激蔡义，又意识到霍家得了这么多好处，自己还把持朝政不放手，也有些不太妥当。大臣们也会暗里嫉妒，毕竟汉朝姓刘，又不姓霍。霍光于是明确表示，要归政宣帝。理由不难找："陛下英明，又正当年富力强，正是干大事的好时候。老臣年事已高，精力不济，脑筋糊涂，朝政也该还给陛下了。"

宣帝不知霍光真想归政，还是有意试探深浅，感到有些为难。又想朝中到处都是霍光的人，他就是名义上归了政，暗里还可左右朝政，还不如让他继续干下去，免生变故。

宣帝想明白了，也就口气坚定地说："大将军可不能归政。朕入宫时间短，没有大将军坐镇，哪掌控得了大汉江山？大将军既然把朕扶持起来，就不该这么扔下朕不管。"霍光还要坚持："陛下美意，老臣心领了。可今非昔比，再要老臣干下去，已力不从心。岁月不饶人啊，这是上天命定，不是谁想改变就能改变得了的。"

宣帝瞧眼蔡义，对霍光道："论年纪，大将军总没蔡丞相年高吧？不见他老人家上任丞相后，老当益壮，干得正欢吗？"霍光说："丞相亲官上任，劲头自然足得很。老臣在朝三十多年，主持国政十多春秋，心力交瘁，也想好好歇歇啦。陛下还是开恩，让老臣放手朝政，专心打理军队事务，维护大汉安全。"宣帝说："不行不行，大将军还得军政兼顾。"

霍光还要请求归政，蔡义给宣帝出主意道："是不是征求一下大臣们意见？众人想让大将军留，大将军就留，众人想让大将军去，大将军就去。"

这也行,大臣们若挽留霍光,霍光觉得大臣们与你皇上保持一致,会领你皇上的情;若大臣们主张霍光归政,那是大臣们意思,霍光也不好怪你一人。宣帝于是专门召开朝会,将霍光去留问题提出来,交大臣们商量。

大臣们都是人精,谁心里都明白,这霍光不过是做样子给人瞧的,并非真想归政。也就一致表态道:"陛下德隆才高,独立主持朝政,其能力绰绰有余。只是霍大将军在朝日久,积累了一套丰富有效的行政方法,再留下来,帮帮陛下,传授些好经验,完全有此必要。"

虽说早料到大臣们会是这个态度,可话从他们嘴里出来后,宣帝还是有些气愤。可恨这些马屁精,眼里只有霍光,唯独没有俺皇上。明摆着的嘛,继续让霍光主政,俺还做什么皇帝?还不如出宫做百姓去,可图个自由自在。

心里这么想着,宣帝脸上却笑容可掬,说:"大将军听到没有?这就是众人呼声。"

霍光心里直乐,暗忖这就是常说的众望所归吧,看来自己还算得人心,宣帝如此依赖你,大臣们也不愿你放权。也就打消原来顾虑,高高兴兴留下,继续协助宣帝打理朝政。说得中听点,叫作扶上马,再送一程。宣帝也乖,事事尊重霍光,唯言是听,唯计是从,倒也君臣和谐,相得益彰。

这回该霍光感谢蔡义了,屈尊赶往相府,专意看望蔡义。蔡义受宠若惊,仿佛皇上驾临,只差没跪到地上,三呼万岁。

叙礼毕,蔡义将霍光请入内室,好茶好果一番招待。言谈间论及宣帝,端庄老成,沉稳持重,一举手,一投足,完全像个明君样子。且不近女色,退朝后一心一意陪着许皇后,对其他宫女正眼都不瞧一下。

男人好色,英雄本色,宣帝不近女色,一定有其原因。要么是继承刘家惧内优良传统,不敢得罪许后,才那么规矩。要么许后太厉害,用裙带把宣帝拴得死死的,没法关心呵护其他宫女。

这当然只是猜测,没有可靠依据,当不得真。经仔细分析,两人得出一致结论:一方面宣帝于许后情有独钟,暂时对其他宫女提不起兴趣;另一方面宫女里出众的不多,宣帝看不上眼,还不如许后恩重情深,又习惯,又可靠。只是堂堂皇上,天天行走于后宫中,除皇后外,再没有动心如意的女人,这可是做臣子的最大失职。霍蔡两人于是盘算着,是不是物色些美人,送到宣帝身边,也好让他退朝后时光多些色彩。

主意已定,蔡义很快设法弄来一批美人,送进宫去。不想还是吊不起宣帝胃口,他一概不予理睬。蔡义有些气馁,又有些纳闷,甚至对宣帝男人身份产生怀疑。谁见过猫不沾腥的?反正蔡义活到八十多岁,还没见过这样的猫。

见蔡义劳而无功,车骑将军张安世就笑他:"丞相也太小瞧皇上了,你选的那些美人怎么打动得了皇上?"蔡义说:"这么出色的美人,还打动不了皇上,看来只有动员各地州府,广为挑选,总能觅得绝色美人,再送入宫中,看皇上还抵不抵挡得住。"

"何用广选美女?霍大将军家里就有小女,貌比西施,容胜虞姬,保证能获取皇上欢心。"张安世以不经意口气说道。他看准霍光小成君迟早会进宫的,也想凑凑热闹。那次躲着霍禹,没在劝进表上签字,张安世一直觉得有些对不起霍光,总想找些机会弥补弥补。能促成成君入宫,也算是将功补过吧。

一语提醒蔡义,他拍着脑袋道:"是呀,本相怎么就将霍家小女给忘了呢?那可是公认的绝代美人呀。"言罢又犯起愁来,"许后进宫前,本相曾将霍家小女推荐给皇上,已被皇上拒绝过一回,重提霍女,不太妥当吧?"

张安世笑笑,说:"当时丞相是以皇后名义,给皇上推荐霍女,皇上正念想着许后,自然一口拒绝。这次又不是选后,是选普通宫女,皇上不会轻易拒绝的。再说皇上没见过霍女,待霍女站到面前,保证他两眼发直,相见恨晚。"

蔡义觉得有道理,跑去征求霍光意见。不想霍光却一口回绝道:"我家成君又不是普通民间女子,进宫做宫女,不是委屈她吗?"蔡义说:"一步一步来嘛,成君美貌绝伦,才德双全,皇上只要见识过她,肯定会格外开恩,早提拔早重用。"霍光说:"万一皇上看不上小女呢?她这辈子还要不要做人?"蔡义说:"成君这样几百年难得出一个的美人,皇上看不上,还看得上谁?"霍光说:"也不行,我家小女并非嫁不出去,老夫不想让她进宫受贱。"

蔡义没法,只得出点子道:"是不是让人给成君画个像,先让皇上过过目?爱美之心,人皆有之,皇上看中成君画像,再让成君入宫,把握也就大得多了。"

拗不过蔡义,霍光只好由他去。蔡义于是责令宫廷画院画长,安排画技最好的画师,请出霍光小女霍成君,认认真真画了个画像。

画师名叫毛延寿,人虽年轻,却已是宫廷画院里的当家画师。不是当家画师,画长也不会将给成君画像这样的重要任务交给他。不过毛画师最有名气的画作还不是成君像,是宣帝朝以降元帝朝时画的昭君像。略晓历史的人都知道,正是毛画师给王昭君画像时故意丑化她,才成就一段和亲美谈,也让毛画师名传千古,虽说他为此丢了小命。

毛延寿真不愧为画院当家画师,画技真了得。蔡义拿过成君画像一瞧,与本人竟不差毫厘。当即给毛画师一笔不菲的润笔,带着画兴冲冲进了宫。

四十二、美图难动圣心，恶妇突起歹意

蔡义来到内廷，只见宣帝青着一张脸，正在生闷气。宣帝平时还算随和，难得给人脸色，今天也不知谁借他米，还他糠，竟然耍起脾气来。

怕自讨没趣，蔡义画也不敢献了，站在一旁陪小心。陪上好一阵，宣帝的闷气还没消下去。蔡义只好捧着肚子，装作要出恭的样子，悄悄退出去。门口立着一位侍臣，蔡义停住步，在他背上拍拍，朝里努努嘴巴，问是怎么回事。

侍臣把蔡义拖到墙边，附在他耳边，煞有介事道："都是被那个叫常惠的校尉惹的。"蔡义说："常惠不是出使乌孙国去了么，怎么又惹皇上不高兴了？"侍臣说："正是常惠出使乌孙国时吃饱撑的，惹下的烂事。"

原来不久前常惠就跑了趟乌孙国，监护乌孙五万多骑兵攻打匈奴，取得重大胜利。常惠回国报捷，宣帝大悦，重赏常惠，还封他为长罗侯。仍觉不够，又拨出大批金银财宝，要常惠拿去犒赏乌孙将士。山高水远，出趟国不容易，来回非得好几个月不可，常惠就寻思着能否还干点别的什么。想起乌孙国旁边有个龟兹国，龟兹国王不够明智，曾在谋臣姑翼鼓动下，杀死过大汉派

去的大使,大汉至今没来得及找他们算账,常惠于是请求宣帝,趁这次出访良机,顺便敲打敲打龟兹国,给他们点颜色看看。这是国际大事,宣帝怕常惠惹出什么不必要的麻烦,没有恩准,旨令他把乌孙国的事办好就行,早去早回。

明摆着是件大好事,竟遭宣帝否决,常惠郁闷得很,临出国前跑去向霍光诉苦。霍光说:"皇上也有皇上的道理,天远地偏的,派兵让你去攻打龟兹国,太得不偿失。"常惠说:"下官不用皇上派兵,只要他同意下官打龟兹国即可。"

霍光一听就知常惠肚子里的想法,说:"你是前次监护乌孙将士攻打匈奴,占了便宜,这次又想故技重演,再调乌孙之兵攻打龟兹?"常惠说:"知我者,大将军也。乌孙帮下官打匈奴,大获全胜,不仅大振国威,大长士气,还得到吾朝重赏,得了好处,这次下官再借他们兵力攻打龟兹,他们肯定乐意。"

这倒是个行之有效的好主意,不知宣帝为啥还要阻拦常惠。霍光心下赞许,又不好明言,否定宣帝旨意,只得说:"你不记得一句老话嘛,将在外,君命有所不受。"

常惠何等聪明之人,还能不明白霍光意思?有霍光撑腰,这事就干得。何况只要能成事,对国家有利无害,到时宣帝肯定也高兴。常惠吃了定心丸,到达乌孙国后,奖赏过乌孙将士,就假托宣帝之命,请乌孙发兵,联合西域各国,进击龟兹国。

乌孙国本来就与龟兹国有些矛盾,又尝过攻打匈奴的甜头,得了常惠的话,立即与周边国家联络,组成盟军,浩浩荡荡往龟兹方向开去。大兵压境,龟兹国王顿时慌了手脚,绑了谋臣姑翼,送到军前,交给常惠处置。还递上保证书,从此归顺汉朝,决不反悔。见出兵效果已经达到,常惠喝令斩首姑翼,收下保证书,随即罢兵回国,进宫向宣帝禀报。禀报方案也已想好,但言出使乌孙情况,只字不提矫命乌孙发兵攻打龟兹的事。矫旨挑事,可算功,也可算过,还不知宣帝是啥态度呢。

其实常惠还在路上,宣帝就已得到报告,掌握了他这趟出使乌孙的详情。这让宣帝很不舒服。这家伙也太放肆了点,竟敢假朕之命胡来,看朕怎么治你。待常惠来到朝堂,禀报完该禀报的外事,宣帝就问:"你还办了件大事,怎么没听你吱声?"

常惠知道纸已包不住火,却还要装糊涂,说:"没办什么大事呀?微臣将浩荡皇恩惠施给乌孙国后,逗留几天就踏上了回程,只不过天气恶劣,路上耽误了些时日。"宣帝说:"你不是还动员乌孙国王,联合西域各国,进攻过龟兹吗?"常惠说:"乌孙诸国组建联军进攻龟兹倒不假,可跟微臣没关系,他们早有布置,只不过正好被微臣碰上而已。"

宣帝来了火,拍案而起,指着常惠鼻子,大声骂道:"你还要狡辩!不是你假传圣旨,指使乌孙发兵,他们会闲得发飙,联合其他国家去攻龟兹吗?是龟兹交出姑翼和保证书,你才让联军罢的兵,这些难道是编书人编的?"

见宣帝话说到这个份上,常惠再不好抵赖,承认是自己假传诏令,命乌孙等国出的兵。一边呈上龟兹国保证书,请求宣帝饶命。宣帝骂道:"你身为朝臣,又是侯爷,假传诏令是什么罪也不知道么?快来人,给朕拉出去斩了!"

常惠不愿拿脑袋开玩笑,只有抬出霍光,交底说出使前曾得到大将军许可,到乌孙后才自作主张,组建联军攻打龟兹。宣帝本也怀疑常惠如此胆大妄为,可能有人背后支持,想不到这人是霍光。宣帝为难起来,霍光可不是怎么好得罪的,只得暂时留着常惠脑袋,先找来霍光,问是怎么回事。

霍光倒也不怎么推卸,一口承认道:"常惠确实跟老臣说过龟兹的事,老臣也觉得当年龟兹太过猖狂,可恶至极,若不费吾朝一兵一卒,借乌孙诸国之力教训教训龟兹,也有这个必要。这才允许常惠,到了那边,可便宜行事。"

宣帝不好再说什么,只有放掉常惠。心里却不是滋味。这霍光也太不把朕当回事了,朕不点头的事,他竟背后唆使人家胡来,人家还只听他的,不听朕的。心里耿着什么,脸上自然难得生动,就是来了蔡义,也没好脸色给他。

得知宣帝正烦着霍光,蔡义只有放弃呈献霍女画像想法,谢过侍臣,转身准备离开。

恰恰宣帝这会儿已消了气,想起蔡义来,传他进去,问有什么好事。蔡义说:"也没别的事,今日歇朝,想念陛下,特来看看。"

"难得丞相心里有朕。"宣帝说着,又见蔡义手上不空,问他拿的什么?蔡义怕宣帝不高兴,没说是霍光小女画像,只说是毛延寿的人像画,画得还可以,想请皇上雅鉴,不知皇上喜不喜欢。宣帝说:"毛延寿可是小有名气的画师,肯定不错。快快给朕传上来。"

话没落音,早有侍臣挪开步子,过去从蔡义手上拿走画轴,转呈给宣帝。

宣帝铺开画轴,见画中人娇艳华丽,风情万种,不免暗自惊异,以为画的仙女。忍不住问道:"这是真人,还是毛延寿凭空想像的?"

从宣帝放电的目光里,蔡义就知道他已被画中美人打动,忙说:"人物画当然是真人。就是毛画师想像力再强,这样举世无双的美人,恐怕也想像不出来。"宣帝又问:"谁家有这样的美女?是官宦家庭,还是百姓人家?"

蔡义遮遮掩掩道:"是官宦人家。"宣帝说:"官宦人家?姓甚名谁?朕可否认识?"蔡义顿一顿,啜嚅道:"是霍家霍大将军家小女。"

宣帝脸色一沉,默默合上画轴,扔给侍臣。侍臣不知宣帝何意,轻声问道:"皇上,是将画留下,还是还给蔡丞相?"

宣帝没有吱声,起身进了内室。侍臣愣在那里,留下画不是,还给蔡义也不是。还是蔡义走过去,附他耳边,悄声启发道:"皇上肯定喜欢这画,你先收着吧,皇上想起看画时,好及时给他拿出来。"

侍臣觉得有道理,点点头,将画藏入皇家画馆。

出宫后,蔡义直接去了大将军府,给霍光描绘道,宣帝见着画像,爱不释手,特别是得知画中人为霍家千金,更是赞赏不已。霍光欣喜不已,问:"除了赞赏,皇上没说别的?"

蔡义编造道:"皇上一心欣赏画像,根本顾不上说别的。又碰巧内急,画没欣赏够就如厕去了,下官只得离宫,到了大将军府。不过大将军只管放心,皇上那么喜欢画像,肯定会纳画中人入宫的,您老人家等着好消息吧。"

女儿已在家养了十几年,也不在乎再多养这几天,霍光只能耐心等待。

左等右等，也没啥动静，霍光对蔡义的话起了怀疑，不知能成不能成。就是上朝面圣，宣帝也一如既往，像没那回事似的，矢口不提霍女画像。

这又不是朝政，宣帝不哼不哈，霍光也不便明言，只得继续装痴。霍显却不干了，当霍光面发牢骚说："皇上真是冷血人，毛延寿画的像还算可以，他竟无动于衷。我家小女可是倾国倾城的貌，又要背景有背景，皇上还这个态度，简直瞎了眼。要么就是那个姓许的背后作祟，生怕成君进了宫，夺了她皇后位置。"

论到许后，霍显声音都变了调，一副恶狠狠的样子。也怪不得霍显，若不是这许后，成君怕早做上皇后了，也犯不着蔡义辛辛苦苦找人画像，拿去鼓动宣帝。偏偏宣帝仍不当回事，枉费了蔡老头一片良苦用心和霍家殷切期望。

霍显越想越气，恨不得到厨房里拿把菜刀，进宫割了许后脑袋，以解心头之恨。只是许后脑袋并非自家园子里的韭菜，不是想割就割得到手的，霍显只能对着仆人发脾气，弄得整个大将军府人人自危。

不割许后脑袋，霍显又咽不下这口气，只得挖空心思，琢磨怎么做她一下。琢磨来琢磨去，也没琢磨出个名堂，急得霍显越发肝火上蹿，满嘴都烧出燎泡，连喝水都感困难。不得不叫过佣人，嘱上药铺去买药消火。

药铺离大将军府不远，老板是位女大夫，单名为衍。其夫复姓淳于，人称女大夫为淳于衍。淳于衍医术不错，长乐宫后妃宫女有病有痛，常请她入宫行医，可算皇家编外御医。淳于衍老公淳于赏在掖庭当差做户卫,不时要到霍府走动,霍府里人都熟,谁有个伤风头痛的,都会照顾他家生意,上淳于衍药铺看病抓药。

这日霍府用人入铺向淳于衍问药时,淳于衍得知是霍夫人生的小恙,为慎重起见,主动提出上门瞧瞧。用人巴不得,忙带着淳于衍回府,去见霍显。淳于衍现身,霍显自然很客气,招待格外周到。百人百病,病需药除,药需医生来配制,世间之人无论再有权势,还是家财万贯,都会敬重医师。

看完病,配好药,淳于衍提过药箱准备走人,霍显又留她用膳。主人盛情难却,淳于衍只得放下药箱,进了餐室。

几盅下肚,话多起来,淳于衍说:"也是今日有些空闲,脱得身来看望夫人。若是明天进了宫,就无分身之术,来得了贵府了。"

对淳于衍此话,开始霍显还不怎么在意,只随便问道:"进宫干啥?去走亲戚?"淳于衍笑道:"宫里都是皇亲国戚,小女有亲戚在宫里,托亲戚给皇上说说,谋个一官半职的,天天过舒服日子,也不用辛辛苦苦开药铺诊病了。"

说得霍显笑起来,说:"不是看亲戚,那就是去给人看病啰。"淳于衍点头道:"大夫进宫,肯定是去给人看病。"霍显说:"宫里什么大人物得了富贵病,惊动了你淳于医生?"淳于衍说:"许皇后呗,她临产在即,身有不适,召我去看看。"

听到"许皇后"三字,霍显目光顿时异样起来,表情有些复杂。淳于衍不解,许皇后又不是绝迹多时突然冒出来的恐龙,霍显干吗这么敏感?又想起当今皇上是霍光扶持起来的,霍显与皇后该有些交情，淳于衍顺便问道："夫人跟皇后常见面吧？有什么话要我带给她吗？"

霍显这才浅笑笑，说："不用不用，你进宫后，只管专心给皇后看病就是。"

四十三、霍显循循善诱，女医步步入局

饭后淳于衍告辞出府，霍显又安排人提箱，送她回药铺。刚进铺门，丈夫淳于赏也已出班，过来瞧瞧铺里生意。见妻子有大将军府人护送，就笑道："淳于医生面子不小嘛，大将军府人给你保驾护航。"淳于衍交代道："还不是霍夫人客气，给她看趟病，她又赏饭又安排人护送，弄得我很不好意思的。"淳于赏说："这有什么不好意思的？说明霍夫人看得起你。"淳于衍说："那倒是，霍夫人真好，一点不摆大将军夫人架子。"

听到"大将军"三字，淳于赏心头一动，凑到妻子面前，说："你与霍夫人关系这么好，可不可托她给我帮个小忙？"淳于衍说："你有职务、有薪金，还要帮什么忙？"

淳于赏明说道："正是职务问题。你该知道，掖庭的差不好当，整天紧紧张张的，干得太久，我都有些吃不消了。现有个安池监的职位空在那里，不仅比掖庭户卫轻松，还实惠得多，麻烦你跟霍夫人说说，让她在霍大将军面前美言两句，把我调到那里去算了。"淳于衍说："你又不是不认识霍大将军，直接找他本人得了，干吗拐着弯子，要我去找霍夫人呢？"

淳于赏背着双手，在地上踱了半圈，说："你是没在官场待

过,不知官场规则,近路不见得就是直线,往往是曲线。尤其是夫人路线,走得通的话,效果最好。"淳于衍说:"你几时脑袋开窍,研究起夫人路线来了?"

淳于赏得意起来,说:"这还要研究吗?都是人之常情,不难理解。比如霍大将军这么大的官,谁的话进得了他耳朵?自然只有霍夫人的话。你跟霍夫人关系不一般,你的话她肯定愿意递给霍大将军,霍大将军也会听的。到时我做了安池监,级别和薪酬上去了,也不用你起早贪黑开药铺,只管在家享清福就是。"

"去你的吧,谁愿享你的清福,你让谁享去,本娘子没意见。"淳于衍打淳于赏一下,心想霍家的妻管严是出了名的,真跟霍显说说夫君的事,恐怕能成也未可知。于是答应去试试,听听霍显口风再说。

要试马上试,明天要进宫给皇后看病,不知几时才出得了宫。既是认定走夫人路线,自然得放夜里走,阳光之下走夫人路线,还没谁这么弱智。

一直挨到天断黑,淳于赏才拿包大钱,塞进药箱,提到手上,陪淳于衍往大将军府赶去。远远瞧见府门,先泥住脚步,躲到树后悄悄观察起来。霍光大权在握,求他谋官办事的人太多,不留个心眼,跟人家撞到一起,也尴尬。

也许来得巧,在树下猫了一阵,也没发现异常,淳于衍才从淳于赏手上接过药箱,只身走过去,几下叩开府门。门人自然认识,说:"夜里淳于医生也来看病人?"淳于衍答曰:"上午给夫人配方子时,有两样药没配上,说好晚上来送药的。"

门人"哦"一声,放淳于衍进去,复关上门,屁颠屁颠跑去报告霍显。

到得霍显面前,淳于衍的理由又有不同:"白天回药铺后,想起夫人的病,老放心不下,趁着晚上有些空,特来瞧瞧。"

霍显略觉诧异,嘴上生几个燎泡,又不是什么大病大痛,值得你当医师的这么上心吗?嘴上则说:"感谢淳于医师,服了你的药,感觉已好多了。"

"那就好,那就好。"淳于衍要过霍显嘴巴,偏着头,装模作样往里看了看,"确实有些好转,几个燎泡的颜色已开始变暗。不过夫人心火过重,一时三刻恐怕不可能完全镇压下去,还得另外加些药物。"

没待霍显发话,淳于衍打开药箱,取出两味药,交给旁边丫头,嘱她这就去煎煮,夫人睡前好服用。丫头应声而去,淳于衍这才从药箱里拿出一包钱,轻轻放到桌上。

霍显一见明白,这恐怕才是淳于衍摸黑入府的主要目的,于是说:"淳于医师上门看病送药,我还没付款呢,你竟先掏起钱来,这礼不倒了吗?"淳于衍说:"我没别的意思,是我家先生在掖庭当差,全靠霍大将军护着,混得还不错,却从没有过丁点表示,今晚见我来给夫人看病,托我感谢感谢霍大将军。"

给大将军做夫人,收钱收物并非稀奇事,霍显也就不怎么客气,将淳于衍的钱放进橱柜。一边说:"老霍常在我面前提及你家先生,说小伙子不错,是个能干人。"

这话一听就有假,霍光身为大将军,除了皇上就他最大,要管的人要理的事那么多,哪顾得上一个小小掖庭户卫,会在家里提他名字？不过假话自有假话存在的意义，不然假话也就没了市场。想想人脸上配着一张嘴巴，嘴巴要说话，不说假话，只说真话，又哪来那么多真话可说？比如这会儿，两人不编些假话来应付应付，又怎么待得下去？

淳于衍不愿与假话过不去，说："也是我家先生有福气，碰上霍大将军这样的好上司。"霍显说："大将军这人没别的优点，就是爱才，只要是人才，比自家儿子还看得起。你家淳于先生那么有才干，大将军当然会高看一眼。"淳于衍说："可不是，大将军爱才，那是众所周知的。满朝人才济济，就是大将军爱才的结果。"

有人上门送钱，绝不是家里钱多得没处可放，拿你家里来请你代管，无非有求于你，要你给解决实际问题。不过求人的人，本就低人一等，有些话难于启齿，做主人的看在钱物分上，有必要将心比心，替人着想，给个开口的由头。考虑到淳于衍不是官场中人，所求自然是丈夫的事，霍显于是说道："刚才淳于医师说过，你家先生在掖庭干得不错，是不是还想有所长进，要大将军发句话什么的？"

淳于衍这才说道："正是正是。我家淳于赏在掖庭混得还是可以的，只是那里的好位置都已被人占住，长进的可能性恐怕不大。据说有个安池监的空缺，暂时还没落实到人，若方便的话，夫人是不是跟大将军说说，让淳于赏去那里历练历练？"

霍显天天跟霍光在一起，对官场机构多少有些了解，早知安池监是个肥缺，想去补缺的人多得很。不少人就为此到家里来送钱、送物，弄得霍光不知该安排谁好。今天淳于衍送包钱，就想给淳于赏买下这个令人惦记的肥缺，恐怕没这么便宜。

这么掂量着，霍显猛然间想起许后来。明天淳于衍就要去长乐宫给许后治病，是不是干脆借淳于衍之手，给自己了个难？若是这样，让霍光赏个安池监位置给淳于赏，倒也合算。

这是一个大胆且恶毒的念头。正是这个大胆恶毒的念头要了许后的命，也为日后宣帝铲除霍家势力，留下最充足也最正当的理由。霍显当然不会顾及后果，还自以为得计，兴奋得双眼发绿，仿佛一头饥饿的母狼，绝望之际发现了近在咫尺的猎物。

好不容易压住心头的兴奋劲，霍显亲切地叫着淳于衍表字道："少夫啊，你家淳于先生这么有上进心，本夫人很赞赏。你放心好了，本夫人肯定会给大将军打招呼，将安池监的位置安排给你家淳于先生的。"

淳于衍激动不已，说："淳于赏有福气啊，夫人这么看得起他。小女替他感谢夫人了。"趴到地上，磕起头来。磕得"咚咚咚"响，好像地下藏着珍宝，非把地面磕个洞出来不可。

"你先别磕头，本夫人话还没说完呢。"霍显扶起淳于衍，一把将她拉进密室。又扯过衣袖，揩去她额上灰尘，心疼地说道："就不怕将头皮磕伤，留下疤痕，丑了你这美女大夫？到时淳于赏休了你，看你到哪去找这么好的丈夫。"

淳于衍握住霍显的手，说："他敢！到时我治不了他，我请大将军治他。"霍显"扑哧"一笑，说："你真天真，大将军忙不完的国事，哪有精力来治你家淳于赏？"

淳于衍想想也是，说："别说淳于赏现在还是掖庭护卫，就是以后做上安池监，也进入不了大将军视线。大将军是管大官的,哪管得了安池监这样的小吏?"霍显笑道:"你也知道大将军是管大官的,算你没白做淳于赏妻子,对官场不是十分陌生。官场就是这样,一级管一级,高官管大官,大官管中官,中官管小官。大将军要管大官,一般来说不会过问安池监这种小吏。不过本夫人硬要他发话,让有司将安池监安排给淳于赏,人家还不太好拒绝。本夫人要问你的是,莫非你家淳于赏就这点抱负,一个安池监便心满意足,不想以后进入大将军视野,谋求更大的上升空间?"

说得淳于衍蠢蠢心动,说:"能进入大将军视野,当然是淳于赏梦寐以求的。问题是他起步这么晚、起点这么低,怕是没这个造化。"霍显一脸诡异道:"淳于赏有没有这个造化,就看你淳于衍的了。"淳于衍大感不解道:"我一个小大夫,还能决定淳于赏的升迁不成?"

霍显下意识地瞧瞧四周,确信密室已够密,墙上不会藏着耳朵,更不会透风,才放低声音道:"明天你不是要进宫去吗?"

淳于衍不知霍显为啥对自己进宫给许后看病这么感兴趣,机械地点点头,说:"是呀,明天我要到长乐宫去。"霍显说:"去长乐宫干啥?"淳于衍说:"已跟夫人说过,自然是去给许后诊病。"霍显说:"淳于赏能不能得到大将军青睐,就看你怎么给许后治病了。"

淳于衍越发糊涂,说:"怪我不开窍,看不出淳于赏的晋升,与我给许后治病到底有什么联系。"霍显说:"本来也没联系,不过你可以把二者联系起来呀。"

淳于衍还是不明白霍显意思,问道:"怎么个联系法?"

霍显叹口气,说:"你可能也已听说过,当初皇上被大将军扶上帝位后,大臣们纷纷推荐我家成君入宫为后,不想皇上念着原配旧情,没接受大臣好意,把原配接进了宫,封为皇后,这就是许后。你也知道,我家成君哪点比她许后差?出身不说,长相和年龄方面的优势也那么明显,却输在许后手里,要成君怎么想得通?偏偏大将军又最爱成君,见成君做不上皇后,整日郁郁寡欢,也愧疚万分,觉得很对不起爱女。"

淳于衍不知霍显干吗又扯上了霍成君,只得附和道:"皇上也是的,他是大将军扶起来的,大将军愿将成君许他为后,成君又这么优秀,他还不干,真是不识好歹。"霍显说:"皇上可能有他自己的考虑,我们也不好责怪他。可恨的是这许后,拦路虎样挡在面前,生生断了咱家成君做皇后的希望。"

做不做皇后,不是许后本人决定得了的,主要在于皇上,霍显把怨气发在许后身上,实在有些不讲理。淳于衍心里这么嘀咕,却不好多嘴,只是笑笑。

"女人生产,过的是鬼门关,生死难料。"霍显终于摊了牌,"许后临产生病,你正好趁给她下药治病之机,帮我把她除掉。"

说这话时,霍显口气轻松,像道家常似的。淳于衍听来,却似响雷炸耳,不禁大惊失色,语不成句道:"这这这这怎么使得?"霍显却淡淡一笑,若无其事道:"你难道不希望淳于赏平步青云,封妻荫子?"

这无异于拿自己脑袋耍把戏,淳于衍不敢答应,支吾道:

"给皇后治病的,不只我一个大夫,药须众医一起调配,给病人进服时还得有人先尝,不是那么好下手的。"

"药怎么配制服用,是你们大夫的事,本夫人可管不了那么多。"霍显说,"本夫人要告诉你的是,大将军本就权倾朝野,你若促成成君做上皇后,朝廷内外也就完全掌握在我霍家手中,到时别说淳于赏进高位受厚禄,就是你淳于衍也会跟着沾光,比如进宫掌管御医坊甚么的,你家子子孙孙都有享不尽的荣华富贵。"

淳于衍沉吟着,一时拿不定主意。霍显又说道:"其实你什么都不用担心,宫廷里全是大将军的人,即使你的动作被人发觉,又谁敢放半个屁?连皇上也会看大将军脸色行事,别人还能把你怎么样?硬是惹下麻烦,凭大将军手段,轻而易举就可给你摆平。你刚才也说了,给许后治病的并非你淳于衍一人,你不肯配合,本夫人找其他大夫,谁不会答应得飞快?本夫人是看在咱们交道多年的分上,才把好事托付给你,你别以为本夫人是在害你。"

说着霍显就转背出门,将淳于衍留在密室,让她一个人好好想想,这好事做不做得。

人都一样,什么都能拒绝,就是没法拒绝诱惑。霍显给出的诱惑也太大、太诱人了,淳于衍又哪拒绝得了?待霍显复身密室后,她就点头应承,接下这单大生意。

嘴上虽已应承,心里却不免忐忑,淳于衍告别霍显往外走时,脚下老打歪,好像腿肚子抽筋似的。毕竟要下药做掉的是当今皇上正宠着的许后,不是小猫小狗,万一事漏,霍光又摆不平,又会是什么结局呢?

四十四、只为夫君晋升,壮胆毒杀女主

出得大将军府,淳于衍仍心事重重的样子。正低头走路,旁边忽然蹿出一个影子,吓得淳于衍几乎跳将起来。张嘴要喊救命,才发现是丈夫淳于赏。淳于衍没好气骂道:"是你这剁脑壳的,吓死我了。"

淳于赏甚觉奇怪,说:"不是我是谁?我又没走,一直在树下等你。"伸手去拿淳于衍手上的药箱。淳于衍松脱药箱,气咻咻朝前走去。淳于赏紧走几步,追上前,陪着小心问道:"为夫脚都站麻了,怎么去了这么久?还以为霍夫人要留你过夜呢。"

淳于衍不想理他,心下忖道,不为你那狗屁安池监和以后的前程,我会待那么久吗?

淳于赏绕到淳于衍另一边,又讨好道:"霍夫人答没答应在大将军面前说好话?"

我答应给她女儿谋皇后位置,她还不答应给你说好话?淳于衍肚里这么想着,嘴上还是不肯吱声。淳于赏不好再问,不声不响跟在妻子后面,像懂事的乖孩子。夜色深沉,两人脚下嗒嗒嗒响着,显得有些寂寥。

这是一段不长的街市夜路,淳于衍却好像走过千山万水,

感觉迢遥而漫长。霍显说过的话一遍遍在耳边回响着,让她既忧心忡忡,又兴奋不已。这可不是小孩子过家家,事关重大,如若败露,后果不堪设想。可这明摆着又是一次千载难逢的机遇,稍纵即逝,以后再不会回到你手上。何况医生给人治病,借药下毒,实属举手之劳,却能轻轻松松换来几辈子的荣华富贵,又何乐而不为呢?

　　一个谋害许后的方案,渐渐在淳于衍大脑里清晰起来。进屋后,淳于衍已变得异常冷静。她轻描淡写地告诉淳于赏,他的安池监已没问题。岂止安池监,好事还在后头哩。

　　不过后面这截话,淳于衍留在了肚里,没有出口。男人貌似强大,有时却比女人还胆小懦弱,若把图谋皇后的计划告诉他,不把他屎都吓了出来?你还得给他洗裤子,麻不麻烦?

　　淳于赏高兴得一蹦三尺,捧过淳于衍的脸,在上面猛唷起来。还没唷够,又将她捞起来,朝卧室走去,要用实际行动,提前庆祝一番。悬着的淳于衍掰开淳于赏的手,溜到地上,说:"你们这些臭男人,高兴不得,一高兴就想那事。"

　　淳于赏欲火已被点燃,情急之际又哪压得下去?又要来搂淳于衍。淳于衍眼睛一睁,骂道:"没出息,一个安池监就让你疯成这样!就不想以后能有更大进步?"

　　淳于赏愣了愣,一时没完全听懂对方的话,说:"更大进步?还进什么步?"

　　淳于衍不可能把底细透露给淳于赏,编造道:"明天本医师就要入宫给皇后治病,这可不是谁想谋就谋得到手的美差。本医师进了宫,跟皇后接触一多,以后就可借机为你谋求比安池监更大的官,这道理你也不懂?"

淳于赏似乎明白过来,认真地点了点头。淳于衍又说:"给皇后治病,不能马虎,得提前做些准备,否则坏了事,吃不了兜着走。你先老老实实上床歇着吧,本医师要到药房里去给皇后配药,明天好带进宫去。"

为以后的进步,淳于赏只好放过淳于衍,听话地去了卧室。

淳于衍转身来到药房。关上门,插上门闩,从药柜里抓出附子,放进药臼里,慢慢捣起来。捣成药末后,小心包好,放进衣服内袋,这才离开药房。

第二天吃过早饭,淳于衍便动身出门,往宫里赶去。

才入长乐宫,就听说许后已经临盆,提前产下一女婴。让淳于衍倍觉泄气的是,母女安然无恙,医生无用武之地,附子算是白捣了。这还在其次,主要是霍显那里没法交代,淳于赏的安池监泡了汤,更别提以后进步的事。

就在淳于衍低着头,打算出宫时,许后身边一位漂亮小宫女出现在面前,说:"淳于医师别走,许后正在找你哩。"

看来还有戏。淳于衍心头不禁暗暗一乐。

走进内室,许后正稀泥样躺在床上,显得很虚弱。淳于衍行过礼,轻声问道:"皇后有事吗?"许后懒懒道:"是淳于衍吧?本后全身困倦,没一点力气,你是女人,有过生产经历,你与御医合计一下,看给我开些什么药,调理调理。"

淳于衍心下暗喜,说:"产后血亏气虚,身上乏力也算正常。我这就交代御医,开个合适方子,给皇后服上几剂,定能见效。"

许后"嗯嗯"两声,没再多说什么。淳于衍退出内室,在那位漂亮小宫女引领下,来到药房。已有三名御医等在那里,四人一起商量好方子,照方取药,碾成粉末,调制药丸。

三位御医都很负责,配制过程一丝不苟,任何细节都不放过。淳于衍一直没有下手机会,难免暗自发急,不知如何是好。再这么下去,合成药丸后,就有些不好办了。

眼见得药末快碾好,其中一位老御医要去小便,出了药房。

人一上年纪,往往小便比大便还费时,淳于衍觉得来了机会,启发旁边一胖一瘦两位年轻御医道:"老御医好像是你俩师傅吧?人家已这把年纪,腿脚不怎么方便,若不小心摔倒在茅厕里,看以后谁做你们师傅。"

瘦御医反应快,见淳于衍说得不无道理,要胖御医留下,拍拍手上药末,追随老御医去了茅厕。淳于衍又对胖御医说:"刚才送我进药房来的小宫女,你该熟悉吧?"胖御医说:"有些熟悉,我经常陪师傅来药房配药,碰见过几回。"淳于衍说:"怪不得,刚才她老望着你笑,好像对你挺有好感的。"

说得胖御医难为情起来,不好意思道:"本人这副模样,她怎么会有好感?"淳于衍说:"你这模样怎么啦?我看挺逗人喜欢的。麻烦你去长乐宫叫小宫女一声,我还要问问皇后的病情,才好确定药丸的调配比例。"

要去找漂亮小宫女,胖御医当然乐意,飞快出了药房。

胖御医背影还没消失,淳于衍就掏出身上附子,掺进药末里,几下和匀。整个过程仿佛是眨眼间完成的,可说神不知鬼不觉。

附子本系中药,虽含毒性,却并非鸩毒可比,只不过味辛性热,对常人无碍,于气虚体弱的产妇则大不宜。故和进药末,调成药丸,几位御医包括淳于衍本人同时尝过,也没感觉出有什么异样,只是许后服用后,却凤体发燥,头重脚轻,略感不适。

开始许后还不怎么在意,后觉得越来越难受,才传入已出宫的淳于衍,喘着气道:"服下你们调制的药丸,本后就有些不对劲,药里是不是有毒?"

淳于衍当然明白,这是附子起的作用,心里不免几分紧张。却因早有思想准备,还算镇定,掩饰道:"皇后放一百个心,药方是我与三位御医反复商量,最后确定下来的,完全符合药理,不会对皇后贵体造成任何不良影响。再说我们四人都亲口尝试过,也都没一点事。老御医还有交代,皇后产后虚弱,药性起效,会稍有不舒服感,待多服几次,身体渐渐恢复过来,感觉就会好起来的。"

淳于衍说得这么头头是道,许后信以为真,坚持着又服了几次药丸。

本以为会如淳于衍所说,身体将慢慢好转,不料却越发严重,许后再也挺不下去了。宣帝闻知,心急如焚,亲自下诏,传已离职的八十老太医入长乐宫,直接给许后诊病。

见许后脸色红亮,额上冷汗淋漓,老太医也不知何因。向淳于衍四位询问用药情况,好像也没有什么破绽。只得坐下,去把许后的脉,已是散乱无序。老太医心知再无救药,却还是尽医生天职,开了方子,跑到药房去配药。

药还没配好,许后已两眼一翻,呜呼哀哉。

宣帝就守在旁边,悲痛欲绝,大呼许后无福,自己力排众议,好不容易请她入宫,封为皇后,仅享三年国母之尊,便撒手西去。

国母告崩,不是件小事,按规矩得准备重殓厚葬。宫中顿时陷入一片忙乱,淳于衍趁机溜出去,进了大将军府。

一见兴冲冲的淳于衍,霍显就意识到大事已成,把她引入密室,急切问道:"事情办得怎么样?"淳于衍胸脯起伏着,上气不接下气道:"许后已已已已……"已了半天,也没把后面的话给已出来。

霍显猜出那没已出来的肯定是个"崩"字,相反不急了,在淳于衍背上轻轻拍几拍,悠悠道:"别急别急,好事慢慢说。"淳于衍这才重重地呼出一口粗气,说:"许后已崩,我终于完成了夫人交给的光荣使命。"

霍显身上血滚如潮,却只是点点头,说:"好好好!本夫人就知你有这个能耐,能把大事给我办成。"淳于衍说:"还不是夫人主意高,我只不过利用给许后看病的便利,做了件力所能及的小事。"

霍显两眼望着空中,紧咬牙关,低声吼叫道:"你也有今天啊,姓许的!是你这个骚货,将我女儿挡在宫门外,一挡就是三年。三年,整整三年哪,我女儿就这样白白浪费了三年青春,这都是姓许的你作的祟啊。"

吼叫过,霍显又对淳于衍说道:"淳于大夫,你为本夫人办了件大事,本夫人也决不会亏待你的。要不了几天,你家淳于赏就会如愿做上安池监。待以后小女成君封为皇后,本夫人再督促大将军,将淳于赏提拔上去,逐步进入高官行列。"

四十五、霍显惊慌失措,女医守口如瓶

霍显说话算话,淳于衍刚走,她就走进霍光书房,去给淳于赏落实安池监职务。皇后死讯暂时还没传出宫外,霍光休闲在家,正捧着兵书研读。

一进门,霍显就嚷嚷道:"大将军蛮用功的嘛,天天捧着兵书不松手。"

霍光不理她,眼睛继续停在兵书上。霍显不满了,过去拿开霍光手上兵书,不好气道:"老娘跟你说话呢,你到底长没长耳朵?"

霍光一脸无奈,说:"你管我长没长耳朵干啥?你少闲扯,有话就说,有屁就放。"

霍显也不生气,反而格格格地笑起来,说:"我说话就是放屁,你说话就是发表指示。跟你说,那个经常到咱大将军府上来走动的淳于赏,你对他印象如何?"霍光心不在焉道:"你是说那个掖庭护卫淳于赏吧?你怎么关心起他来了?"

霍显说:"我不是关心他,是觉得他人还挺不错的。还有其妻淳于衍,是皇宫编外御医,在街边开了个药铺,医术不错,咱府上谁有个大病小痛的,都找她开方拿药,效果还算可以。头

次我不是生了一嘴的燎泡吗?派人去她店里抓药,淳于衍出于强烈的责任感,还主动到府上来给我诊治。经她对症下药,我嘴上燎泡没两天就全好了。"

这些婆婆妈妈的废话,哪引得起霍光兴趣?他伸手去拿霍显手上的兵书,说:"别耽误我看书时间,我好不容易在书房里待上一会儿,你就来打岔。"

霍显反过手,把兵书藏到身后,说:"我话还没说完呢。"霍光说:"你这张嘴巴,只要说起这些鸡毛蒜皮来,三天三夜都有的说,老夫两个耳洞太小,装不下这么多废话。"霍显说:"大将军别心烦,我要不了你多少时间。我是见淳于夫妇对咱们家这么好,我们也该回报一下人家。"霍光说:"你让厨房办桌好菜,请他们夫妇美食一顿,不就报答了?"

霍显挖霍光一眼,说:"你以为人家已揭不开窝,稀罕你这顿饭?"霍光说:"那又怎么报答人家?"霍显说:"你是朝中重臣,皇上都听你的,手上掌握着大把大把权力,随便开句口,让人给淳于赏谋个实惠点的职位,不比我安排厨房里的人办厨省事得多?"

知妻莫如夫,霍显是个什么德性,霍光最清楚。现在她既然开了这个口,要给淳于赏要官,你不答应,她肯定跟你没个完。霍光只好松口道:"淳于赏级别太低,再上几个台阶,也到不了老夫所管范围,怎么给他安排职位?"霍显说:"我是要你开句口,让人给淳于赏个职位,用不着你直接安排。不是有个安池监位置空在那里吗?我看就比较适合淳于赏。"

霍光拿霍显没法,只得给人打招呼,让淳于赏辞去掖庭护卫,赴任安池监。

淳于赏自然高兴,佩服淳于衍高明,这夫人路线走得卓有成效。淳于衍说:"哪是我高明?是你运气好,碰上霍光怕夫人,夫人说一不敢二,夫人指东不敢西。"淳于赏说:"这夫人路线这么好走,以后还麻烦你继续走下去,给我谋更大的官回来。"

两人正在弹冠相庆,御史府捕吏敲门进来,对淳于衍一亮身份牌,说:"你就是淳于衍吧?跟我们走一趟。"

吓得淳于衍双腿一软,差点就瘫到了地上。

淳于衍哪里想得到,许后猝死后,就有爱管闲事的人递入劾章,说皇后之死肯定与开方施药的医师有关,应该从严查办,追究责任。宣帝也觉得皇后死得太没有道理,心生疑云,予以准奏,让兼管纠察的御史部门拘捕三名御医和淳于衍。

开始淳于衍还以为事已败露出去,可回想在皇后药里下附子时,周围连针眼都没一个,更别说人眼了,应该不会被谁瞧去的。心里也就镇定了许多,对捕吏说:"凭什么跟你们走?我犯了那条那款?"捕吏说:"你犯了哪条哪款,你自己清楚。少啰唆,走人!"

走就走!淳于衍哼一声,抬腿朝门口走去。快出门时,又回头对淳于赏说:"我没事的,你只管做好你的安池监,别辜负了夫人期望。"

本来捕吏进屋后,淳于赏就被吓得半死,怔在地上,脑袋一片空白。这下听淳于衍提到"夫人"二字,才一个激灵,恢复意识,隐约觉得事情可能与霍家有关,自己不能死人样只顾发呆。淳于衍被带走后,淳于赏也匆匆出门,赶往大将军府,去找霍显。

见淳于赏慌慌张张的样子，霍显心里咯噔一下，莫非淳于衍出了事？只听淳于赏气急败坏嚷道："不好了，不好了，大事不好了。"

这一嚷不打紧，霍显两眼一黑，都快晕厥过去。只不过她是个死要面子的人，不好人前失态，才努力镇住自己，装做什么事也没有一样，唤侍女给客人倒水。

侍女应声进屋，手上端着水杯，看来早有准备。霍显上去接住，双手却禁不住老是发抖，水被抖出杯沿，泼湿前襟。好不容易稳住双手，才从容转身，将水递给淳于赏，要他先压压惊，有什么只管慢慢说。

人家女流之辈一副大将风度，自己男子汉大丈夫，遇事就鬼掐脖子一样，一惊一乍的，也太不像话了。淳于赏不出声地自责着，仰脖喝下霍显给的水，尽量放慢语速道："刚才有几个捕吏闯进我家，把淳于衍给抓走了。"

霍显已意识到捕吏去过淳于家，故意问道："他们凭啥抓人？淳于衍犯的什么案？"淳于赏摇头道："他们没说什么，只说淳于衍自己清楚。"

霍显不好抖搂淳于衍下毒害死皇后的事，只得安慰淳于赏道："淳于衍不会有事的，也许是御史府出于办案需要，叫她去问些相关情况。"淳于赏说："万一淳于衍进去后再出不来，该怎么办好？"霍显说："别担心，我和大将军先把事情弄清楚，再想办法搭救淳于衍。"

这话让淳于赏踏实了许多。既然霍显会想办法搭救淳于衍，淳于衍就是犯了天条，也不会有事的。只是淳于赏未及细想，霍显为什么要搭救淳于衍。

淳于衍算是吃了定心丸，告别霍显，回家专心等候好消息。霍显却一屁股跌坐在几上，像只泄气的皮球。当淳于赏面说会想办法搭救淳于衍，可怎么个搭救法，自己心里一点也没数。也不知淳于衍在里面扛不扛得住，若她嘴巴不紧，被办案人员撬开，后果可就不堪设想了。看来还得赶快行动，动作稍迟，恐怕一切就晚了。

这么想着，霍显站起身来，朝霍光书房走去。已到这个地步，也没必要再瞒他。霍光是洞庭湖上的老麻雀，什么风浪没见过？

来到书房门口，抬手要敲门，才想起霍光已被皇上叫进宫，主持处理皇后丧事去了。也不可能这个时候进宫找他，只得先派人去御史府跑一趟，探听探听消息。

派谁去好呢？这种事又不好随便托人，想来想去，恐怕还是老相好冯殷可靠。

冯殷靠着一张俊脸，被霍显罩在石榴裙下，只要霍光不在家，便代他行使夫权，挺讨霍显欢心的。这天霍光有事进了宫，冯殷又与霍显缠到一起，只是刚才淳于赏来府，才暂时躲开，避一避嫌。淳于赏已走，冯殷又往霍显屋里赶，等着重续没演完的好戏。还吹起响亮的口哨，开心得不得了的样子。这家伙可用不着顾忌周围的耳目，霍显身边的人绝不会出卖主子的。故霍府上下无人不知霍显与冯殷的烂事，只霍光一人一直蒙在鼓里。

推开霍显屋门，只见女主人脸色蜡黄，柳眉紧锁，像突然犯了重症。冯殷的口哨声戛然而止,轻轻关上门,过去搂住霍显,说:"我的大美人,怎么啦?看你愁眉苦脸的,是不是我离开一会儿,想我想的?"

霍显掰开冯殷的手,说:"你臭美什么你!你以为没有你,老娘就活不下去了?"冯殷说:"你是府上女主,没有我,当然也活得下去,只是不可能活得这么开心。"霍显说:"你就知道开心,不知道老娘心里有多烦。"

冯殷嘻嘻笑道:"你有什么烦的?嫁了大将军这样的朝中重臣,不是当朝第一夫人,至少也算第二夫人,一辈子享不完的福,居高堂,穿华服,出有车,入有辇,吃香的,喝辣的。还有我这个小仆人,天天小心翼翼围着打转,一切都听你的。"

霍显无心与冯殷调笑,阴着脸色道:"别贫嘴了,有件正事还得你给我去跑一趟。"

冯殷只好收住脸上嬉笑,说:"有什么事,夫人只管吩咐,我姓冯的赴汤蹈火,在所不辞。"霍显说:"谁要你赴汤蹈火?淳于衍被捕吏逮了进去,你去御史府打听打听,她在里面是否还扛得住。"冯殷说:"是那个不久前来为你看过病的淳于医师吧?外面传言,皇后就是她毒死的,你怎么还敢过问她的事?"

霍显不高兴了,说:"她是我老友,这下落了难,老友不关心谁关心?少废话,你这就到御史府去,问问皇后的死是否真与她有关。如果确有其事,她就死定了。"

冯殷不敢怠慢,转身要走,霍显又叫住他:"你不能直接提及淳于衍,得拐拐弯,找个别的什么借口,问得巧妙些。也不要随便问人,若让人家察觉出咱大将军府的人在关心淳于衍,可就不怎么好了。"

冯殷说声知道，出了门。很快就回了府，赶紧报告霍显，说淳于衍在里面表现得还挺不错的。原来淳于衍被抓进御史府后，就被送进不大的黑屋，接受严厉审讯。坐在审讯席上的可是些经验老到的刑案御史，是专门组织拢来查办许后暴崩案的。也是淳于衍沉得住气，审讯了好几轮，办案御史一再威逼利诱，使尽各种手段，她都抵死不肯供认。淳于衍不傻，知道只要松口承认给许后下过毒，自己必死无疑，谁也救不了你。若咬咬牙挺过去，守住这个天大的秘密，外面又有霍家人照应，还可能从这里走出去，再见天日，重新做人。

冯殷还顺便打听过其他三名御医，他们根本不知许皇后是怎么死的，自然想招也没什么可招的，唯有同声呼冤。办案御史审了几个来回，没审出啥名堂，只好先将三人还有淳于衍一起，暂时关进监狱中，是留着继续追究，还是把人放掉，待皇后丧事结束，再禀报皇上，由皇上本人亲自定夺。

霍显悬着的心这才稍稍往下落了落。又担心夜长梦多，淳于衍那张嘴巴又没上锁，谁能保证能闭多久？她在里面待的时间越长，穿帮的可能性就越大。可惜无法尽快与霍光碰上面。不过急也没用，只能等老头子回来再说。

虽说急没用，真要霍显不急，还确实困难。她也知道霍光一时半会儿回不了府，还是一天往他屋里跑上好几趟，好像里面藏着宝贝，稍不留神会被人盗走似的。

四十六、少妻实情相告，辅国瞒天过海

霍光只顾忙着料理皇后丧事，哪知霍显正惶惶不可终日，急切盼他回去？他也觉得皇后死得突然，却万万想不到与自己夫人有关，还道人生无常，死生有命，不足为奇。倒是宣帝痛失爱妻，悲哭失声，几欲气绝，实在令人同情。好在失声却不失态，悲哀又能节哀，宣帝自始至终保持理性，没有丢掉作为人主应有的风度。尤其举行丧葬仪式时，举手投足之间，显得落落大方，颇有分寸。

见宣帝如此老成持重，从容得体，一直守在旁边的霍光，不禁暗暗称许起来。与娇生惯养大的纨绔子弟刘贺比较起来，这个历尽磨难的宣帝不知成熟和理智多少倍。就是相比没见过太多世面的昭帝，也更加练达，更具胆识。看来一国之君，还是得有些历练，了解社会，体察民心，洞明世事，才可能知人知己，成长成才，最后成得了器。

霍光为自己选中这样合格的君主，倍觉自豪，不无得意。当年武帝只将昭帝托付于你，你不仅成功扶其上位，将国家治理得井井有条，昭帝驾崩后又废掉混混刘贺，培养出宣帝这样的明君，已是超额完成任务，他日九泉之下碰着武帝，也算交代得

过去了。

念及九泉之下的武帝，霍光恍然觉得，自己已渐渐老朽，说不定哪天四脚一摊，就见武帝去了。想想你都到了这把年纪，宣帝日趋成熟，又那么贤明，还不把朝政归还于他，似已不大讲得过去。说起来没错，当初增封食邑时，你就提出过归政，宣帝态度明朗，坚持要你为他再掌几年本，还动员大臣们，一起来挽留你。可你心里也应该明白，你真归政于宣帝，凭他的智慧和才能，也完全能够掌控大局，把国家治理得有模有样。说不定宣帝口里说离不开你，心里实际早已厌倦了你，巴不得你早些交权，他好大显身手，做回大权独揽自作主张的君主。

想到此处，霍光心里沉了沉，意识到自己再留恋朝政，不把权柄还给宣帝，是件多么愚蠢的事。别以为你辅佐昭帝有功，宣帝也是你一手扶持起来的，你就可随心所欲，永远握着权柄不放，仿佛没有你霍光，太阳就会从西边出来似的。要知道这世上无论少了谁，太阳照样会东边升，西边落，从不会改变原来的轨迹。再说大汉本来姓刘，并不姓霍，你就是再有能耐，再有德行，再有功劳，也是霍姓臣子，不是刘姓皇帝，把本该属于刘姓皇帝的权力牢牢抓在自己手上，迟迟不还权于原主，让人家做空头皇帝，处处受制于你，换了你自己，又会作何感想？寻常百姓尚且不甘被人约束，何况堂堂君主，看你眼色多了，受你支配久了，也会对你不满，心生怨气的。

想通了，想透了，霍光终于痛下决心，一定还政于宣帝。待料理完丧事，许后入土为安，霍光回到大将军府，就百事不问，关上书房，开始草拟归政奏章。奏章口气非常坚决，不仅要求归政于宣帝,连大司马大将军职务也一并让出。

霍光已铁下心,这回宣帝就是再怎么挽留,也不管他是真心还是假意,归政是归定了。

归政奏章写得差不多的时候,忧心忡忡的霍显敲门进来,随手关上门,"咚"的一声跪到地上,涕泪横流道:"夫君救我!"

霍光吃惊不小,不知发生了甚么。平时霍显总是趾高气扬的,谁都不放在眼里,包括你这个大将军丈夫,怎么一下子变得谦虚谨慎起来了?是不是做了对不起俺老子的事,纸已包不住火,跑来请你原谅?

霍光忽想起外面传言,说霍显与冯殷有染,只是没有任何依据,也不好把他们怎么样,莫非这下她良心发现,准备改过自新?这自然是不可能的。女人长舌如簧,是专门用来播放别人传闻的,自己的秘密却死死压在舌底,谁也别想掏出来。

要么就是霍家几个子弟不学好,与霍显串通一气,在外惹出甚么祸乱,没法收场,只好来找你了难。霍光最放心不下的,就是霍禹和霍山霍云他们,从小不读书,不学礼,不好好做人,只知吃喝玩乐,披着老子虎皮,到处为非作歹。别无良法,霍光只好豁出这张老脸,给他们弄了一官半职,本以为这些家伙会改邪归正,认真做官,恪守本职,却仍没有多大长进,常常做出些违背国家律令的事端来。老子在世,没人敢把他们怎么样,哪天老子两眼一闭,埋进土堆里,不知他们会是什么结果。

心里这么忖度着,霍光搁下归政奏章,问霍显到底出了啥事。霍显哭诉道:"为妻也是为咱霍家兴旺发达,永不败落,才冒险谋划这个动作,还请大将军能够谅解。"霍光不耐烦道:"到底要说什么,你就直接说好了,别啰啰唆唆的。"

霍显抹抹泪水,扭着身子,撒娇道:"夫君先答应为妻,不责怪为妻。"

年轻漂亮的少妻就有这个优势,只要一邀宠,一作态,老夫就没得辙。霍光拿霍显没法,只得答应不责怪她。霍显这才说道:"夫君年纪也不轻了,霍家几个子弟在你关照下,官倒是已做得不小,可他们那点能耐,恐怕也只那么大造化。为妻老在想,等到哪天你老人家撒手一走,想靠他们几个保住咱霍家现有的荣华富贵,可能性好像不是蛮大。只好寄希望于小女成君,将咱霍家的未来交给她。"

听到"成君"二字,霍光似乎就明白了什么。有人已举奏到皇上那里,说许后是被毒死的,难道这事与霍显有关?霍成君做不成皇后,霍显对许后一直怀恨在心,必欲置之死地而后快,搞不好这次许后产后微恙,就是霍显指使医师在药中放毒,将许后毒死的。这当然还只是猜测,霍光不敢肯定,问霍显道:"许后之死,是不是你叫人下的手?"

"既然大将军已觉出内情,为妻也不好再隐瞒。"霍显和盘托出事情真相。

还没听完,霍光就傻在那里,不知如何是好。平民百姓争斗,死了人,尚且一命偿一命,毒死堂堂皇后,罪恶滔天,该诛九族,谁有能耐免此大祸?

好一阵,霍光才伸出柴棍般的手指,戳着霍显鼻子,大骂道:"你这个胆大妄为的丧门星,怎么如此伤天害理?找老夫哭诉有什么用?一人做事一人当,你到御史府自首认罪去吧,别牵连咱霍家人,跟着你一起送命。"

被霍光一骂,霍显相反不再哭泣,收住眼泪,冷冷道:"你以为老娘去自首认罪,你霍家人就逃得了干系吗?你先给老娘想明白,老娘可不是到你霍光家来讨饭的女叫花子,是你霍光的合法妻室,你作为大将军和三朝老臣,连自家夫人都没管教好,竟干出毒死皇后的惊天恶事,你难道没有责任吗?说不定还是你霍光心怀鬼胎,背后蓄谋指使的,不然她一个弱女子,哪有这么大狗胆,指使人毒死皇后?"

气得霍光浑身发抖,话不成句道:"你干的好事,还振振有词,往老夫身上冤栽。"扬手要去扇霍显耳光。霍显也不躲避,还偏着脸往霍光面前送,说:"你打你打你打!反正老娘这张脸不再像过去娇嫩可爱,你已看不顺眼,也到了该你动手的时候了。"

心一软,霍光高扬的手又垂了下去。

霍显却不肯罢休,又来捞霍光的手,往自己脸上抹去,说:"怎么不打了?你打呀,把老娘打死了,免得有人惹你烦,你好老牛吃嫩草,开开心心去找更年轻更漂亮的女人。"

"你还有完没完?好像你很有理似的。"霍光用力将手抽回,"甩你耳光可把你的罪过甩掉,老夫绝不会嫌脏了自己的手。你说这事该怎么办吧?"

听霍光转了口风,霍显暗自一乐,说:"为妻还能怎么办?能保全霍家和为妻的人,只可能是你霍大将军。对别人来说,生杀予夺,只不过皇上一句话的事,可你是皇上再造恩人,他的一切包括皇位都是你给的,他也不好随便把你怎么样。事实是你军政大权在握,一言九鼎,一手遮天,要谁圆谁就圆,要谁扁谁就扁,皇上还敢跟你过不去?再说皇上还嫩着呢,他那点能耐,离开你这个大靠山,暂时恐怕还没法独立治理天下,你就是犯了天条,他为自己和大汉着想,也只能睁一只眼,闭一只眼。何况事情还没糟到那个地步,淳于衍虽被逮了进去,却什么也没交代,办案御史又未拿到确切证据,断定就是淳于衍下的毒,你完全可争取主动,把还没燃起来的导火索掐掉。"

霍光低着脑袋,背着双手,在地上来回踱着步子,口里表态道:"老夫还能怎么样?总不可能眼睁睁看着你被送上断头台,看着咱霍家跟着你同归于尽吧?"

一句话感激得霍显热泪盈眶:"为妻就知夫君心疼老婆,顾全霍家,不会让为妻和霍家人遭殃的。"霍光摇头道:"只要老夫还没咽下最后一口气,皇上也许不会把你和霍家人怎么样。可老夫已这把年纪,又不可能长生不老,日后一旦进了土眼,谁又能保证霍家平安无事?"

霍光的话自然不无道理,霍显却不这么想,说:"夫君三朝为臣,有功于汉,积下厚德,为妻和霍家会叨你大光,什么事都不会有的。"霍光忧心忡忡道:"但愿如此吧。"

眼前情况紧急,没工夫想得太远,霍显将话题拉回去,说:"到目前为止,许后死因也就我知你知和当事人淳于衍知,只要设法早些把淳于衍从监狱里弄出来,打发她点钱,再赏给她丈夫淳于赏个更大的官,这事就等于没发生一样。人的记性是有限的,久而久之,许后慢慢淡出人们记忆,谁还会吃饱撑的,去追究其死因?"

真是吃了灯草,说得轻巧,许皇后又非阿狗阿猫,生生被人毒死,随随便便就能敷衍过去?霍光一时不知如何是好。想起已过世的杜子陵,若他还在旁边,也许能出个周全之策,处置好这天大难题。无可奈何之际,霍光心想只有先跟皇上说说,既然办案御史拿不到真凭实据,不如暂且放过淳于衍,以免弄得人人自危,又有损皇家威仪。

改日朝会,议完朝务,霍光对宣帝说道:"自陛下登基理政以来,皇恩如露,润物无痕,农桑繁茂,商贸畅通,臣属恪尽职守,官吏勤勤恳恳,人民安居乐业,国家欣欣向荣,可谓江山稳固,乾坤朗朗,实乃汉朝之大福音,汉民之大福祉啊!"

也是霍光向来务实,很少听到他谈虚言玄,说些无关痛痒的官话套话,空话大话,这天忽然唱起不着边际的赞歌来,朝臣们都觉得不怎么适应。宣帝也有些不好理解,说:"大将军也歌起功颂起德来了,挺新鲜的。"霍光笑道:"老臣是实话实说,非谀词美言。老臣意思天下德化,是一点一滴慢慢积累起来的,非一日之功,陛下可得珍惜这来之之易的成果。"

宣帝仍是一头雾水,问道:"大将军到底要说什么?还是直言吧,别拐弯抹角。朕太年轻,悟性不够,思路跟不上。"

霍光这才说出要说的话:"诸如许后产后,体虚质弱,抗不过病魔侵袭,御医又回天无术,以至不幸驾崩。女人生产,过的本是鬼门关,凶多吉少,许后遭遇并非意外。正值举国哀伤之际,有人竟借题发挥,凭空捏造,说是御医施毒,奏请陛下追究。追究也没错,问题是无根无据,御医又不可能无中生有,自编故事，只得鸣冤叫屈，没法招供。许后母仪天下，宽让仁慈，万民爱戴，御医干吗要毒害她老人家？换言之，毒害许后，对这些人有什么好处？有什么意义？动因上面就不怎么说得过去嘛。就是有动因，他们也没这个胆量，敢打皇后主意。不说皇后，只说皇上，德隆泽厚，皇恩浩荡，天下子民尽情享受着这清明的美好时代，无不心向往之，谁还会生此异心，想着图谋皇后？老臣担心的是此案继续办下去，御医们必然屈打成招，弄成冤假错案，不仅给陛下脸上抹黑，也会毒化民心，恶化世风，有损于这安定太平友爱仁和的大好局面。"

宣帝轻轻点着头，觉得霍光所说不无道理。御医毫无毒害皇后的动因，办案御史又没拿到实据，这案子确实有些悬，宣帝也觉得办下去似无必要。果如霍光之言，御医屈打成招，造成冤案，不仅败坏淳风良俗，还让大汉威望扫地，更加划不来。宣帝征求各位意见，蔡义首先表示："这种无缘无故的案子再拖下去，已没任何价值，还是早撤为佳。"

霍大将军和蔡老丞相有意撤案，其他大臣自然不会反对，也跟屁虫样表态说该撤。如此宣帝还有什么可说，当即点头恩准，放掉淳于衍和三位御医。

四十七、子侄大器不成，归政夙愿难决

霍光暗暗嘘出口气，下朝后回到大将军府，便令随从叫霍显，到他书房去一下，要把这个特大喜讯告诉给她。

这个时候的霍显哪还用人去找？霍光进宫后，她就一直守在家里等候消息，这下霍光刚入府门，她就看到了他，尾随着跟进了书房。

房门还没合上，霍显就盯住霍光，迫不及待问道："事情怎么样？"霍光面无表情道："算你祖宗管事，皇上已同意放掉淳于衍他们。"

开始霍显还不敢相信自己耳朵，又追问是否属真，得到霍光确认后，才一蹦三尺高，欢天喜地的样子。又上前抱住霍光，在他那张点缀着老年斑的脸上猛啃起来。啃够了，又道："本夫人就知道，世上没大将军摆不平的事，大将军果真有两下子，危难之际显身手，不仅挽救了本夫人，也挽救了咱霍家。"

霍光将吊在脖子上的霍显双手拿开，面无表情道："这有什么可乐的？也是皇上仁厚，禁不住众臣再三请求，只好准允放掉几位御医。万一皇上心里耿着，不查出许后死因绝不罢休，不肯饶恕淳于衍他们，看你还乐不乐得起来？"

"你大将军有意放掉淳于衍他们,皇上还敢不同意?皇上又不是不知道,名义上他叫皇帝,真正的皇帝是你这个不叫皇帝的皇帝。"霍显勾霍光一眼,心想丈夫为你办了件这么大的事,你总得有个什么表示吧?又过去贴住霍光,在他怀里扭摆起来,嗲声嗲气道:"大将军真是侍妾的好夫君。"

淳于衍施毒谋害许后一幕仍停留在脑袋里,挥之不去,霍光哪还有心绪跟霍显嬉闹?再说已七十来岁的人,早没了这个激情,想嬉想闹也心有余而力不足,嬉不出也闹不出什么名堂了。只好应付式地在她脸上舔舔,仿佛上面沾着灰土,有必要舔掉似的。其实霍显的脸一尘不染,光鲜得很。

霍显仍不肯放过霍光,小鸟依人般偎进他怀里,风情万种的样子。霍光敷衍着霍显,心不在焉的样子。霍显不由得想起冯殷来,还是那家伙能干,每次都能把事情办得精精彩彩。人还是老不得啊,一老就不中用,官再大也一样。官大谁都可指挥,却不见得指挥得了自己。怪不得坊间只说官越大越正确,没听官越大越中用。

也许是太累的缘故,霍光很快睡将过去。还起了鼾声,忽而高,忽而低,像开春时节水田里的蟆蛤叫。霍显从霍光怀里悄悄溜出去,几下穿好衣服,准备下床。她忘不了淳于衍,要去跟她见一面,打发打发她。

来到门边,霍显想着霍光刚才的孬样,回头往床上瞅了瞅,不经意间瞥见桌上的辞呈。开始并不在意,伸手要开门时,忽又好奇心起,踱回去,将辞呈拿到手上瞧起来。

还没瞧完,霍显心里就起了毛毛火。这个老不死的家伙,大将军做得好好的，怎么想起要辞职？人家许后吃错药，莫非他也吃错药不成？权力这么可爱，人家无权要揽权于手，他有权在握，怎么能轻易拱手交出去呢？反正霍显活到四十岁，还没听说过有人傻得喝尿，主动出让过手中之权。不提远古，不道前朝，只说亲眼见过的田千秋和王欣、杨敞他们，就没一个不是将丞相做到底，至死还恨不得把任命书带走，到阴间好继续有丞相可做。与这些人比起来，霍光要德有德，要才有才，为什么要提前出局？且没病没痛，除床上功夫基本废掉，其他方面还过得去，耳聪目明，脑筋也转得动，暂时还没到寿终正寝那一天，就把大将军位置交出去，也太让人费解了。拔毛的凤凰不如鸡，这老不死也不拍着脑袋想想，不做这个大将军，看谁还会理睬你，把你当回事。没谁把你当回事也就罢了，主要是霍家将蒙受无法弥补的重大损失，包括看得见和看不见的损失。

霍显手拿辞呈，掉头要去质问霍光，只见霍光已幡然而醒，坐起身来。这个年纪的人，易睡也易醒。就像喝水，不喝口渴，喝两口，没多久就得往茅厕跑。

见霍显拿着辞呈，霍光表情有些异样，说："辞呈这么写，你觉得还行吧？"

霍显手一扬，将辞呈扔到床上，训道："行你个头！谁让你辞职，征求过老娘意见吗？"霍光说："辞呈是写给皇上的，征求你意见干啥？你以为你是皇上？"霍显说："我不是皇上，可我是你夫人，正儿八经的夫人，你要不要辞职，我也有发言权。"霍光叹道："老夫为大汉服役了三四十年，已到这把年纪，不知还能活几天，也该退下来歇息几天，你勉强老夫干什么呢？"霍显说:"难道你比蔡义年纪还大?他在位置上干得,你也干得。"

霍光一时语塞。倒不是与蔡义攀比,蔡义年纪虽比自己大,可他的丞相才干没几天,两人没有可比性。主要是霍光心态已发生微妙变化,决心已没两天前那么大。两天前他是铁了心要辞职的,好还政于宣帝,让他痛痛快快做回皇帝。当时别说霍显,就是皇上也没法再阻拦自己。哪知许后之死与霍显有关,这事就值得重新考虑了。不说其他,至少为霍家安危着想,还得继续在大将军位置上待着。别以为淳于衍已出狱,就可高枕无忧,总有人会惦记着许后,不知何时又会旧事重提,自己在台上还有办法捂着、罩着,下了台就难说了。

当然迟早有一天会下台的,活着时耍赖不下台,等到咽下最后一口气,总不能仍摆在台上生蛆、发臭吧?不过趁生蛆发臭前这段时间,还可利用自己的位置和影响力,巩固巩固霍家地位,只要霍家足够强大,即使没有你霍光,人家也不可能把霍家怎么样。巩固霍家地位的办法也简单,就是把霍家人扶起来,占据要位,掌握重权。有位才有为,有为才有威,有威才有畏,到时不怕人家不畏你、惧你。

见霍光沉默无语,霍显发起急来,说:"嘴巴怎么闭得这么紧,好歹你总要放个屁嘛你!"霍光这才不温不火道:"不怕老夫放屁熏倒你?"

霍显哭笑不得,说:"谁有心事跟你开玩笑?老娘警告你,你硬要辞职,去做隐士,与世无争,也拿你没法,你辞就是,不过得有几个条件。"霍光说:"真是好笑,辞职是老夫自己的事,你有什么资格提条件?"霍显说:"没资格也要提,谁叫你是我丈夫?"霍光说:"好好好,你提你提,老夫洗耳恭听。"

霍显伸出双手,掰起指头来:"一是想个办法,送成君进宫做上皇后;二是禹儿已有一定级别,赶快安排到要害部门;三是霍云、霍山几个孙辈学识虽不高,舞枪弄棒还行,放宫里干个卫尉什么的,应该还称职。办完这三件事,你再辞职,老娘决不再说你半句好丑。"

这个霍显真有意思,跟自己想到一块去了。霍光想起那句近朱者赤的俗话,这个嫩夫人算没白跟自己睡了二三十年,还多少有些头脑。霍光肚里盘算,眼下要做的,就是尽快把霍家儿孙培养出来,送到要位上,以确保霍家长盛不衰,泽被万世。

霍显不知霍光到底什么想法,继续唠叨道:"若这三件事没办完,你想辞职,老娘绝对跟你没完。你可想明白了,老娘这不仅仅在为自己考虑,主要为你霍家长远利益着想。你在朝三十多年,为大汉事业劳心劳力,笼络了一帮人,树敌也不在少数。你在位时人家再怎么嫉恨你,也无奈你何,大不了背后嘀咕几句,发发牢骚和怨气。一旦你下位,甚至离开这个世界,人家肯定会找你子孙算账,到时你还能从土里冒出来,治理人家?唯一办法就是趁还活在世上,又握着大权,安排好霍家后人,让他们身处要津,变得足够强大,这样以后有人想报复咱霍家,也要他无从下手。"

说得霍光不耐烦起来,说:"这道理又不深奥,老夫还不懂,要你来教育?"霍显说:"不用老娘教育,你又辞什么职?"霍光苦笑道:"好好好,你是皇太后,就按你懿旨办。麻烦你别再聒噪,让老夫一人在屋里待上片刻,清静一下耳根,可不可以?"

霍显眼前一亮,说:"大将军答应侍妾请求啦?"上前搂住霍光,在他额头上猛啄一口,然后扭过还算纤细的腰身,兴高采烈出门而去。

外面阳光灿烂,就跟霍显的心情一样。霍显准备去叫冯殷,要他适当做点准备,晚上陪同去见淳于衍。

四十八、风声已然过去，小女入宫当时

刚走出阴暗牢狱的淳于衍，此时也来到艳阳下。阳光麦芒样刺眼，让习惯了黑暗的淳于衍一时感觉很不适应。抬手揉揉生疼的眼睛，好一阵才舒服了些。

淳于衍是与三位御医同时放出来的。她略觉歉意。不是自己在许后药里下附子，三位御医也不会一道被抓，遭此劫难。最为悲哀的是，至今他们还不明白许后是怎么死的，更不可能知道是你淳于衍做的手脚。

不过这份歉意只在脑袋里停留片刻，便很快被重获自由的轻松稀释殆尽。人都一样，只有失去过自由，才意识到自由的珍贵。淳于衍自由自在地走在街头，忍不住脚下打飘，沾沾自喜。若自己意志不坚，没能咬牙挺住办案御史的逼供，轻易开口说出真相，此刻哪还见得到这金色阳光？阳光真温暖，真可爱！人可以离开爹，离开娘，就是离不开阳光啊，没阳光的地方那才真叫地狱。

淳于衍并没急于去找霍显，直接回了家。她心里清楚，霍显会主动找上门来的。你为她办了件那么大的事，她能不亲自登门，好好感谢你一下吗？霍显应该知道，你已死里逃生，出狱

回家。不用猜,自己和几位御医能躲过这一劫,还能回到阳光之下,定然是霍光起的作用。霍光干吗要将你弄出去?还不是霍显的意思。

果然霍显叩开了淳于衍家门。不过不是艳阳高照的白天,是伸手不见五指的夜晚。淳于衍是个敏感人物,刚从里面出来,众目睽睽下跑去找她,容易让人产生不必要的联想。还是晚上好,夜幕深沉,不至于招人耳目,带来不良影响。

霍显是坐着黑篷车赶过去的。驾车人不是别人,正是冯殷。冯殷名义上是霍家仆人,其实是霍显贴身秘书,出门贴霍显后面,坐车贴霍显前面,夜里贴霍显上面。

冯殷旁边搁着一个大包,里面是沉甸甸的铜钱。看看淳于家已在眼前,冯殷勒住马首,停稳车子,顺手将钱包提到手上,随霍显下了车。敲开淳于家门,霍显掉头瞧瞧黑暗静寂的四周,接过冯殷递上的钱包,身子一仄,隐进门里。

开门人正是淳于衍。淳于家不像大户人家,养着门人和仆从,自然只有主人亲自前来开门。见是霍显,淳于衍也不多话,侧身让进门里。随即"吱嘎"一声关上门,打上门闩,前头带路,往上屋奔去。直到进屋后,淳于衍才敢开口,说:"该小医去拜望夫人和大将军的,却倒过头,劳夫人动步,真不好意思。"

霍显将钱包塞进淳于衍怀里,故作心疼道:"淳于医师为咱霍家遭了那么大的罪,本夫人过来看看你,难道不应该吗?"

"也没什么,不过在里面偷了几天懒,病人也看不成。"淳于衍毫不客气收好钱包,连推让都免了,"夫人太客气,给这么多钱。"

"应该的嘛。"霍显上前捞过淳于衍,上看下看,前看后看,关切道,"那些狗日的,没把你怎么样吧?"淳于衍感激道:"怎么样倒没怎么样,就是太狠心,老缠着你,叫你睡觉不成,有些难受。"霍显说:"办案子的都这样,想先摧垮你意志,再从你嘴里掏出所需要的东西。"淳于衍说:"我又没做什么见不得人的事,摧垮我意志,嘴里也没什么可掏的。"

这话说得聪明,霍显瞧着淳于衍那张缺少睡眠显得灰暗憔悴的脸,高兴地笑起来:"正是的,你行得正,站得直,还怕他们拿你怎么样?"

淳于衍也笑了,笑得很是得意。霍显在淳于衍肩上拍拍,说:"虽说大恩不言谢,可你是咱霍家大功臣,成君做上皇后之后,我们还会好好报答你的。"

淳于衍心下想,我这可是提着脑袋为你霍家做事,你当然该好好报答,嘴上却说:"夫人已够意思,让淳于赏做上安池监不说,还亲自上门奖赏我。"霍显说:"这点奖赏算什么?淳于赏的安池监也是暂时的,大将军会给他安排更高、更实惠的位置。"

又闲话几句,见时候不早,霍显告辞出来,登上黑篷车。冯殷自然还等在车上,见霍显一脸欢喜,一松手上缰绳,笑道:"还是淳于衍划得来,不费吹灰之力,往宫里和监狱两个地方转上两趟,就为丈夫谋到别人想谋却没法谋到的好位置,还有大包铜钱自动跑进屋里。"

霍显拉拉脸,说:"别胡说!淳于医生是老娘老朋友,她冤里冤枉被逮进监狱，这下无罪获释，老娘来看看，难道不该？"冯殷说："该该该。我是见夫人对淳于医师也太客气了点，心里不平衡。你对我也这么好，我就心满意足了。"霍显说："你还要我怎么对你好？我只差没将心肝掏出来，给你当下酒菜了。"

冯殷翘翘嘴巴，说："自淳于衍被逮进监狱后，夫人就像掉了魂似的，整天站不是，坐也不是，再也没把我姓冯的放在眼里。你知不知道，我好痛苦，好心酸哟。"

霍显"扑哧"一笑，说："你吃我的住我的用我的，不时还往我屋里跑，钻我热被褥，床费我都给你省了，你还有什么好痛苦、好心酸的？"

"我就是好久没钻你热被褥，郁闷得要神经发作了。"冯殷嬉嬉笑道，腾出一只手，反转过去撩霍显。霍显拨开他的手，说："好好驾车，别翻车。"冯殷说："翻车才好呢，死在夫人罗裙下，冯殷做鬼也风流。"霍显说："老娘不想风流，还想多活几年，看着咱家小女成君做上皇后，我也风光风光。"

冯殷扁着嘴皮，装作生气道："你成天就念着你家小女做皇后的事，也不念念我是多么想你念你。"霍显说："老娘也要做点正事嘛，怎能只顾跟你厮混？"

调笑着，不觉已回到大将军府。一下车，霍显就直奔霍光书房，要跟他好好商量商量，怎么促成小女早日做上皇后。

霍光房里却黑灯瞎火的。霍显出门前，霍光还在房里看书，想必已经睡下。一定是白天干活劳累，需要早点休息。岁月不饶人，随着年纪的增大，霍光精力大不如前，已难得熬回夜。也不再与霍显同房，偶尔尽回夫妻之道，也勉勉强强的，显得力不从心,就像今天上午样。其实霍显并不稀罕他,冯殷比他年轻中用得多,她已很知足。

霍显已站到书房门外。抬手要敲门,又犹豫着缩了手。老头子不仅精力不如从前,睡眠质量也越来越差,夜里难得睡个安稳觉,霍显有些不忍心惊醒他。小女的事虽说是大事,却不是急事,明天太阳还会升起来,再跟老头子商量,也不为迟。

霍显车转身,回了自己屋子。正要关门,冯殷钻进来,动起手脚来。霍显骂道:"门还没关紧呢,就饿牢里放出来样。"顺手将门关紧。

冯殷一副嬉皮笑脸,说:"门要关得那么紧干啥,还怕谁来捣乱?"霍显说:"没人捣乱,也得关紧门,不然我心有障碍。"冯殷道:"你心有障碍?有障碍还跟我偷鸡摸狗?"霍显说:"你这张臭嘴,得了便宜还卖乖。"冯殷说:"到底谁得便宜,夫人可得弄清楚哟。你是有夫之妇,我是未婚童男,还说我卖乖。"

霍显忍俊不禁,笑道:"好好好,你还是童男,冰清玉洁,是我这个老女人玷污了你。"冯殷说:"你一点不显老,天天这么年轻,这么美丽。有你这么年轻美丽的女人,我这辈子值了。"

女人耳根软,听不得男人的奉承话,明知话里有假,也乐当真话来信。

隔日霍显赶走冯殷,叫来侍女,精心装扮一番,又吃过早点,这才出屋,去见霍光。不想霍光屋子还关着门,窗户也是紧闭着的。

莫非老头子还没起床?霍显感觉有些奇怪。霍光睡得早,起得也早,从没睡懒觉的习惯。要么就是病了,该起床时起不来。想想也不可能，霍光真患了病，值宿仆从早通报到了你这里，哪会没一点动静？

也许是赶早出了门。可也不太像，霍光两位贴身卫士还站在廊下呢。官越大越怕死，越怕死就越有安全意识，越离不开卫士，霍光才不会独自出门呢。霍显这才想起去问卫士，霍大将军是否在屋里。卫士说："大将军正在屋里与蔡丞相研究朝政呢。"

霍显"哦"了一声，心想研究朝政，有必要关门闭户，弄得这么神秘吗？又不是与小情妹私通。像我霍显，经常跟冯殷纠缠一起，也从没这么遮遮掩掩过。

论到这个蔡义，霍显才忽然想起，这老不死的是不是来给皇上提亲？姓许的还活着时，他就拿着成君画像找过皇上，如今姓许的已进了土眼，不正好就汤下面，玉成此事？这可是两头讨好的美差，既给皇上解决大问题，也是投霍家之所好。

让霍显想不通的是，这又没什么见不得人的，有必要遮人耳目吗？也许是姓许的死因弄出太大风波，给皇上提亲立后，也变得格外微妙起来，两个老头子才多了个心眼，事没成之前不愿太过张扬。

四十九、蔡义计献妙招，宣帝再见美图

霍显还真没猜错，霍光与蔡义躲在屋里，确实不为他事，正是商量如何才能将成君成功送入宫中，奉献给宣帝。

只是许皇后毒死之说虽无根无据，淳于衍几位相关医师也已放掉，可霍光还是顾虑重重，生怕这个时候提出立后，宣帝会有什么想法。蔡义不知底细，说："这都是为皇上着想，皇上应该感谢咱们臣下才是，怎么会有想法呢？也不是直接给皇上选后，先做点铺垫，待皇上自己有了这方面愿望，再送成君入宫也不迟。"

听这口气，蔡义好像把握还挺足的，估计已想好较为可行的运作方案。霍光就问："这铺垫又该怎么做？"蔡义说："毛延寿作的成君画像，不是还留在皇上侍臣那里吗？下官看可以在这上面做做文章。"霍光说："皇上早已见过画像，不置可否，这时候又将画像拿出来，还能产生什么效果？"

蔡义摸摸额下发白胡须，笑道："彼一时也，此一时也。彼时皇后还活着，两情缱绻，皇上不愿移情别恋，也可以理解。此时伊人已逝，阴阳两隔，皇上又是血性男儿，不可能老惦记着旧爱，心态还能不跟着发生变化？"

此乃人之常情,霍光自然能懂。看来推出成君的时机已渐趋成熟,不能再迟疑不决,错失良谋。再说霍显冒着掉脑袋的风险,指使淳于衍做掉许后,不就为挪出皇后位置,好让成君乘虚而入,把持长乐宫吗?

霍光正动着心思,只听蔡义又说道:"也不能像头次样,拿着成君画像,直接往皇上手里递,这个办法太笨,不容易见效。得选择适当时候、适当地方,营造适当氛围,让皇上于不经意间巧遇成君画像,这样叫他不喜欢成君都难。"

霍光问怎么个巧法,蔡义说:"皇宫里不有个宫廷画院,养着一批画师吗?我准备策划一个宫廷画师作品展览。"

霍光一听明白,说:"丞相是想将成君画像放画展里一同展出,待皇上观看画展时,好引起他注意?"蔡义说:"正是这个意思。头次看到成君画像时,皇上就比较感兴趣,是得知成君真实身份后,考虑许后的存在,不愿将事情弄得太复杂,才把画给了侍臣。如今再见成君画像,他肯定会是另一番感受。"

丞相要办宫廷画师作品展,画师们还能不乐意?作为以画为业的画师,这可是展现画作和提高知名度的最佳途径。画师们也就一个个踊跃得很,由画院画长牵头,在画院旁边腾出几间屋子,清扫干净,挂上从各自画室及宣室殿西画室等处挑选出来的画作。又请蔡义去现场办公,看符不符合要求。

展厅分为前、后两个部分,前厅挂的历代画师作品,后厅挂的当代画师新作。主要为人物画,有历史人物画,有汉皇人物画,有皇室人物画,还有皇上与大臣们的朝议图和游猎图之类,将前后展厅占得满满的。

蔡义的目的明确,是要推出毛延寿的《成君图》,至于历代画师作品也就不怎么关注,在前厅晃一晃便进了后厅。

毛延寿是当代画师,画作挂在后厅里,蔡义特别留意了一下,确是画师中最为突出的。还当着画院画长,随口称赞了两句:"毛画师画作不错,画得有水平。"

毛延寿就站在旁边,激动得什么似的,只顾望着蔡义,咧嘴傻笑,涎水流出三尺长,也不觉得。这可是丞相大人的表扬,并非谁都讨得到的,你难道不感到无上荣光吗?画作好坏本就没有死标准,说好就好,不好也好,说不好就不好,好也不好。何况毛延寿的水平也是明摆着的,至少在当时画师作品里,不数一,也数二。

赞扬过毛延寿,蔡义又顺便说道:"记得毛画师曾上霍府画过一幅《成君图》,好像不比今天展出的作品逊色,若能挂出来,一定会给画展添光增彩。"

当时毛延寿上大将军府去给霍成君画像,就是在场这位画院画长亲自安排的,他记忆犹新,说:"《成君图》还是经下官手呈给丞相的,后来到了哪里,下官就不得而知了,不然这次也会展出来的。"

《成君图》到了哪里,蔡义当然最清楚。那次宣帝见过《成君图》后,给了身边侍臣,蔡义已从他手上拿走,带回丞相府。这层内幕没必要告诉画长,蔡义只说:"你们对《成君图》还感兴趣,本相让人去找找,若找得到,就交你们,挂到这里。"

画长自然说好,待蔡义现场指导完画展,便带上毛延寿,一起去丞相府取画。画一到手,又赶回宫里,挂到后厅最显眼处。

画展筹建妥当，接下来该请宣帝出面了。朝会时蔡义正式向宣帝提出："在微臣倡议下，最近宫廷画院办了个历代宫廷画师作品展，颇富观赏价值。主要供大臣和皇族子弟品鉴赏识，以弘扬大汉传统，增进爱国情怀。陛下是否也起个带头作用，百忙中抽点宝贵时间出来，亲临现场，给予垂训教导？"

混迹于民间的宣帝，从小就野惯了，不在山上疯跑，就在水里嬉闹，没受过文艺熏陶，于棋琴书画之类，不懂也不感兴趣。这下蔡义无聊至极，说要他去看画展，脑袋就发涨，说："画展意义那么大，让大臣和皇族子弟多去参观赏识，确有这个必要。朕就不去凑这个热闹了吧，还是静下心来，谋划国计民生要紧。"

蔡义不便勉强宣帝，侧首去瞧霍光。霍光趋前一步，对宣帝说："陛下一国之君，这么务实，心里时刻装着国计民生，实乃大汉臣民莫大福气。不过举办画展，也是弘扬儒家传统的有效途径，其重大意义不可小视，陛下有必要多关心，多过问。"

霍光开了口，请求关心过问，宣帝再不好推辞，很不情愿地答应下来。

不用说，宣帝亲临现场御览画展，大臣们包括霍光和蔡义等重臣，自得纷纷出面，前呼后，一起来到展厅。画院画长感到无比自豪和激动，亲自给宣帝和大臣们当起讲解工来。画长毕竟是画长，专业学识丰富扎实，善于用既简洁、清晰又生动形象的专业语言，讲述出画作的来龙去脉，确实挺感染人的。

宣帝本来对画展没什么感觉，这下从画长嘴里得知，每幅画作背后还有一个精彩故事，也兴致盎然起来。还不时点点头，表示赞赏。或插插话,问些相关问题,画长都一一作答,说得宣帝很满意很开心。

展厅气氛也就一下子变得浓烈而又欢洽,君臣们个个满心喜悦,如沐春风。

很快来到《周公辅成王图》前面。这是武帝亲手送给霍光的,成就了一段千古君臣佳话,可说无人不晓。但画院画长还是提提嗓眼,饱含深情,将与画作有关的故事讲解给大家。讲解得绘声绘色,头头是道,大臣们不是啧啧称善,就是鼓掌叫好,现场气氛浓烈。

宣帝也颇受教益,动情道:"可以毫不夸张地说,没有先帝这幅《周公图》,就没有昭帝以来大汉的繁荣昌盛,就没有朕和众位臣工的今天啊!"

众大臣颔首频频,附和着说了霍光一大堆好话。说他是大汉福星,在大汉生死存亡的紧要关头,力挽狂澜,拯救了朝廷,拯救了大汉江山。从某种意义上说,霍大将军的伟大已超过周公,可谓德比周公高,功比周公大。

大臣们放肆地吹捧着霍光,吹得宣帝心里颇不是滋味。这些家伙真可耻,朕上任已有些时日,他们好像还从没这么肉麻地为朕歌过功,颂过德呢,却当着朕的面,把姓霍的吹上了天。朕心里也明白,霍光确实有恩于大汉,可大汉是刘家的大汉,刘家人怎么拔高霍光都不为过,毕竟是刘家的事嘛,你们做臣子的有什么资格嚼舌头?更可恨的还是霍光本人,也没见他谦虚两句,一副挺受用的样子,好像大臣们歌颂得还不够似的。莫非他真把自己当成了救世主,没有他老人家,大汉就真会天塌地陷,真到了穷路末路?

宣帝肚子里暗暗不满,却也不好说什么,只是脸上笑笑,将脑袋别向下一幅画作。大臣们个个都是机灵人,见宣帝已转移注意力,也不再死盯着《周公图》不放,跟着掉转脚尖,朝下幅作品缓缓挪去。

一行人面向画作,且品且行,不经意间来到后厅,也就是展览当代宫廷画师画作的地方。宫廷画师都是大腕,属于该行当里的顶尖级人物,自然不乏佳作。何况还是精心挑选出来的,次品、下品也进入不了这高层次的画展。

当代宫廷画师不乏佳作,最佳还数毛延寿的作品。画院画长又非常看重毛延寿,专门就他的大作做了隆重推介。西汉时期山水画和花鸟画还不流行,画师们主要画的人物画,毛延寿也不例外。人物画嘛,重要的是画得像人,本没什么稀奇的。可经画长一渲染,毛延寿的人物画就变得非同凡响起来,似乎已具备无比丰富的内涵,外加千古不朽的价值。

隔行如隔山,宣帝和大臣们对画艺没有专门研究,自然画长爱怎么说,让他怎么说去,反正毛延寿画得再好,也不用给他封侯拜将,加官晋爵。

不用说,《成君像》也位居毛延寿系列画作中。此画是毛延寿早期代表作,画中人又如此惊艳,也就格外抢眼,看得各位目光发直,嘴巴半张,怎么也合不拢来。

宣帝也双眸一亮,疑似仙女下凡,不信世间有如此美貌的女子。又觉眼熟,敲敲前额,才想起是蔡义曾进献过的霍女成君画像。记得当时顺手扔给了身边侍臣,今天怎么到了这里呢?许是毛延寿为参加画展另外画的吧？要么就是找蔡义从宫里要回来的。

宣帝这么猜测着，也不吱声，只是两眼粘在霍成君画像上，怎么也撤不下来。

第一次看到《成君像》时，宣帝就非常喜欢，只因心里有个许后，又怀疑霍光别有用心，才没有表示甚么。而今许后已不在人世，时过境迁，旧爱难续，心态不同以往，再见成君画像，自然又是一番感受。何况画像挂在展厅里，与当初蔡义入宫面献，也是另外一回事，霍光是否别有用心，更无从谈起。想想也与霍光不太扯得上关系，画像是毛画师自己画的，他要拿来参加展览，是他自己的事，霍光也不便干涉。

见宣帝目不转睛盯住成君像，几乎傻在那里，蔡义不禁心头一喜，知道有戏。于是试探道："这可是本次画展的最大亮点，微臣就知陛下独具慧眼，一定会喜欢。"其他大臣也赔笑道："陛下太有审美力了，您喜欢的东西绝对是好东西。"

宣帝笑道："好东西谁不喜欢？也用不着多高的审美力，爱美之心，人皆有之嘛。"

五十、老臣深知鱼乐，成君如愿入宫

君臣你一言我一语聊着，不一会儿将画展参观完毕。

送宣帝回宫后，时候已不早，众臣各自散去。只有蔡义躬着脊背，尾随宣帝，进到内廷。蔡义八十多岁的老臣，宣帝不好赶他走，客气道："丞相有事吗？"蔡义说："也没什么要紧事，怕陛下寂寞，陪您说会儿闲话。"宣帝笑道："难得丞相这么关心朕。只是丞相不是朕，怎知朕寂寞？"蔡义也笑道："陛下不是老臣，怎知微臣不知朕寂寞？"

这段对白有些"安知鱼乐"的味道。当年庄子与惠子同游于濠水桥上，庄子眼望水里的鱼，说道："鱼出游从容，是鱼之乐也。"惠子质问道："子非鱼，安知鱼之乐？"庄子乐道："子非我，安知我不知鱼乐？"

宣帝虽来自民间，进宫后想必也恶补过几册旧典，自然也知庄子和惠子这个故事，于是会心一笑，说："退朝后丞相还肯进宫陪朕说话，排解朕的寂寞，实在难得。只是内廷又非荒郊野岭，说话的人还是找得到的。"

蔡义往宣帝身边凑凑脑袋，说："微臣也知陛下不缺说话的人，不过有跟陛下说话的人，并不表明就有真正懂陛下的人。"

宣帝说:"丞相是说您能真正懂朕啰?"蔡义摇头道:"微臣昏聩愚笨,没有陛下境界,懂不了陛下。要说真正懂陛下的人,还是许后啊。"

许后嫁给宣帝时,宣帝还什么都不是,吃穿皆成问题,不是许家看得起他,哪娶得上这样的如意娇妻?宣帝感念许后好处,非常看重这段婚姻,成为皇帝后才甘冒得罪霍光诸大臣的风险,将许后迎入长乐宫。谁知好人命不长,做上国母才三年,许后便抛夫别子,独自走了,宣帝沉浸在失妻之痛里,一时难以自拔。这下蔡义提到许后,触到宣帝伤心处,他脸色愀然,叹道:"丞相说得不错,这世上最懂朕者,许后也,她这一走,想找个说知心话的人,还真有些困难。有什么办法呢?谁叫朕命这么苦啊?"

顺着宣帝口气,歌颂许后几句,蔡义又掉转话锋道:"许后固有千般好,可她已不在人世,陛下也没法与她再叙恩爱。还是看开点,看远点,多为未来着想,千万不可因失去许后,伤了龙体。陛下可不是许后一人的皇上,是大汉广大臣民共同的皇上,陛下龙体欠佳,广大臣民肯定会非常痛苦的。为臣民着想,陛下也要化悲痛为力量,振作起来。就是许后在天之灵如若有知,也只希望陛下精精神神,活得有模有样的。"

宣帝不是痴子,当然能理解这层道理,认可道:"丞相说得对,朕一定调整好心态,拿出点君主的样子来。"蔡义说:"陛下如此英明,微臣也心安了。不过要想有个好心态,陛下身边还是不能缺少女人,尤其真正懂陛下的女人。陛下瞧这个'好心态'的'好'字,便由女与子组成,意思是子有女才好,子旁无女,还好得起来么?"

"丞相不愧为先帝老师,学问就是高深,一个'好'字看去平常,到你这里就有了非同凡响的深远意义。"宣帝明白蔡义话意,许后去世已非一日两日,也到了重新立后的时候,"那又该有什么女,才好得起来呢?"

蔡义并不急于推出霍女,说:"长乐宫美女如云,陛下莫非就没看上一个?"宣帝说:"长乐宫美女如云不假,可诚如丞相所说,想找真正懂朕的女人,又谈何容易?"蔡义说:"主要是许后太优秀,一直占据着陛下的心,其他女人才一个个相形见绌,入不了陛下法眼。"宣帝说:"也许吧,许后这样的好女人,可遇不可求啊。"蔡义说:"许后这样的好女人可遇不可求,陛下若肯稍稍放低标准,略逊许后的女人还是可遇可求的。甚至不妨把眼光放开点,宫里硬是不好找,到宫外去找找。"

宣帝浩叹一声,说:"朕天天待在宫里,怎么去宫外找?又不是从前,平头百姓一个,自由自在,说走就走,说停就停,爱到哪里去就到哪里去,不用顾忌什么。"蔡义说:"要不怎么有无官一身轻之说?何况贵为天子,万民瞩目,当然不好随意走动。不过去宫外找好女人,不一定就是到民间去找,官宦人家千金也有优秀女子。"

宣帝望望蔡义,笑问道:"丞相意思,好像已给朕相中了哪位官宦人家的千金?"蔡义也笑道:"陛下不是早已相中了吗,哪还轮得着微臣来效犬马?"

这不是无中生有是什么?早已相中,还在这里废什么话?宣帝说:"丞相太会说笑话了,朕何时、何地相中了何人?"蔡义说:

"今日御览画展时，陛下不是已经相中一人吗？不过不是本人，只是其画像。"

宣帝一听便知蔡义所指何人。这老家伙也真够厉害的，自己只在霍成君画像前多留意了一会儿，他就什么都看在了眼里。也亏他八十多岁的人，还有这么个好眼力。

不过宣帝不肯认账，推托道："丞相尽说怪话，画师画像属于艺术品，朕不过见着心里喜欢的艺术品，多欣赏了几眼，哪是在相人？"蔡义眯眼笑道："陛下别瞒微臣，您心里一定喜欢她。"宣帝说："何以见得？"蔡义说："从陛下观赏成君画像的眼神，就可看出来。"

宣帝不说喜不喜欢霍成君，却问道："这《成君像》是当初丞相送朕的那幅，还是毛画师另外画的？"蔡义实话道："还是当初那幅。画展举办前画院画长专门找到微臣，说毛延寿最看重《成君像》，希望能拿回去参加展出。这要求不过分，微臣才找到皇上侍臣，暂时将画还给毛画师，让他稍作装帧，挂到展厅上。陛下也已看到，《成君像》的展出，对整个画展档次可是一个重大提升。画展结束后，画作仍会像往常样，收藏于皇宫画室，《成君像》也不例外，会物归原处，陛下喜欢，随时可入画室赏玩。"

说到这里，蔡义故意停停，望着宣帝道："不只成君画像，就是成君本人，陛下如若有意，微臣也可请进宫里，让皇上御览欣赏个够。"

宣帝优雅一笑，不置可否。

大凡当首长的，都有一个习惯，不让办的事会明确否定，若笑而不语,不置可否,一般属于默许,下级不必多顾虑,只管照办就是。蔡义摸透宣帝心理,出宫后直奔大将军府,找霍光邀功道:"祝贺大将军,皇上已欣然同意,请贵千金入宫。"

参观完画展回来,霍光就死守在家,静候蔡义回音。这下闻此特大喜讯,直兴奋得热血冲顶,差点冲破脑门,中风倒地。好在霍光还沉得住气,努力稳住自己,才没酿成严重后果。他淡然道:"还是丞相有办法,终于大功告成。"蔡义说:"哪是下官有办法?是贵千金有福气。"霍光说:"不是丞相玉成,成君又哪来的福气?老夫代表成君感谢丞相了!"

蔡义不出声道,感谢什么啰,老夫都已这把年纪,你还力排众议,破例安排做了丞相,老夫无以为报,只好给皇上牵线,把你家小姐送进宫里,算是还个人情。

不过这是不必明言的,两人心里都有数,挂到嘴上相反就没意思了。蔡义说:"大将军太客气啦,咱们谁跟谁呀!皇上既然有这个美意,大将军就把准备做充分些,择个吉日良辰,将成君送到宫里去吧。凭成君的天生丽质和聪明才智,定会博取皇上宠爱,不断进步,直到做上皇后,母仪天下。"

叮嘱完毕,蔡义告辞出府。与以往不同,霍光破例送出府门,给了蔡义天大面子。

望着蔡义欣欣然登上车子,落帘而去,霍光才转身进府,让人叫来霍显,透露了皇上同意成君入长乐宫的特好消息。

霍显那高兴劲就更不用提了,霍光话没说完,她就脖子一梗一梗的,往上直昂,像发情期的眼镜蛇,高扬脑袋,到处寻找异性。又疑心耳朵有毛病误听了霍光的话,或是想女儿做皇后想昏头产生幻觉，又追问道："你不是故意骗我的吧？"

霍光最见不得霍显这小人得志样，说："骗你干啥？老夫没这工夫。"

"没骗我，我就放心了。算皇上心明眼亮，看中咱霍家金枝玉叶。都说皇帝女儿不愁嫁，咱霍家女儿也不愁嫁呀。不是我霍显自夸，跟皇上那姓许的女人相比，咱成君无论美貌还是才德，没强过十倍也有八倍，娶成君做老婆，算他们刘家祖上积德。"霍显感到无比幸福，开始憧憬美好未来，"当然咱们吃亏也吃不到哪里去，皇上成了霍家女婿，以后除了皇家，霍家就是天下第一家族，永世永代都有享不尽的荣华富贵。"

霍光没兴趣与霍显废话，说："你是女儿母亲，多给操点心，将成君好好打扮装饰一下，适当时候送入宫去。"

霍显不再多话，忙安排财力、人力、物力，着手霍成君入宫事宜。

配备基本就绪，黄道吉日眼看也到了。霍显亲自动手，将霍成君装束一新，又前看后看，远看近看，直到完全满意，才扶入华盖豪车。

自然不只霍成君专车，还有裘马前面开道，侍卫两旁护驾，更有数十辆陪嫁车紧随其后，里面装着大批衣饰奁具和价值连城的金银玉器，一路浩浩荡荡，往皇宫方向开去。引得过往行人和街民巷众驻足围观，啧啧羡叹，说从没见过这么隆重的送亲场面，就是皇帝嫁女，恐怕也没这么排场。他们独独忘了，这不是皇帝嫁女，也是大将军将女，嫁的还是皇帝。

宫里当然也有安排，迎亲车马早已候在宫门之外。远远见着送亲车队,就礼炮共鸣,歌乐齐奏,迎将过来,将新人一行请进宫门,送至长乐宫。

虽说内廷美女如蚁,多得数不过来,可乍见霍成君,如此雍容华贵,美轮美奂,宣帝还是意乱神迷,心跳如鼓,怎么也不敢相信自己眼睛,还以为在做白日梦呢。待到美人步入内室,卸去浓妆,更显千娇百媚,比天仙还动人心,比狐狸还勾人魂,宣帝更是痴在那里,一时动弹不得,像个脑瘫患者。半天才回过神来,想起成君画像,又哪似活生生的真人有姿有态,有神有韵,有情有义?看来丹青再妙,亦有无能为力的时候,就是毛延寿这类古今难逢的高明画师,也不可能将极至之美完全描绘出来。

霍成君一见宣帝,也心动神摇,欢喜异常。这是风华正茂的青春男儿,又身居皇位,自是气质非凡,不是普通男人可比,绝对属于极品男人级别。这个世界上,可不是任何一个女人都能嫁极品男人的,极品男人就像极品艺术,数量有限,非常罕见,瞧上一眼都要看运气如何,更别说占为己有。也是霍成君福大,得嫁极品男人,还能不心花怒放?

心花怒放,表面上还不能太显张狂,这第一印象太重要了。坏了第一印象,皇上对你有什么想法,以后还怎么在宫里混?霍成君着力调整好心态,只偷偷睐宣帝一眼,便低下头去,一副半羞半涩的样子。

就是这一睐,便睐得宣帝浑身热血沸腾起来,展开双手,上前一步,将美人紧紧搂进怀里,火急火燎成就了一番好事。

五十一、千般旧爱易忘，万种风情难拒

猪崽看母，女儿看娘，霍显如此精明能干，霍成君还能傻到哪儿去？自然也聪慧过人，机敏异常。何况美貌无双，风华绝代，取悦男人欢心，简直是素菜一碟。故自打霍成君入长乐宫之后，宣帝就不再是宣帝，已成美人裙下俘虏。整日里神不守舍，云里雾里，忘了今夕何夕。当然也忘了许后过去的千般恩爱，仿佛从没有过那段姻缘似的。原来喜新厌旧是男人天性，旧人还在，尚且吃着碗里的，看着锅里的，更别说旧人已去，再不可能回来。

不过宣帝偶尔也有清醒的时候。夜里搂着怀里美人，想起岳父大人霍光，心头莫名地就会生出丝丝疑虑，自问是不是老爷子使的美人计。美人如刀，莫非老父子在等着将你的意志一点点削弱殆尽后，再趁机动你的手。

可细想又不怎么符合情理。老爷子在朝四十年，仅主持朝政便有二十多年，集军政大权于一身，大汉江山掌握在他一个人手里，机会多的是，要动手早就动了，哪还等得到如今？自己进宫前，霍禹就拿着劝进表，让众大臣签上字，逼老爷子做皇帝，老爷子都不为所动，才让人把你这个皇曾孙请进宫，扶上位。如今老爷子已土埋半截，就是弄个皇位，也享用不了几天，更不可

能往这方面想。莫非要给儿子霍禹谋皇位？也不太像。霍禹品行能力比父亲差一大截，弄个皇位也坐不稳，又何必害了霍家？老爷子又不糊涂，肯定不会冒这个风险。

宣帝由此看透霍光，绝对不是坏种，是忠臣一个。不然武帝英明盖世，当年也不会随随便便将刘家天下全权交到老爷子手上。事实也已证明，武帝并没看错人，否则大汉怕是早姓了霍，不再姓刘。正是基于这个判断，宣帝才觉得大可不必怀疑老爷子，他送霍成君入宫，也许没有其他意图，无非想给霍家留条后路。老爷子见过的世面太多，知道大功臣有个千古不变的共同宿命，生前越显赫，身后越没有好结果。也就想趁有生之年，还有些势力，将女儿嫁进皇宫，为自己死后家族子女的荣华富贵，加个天大的筹码。这其实也不为过，人皆有私心，没有私心就不足信了。

悟明白了，宣帝也就不再多心，搂紧怀里美人，尽情消受起来。人生在世，不就图个快快活活吗？身为天下人主，跟美人睡到床上，也要担心这怀疑那的，这人主做得还有什么意思？还不如普通老百姓，要吃就吃，要拉就拉，要睡女人就睡女人，谁也管不着。

这么想着，宣帝越发起劲，在霍成君身上大力耕耘着，直到消耗完身上全部力量和精气，才枕着美人玉臂，酣然进入梦乡。

梦醒时分已是天下大白。宣帝想起要临早朝，懒懒坐起身子，准备下地。霍成君也醒了过来，缠住宣帝，撒娇道："再陪陪臣妾嘛，陛下这么早就起床干吗去？"

宣帝低下头，在霍成君额上吻吻，说："美人儿啊，别忘了朕是皇上，只贪恋美人怀抱，不思朝政，也不太像话吧？"霍成君乖巧地点点头,说:"打理朝政是陛下本分,臣妾不会拖累陛下,陛下走吧。"

宣帝拍拍霍成君粉脸,将两只脚撂到地上。起身要去方便,霍成君已将衣服披到他肩头,几下帮他穿戴好,不无疼爱地叮嘱道:"别冻着,病了可不轻松哟。"宣帝说:"有你这个美人守在身边,朕爱都爱不过来,哪还顾得上生病?"霍成君斜宣帝一眼:"莫非美人当得饭?快去方便,别磨蹭了。"

宣帝方便完回来,霍成君已端上热水,试过温度,请他洗漱。这本来是侍从的事,可自霍成君进长乐宫后,她就事必躬亲,没再让他们插手。宣帝深受感动,说:"你是皇妃,怎么能把自己混同于普通侍从呢?"霍成君说:"臣妾就不能做皇上侍从吗?要知道,做皇上侍从的感觉真好啊!想想天下女人谁有臣妾这么荣幸,有皇上侍从可做?"

说得宣帝满心喜悦,很快洗漱完毕,拉着霍成君双手,一起去吃早膳。

早膳的丰盛自不必说,霍成君顾不得自己,先给宣帝盛这装那,要他好好补充补充,夜里水土流失严重,白天得补回来。宣帝望着霍成君,色眯眯道:"爱妃是要朕补充足了,夜里你又可得好处是吧?"

说得霍成君脸上绯红,嗔道:"陛下真坏,臣妾在为陛下龙体考虑,陛下却胡思乱想。"夹过一块点心,塞进宣帝嘴里。宣帝咽下点心,乐道:"好好好,朕不胡思乱想,为龙体多补充营养。爱妃也别只为朕忙碌,也要多吃些。"霍成君说:"臣妾反正不用上朝,待会儿慢慢吃也不迟。陛下不吃好,哪有力气与大臣们处理朝政？那可是挺费脑子的。"

吃过早膳，宣帝要起身出门，霍成君取来龙袍，帮他换好。又拿过皇冠，戴到他头上。然后退后一步，上下瞄几眼，再拢身，给他扶扶冠，正正领，提提袖，扯扯袍摆。嘴上说："陛下一国之君父，不是普通民众，代表的是国家形象，该讲究得讲究。若衣冠不整，拖拖沓沓，就往朝堂上跑，定然有损君主威严。大臣们面前也印象不好，他们尽管嘴里不便说什么，心里也会不以为然的。"

虽说霍成君嘴巴啰唆了点，宣帝心里却也受用。想起以前许后纵有千般好，也没这么细心照料过自己。成婚时两人还是贫贱夫妻一对，不可能有什么讲究。后做了皇后，许后想讲究讲究，一时半会儿也养不成这个好习惯，宣帝饮食起居，主要听由身边侍从操持料理。看来还是大家闺秀教养好，懂得如何疼爱和维护男人。

受用着，宣帝拉过霍成君双手，说："爱妃真是个好女子！"霍成君挖一眼宣帝，说："臣妾不用陛下表扬。"宣帝说："朕经常表扬大臣，却不可表扬表扬自家爱妃？"霍成君说："只要陛下管好朝政，让天下民众有平安幸福日子可过，就是对臣妾最好的表扬。"

"朕一定不辜负成君殷切期望，好好为政，造福天下。"宣帝松开霍成君，离开长乐宫，精神饱满地走进朝堂。

大臣们已陆续到齐。行过君臣之礼，开始你一言我一语讨论朝政。承平时期，既无战争，又无民变，都是日常政务，有律令可依，有惯例可循，一切好办。议完朝政，宣帝问还有无其他事情,众大臣都说已没什么。唯大鸿胪韦贤拱手建议道:"许后不幸离世,不觉已是大半年,长乐宫一直无主,陛下也该将立后之事提上议事日程了。"

大臣们觉得韦贤很有意思。这家伙官居大鸿胪,代皇上联络诸侯和管理民族事务,竟置本职事务于不顾,插手起立后问题来,不是狗拿耗子吗?谁都知道宣帝为数不多的几位贴身妃子里,霍成君最受宠爱,也最有背景,韦贤建议宣帝早立后,显然是冲着霍成君去的。说白了,就是想巴结大将军霍光。巴结霍光的意图明显不过,无非为日后能做比大鸿胪更大的官着想。大鸿胪属副丞相级别,再往上便是丞相,韦贤盯着的还不是这么个位置?瞧那蔡义,已是风烛残年,说不准今天在朝,明天就躺进了棺材,留下的丞相总得有人接任。

韦贤的良苦用心瞒不过大臣们,更瞒不过蔡义。他咬咬牙,不出声骂道:这个狗日的韦贤,不是盼俺早死,好尽快上位吗?实在卑鄙至极!俺老夫偏要好好活着,长生不老,稳居相位,先气死你韦贤再说。

这当然是意气之语,蔡义也知道没人真能长生不老,永远活在这个世上,屁股下的位置再可爱,也有弃位而去的一天。韦贤比自己年轻得多,又已高居大鸿胪,想进步为丞相,也不难理解。可恶的还是这小子嘴巴快,抢了讨好霍光的头功。

被人抢去头功,再放弃二功,就太亏了,蔡义顾不得多想,忙接过话头道:"儒家推崇修齐治平优良传统,要治国,必先齐家。陛下乃一国之君父,只有早日选定皇后,稳定后宫,母仪天下,才可心无旁骛,专意治理国家。"

韦贤和蔡义所奏不是没有道理，宣帝不可能不予以考虑。可立后事大，一时还未及完全考虑成熟。与百姓挑谁做大房谁做二房不同，立后乃各方利益的调整，稍有不慎就会惹出麻烦。抛开霍光送女入宫的意图不说，从平衡大局维护朝政出发，立霍成君为后也是较为明智的选择。这与前次立后不同，其时许后活得好好的，舍弃霍女，迎立许妻，借口比较充分，既能赢得众大臣支持，还可赚个糟糠之妻不下堂的好名声。现今许后已故，再不立霍成君为后，已讲不过去，大臣们恐怕也不会赞同。另外，霍成君自进宫以来，表现不俗，不乏皇后风范，立为皇后，也是自己内心意愿。

只是想起许后去世才半年多，匆匆立后，有些对她不住似的，宣帝还是下不了决心，没有直接回答韦贤和蔡义提议，问其他大臣有何高见。

大臣们都是明白人，知道霍女成君深得宣帝宠爱，韦贤和蔡义提议皇上立后，自然不是要立别人。没谁愿意得罪大将军霍光，都异口同声说陛下早该立后了。理由非常响亮，陛下肩负经世济民之大任，日理万机，身心劳苦，下朝回到后廷，没人问暖嘘寒，关心体贴，久而久之，定然对龙体产生不利影响。

宣帝还是没明确表态，说："朕不是无情无义之人，一时还忘不掉许后恩爱，这么急着立后，感情上也过不去。朕再考虑考虑吧，考虑清楚后，会跟大家商量的。"

大臣们不好勉强宣帝，只恳请他加紧考虑，国家不可一日无主，后廷不可一日无后，立后之事没定，做臣子的心里不踏实。

宣帝"嗯嗯"两声，宣布退朝，起身离座。

五十二、宠妃知恩明义,天子心悦诚服

回到后廷,霍成君上前给宣帝摘帽宽袍,一边问:"怎么这么晚才退朝?是不是碰着什么棘手问题,一时决断不下?"

也不知霍成君对立后有何态度,宣帝想试试她,笑笑道:"爱妃猜猜看,今天大臣们议论什么来着?"霍成君说:"臣妾又没在朝堂外偷听,怎么知道大臣们议论什么?"

宣帝盯着霍成君眼睛,直说道:"他们纷纷建议朕快点立后。"

照理身为宣帝宠妃,霍成君对立后话题应该最感兴趣。不想她却一副温吞水样,笑道:"立后是皇家的事,大臣们瞎操心什么?真是船上人不急,岸上人急。"宣帝说:"怎能说瞎操心呢?立后既是皇家的事,也属国事,大臣们不急谁急?爱妃入宫已非一天两天,对宫里情况已比较了解,立后之事最有发言权,朕还想听听你意见呢。"霍成君说:"立后事大,臣妾岂敢乱说?"宣帝说:"朕讨你主意,怎么是乱说?"

霍成君还是不肯开口。禁不住宣帝再三恳求,才说道:"陛下想听真话,还是假话?"宣帝说:"当然是真话。"霍成君说:"若要臣妾说真话,陛下暂时还不宜立后。"

宣帝暗吃一惊。明摆着的，目前最有可能立后的就是霍成君，她应该比谁都急，巴不得你马上下达诏书，明确她为皇后。岂料她竟是这个态度，实在让人想不通。宣帝说："爱妃倒说说理由，为什么暂时不宜立后。"

霍成君沉思片刻，认真道："现在立后，于'情'于'义'于'理'三字都说不过去。"宣帝道："愿闻其详。"霍成君说："'情'字上说，许后生前与陛下情深似海，恩重如山，她尸骨未寒，陛下就急着立后，是不是显得寡情了点？'义'字上说，许后主持后廷三年，茹苦含辛，兢兢业业，将后廷治理得秩序井然，面貌一新，吾等后来人都在享她的现福，虽说她已不在人世，却仍活在咱们心中，这么快就取代她，也问心有愧啊。'理'字上说，许后要资历有资历，要德才有德才，要政绩有政绩，后廷无人可比，陛下勉强拉个人来做皇后，定难服众，对后廷管理有百害无一利，还不如暂时空着，宁缺毋滥，以后慢慢物色人选不迟。"

说得宣帝心悦诚服，钦佩霍成君通情达理，知恩明义。想想后廷众多嫔妃，有几个不是只知争风吃醋，邀宠卖乖，谁像霍成君如此仁厚贤德，肯设身处地为你皇上利益和后廷稳定着想？光凭这一点，宣帝就觉得日后要立后，非立霍成君不可。

心里赞许着霍成君，宣帝说："还是爱妃说得有道理。看来大臣们的话听不得，立后之事不宜太草率，还是以后慢慢计议。"霍成君说："好事不在忙中取，没看准就匆忙决断，往往弄巧成拙，好事变成坏事。"

既是慢慢计议，此后韦贤与蔡义等大臣重提立后时，宣帝态度也就更加明确,说是暂没合适人选,待找到合适人选再说。大臣们不可思议,霍成君不是现成的皇后人选吗?人家已进宫数月,又深孚众望,也该确立为后了。

最急的还是霍显。皇后宝座迟迟没定人,万一夜长梦多,猛不丁杀出一匹黑马,将霍成君挤对下去,岂不前功尽弃?何况霍光也已这把年纪,在位一时是一时,说不定哪天夜里一觉睡过去,第二天再也起不来,情况就糟糕了,到时还有没有成君的戏,已是另外一回事。成君没能做上皇后,套牢宣帝,霍家以后肯定没好果子吃。

霍显不好老拿霍光年纪说事,只催他快想办法,促成宣帝早日立成君为后。

霍光心里也有几分忐忑。不过他知道自己女儿的能耐,将皇后弄到手应该不难,无非是个时间问题。于是安慰霍显道:"别急嘛,成君总会做上皇后的。"霍显叹息道:"老娘我能不急吗?成君进宫已不是一天两天,还没做上皇后,谁知皇上是怎么想的?"霍光说:"皇上怎么想,你也要管,累不累?"霍显说:"你以为老娘甘愿累?还不是为你霍家未来着想。"霍光宽她心道:"万一成君做不上皇后,还有皇太后呢,她不是霍家外孙女吗?"

霍显嘴角一撇,说:"外孙女有什么用?她不过顶着个皇太后名义而已,皇上又不是她亲生的,还会听她的不成?还是赶快将成君皇后的事搞定,别把宝押在皇太后身上。"

经不住霍显纠缠,霍光答应想想办法,与霍成君取得联系,先了解一下后廷情况。

后廷迟迟没有消息，霍显又耐不住了，追问霍光，到底怎么回事。逼得霍光烦躁起来，瞪着眼道："看你这副卵样，好像大难临头似的。老夫还活在这里，你就惶惶不可终日，哪天老夫两手一撒，去见了阎王，你还不成了疯婆，抓自己的屎吃？"

霍显更没好气，说："谁知你还能活几天？你执政二十多年，好多人看在眼里，恨在心里，哪天你一倒地，这些人肯定会跳起来，一起来踩霍家。能保护霍家的人唯有宣帝，要宣帝保护霍家，只有靠咱成君，你想靠其他人，还有你那宝贝外孙女，没门儿！"

吵了几架，霍成君终于传出话来，请父母别急，说皇上正宠爱着自己呢，要立后肯定不会立别人，只会立自己的。还说请求皇上别急着立后的不是别人，就是她霍成君本人。

两人知道霍成君在欲擒故纵，才稍稍心安了点。霍光趁机教育霍显道："老夫早跟你说过，要相信咱们的成君，决不会辜负霍家重托的。别看她年龄不大，却比霍禹他们老成出息得多。"霍显说："老娘也知道成君不是吃素的，可毕竟身处后宫，伴君如伴虎，不怕一万，就怕万一啊。"霍光说："君如虎不假，可别忘了，君也是人嘛。是人就有人之常情，就有人之喜乐哀乐，凭成君的聪明才智，讨得皇上欢心和宠信，应该不是什么难事。"

霍显爱听这个话，夸海口道："老娘俺生的女儿，还会差么？"霍光说："你只说女儿是你生的，却忘了还是老夫养的呢？"霍显说："老娘没生出来，你怎么养？"霍光说："老夫没播下良种，你怎么生？"霍显笑骂霍光道："就你种子优良？"

调笑着，霍显又说："成君也是傻，还主动要皇上别急着立后。都说成名要早，当官要早，发财要早，立后也要早，早立后早主持后廷，对国家皇家还有咱霍家都有好处。"霍光说："看来你还不怎么了解成君。她一定是觉得进宫时间不太长，资望还欠缺了点，匆匆立后，镇不住后廷。待再过一年半载的，根基扎稳，攒足资历，赢足人气，树足威信，同时进一步取得皇上信任，届时水到渠成，再做皇后，皇后才做得牢，做得久。"

霍显很赞同霍光说法，说："以前老娘总觉得，知女莫如母，其实知女莫如父啊！"

两人正在说道女儿成君，忽报蔡义来访。霍光不禁笑了，对霍显道："你猜猜，蔡义为何而来？"霍显说："他是丞相，来找你大将军，肯定为了国事。"霍光说："说是国事，并非国事；说非国事，又是国事。"霍显说："说是而非，说非而是，不前后矛盾么？"霍光说："蔡义肯定是来说成君立后的事。这首先是霍家的事，故说并非国事。可又不仅仅是霍家的事，故说又是国事。"

霍显明白过来，说："也是这个理。"霍光说："蔡义可能不止空口来说立后之事，估计连请求皇上立后的奏章都带了来。"霍显说："你就这么肯定？"霍光说："成君入宫虽说与蔡义力荐有关，可蔡义心里明白不过，皇上并不是买他的账，主要是咱霍家的面子，他只不过起了牵线搭桥的作用。蔡义又没法忘怀他那丞相的来历，也就急于在成君立后这事上表现表现，以还足我的人情。前次朝会，他已就此事口头奏请过皇上，接下来当然得来书面的。蔡义做过昭帝老师，自恃文才盖世，还不正好露一手?"

霍光真没说错,蔡义躬着背进府后,简单问候过,就开始赞扬霍家教育有方,培养出成君这样英德贤明的皇后人才,皇家幸甚,国家幸甚!旋即从袖中抽出一方黄绢,呈到霍光面前,说:"这是下官专门草拟的奏章,恳请皇上早日册立成君为后。特意带来请大将军过目,有啥不妥之处,还望斧正。"

蔡义的意思明摆在这里,他是借请霍光斧正奏章之名,向他表明自己在成君立后问题上的坚定姿态。霍光看眼蔡义,伸手接过奏章,说:"丞相是帝王之师,才高学富,无人可及,霍光岂敢斧正?咱好好学习学习。"

这话蔡义听着舒服。他那两只耳朵最乐意装的就是人家赞他帝王之师,如何有才有学。蔡义眯着两只昏花老眼,盯住霍光道:"大将军太谦虚,您是有史以来少见的文武全才,怎敢让您学习下官这粗文糙字?真是来请大将军提宝贵意见的,以便到了皇上那儿,好成功说动他早下决心,尽快立成君为后。"

霍光简单浏览一遍奏章,慢吞吞道:"丞相文笔真好,行云流水一般。说理更是透彻,将皇上立后的重要性和必要性说得头头是道,令人信服。对成君的评价也很中肯,完全符合事实,这样的皇后人才,皇上如果轻易放弃,肯定会后悔一辈子的。"

耳听霍光表扬,蔡义心里喝蜜样甜,不无得意道:"大将军这么说,这份奏章呈到皇上手里,多少会有些效果啰?"

"效果肯定会有的。"霍光将奏章还给蔡义,沉吟道,"丞相应该还记得前次朝会的情形吧?你与大臣们苦口婆心,陈明利害,力劝皇上立后,皇上都以暂时没法忘记许后旧恩为由给挡了回来,现时隔不久,又呈上立后奏章,弄不好会把皇上惹恼的。皇上一恼,以后再请立后,恐怕就不怎么好操办了。"

蔡义有些扫兴,说:"有这么严重?"霍光说:"说不定。皇上向来颇有主见,自己认定的事,不容易被人改变。成君立后之事看来还是先缓一缓,待日后时机成熟再行计议。当然丞相一片美意霍光心领了,也代表成君感谢你对她的扶持和栽培!"

霍光话说得这么明白,蔡义不好坚持,将奏章塞入袖里,告辞出了大将军府。心里却总有不甘,密切关注着宫里动态,只盼霍光所说的时机成熟那一天早点到来,好第一时间将奏章送达宣帝手里。还通过后廷关系,买通宣帝和成君身边的人,让他们及时通报宣帝对成君的态度,还有成君本人的表现。

五十三、蔡义老命归天，成君终成女主

时光无痕，倏忽过去半年。蔡义得到后廷送出的情报，说宣帝越发宠爱成君，两人天天形影不离，打成一片，其他妃嫔宫娥根本近不了身。偏偏成君深明大义，从不恃宠耍派头，仍跟初进宫时一样，处处从严要求自己，谦虚谨慎，不骄不躁，跟上下左右的人都处得挺来。皇上有什么赏赐，也乐意分给众人，有福同享，从不吃独食。成君也就深得人心，完全是一副母仪天下的姿态，关于她做皇后的呼声越来越高。

得此消息，蔡义赶紧取出曾示过霍光的奏章，准备赶早进宫，递给宣帝。奏章已经塞进衣袖，又掏出来，忍不住自我欣赏一番。这是蔡义自觉这辈子写得最好的奏章，也就越欣赏越得意，简直要陶醉了。又想这么难得的千古宏文，一旦递将上去，以后想再看到已不太容易，何不誊上一份，留在家里，什么时候想鉴赏，拿出来就是。说不定还能成为传家宝，代代相传，让蔡家后人永远铭记先祖才德。

这么一想，蔡义让府人拿出黄绢，准备亲自动手抄录。却感觉眼睛有些发涩，不知是年事已高，昏花不中用了，还是早上起得过早，没睡足觉。只得叫过相府文吏，请他代劳。文吏的字写

得不错,蔡义很满意。动作也快,不一会儿就誊写完毕,呈到蔡义手上。蔡义吧唧着嘴巴欣赏一遍,这才将誊抄稿藏好,带着原稿出了相府。

这么一折腾,待蔡义匆匆赶进宫时,其他大臣都已到堂,开始朝议。议的正是成君立后的事。蔡义张开耳朵,仔细听了一会儿,才明白议题又发端于大鸿胪韦贤。

原来韦贤也抑了一份奏章,也是强烈要求宣帝早立成君为后的。与蔡义不同的是,韦贤想起那次霍禹让大臣签劝进表的事,突发灵感,也拿着奏章逐一找到各位大臣,在上面签了字,然后才呈到宣帝手上。

众人签字的奏章,分量自然足得多,宣帝不可能不当回事。

宣帝心里早有立成君为后的意思。过去他还老念着许后,又担心成君立后之后,霍家势力太强大,不怎么好制约,才有些举棋不定。岂料成君自进宫以来,一心扑在宣帝身上,将他侍弄得舒舒服服、爽爽快快,他早将过去的担心忘到脑后,恨不得早立成君为后,以讨美人欢心。恰好韦贤重提立后之事,还递上众人联名签字的奏章,宣帝心里自然乐意。

宣帝正要表态,见蔡义姗姗来迟,才意识到奏章上好像没有这老家伙的名字,于是问韦贤道:"蔡丞相怎么没在奏章上签字?"

闻此言,蔡义不出声地说,姓韦的耍这把戏,最忌的就是老臣,怎么会请老臣在奏章上签字呢?也不知韦贤怎么应对宣帝,他总不至于如实招供,当我面说就是要背着我搞名堂吧?蔡义心下这么嘀咕着,还拿眼偷偷去瞥韦贤。

这边韦贤也斜着眼角,朝蔡义睃过来,两人目光正遭遇在一起。瞧韦贤那神气样,明明是在说:怎么样,你老蔡又迟了一步吧?

蔡义顿时怒从心头起,恨只恨这个狗日的韦贤,总抢在老夫前头,把讨好霍光的头功揽到自己身上。又不好当着皇上面,往韦贤脸上吐唾沫。好吐也够不着,两人相隔有些距离,蔡义气力虚弱,射程也达不到。只好隐忍住,收回目光,将脸别到一边去。大人不计小人过,跟这小子生气,实在犯不着。

至于韦贤,得了便宜,感觉好得不得了,撇下蔡义,扭头面向宣帝,朗声道:"禀陛下,蔡丞相一国之相,国事繁忙,微臣不便去打扰他,也就没请他老人家签字。半年前那次朝会,他就力主立成君为后,没在奏章上签字,他也不会有异议的。"

宣帝缓缓点一点头,笑问蔡义道:"韦大鸿胪和众大臣联名请求立成君为后,蔡丞相有别的不同意见吗?"

事已至此,还能有什么不同意见?蔡义暗怪自己早上磨蹭,让文吏誊写奏章,耽误了一会儿,不然俺老蔡先将奏章呈到皇上手里,韦贤的奏章还怎么出得了手?现在可好,只有让袖里这份费尽心机的得意之作留着,带回相府自我欣赏了。硬要掏出来示人,说明自己早有立成君为后的美意和实际行动,也不是不可以,然而这不是明摆放马后炮吗?岂不要丢人现眼,让韦贤他们笑痛肚子?

蔡义只得猛啄其首,极不情愿地回答宣帝道:"韦大鸿胪和各位大臣高见,成君品嘉德懿,立为皇后,可谓众望所归,微臣全心拥护,大力支持!"说完心里又有几分不爽,自己怎么这么贱,还要赞美韦贤这小子。

蔡义表了态,宣帝再无顾虑,当场宣布立成君为后。立后之议是韦贤倡导的,又瞩他选择黄道吉日,筹办册封仪式。

巴结皇上和霍光的好事被韦贤占去,蔡义肚里窝火,却只能干瞪眼,拿韦贤没法。韦贤则得势不让人,下朝时挨到蔡义身边,轻声说道:"立后这样的国家大事,本该由丞相来操心,也是丞相太忙,顾不过来,下官才越俎代庖,斗胆递上奏章,想不到皇上还真点了头,拍了板,指定由下官来主持立后大事。丞相不会怪下官狗拿耗子,多管闲事吧?"

韦贤口气里的得意,蔡义还能听不出来?真想捅这小子一刀,可惜手里没刀。只好"哼"一声,一甩袖子,掉头出了宫。

气急败坏回到家里,蔡义一把抓出袖里奏章,猛撕猛扯起来。却不知是手上没力,还是黄绢太结实,根本撕不烂。只好点了火,一把烧掉。又拿出誊抄稿,一并扔进火里。看着心机顿成灰烬,还不解恨,又气呼呼地在上面踏上两脚。

发泄完毕,蔡义才发觉力气耗尽,快要虚脱过去。扶墙稍息片刻,挪身要去椅子上躺一会儿,不想眼前一黑,栽倒在地。

蔡义从此一病不起,命悬一线。却还要硬挺着,轻易不肯合上眼睛。蔡义不想就这么死去,好了狗日的韦贤。韦贤不正盼着你早死,空出相位,让他来接任吗?这可是蔡义最不愿意接受的。自己偏偏要活着,活给韦贤看,叫他一时半会儿做不上丞相。最好是瞧着韦贤死在前头,那就大快人心了。只是韦贤比自己小很多,想叫他先死也不现实。只有一种可能,就是他突发脑冲血，无可救药。或是天上掉块大石头下来，将他砸成肉泥。

蔡义无声地咒着韦贤，一直咒了半个多月。上天还是公平的，没有让蔡义咒死韦贤，却将诅咒者小命收走。蔡义已这把年纪，还让他鸡皮鹤发地活着，上天也有些难为情。

正值韦贤主持的成君立后册封仪式在即，蔡义的葬礼也就办得简单，草率了事。

这是意料中事，不可能有谁在意蔡义的死。八十多岁的老不死，好意思活在世上，也就罢了，还死皮赖脸占着丞相位置不动，谁耐烦呀！巴不得他快点死掉，腾出位置，旁人也过过丞相瘾。故众人心思都放在成君立后之事上，配合主持人韦贤，将册封仪式弄得隆隆重重，热热闹闹，仿佛皇上登基一样。

宣帝也沉浸在册封皇后的喜庆里，朝中有无丞相，似乎都没察觉出来。事实是霍光主持朝政二十多年来，朝中大事小情都由他一张嘴说了算，丞相不过摆设一个，有无丞相，无关大局，朝政照常运转。摆设就是摆设，摆久了，容易引起视觉疲劳，被人忽略。

可这天宣帝还是意识到蔡义空出来的丞相位置，觉得该补个摆设上去。有摆设比没摆设还是强，放在那里，养养眼也好。也不忙独断，决定征求众臣意见，看谁做丞相合适。

官场中人都是人精，且是把官做到朝堂之上的顶级官员，还不知道这丞相该由皇上和霍光的人来做？皇上和霍光的人是谁？自然只能是韦贤。成君是皇上宠妃和霍光女儿，韦贤积极倡议成君立后，又成功筹办了册封仪式，这丞相位置不归韦贤归谁？

大臣们于是众口一词，推举韦贤来做丞相。

宣帝知道大臣们会提韦贤的名字。他对韦贤也比较满意，这小子灵活乖巧，会来事，能来事，放到丞相位置上，有事交他办，绝对会给你办得漂漂亮亮的。却还要故作犹豫，问大臣们道："韦大鸿胪能力强，又是副丞相级上官，确实是个比较合适的丞相人选。不过吾朝人才济济，除韦大鸿胪外，还有其他更合适的人选吗？有比较才有鉴别，众臣多提几个出来，比较比较，有利于选拔一流人才。"

山外有山，人外有人，比韦贤更合适的丞相人才自然大有人在。可合适不如合意，合适的丞相人才不见得合皇上和霍光的意，再合适也白合适了。反正丞相是韦贤的，谁还会另提人名，得罪韦贤？得罪韦贤事小，还一并将皇上和霍光都给得罪了，实在不合算。只得一个个缄口不语，好像被人在嘴上贴了封条似的。

宣帝问了几遍，见没人答言，就将目光投到岳父大人霍光脸上，问他老人家有何指导性意见。霍光咳一声，慢条斯理道："丞相位置如此重要，还是集思广益，大家来做伯乐，一起推荐吧。再说陛下心明眼亮，陛下看中的丞相人才，表态就是。"

宣帝不痴，明白霍光在作秀。自他老人家做大将军以来，哪次丞相人选不是他一张嘴说了算？又不好说破，宣帝只得恳请道："众人都提名韦贤，朕也没有其他人选，就看大将军意思。"霍光这才故作无奈道："众人一致推举韦贤做丞相，老臣也不好唱反调。过去老臣见蔡义稳重大方，学养深厚，又做过昭帝老师，威信较高，推荐他为相，众人嫌他年龄太大，对老臣颇有意见。后来老臣独自反思,年龄太大放到重要岗位上,对朝政多少有些影响,老臣要为自己的失策负责。与蔡义相比,韦大鸿胪年龄上有优势,能力超强,政绩又突出,放到丞相位置上,于国于民都极为有利,老臣若站出来反对,岂不是跟大家对着干吗?"

不反对自然就是赞成,有霍光这句话,韦贤那个急不可待的屁股,也就如愿以偿坐到了丞相位置上。

五十四、姨妈为儿媳妇，婆婆乃外甥女

韦贤心里清楚，没有霍光表态，大臣提议也好，宣帝满意也罢，自己是断然到不了丞相位置上来。说到底，这个丞相还是霍光给的。

韦贤肚里对霍光充满感激，时不时要往大将军府跑动，向他讨教治国方略。其实讨教是假，讨好才是真。讨好的办法很多，比如献殷勤，比如送大礼，就不失为有效的讨好手段。韦贤脑子好使，讨好起霍光来，手段自然多的是。

还有就是多长点心眼，见机行事，尽量让主子欢心。行走于大将军府，肯定会碰上淳于赏之流，韦贤意识到这家伙与霍家的特殊关系，很快将他扶到高位，连其夫人淳于衍也安排了好位置，享受好待遇。

这一着挺管用，不仅讨好了霍光，还讨好了霍显。霍显就在霍光面前表扬韦贤："这个韦贤不错嘛，真会办事。"霍光说："丞相就是办事的，不会办事，皇上怎么会让他做丞相？"

韦贤还揣摩霍光心思，准备腾出领尚书事职务，让霍家人来干。这个领尚书事并非什么高位，却内传外输，直达天听，是臣民与皇帝之间的纽带。正因职能重要，霍光早想让自家亲信占

住这个位置，以维护霍家利益。原来为减轻皇上负荷，汉廷明文规定，无论是官员还是百姓，谁要上书皇上，须同时具备相同内容的正副奏章两封，由领尚书事看过副封，觉得内容重要，有必要让皇上过目，才将呈上正封，否则正、副两封一并扣下，搁置一旁，不再上奏。

这是条重要言路，谁控制了这条言路，谁就控制了皇上耳目，在没有电报电话和电子举报邮箱的时代，这条言路的重要性是不言自明的。

宣帝也知道领尚书事的重要，当韦贤摸准霍光意思，推荐霍光侄孙霍山来做领尚书事时，他有些犹豫，迟迟没有表态。朝廷内外到处都是霍家的人，连领尚书事也交给霍家，自己岂不成了聋子瞎子，只能老老实实做傀儡皇帝？

宣帝没有表态，霍山一时做不成领尚书事，韦贤只能回头去给霍光汇报。霍光沉吟半响，说："不好怪皇上犹豫，如果我是他，这么重要的位置也不会轻易开口许人的。"韦贤说："要怪还是怪下官面子太小，皇上不肯听我的。恐怕得找个有面子的人出出面，才说得动皇上。"霍光笑道："你堂堂丞相大人，面子还小，谁面子大？"韦贤说："皇后面子大呀。皇后若肯在皇上面前说说话，事情肯定能成。"

霍光觉得不无道理，托话进宫，要霍皇后玉成此事。父亲托话，霍皇后当然不会等闲视之。她也明白领尚书事位置对于霍家的非凡意义，自会在宣帝面前下功夫。

好在霍皇后立后时间不久，正受着宣帝宠爱，说句什么话，肯定管用。事实也是霍皇后不仅貌若天仙，倾国倾城，且素质高，会做人，宣帝不宠不爱都不行。与从前许皇后不同，霍皇后毕竟出身名门，加之腹有诗书，雍容华贵，仪态万方，更有皇后风范。连后廷也因霍皇后操持，人和事顺，气象一新。宣帝对霍皇后也就越发恩宠，愈加燕好，备极绸缪。

霍皇后的贤德之处，还在于宣帝对她越宠爱，她越谨慎小心，越懂得严于律己，宽以待人。从不摆皇后架子，特别注意搞好上下左右关系。比如长乐宫那边，霍皇后有空没空就会去瞧瞧，给上官太后请安问好，送吃送用。上官家族已斩草除根，上官太后又不是宣帝亲娘，虽顶着个太后名头，其实无权无势，没人放在眼里。肯尊重弱势太后，最能体现高风亮节，霍皇后的行为也就有口皆碑，很能服众。

不过上官太后虽弱势，背景却不寻常，不然早年上官桀犯案时，也跟上官家族其他成员一样，一起掉了脑袋。前面有交代，上官太后本是霍光大女的女儿，能在长乐宫待下去，就吃的霍家的通。也就是说依照霍家这一脉，上官太后与霍皇后有着很近的血缘关系，该叫霍皇后一声姨妈。可从刘姓皇家这边来说，上官太后又是婆婆，霍皇后是儿媳，属于晚辈。姨妈是儿媳，婆婆是外甥女，谁大谁小，恐怕神仙都不容易搞得清楚。

正是这么个复杂关系，每次霍皇后来访，上官太后总有些为难，不知如何是好。自己是婆婆，在儿媳面前得端端婆婆架子。可儿媳明明又是姨妈，这婆婆架子端起来还真不自在。后反复琢磨，宣帝并非自己亲生儿子，这婆媳关系不过徒有虚名罢了，倒是霍家这层关系带着血缘，与生俱来，货真价实，还算靠谱。

琢磨透了,此后见到霍皇后,上官太后也就总以外甥女的姿态,站立一旁,毕恭毕敬的样子。弄得霍皇后有些不好意思,要执儿媳礼,上官太后总是不肯。多得几次,霍皇后渐渐习惯了上官太后的礼遇,不再计较谁尊谁卑,倒也心安起来。

有时宣帝来了兴致,也会陪霍皇后去长乐宫看望上官太后。与以往一样,上官太后将宣帝和霍皇后请入座位后,又仆人样乖乖站到一旁,不肯入座。

霍皇后已习惯上官太后的侍奉,一副心安理得的样子。宣帝却不怎么高兴了,心里不是滋味。虽说上官太后不属自己亲娘,毕竟是刘家先皇遗孀,堂堂正正的太后,怎能在儿皇和儿媳面前这么谦恭和卑微呢?看来平时霍皇后到长乐宫来,上官太后一定也是这么副姿态,才惯坏了霍皇后。上官太后谦卑点是她的事,可你霍皇后不能这样啊。你这不是仗着霍家势力,不把咱刘家人放在眼里吗?

宣帝略觉伤感,当年上官家族犯事,至今上官太后还抬不起头,身为堂堂太后,也这么做不起人,儿媳面前都得小心翼翼的。

这么寻思着,宣帝脸色不觉阴了阴。也是霍皇后机敏过人,见宣帝表情稍异,意识到什么,马上站起来,去扶上官太后,请她入座。上官太后说:"陛下和皇后坐,本太后已坐了好久,腰酸背痛的,正想站站呢。"霍皇后说:"不行不行,太后是长辈,您老这么站着,我和皇上还怎么好意思坐着?"

也许是霍皇后话说得诚恳,上官太后才犹豫着落了座。见霍皇后还立在自己背后,又要站起来,说:"皇后也请坐吧?"霍皇后将她按住,说:"太后千万别起身,您只管坐好了,我先站站,舒舒筋骨。"宣帝也说:"太后别管皇后,您坐着,咱们好好说几句话。"

也许宣帝在场,大长了刘家人气势,上官太后才壮了壮胆,坐正身子,与宣帝说起家常来,不再老在意身后的霍皇后。

霍皇后就这样一直站在上官太后身后,直到会面结束。

对霍皇后的表现,宣帝还算满意,离开长乐宫,回寝宫路上,还开霍皇后玩笑道:"站比坐舒服吧?站着说话不腰疼嘛。"

"那是肯定的,不然臣妾怎么会让自己吃亏呢?"霍皇后也笑道,"陛下不清楚,平时臣妾来访上官太后,她老人家总客客气气的,要我做晚辈的先坐。每次都是臣妾去扶她,她才肯入座。今天因跟陛下一同前往,臣妾一时高兴,进屋就一屁股坐了下来,忘记让太后先坐了,她竟然站着不动,非我扶她入座不可。"

宣帝不相信,霍皇后每次都会扶上官太后入座。却也不便追究,说:"上官太后这么做,是要给咱们后辈人做表率,今后皇后要多学着点。"霍皇后说:"臣妾听陛下的,以后处处以上官太后为楷模,努力提高自身素养,做一个合格的皇后,以不辱皇上恩德。"

霍皇后有这个境界,宣帝还有什么可说的?只有鼓励霍皇后道:"后廷有你这样的好皇后,朕就放十二个心,只顾全力处理国事了。"又叹息一声,说道,"上官家族不幸,当年犯案遭受株连,除上官太后外,家族成员无一幸存。太后实在太可怜,以后皇后要善待她老人家,多尊重她点,她毕竟是太后嘛。"

霍皇后心里不满了。刚才上官太后在自己身后站了一会儿,现在宣帝还耿耿于怀。也不好发泄不满,进到寝宫,霍皇后才往宣帝身上一拱,撒起娇来:"陛下还真是个大孝子,太后站立片刻,您就伤心得不得了。臣妾站了那么久,陛下也不关心一下,还说站着说话不腰疼。既然站着说话不腰疼,陛下干吗大模大样坐在那里,不站着说话?"

这一招还真灵,宣帝心下一软,在霍皇后唇上吻吻,说:"皇后还用朕关心吗?你本来就是强者嘛,父亲是三朝大将军,丈夫是当今皇上,自己又做了皇后,天下女人谁有你这么幸运和幸福?"霍皇后嘟着好看的小嘴道:"臣妾不是强者,也不是皇后,至于夫君是不是皇上,父亲是不是大将军,一点也不重要,重要的是臣妾是个女人,被丈夫疼爱的女人。"

宣帝哈哈大笑起来,说:"好好好,咱们不是皇上皇后,是一对恩爱夫妻。这你总满意了吧?"霍皇后说:"咱俩永远是恩爱夫妻,哪怕陛下不做皇上,成为身无半文的流浪汉,臣妾也要随陛下浪迹天涯,永不分离。"

谁说女人才喜欢甜言蜜语?男人对甜言蜜语也从不拒绝。耳朵灌满霍皇后的甜言蜜语后,宣帝一时心花怒放,激情澎湃,一把将美人抱上龙床,爽快起来。

霍皇后配合着宣帝,又扭又摆,又啼又唤,成就了一番美事。

风浪过去,两人享受地紧紧搂着,不愿分开。宣帝还在回味刚才的爽快,在霍皇后背上轻轻拍了拍,说:"皇后表现得真好!"霍皇后双眼合着道:"臣妾不好。"宣帝笑道:"皇后太谦虚了。"霍皇后说:"不是谦虚,是事实。"宣帝说:"什么事实?"

霍皇后睁开闪着泪光的眼睛,说:"进宫以来,所见所遇都是你们刘家人,连说句知心话的人都没有,陛下要臣妾从哪里好起来?"

如果说女人的甜言蜜语最能激励男人,女人的泪水自然最能感动男人。宣帝心头一动,舔去霍皇后盈出眼眶的泪水,问道:"刘家人谁欺侮皇后了?"霍皇后说:"臣妾是皇后,谁敢欺侮?"宣帝说:"那皇后还这么感伤干什么?"

霍皇后欠欠身,瞥一眼宣帝,偏头盯住斜阳正艳的窗户,喃喃道:"自从嫁给陛下,做上刘家媳妇,臣妾就再没碰见过咱霍家人,难道不孤苦,不寂寞?又不是平常百姓,想娘家人了,骑头毛驴,挎个包裹,左手一只鸡,右手一只鸭,大摇大摆就可往娘家赶。身为皇后,只能天天闷在皇宫里,足不出户,坐牢一样。"

宣帝笑起来,说:"皇后想骑毛驴,这还不好办?朕让人给你牵一头来,保证是天底下最好的毛驴。"霍皇后耸耸双肩道:"臣妾跟陛下说正经的,陛下还要笑话臣妾。"宣帝说:"朕不笑话皇后,安排你回趟娘家就是。"霍皇后摇头道:"不可不可。"宣帝说:"有什么不可的?"霍皇后认真道:"皇后回娘家,惊天动地,劳民伤财,不是要臣妾背骂名吗?"

宣帝想想也是,说:"那皇后想见谁,朕派人直接叫进宫来也行。"霍皇后还是摇头:"皇宫重地,怎么能随便将外人叫进来呢?出了安全问题,谁负得起这个重大责任?"

宣帝没辙了，说："皇后不回娘家，又不让叫娘家人进宫，还怎么见霍家人？"霍皇后说："办法多的是，就看陛下乐不乐意。"宣帝说："皇后说吧，只要朕能办的，一定给你办。"霍皇后说："陛下身边不是有少许近臣吗？放谁在身边不是放？留个把位置给霍家人，既不影响朝政，臣妾见起霍家人来也方便。"

这倒也是个变通办法。宣帝说："皇后说说，有什么合适人选可放朕身边当差？"霍皇后说："臣妾有位侄儿叫霍山，比较忠厚老实，完全可在陛下身边安排个位置。"宣帝点头道："朕知道霍山，他是大将军侄孙，不久前还提了一级。皇后说给他个什么位置好？"霍皇后试探道："陛下身边有个领尚书事的位置好像空在那里，级别不高也不低，臣妾觉得比较适合霍山这样的老实人。"

宣帝感到有些为难。领尚书事级别不很高，位置却比较特殊，交给霍家人，朕还哪里听得到不同声音？霍皇后也是的，偏偏盯上这么个位置。一定是霍家有什么企图，让朕两只耳朵成为摆设，以便一切听任霍家的。

见宣帝半晌没吱声，霍皇后又发起嗲来，说："刚才还说只要陛下能办的，一定给臣妾办。臣妾不相信陛下堂堂皇上，连个领尚书事位置都安排不下。算了算了，不安排算了，陛下看霍家人不顺眼，臣妾也不好勉强陛下。"

宣帝肚里嘀咕，领尚书事虽重要，其职能也是根据需要设置的，必要时候同样可根据需要改变甚至撤销其职能，另行设置。总不能因小失大，为领尚书事这么个小位置，惹身边大美人不乐吧？朕好歹也是个皇上，连讨好美人的能耐都没有，还干这个皇上做甚?

这么一想,宣帝不再犹豫,答应霍皇后,霍山改日就可到朝廷来做领尚书事。

这下霍皇后满意了,吊住宣帝脖子,啄木鸟似的在他脸上猛啄起来,好像可以从里面啄出肥肥壮壮的虫子,大饱口福。

霍山就这样到了领尚书事位置上。

五十五、辅国忧心忡忡，子侄得意洋洋

消息传到大将军府，乐得霍显手舞足蹈，忍不住对霍光说道："怎么样？还是咱闺女有办法吧，这么重要的位置，也争取到了咱霍家人手上。当初不是老娘有超前意识，想方设法将闺女弄进宫里，做上皇后，霍家人能享受今天好处吗？"

霍光可没霍显这么乐观。也不知怎么搞的，近段时间霍光常常莫名地有些不安，没法抹去那不时显现在心头的隐忧。他口气淡然道："闺女进宫成为皇后，你确实功不可没。老夫担心的是一旦纸包不住火，淳于衍干的好事败露出去，咱霍家恐怕就要大祸临头了。"

霍显瞪一眼霍光，不满道："真扫兴！你就不知说些好听的，让老娘开心开心？"

霍光没法开心。也许上了年岁的人都这样，心思重，顾虑多，明明是好事，偏偏爱往坏处想。尤其是蔡义逝世，霍光忽生兔死狐悲之感，觉得自己离这一天恐怕也不太远了。虽说还没到蔡义的年纪，却也七十好几，已不年轻。七十三，八十四，阎王不请自己去，你又不是孔圣孟圣，不去不好意思啊。也许人都如此，活到这个份上，自觉不自觉会往回看，去总结一生的功过成败，

扪心自问对不对得起社会和自己良心。应该说霍光这辈子，还是问心无愧的。没有辜负武帝信任和重托，将战争过去后百孔千疮的国家治理得井然有序，确保了大汉长达二十多年的和平和发展。中间也出现过几次危机，都凭着浩荡皇恩和自己的大智大慧，化险为夷，挽国家于即倒。唯一让霍光感到愧疚的，是许皇后的冤死。许皇后清正贤德，深受宣帝怜爱，竟遭此不测，谁心里都不忍哪。虽说这事是霍显一手制造的，可霍光自己也有推卸不掉的责任。假设见好就收，早些交出手中大权，假设平时对家人要求高一点，管教严格一点，霍显也不会欲望膨胀，野心勃发，做出这种伤天害理的事来。可人生没有假设，历史不可能从头再来，发生过的事已然发生，谁也更改不了。

见霍光不声不响，一副心事重重的样子，霍显又埋怨道："成君做上皇后，又说动皇上，将霍山安排到领尚书事这样的重要位置上，这是咱霍家阴功修得好，你还哭丧着鬼脸，像刚死爹娘似的，怕是得了疯病！"霍光忧心忡忡道："疯病有什么可怕？可怕的是哪天老夫见阎王去了，霍家遭什么报应哟。"

霍显最不爱听这种话，咒道："你想见阎王就见阎王去，老娘不相信没你霍光，皇后皇太后都在宫里闲着，什么用处都没有。老娘得通过霍山，跟成君沟通沟通，要她多给皇上吹吹枕边风，早日将霍家子弟还有几个女婿弄到关键位置上去，到时皇上还不处处都得依赖咱霍家，看咱霍家脸色行事？"

霍光哼哼鼻子，说："真是妇人之见！你最好别自作聪明，老往好处想。要知道皇上不是三岁娃娃，好哄好逗，成君要他咋的他就咋的。老夫太了解当今皇上，他在民间长大，见多识广,有历练,有主见,脑袋长在他自己脖子上,不是谁想摇就摇得动的。"

两人就这样一个打铜,一个打铁,怎么也没法说到一起去。

霍显忽觉没趣起来,不想与霍光怄气,准备出门。恰碰上霍禹、霍云还有女婿范明友和任胜几位来访,霍显忙换了副脸色,回头对霍光说:"大将军看谁来了?"

霍光也只好调整好老脸上的表情,客气着对子婿们说:"几个今天有空来走走?"

范明友是度辽将军,属几个人中间最有出息的,老丈人也格外看得起,自然最有发言权,先开言道:"咱们都各忙各的,难得来看望两位老人家,你们都好吧?"霍光说:"还好吧,这把年纪的人了,活一天算一天。"

霍显斜一眼霍光,说:"孩儿们来看望你,你该高兴才是,尽说丧气话。"霍光说:"怎么是丧气话呢?明明是大实话。这世上谁不是活一天算一天?老夫不信你活一天算两天。"

几个都笑起来,表扬霍光诙谐。

闲话几句,论起霍山荣升领尚书事,霍云说:"皇后真有面子,一句话,皇上就将领尚书事给了霍山。"霍禹说:"皇后有面子,这是没的说的。另一方面也说明皇上懂味,知道没有咱霍家,他的皇帝不是那么好做的。"

霍光瞪一眼霍禹,骂道:"混账话!怎么是皇上懂味?是皇恩浩荡!你这话只能在家里说,说出去可要给咱霍家惹祸的。做人要知恩哪,皇上这么看得起咱霍家,是咱们的福气,要倍加珍惜，学会谨慎做人，努力做事，报效朝廷。"

霍禹再不敢吱声，缩到一边。范明友忙把话题引到霍皇后身上，问霍显道："皇上看得起皇后，皇后在里面挺好吧？"霍显说："挺好挺好，头次霍山给皇上呈递奏封，见过皇后，她还特意捎话回来，她过得非常愉快。就是有些想家，也想念各位兄弟姐妹，要你们多多保重，好好办事，别辜负皇上的栽培和胜任。"

几位都点头，表示一定牢记皇后谆谆教诲，紧跟皇上，忠于朝廷，确保大汉江山永不倒。

又说了几句皇上和皇后，几位见好就收，告退出去。霍显送出门去，几位又小声要求道："霍山现在是皇上近臣，不容易见着他，下次他到大将军府来，烦请母亲给他说一句，要他抽空跟叔兄们见个面，说说话，喝喝酒。"霍显笑指几位道："原来你们进府看望我和大将军是假，想托话给霍山才是真。"

几位都笑起来，说还是母亲了解孩儿们心思。霍显说："好好好，下次霍山有闲，我一定安排你们跟他见上一面。"

没过多久，霍山进大将军府来向霍光汇报朝政，霍显趁霍光如厕之际，把范明友他们想法透露给了他。霍山说："行啊，自做上这个领尚书事，孙儿就没消停过，这几天刚好没有要紧事，正可跟叔伯们聚聚。"

霍显传话给霍禹他们，几位立即走进范明友将军府，备好酒菜，请霍山入府赴盛。霍山如约而至，几位纷纷高举酒盅，祝福他荣登领尚书事要位。

霍山一脸得意，嘴上却说："领尚书事的差事不好干啰，好多奏章要过目筛选,还得时刻听从皇上召唤,皇上随时想起了解什么情况,一个招呼打下来,就得乖乖往宫里跑,将有关奏章给他老人家呈上去。"

羡慕得几位口水直流。想想也是,世上有几人能经常面见皇上?霍禹说:"这好哇,跟皇上走得近,晋升机会才多。"霍云说:"可不是?你老在皇上面前晃动,皇上印象就深,有了重要位置,还不最先想到你?"范明友说:"这叫做知人善用。长官连你是谁都不知道,要他怎么用你?只有对你知根知底,才会放心大胆使用你。"霍山笑笑道:"知人善用还有这个解释法,本领尚书事倒是第一次听到。"

觥筹交错之际,各位耳热心跳,微有醉意。又是兄弟叔侄,说起话来不必绕圈子。先是范明友开口道:"霍山贤侄啊,平时本将军对你还不错吧?你进宫见着皇后,也给本将军美言几句,要她在皇上面前提提,给本将军安排个靠近皇上的位置,好为皇上保驾护航。"

霍禹有些不满,说:"姐夫,你也是,都已做上度辽将军,还不满足,还想到皇上身边去当差。"范明友说:"做将军有什么好?长年在外,与皇上离得远,不容易吸引皇上眼眸,还是要争取到皇上身边任职,与皇上打成一片才是。"

说得霍禹怦然心动,对霍山道:"贤侄也得在皇后面前替叔叔说句话,也为叔叔在宫里弄个一官半职的。"霍云生怕被落下,也强烈要求霍山,见了皇后,别忘了提他名字。

霍山拍着胸脯答应下来,改日宣帝有召,进宫办完公务,见着霍皇后,特意将范明友他们的话递给她。霍皇后沉吟半晌,说:"本后这些兄弟子侄也太性急了点,都已到了高位、要位,还要得寸进尺,想着更显要的地方。不过也能理解,谁都有个上进心嘛。只是本后也有本后难处,在皇上面前提多了请求,不一定管用,还会惹他不高兴。"

霍山有些意外,想不到霍皇后会是这个态度。霍家人挖空心思送你进宫,做上皇后,不就是巴望你多为霍家办事,提高霍家实力吗?怎么论到为霍家人说话,就这么前怕狼后怕虎呢?我霍山又不是没见过皇上,皇上向来平易近人,还是蛮好说话的,你做皇后的提点什么请求,他还能不给予考虑?

最恼火的,还是已在范明友他们面前拍过胸脯,霍皇后不肯买账,下次怎么面对他们?霍山只好恳求道:"皇后过虑了,皇上这么看得起你,你有求于他皇上,皇上肯定二话不说,照您意思办理,哪会有不高兴的?"

这个霍山还真有些难缠,霍皇后只好含糊道:"本后试试吧,先看看皇上态度。"

霍皇后口说试试,过后就将霍家兄弟的事搁到一边,没在皇上面前论过半个字。霍山做上领尚书事没多久,又替霍家子侄提要求,要皇上作何感想?霍皇后年纪虽不大,却向来老成,不肯做没把握的事,更不愿弄巧成拙,好事变成坏事。也不是不愿帮霍家兄弟,得看时机和火候,时机和火候不到,是帮不出什么结果的。

霍家兄弟左盼右盼,没见动静,又找到霍山,问他到底怎么回事。霍山敷衍几句,下次进宫见到霍皇后,问皇上是个什么态度。霍皇后说:"皇上态度还不太明朗。好事不在忙中取,见着兄弟们,要他们先别急,本后会积极争取的。"

说会积极争取,正说明还没有争取。霍山难免有些泄气,告辞霍皇后,低头出了宫。他太了解霍禹和范明友几个,没给个满意交代,他们是绝不会放过你的。说不定已守在你家里,等着你回去给说法。

霍山这才意识到,这个领尚书事还真不那么好做。

果然快到家时,远远望见好几辆高档华车堵在门外,正是霍禹他们的车驾。霍山怕了这些官迷,家也不敢归,掉头准备去大将军府。本来替霍禹他们找霍皇后说情的事,霍山一直瞒着霍光,现在看来只能端出他老人家,才对付得了这几个家伙。

来到大将军府,门口站着三个人,正嘻嘻哈哈在说笑。瞥见霍山走过去,三人忙迎上来打招呼,说领尚书事成了皇上红人,也请说说好话,赏个小官干干。

五十六、忠臣一病不起，明君入府探视

霍山认得这三个家伙，一胖一瘦两个年轻人是霍家马夫，平时没少给霍山牵马服务，非常熟悉，另一个中年人是长安亭长，名叫张章，过去跟两位马夫一起养过马，后跑关系，走门子，谋了个亭长职位。亭长直面百姓，事情不少，张章却常常扔下手头差事，到大将军府来会两位马夫，看有没有机会认识霍家人，弄个比亭长稍大点的官。一来二去的，果然通过两位马夫认识了霍家子侄，可人家并不怎么理睬他，更别说替他谋官啥的。张章也不在乎，有空还是照常往大将军府跑，混顿油饭，或看看两位马夫，掏钱打罐酒，三人一醉方休。

这天瞧见霍山匆匆而至，三人又围上去奉迎几句。霍山哪有心事跟他们玩笑？腔都没答就进了府，往霍光书房跑。见着霍光，说明来意，霍光气不打一处来，瞪着眼睛大骂道："这些没出息的东西！不思进取，不好好干事，成天只想着跑关系，到好位置上去。好位置都是干出来的，难道是求情求得来的？老夫当年不是以身作则，从武帝交代的每一项小事做起，怎么会取得他信赖，委我以重任？现在的年轻人哪，真不知怎么说你们才好。"

也许是内火过旺，肺气成痰，上涌堵住喉头，霍光话不成

句,猛咳起来。咳得满脸紫涨,咳得人都缩作一团,几乎成了一只球状穿山甲。霍山忙上前,在霍光背上轻轻捶着,一边检讨道:"怪孙儿不孝,不该乱说,给您老人家添烦。"

霍光摆摆头,又摇摇手,不知是表示不怪霍山,还是对霍禹他们感到失望。

霍山顾不得这些,继续在霍光背上捶着,生怕这口痰封住他气息,要了老命,自己担当不起。霍光还算有些气力,在霍山帮助下,终于将痰咳出来,吐进仆人端过来的痰盂里。霍山留意了一下,痰里还带着血丝丝。

仆人拿走痰盂,复又送上茶水。霍山接过茶盅,送到霍光嘴边。霍光漱漱口,慢慢将茶水喝下去,紫涨的脸色也渐渐恢复原样。霍山这才蚊子样细声问道:"感觉好些了吧?"

霍光点点头,说:"没办法,人就是这样,五十岁,一年不如一年;六十岁,一月不如一月;七十岁,一天不如一天。不过再怎么的,还有几天让我活,一时死不了。"霍山笑道:"叔爷怎么会死?肯定会长命百岁。"霍光说:"命长人贱,长命百岁干什么?看着霍禹他们胡来,给老夫脸上抹黑?"

霍山笑起来,说:"霍叔他们要求进步,就是给您老脸上抹黑,有些说不过去吧?"霍光说:"要求进步没错,可要求进步也得循序渐进,一步步来呀。霍家出了个皇后,他们就那么不安分,老逼她找皇上要官,这像话吗?老夫知道他们意思,趁老夫还有口气在这里,皇后又正受皇上宠爱,赶紧弄个好位置,永葆荣华富贵,等到老夫一死,出现什么变故,就不好说了。可他们哪里知道,皇后这张牌不能想打就打,打多了,皇上肯定会有想法。皇上一有想法,皇后地位岌岌可危,到头来遭殃的还是咱霍家。"

这个道理不深奥,霍山能懂,点头道:"孙儿也觉得不可轻易给皇后添乱,能不惊动她,尽量不惊动她。"霍光说:"你能深明大义就好,以后别理睬霍禹他们。"霍山说:"孙儿一定遵照叔爷爷指示办。不过孙儿也分析过禹叔他们的意图,可能还不仅仅想永葆荣华富贵,还有更为远大的理想。"

霍光略觉惊讶,说:"他们还有远大理想?"霍山说:"禹叔现在已是一定级别的军官,自然想再往上走走,做上高级将领,成为国家栋梁和皇上重臣,也像您老人家样,将来有机会做个托孤大臣什么的,名垂青史。"

闻此言,霍光吱声不得,半日无语。他早就心知肚明,霍禹确有这个野心,想做军权独揽的皇帝身边重臣,以后好左右朝政,一手遮天。这蠢货也没想想,自己有没有这个德行,有没有这个能耐。德薄而位尊,智小而谋大,力小而任重,是要坏事的。何况他霍禹不是老夫,宣帝也不是当年的武帝,历史不可能从头再来,莫非他想做霍光第二,就做得上的?

不过霍禹所企图的,又正是霍光所希望的。霍光再清楚不过,自己在位时间太长,不可避免要得罪人,遭人嫉恨,自己活在世上,人家拿你没法,一旦你离开这个世界,难保不找你子孙算账。尤其许后之死,表面看去事情已经过去,可记性好的人肯定耿耿于怀,说不定哪天还会旧事重提,找霍家麻烦。也就是说,霍家隐患一直潜在着,从来没真正排除过。要想将隐患隐藏下去,永不见天日,没别的办法,只有加强霍家实力,能抗得住来自各方的打压。最好像霍禹所设想的,霍家再出一个霍光,前赴后继，把握军权，主持朝政，背后又有皇后支持，谁也不可能把霍家怎么样，直到随时间慢慢推移，许后之死逐渐淡出人们记忆。

可是让霍家再出一个霍光，霍光一点信心也没有。都说将门出虎子，却往往将门只出犬子。霍禹包括孙辈霍云、霍山他们，霍光从来就没在他们身上发现过虎气，只有犬气。好在几个女婿，比如度辽将军范明友，以及任胜、邓广汉、赵平，勉强还算不错。只是女婿们都是外姓人，不姓霍，不可能永葆霍家安危。

不过霍光还是从范明友他们身上看到了一点点希望。虽说他们是外姓人，毕竟是你霍光女婿，关键时刻绝对会维护你霍家利益。遥想武帝时期，老兄霍去病已故，自己无依无靠，单枪匹马，不也完成武帝托孤辅政重任，将朝政和大汉江山打理得像模像样，同时也让霍家从寡到众，渐渐兴旺发达起来？

霍光的意思是，如今霍家已非当年可比，若将整个霍家势力凝聚在一起，并不比当年自己一人单打独斗差。想想当年仅凭咱霍光一己之力，尚且能把持军政，左右君臣，现在整个家族力量齐聚一起，还玩不转朝廷？

想到此处，霍光莫名地兴奋起来。他有了一个设想，要趁还活在这个世上，凭自己和皇后的能力，让霍禹、霍云、霍山他们上到应有的位置。他叫来霍禹几位，嘱咐别找霍山，给皇后惹事，他们的进步还是交给自己来办。

霍禹几个自然欢喜，离开大将军府，该干什么干什么去，不再纠缠霍山。

谁知人算不如天算，待残冬过去，转年进入地节二年春，霍光忽然病重，卧床不起。消息传入宫中，霍皇后大放悲声，说这次老父怕是大难难逃，活不了多久了。

见霍皇后哭得伤心，宣帝也唏嘘不已，准她假期，回家省亲。霍皇后略做准备，正要动身，宣帝又改变主意，决定与皇后出宫，一起去看望霍光。霍光盖世功勋，又是自己岳丈大人，不去见一面，于心何安？

来到大将军府，霍光已是奄奄一息，口不能言。众儿孙都围在床边，满脸悲戚。当然不是悲霍光，这老家伙都已这把年纪，也该见阎王去了。他们在悲自己的前程。老家伙有言在先，要儿孙们别给皇后惹事，晋升的事交他来办。如今他老命不保，还办什么办？忽闻宣帝和皇后驾临，各怀心事的儿孙们赶忙退到两旁，让出空隙。

霍皇后急步上前，喊声父亲，顿时哭倒在地。

宣帝也禁不住泫然涕下，望着仿佛已死去多时的霍光，自忖大将军一世英雄，也有倒下的时候。不免心下窃喜，从此再也不用受这老家伙约束，时刻看他脸色行事。转而又想，自己虽为帝胄，却从小流落民间，混同于普通老百姓，不是这个大将军玉成，哪能一步登天，入主皇宫？感激之情也就油然而生。

感激让宣帝生出要为霍光做些什么的想法，以报答他老人家的大恩大德。宣帝往前凑凑，启开圣嘴，轻声说道："大将军，朕看望你来了。"

也是怪，刚才女儿们大哭小啼，霍光无动于衷，什么反应也没有，这下宣帝轻轻动动嘴唇，他就猛然睁开眼皮，望了宣帝一眼。

也仅仅一眼,旋即眼皮又无力地合上了。不过机敏的宣帝还是在霍光瞬间目光里读出既丰富又复杂的内容,诚恳道:"大将军有什么话,只管吩咐好了。"

霍光没有任何表示,已然死去一般。

便急坏了霍禹他们,暗暗跺着脚,不出声地大骂霍光,这个该死的老家伙,皇上都开了口,也不肯为我们说句好话。你就要咽气了,咽气前提点请求,留个遗嘱,实属常理,皇上还好拒绝不成?虽说皇上至高无上,毕竟人死为大,此时你说句什么,他不可能不当回事。

也许宣帝已意识到这是与霍光说话的最后机会,又说道:"大将军放心,朕是你一手扶持起来的,一定会发扬你的光荣传统,将大汉事业好好继承下去。还有你定下的治国大政方针,朕也会坚持不懈,永不动摇。"

霍光嘴角终于微妙地颤了颤。宣帝瞧在眼里,俯下身子,将耳朵送到霍光嘴边。一旁的霍禹他们紧张得大气不敢出,耳朵支棱着,想听霍光说些什么。

霍光却什么也没说,嘴角粘了胶似的,毫无动静。还是一直傻在那里的霍显像忽然想起什么来,从霍光枕下拿出一样东西,交到宣帝手上,说:"这是大将军倒床前专门写给陛下的,叮嘱别忘了呈给陛下。"

宣帝接过去一瞧,原来是一封谢恩书。宣帝觉得有意思,您就要离开人世了,还写什么谢恩书啰,再谢也白谢了。也来不及细读,给霍显和霍禹他们交代几句,要他们好好照看大将军,带着霍皇后,离开大将军府,返回皇宫。

五十七、君恩重如山岳,满门荣华富贵

一入宫,宣帝就摊开霍光谢恩书,认真御览起来。

只见霍光写道,老臣虽不才,却蒙武帝错爱,将幼主昭帝托孤于老臣。士为知己者死,为感谢武帝知遇之恩,老臣时时小心,处处谨慎,只想着如何扶持幼主,振兴汉祚。可贵的是昭帝贤德,视老臣为知己,老臣丹心一片,废寝忘食,忠君爱民,与大臣们努力打造汉业,国家日见兴旺发达。至昭帝西行,宣帝入朝,更是圣明,看得起老臣,信得过老臣,君臣相谐,共创盛世,共建辉煌,汉室愈发强大起来。

看到这里,宣帝忍不住笑了。这哪是谢恩书,完全是自我表功书嘛,虽说看去是表扬汉家皇帝。其实霍大将军的丰功伟绩明摆在这里,不自我表功,大家也哑巴吃饺子,心中有数,不知他为何还要打屁脱裤,多此一举。

这么想着,宣帝继续往下看去。书中霍光笔锋一转,说老臣老病侵寻,不日将逝。今生得遇明主,算没枉来世上一遭,死而无憾。况陛下如此英贤,由陛下执掌乾坤,汉室的明天将会越来越好,老臣死可瞑目,毫无后顾之忧。略不放心的是霍家不肖子孙,由于平时自己忙于国事,无太多时间调教管束,没几个成器

的。当年武帝把刘家天子托给老臣,现在老臣也效法先帝,把霍家不争气的子孙交给皇上,恳请严加教育,该惩的惩,该罚的罚,绝不能让他们胡作非为,危害国家,造成不可挽回的损失。

谢恩书写到此处,便收了尾。宣帝有些不得要领,弄不懂霍光到底想说什么。自古只有君托孤于臣,哪有臣托孤于君的?再说霍家子孙成群,也不孤呀。又都已成人,好些都比寡人还年长,这孤又从何托起?

不过宣帝不愚,很快就悟出霍光临死递交谢恩书的真正意图。说穿了,就是当年俺霍光在你刘家危难之际,挺身而出,保住刘家命运和汉家天下,如今俺行将就木,你刘家天子对俺霍家子孙总不可能不管不顾吧。

这岂不是讨价还价吗?谁见过臣子向皇上讨价还价的?宣帝想想就来气,一把将谢恩书扔到地上,还抬了腿,要踏几脚,泄泄气。

可宣帝还是脚下留情,没有把气撒在谢恩书上。撒气是气量小的表现,宣帝不愿做小气鬼。于是弯腰拣起谢恩书,掸去上面灰尘,静下心来,又从头读过一遍。

读着读着,霍光音容笑貌在脑袋里渐渐浮现起来,宣帝莫名地有些感动了。是啊,霍光是汉家福星,可以说没有他老人家,就没有俺汉家的今天,更没有俺刘病已的今天。为汉家操劳一辈子的霍光将不久于人世,临死前专门上书,请你这个他亲手扶起来的皇帝关心关心他霍家子孙,应该不为过吧?

那么怎样关心霍家子孙呢?皇帝可不是邻家大哥,对你递个笑脸,问问寒,嘘嘘暖,就可算关心。皇帝拥有整个天下,当然不能只嘴皮上关心,得拿出点实在的东西。世上什么最实在?自然钱最实在、权最实在,除此两样,别无他哉。霍光在朝三十多年,执掌朝政二十多年,子子孙孙,七姑八姨,都安排在肥水衙门,家里垒着金山银山,最不缺的就是钱,用钱关心,显得多余,人家也不稀罕。看来还得拿权说事。本来霍家不少子弟都有官位,不少还是高位、显位,并不缺权。可世人心态都一样,位越高越高兴,权越重越欢喜,甚至恨不得取代你做皇上的,坐上龙椅,掌上皇权,君临天下。有道是礼轻不送人,世人这么看重"权"字,宣帝只好忍痛割爱,适当腾些位置出来,打发霍家子弟,安抚霍光。

第二天,宣帝就召集丞相和御史大夫等大臣,讨论霍家子弟位置问题。

最先讨论的是霍光儿子霍禹。霍禹已是中郎将,算军队中级将官,只能在军队里安排位置,总不好让他转业地方,放到衙门里去。历来军权重于行政权,霍光肯定也有这方面考虑,不然也不会老早就将霍禹塞进军队。

讨论来讨论去,最后确定让霍禹做右将军,霍光过世后再继承他的博陆侯。右将军是次于大将军的高级将领,属军队最高长官之一,霍禹自然满意,觉得自己这个皇上姐夫算没白做。接受任命时,激动得全身打战,像得了癫痫似的。手捧钦署委任状,欢天喜地地出得皇廷,又反反复复看了好几遍,还是不敢相信这是事实。还以为夜里跟小妾玩过了头,睡眠不足,眼睛发花,误将普通公文看成了皇上委任状。又对着太阳,将"右将军"几个字照了又照,直到确认无误,才放下一颗心来,飞身跃到马背上,往大将军府狂奔,要在第一时间,把这天大喜讯告诉就要落气的老父。

进得大将军府,来到霍光床前,霍禹就喜不自禁地呈上委任状,说:"父亲大人看到没有,皇上已任命孩儿为右将军。"

霍光已近弥留,什么表示也没有。只有霍显细心,发现霍光脸上肌肉悄悄往上提了提。这是人高兴和满足时面肌的走向。霍显掉头对霍禹说:"你父亲知道了。"

你又不是父亲,怎么知道他知道了?霍禹感到疑惑,收好委任状,慢慢转身,朝门口走去。霍显跟上来,附在他耳边道:"你父亲已拖不了几时,将弟兄们都叫来,给他守气吧。"

守气说得准确点,就是守最后一口气。佛凭一缕香,人活一口气,待最后一口气落下,生命也就到了尽头,戛然而止。这最后一口气的意义也就显得尤为重大,做儿孙的没能守住,是对长者的严重怠慢,属于大不孝。霍禹懂得这层道理,"嗯"一声,抬腿出门,吩咐身边人,立即通知各家族成员,速速进府,为老人家送行。

儿孙们很快到齐,紧紧围到床前,盯住霍光那气若游丝的嘴巴。

那个年代人们年寿普通不长,七十多岁已是少见的高寿,没谁觉得霍光活得不够,应该再活几十岁,死在儿孙后面。可一个个还是面呈戚色,伤心欲绝的样子。想想也是,霍禹叫大家拢来干什么?还不是做样子给霍光瞧的?尽管他两眼紧闭,对谁都不理不睬。

可恼的是霍光迟迟不肯落气,那丝微弱的气息一直停留在嘴边,说有似无,说无似有。总不可能上去捂住霍光嘴巴,强行断掉他的气吧。也不好催促他通昧些,别贪生怕死,赖着迟迟不走。催也没用,那是阎王老爷的事。有句话说是,阎王要你五更死,决不留你到天明。只好耐着性子,等着阎王老爷体谅大家心情,快做决定。

又过去大半天,霍光还在坚持,像故意与儿孙们较劲,你要他早点落气,他偏不,先气死你们这些小子再说。

最后还是霍显提醒各位道,老头子可能还在等一个人。大家急问是谁,霍显说:"还能是谁,咱家的皇后女儿呗。"

众人恍然大悟,异口同声道:"咱们怎么就忘了皇后呢?皇后可是老人家掌上明珠,老人家就要离开这个世界了,没能跟女儿见最后一面,道个别,心里肯定不踏实。"纷纷敦促霍禹,赶快派人入宫,将皇后请回来。

霍禹扒开众人,出门叫来卫士,嘱其速速进宫,躬请皇后。卫士牵马出来,正要往马背爬,霍禹叫声且慢,要过缰绳,自己翻身上马,往宫里奔去。

直至霍皇后随着霍禹,哭哭啼啼赶进霍府时,霍光还顽强地吊着那口气。

霍显在霍光身上拍拍,哄小孩样哄道:"大将军听好了,皇后已赶回来,儿女们个个都在,你总可以放心了吧?"意思是说,你也该上路了。

可气的是霍光不听哄,还是不肯落气。皇后都请到了场,还不能解决问题,霍显也没辙了,回头望望众人,满眼都是企求。众人摇着头,无能为力的样子。

唯有霍皇后显得胸有成竹,嘴唇对着霍光耳边,轻声道:"父亲大人,我是成君,特意从宫里赶回来看你的。"

霍光似乎感觉出了霍皇后的到来,张着的鼻翼微妙地翕了翕。霍皇后又道:"尽人皆知,您老人家三朝元勋,一世英雄,匡扶汉主,振兴汉业,功高盖世,泽惠万代。今天霍家儿孙都在这里,他们在您老的调教下,个个都出息得很,朝廷内外都是咱霍家的人,他们将继承您老遗志,继续服务汉室,永葆霍家富贵。女儿看您应该没有什么牵肠挂肚的了,您只管放心走吧,咱们不会惦污您的英名的。"

霍皇后的话说得够直白也够动听的了,可还是说不落霍光那口气。换了别人,皇后如此苦口婆心,还这么硬挺,恐怕早不好意思了。

霍皇后细想想,又说道:"父亲是不是担心我几个兄弟比不上您老人家,无力保全咱霍家家运?若是这样,父亲就过虑了。没错,父亲是咱霍家的大树,有您老人家在,子孙们背靠大树好乘凉,自然用不着发狠奋进。您这一走,他们没了靠山,只能靠自己,日子肯定没先前舒服。不过霍家子弟都不是孬种,自会努力上进,好好为人,认真做事。何况兄弟们都有了重要位置,霍禹兄还做上了右将军,也会从严要求自己,干出一番伟业。"

霍家后人的前途,是霍光最大的心病,霍皇后把话说到这个份上,他应该满意了。不想霍光还是冥烦不化,不愿落下这最后一口气。

只要老家伙这口气不落下,众人就不得消停,霍皇后没法子,只好挖空心思,临时编造谎言,先哄住霍光:"女儿出宫时,皇上还让捎话给您老人家,鉴于咱霍家对朝廷的莫大功绩和贡献,除将霍禹兄委任为右将军外,还准备起用其他兄弟,包括霍家女婿们,该升迁的升迁,该重用的重用,该封侯的封侯。皇上还说,这么做不仅仅是报答您老人家对大汉皇朝的大恩大德,也是出于确保汉家江山永不倒的实际考虑。原因很简单,霍家世代都是拥君爱国的忠良,皇上不依靠忠良,还依靠谁去?"

这大概是霍光最要听的话,霍皇后才说完,他就痛痛快快,咽下这久久不肯咽下的最后一口气,牙一咬,头一歪,撒手而去。

众人长长地松了一口气,像卸下肩头扛了许久的重担。一时都忘记该对死者表示点什么,还是霍皇后抱着霍光尸体,开始张嘴悲哭,众人才装模作样,窃喜着号起丧来。

大将军府顿时变得异常忙乱,各人分头行动,着手办理霍光丧葬事务。

五十八、辅国功德圆满，天子封赏霍门

不用说，丧葬规模绝对是盛大和隆重的。

宣帝亲自出面吊唁，上官太后也到场表示哀思，文武百官更是无一例外，纷纷赶往大将军府，送别功臣。宣帝有旨，安排得力重臣，监治霍光坟茔。特赐御用衣衾和棺椁，调用闭窗则温开窗则凉的温凉车载运灵柩。这是只有皇帝死后才能享受的灵车，不是谁都有这个资格的。外加黄屋左纛，也如天子制度。还征发畿卫各军，一起送葬，让太中大夫代表皇上持节护丧。墓前则置园邑三百家，专门派兵守墓。霍光下葬后，按规矩谥其为宣成侯，原来的博陆侯则继承给霍禹。

到此，霍光故事已然结束。

可霍家故事还在继续，汉朝故事还在继续，中国故事还在继续。

见霍光生得伟大，死得光彩，简直羡煞天下男人，觉得做人做到霍光这份上，太值啦。别说霍光一世功业，可不是随便哪个男人都能达到的，就说死后像他样享受如此隆重的天子葬礼待遇的，自古以来也不多见，霍光还真是特例。

至于宣帝为什么会如此厚待霍光，让他哀荣备至？大臣也

各有识见。有的说霍光主持朝政二十多年,是没戴皇冠的皇帝,死后享受天子待遇,也在情理之中。有的说霍光有大功于汉,不是他关键时刻力挽狂澜,汉朝早不存在了,死得体面点、风光点,没什么不可。也有的说霍光与汉家瓜葛太深,他不仅是大将军,还是皇上岳父、皇后父亲、上官太后外公,宣帝让这个恩重如山的重臣临走时威风一回,也是他的一片孝心。

不过还有一种说法,大家只闷在心里,不肯说到嘴皮上。那就是霍光之死,对宣帝来说太不同寻常,他没法不激动,不兴奋。一激动,一兴奋,就容易做出非常举动,干脆将霍光当成天子来安葬得了。那天陪霍皇后去大将军府看望霍光,宣帝就知他已拖不了几时,心下好不得意。这下霍光终于扔下权杖,悄然西去,宣帝顿生如释重负之感,仿佛压在背上的大山一下子被搬开,心情格外轻松,无比爽朗,厚待霍光也不足为奇。

早在进宫为帝的那一天,第一次见到霍光,宣帝就生出这种大山压背的莫名其妙的感觉。随着时间的不断延伸,与霍光相处得越频繁、越密切,这座大山对自己构成的压力便越大,简直压得宣帝喘不过气来。这让宣帝很是绝望,想逃离这座大山,可无处可逃;想动手搬走大山,又没这个能耐。更为苦恼的是这种感觉真真实实存在着,却无以言表、无人可说,只能自己默默去承受,去担当。身为堂堂皇上,君临于下,一言九鼎,放个屁都会让地皮抖几抖,却还要受制于一个行将就木的老头,不敢乱说乱动,窝囊不窝囊?好在宣帝意志还算坚强,没有被这座大山压垮。又有年龄优势,不怕扛不过霍光。这才坚定信心,要跟霍光抗衡下去。这一天终于还是来到了,霍光一病不起,咽下最后一口气，丢下坐了二十多年的大将军宝座，悄悄去了另一个世界。宣帝背上这座压得太狠太狠的大山就这样卸下了，从此可自自在在做自己的皇帝了。想想他能不一身轻松，能不喜出望外，激动不已吗？就为这份欢喜和激动，宣帝也要表现得风度点，厚葬霍光，即使不惜拿出天子葬礼也值得啊。

宣帝最受用的，还是临朝时坐在龙椅上的那份自信又自在的感觉。一想起这个朝堂再也不可能出现霍光的影子，一切都俺姓刘的一人说了算，宣帝就觉得无比惬意。是啊，这才是真正的至高无上的皇帝，爱怎么说就怎么说，爱怎么做就怎么做，不必顾及旁人，看人眼色。还有韦贤等大臣，也爽快多了，只需揣摩圣意，不再碍于霍光的存在，说话时仿佛夜壶掉进井里，吞吞吐吐的。君臣少了顾忌，朝会气氛也和谐得多，研究起朝政来，都能畅所欲言，有话就说，有屁就放。相比从前，大是大非主要霍光一人说了算，其他朝臣没有太多发言权，宣帝也拍不了板，朝会总是死气沉沉的，轮到上朝大家就厌烦。如今好了，都说得上话了，做得了主了，宣帝和大臣们对朝会也兴趣盎然起来，一天一小会，三天一中会，五天一大会，丞相以下诸官，都会根据职责需要列席会议，各抒己见，各发高论，有利议兴，有害议革。

朝政全靠朝臣料理，朝臣里不少是霍光的人，宣帝用起来不合手，准备起用好用的人。于是发话，要大臣们举贤荐良。大臣们很踊跃，噼里啪啦提了一大串名字。韦贤甚至将魏相也端了出来。当年魏相犯案，是霍光授意逮捕下狱的，后遇赦出狱，在地方做了个小官，霍光也年老体弱，自顾不暇，也就不再过问。这会儿宣帝提出举荐人才，韦贤揣度圣意，可能想以新换旧，逐渐取代霍光时代的人,于是推出受过霍光迫害的魏相。

霍光故去不久,魏相还是个敏感人物,宣帝没有明确表态,要大臣们有人就提,人才嫌少不嫌多。大臣们乐得当伯乐,于是又推荐了不少人才,喜得宣帝笑脸嘻嘻,鼓励各位继续睁大眼睛,多为大汉事业发现人才,推举人才。

宣帝心里乐呵,回到内廷,眉角还挂着笑意。霍皇后开玩笑道:"陛下这么高兴,是不是哪位大臣给陛下物色了绝代美人?"

宣帝哈哈一乐,道:"有皇后这个大美人在身边,朕还稀罕什么绝代美人?国家要强盛,物色绝代美人没用,还得多物色些可用人才。朕和大臣们研究了大半天人事,收获可大呢。"霍皇后笑道:"难得陛下这么重才,天下英才必将尽入毂中,大汉想不兴旺发达都难哪。"宣帝说:"有什么法子呢,大将军抛下朕和这么个大摊子,独自走了,朕没了可依靠的大树,只能靠自己多发愤点啰。"

宣帝抬出霍光,自然是想讨霍皇后欢心。岂料霍皇后闻言,面露戚色,哀声道:"陛下高看先父了。臣妾才不相信这世上离了谁,太阳会改从西边出来。没有先父,陛下不照样把国事打理得井井有条,像模像样吗?"

一句话说得宣帝心肠软起来。

想起霍光生前的种种好处,他去世时自己竟然还暗自庆幸,嫌他死得慢了点,这是不是有些太不厚道?宣帝于是揽过霍皇后,动情道:"如果说朕还算有些出息,也是霍大将军多年调教的结果呀。对朕来说,他老人家的恩情比天高,比海深,朕永生永世都忘不了呀。"

感动得霍皇后什么似的,说:"有陛下这样的好女婿,先父死可瞑目,毫无遗憾了。"

说到"死"字,宣帝想起一事,问道:"大将军死前拖了好久不肯落气,听说还是皇后开导得好,才让大将军咽下最后一口气,放心地走了?当时皇后说了些什么,可告诉朕吗?"

宣帝话没说完,霍皇后就从他怀里抽身出来,"扑通"一声跪倒在地,眼泪汪汪道:"臣妾该死!还请陛下宽大为怀,原谅臣妾!"

宣帝吓一跳,伸手去扶霍皇后,问道:"到底怎么啦?"霍皇后说:"陛下肯原谅臣妾,臣妾才起来。"宣帝丈二和尚摸不着头脑道:"皇后又没做对不起朕的事,要朕原谅什么?"霍皇后说:"臣妾没做对不起陛下的事,却说了不该说的话,有愧于陛下恩德啊!陛下一定要原谅臣妾,不然臣妾都没意思再活在这个世上。"

宣帝不好让霍皇后老这么跪着,又听她说得如此可怜,忙道:"皇后放心,朕原谅你。"

霍皇后这才起身,连粉脸上的泪珠都顾不得抹去,便开启红唇道:"当时正因父亲不肯咽下最后一口气,霍禹兄才请臣妾出宫的。臣妾到父亲身边后,大道理小道理说了一大箩,也没能将他那口气说落下去。父亲最放不下的,自然是霍家不成器的子孙们,臣妾只好假传圣意,说陛下不仅委任霍禹兄为右将军,还会关照其他兄弟,包括霍家女婿们,该升的升,该用的用,该封的封。这话果然见效,父亲当即放心地落了气。"

可怜天下父母心，看看这个霍大将军，已到这一步，还在念念不忘子孙的事。

也许是霍皇后的泪眼动人，也许是宣帝一时心慈，当面表态道："皇后不必多虑，你所说也正是朕本人所想，朕一定好好起用霍家子弟，不辜负大将军遗愿。"

宣帝说到做到，几日后再次召集群臣，专题研究人事任免问题，将霍门子孙推到显要位置，封霍山为乐平侯，霍云为冠阳侯，霍光女婿范明友为未央卫尉，邓广汉为长乐卫尉，任胜为羽林监，赵平为散骑都尉，连霍光几个孙婿也安排了好地方。

宣帝此举，赢得朝野交口称赞，说他知恩图报，投桃答李，可谓天下少见的重情重义的君王，当年霍光还真没白将他扶上皇位。若换了其他人，霍光已死，还不一脚踢开霍家人，留着官帽，封赏给其他亲信？

最得意的还是霍门老少，他们弹冠相庆，说皇上仁义，大将军已不在人世，还这么厚待霍家后人。皇上这么看得起咱霍家人，咱霍家人更要珍惜皇上隆恩，把皇上的信任当做动力，永远忠于皇上，紧跟皇上，为大汉事业赴汤蹈火，在所不辞。

只有霍显不同意这个观点，说："你们只知道皇上仁义，不知道你们都是吃的皇后的通，不是皇后玉成，皇上会这么大方，把重要爵位和权位交给霍门子孙吗？"

大家细想也是，他们最应该感谢的还是霍皇后。霍皇后如今正受皇上宠爱，她在皇上那里吹吹枕边风，皇上还能不耳根痒痒，很当回事？

五十九、魏相入朝为官，安世身居要职

宣帝如此慷慨，将一个个爵位和官帽赐给霍门子孙，还是有少数朝臣意识到不妥，说皇上滥施天恩，恐怕不是看得起霍家子孙，是在骄纵霍家子孙，到头来会害了他们的。

宣帝笑而不语。

朝臣们哪里知道，宣帝就是要骄纵霍家子孙，让他们自取其咎。几个爵位和官帽算什么？予是你皇上，夺也是你皇上，施舍出去是你皇上一句话的事，适当时候需要收回来，同样也是你皇上一句话的事。

宣帝态度暧昧，朝臣们不好多嘴，只得岔开话题，说："霍大将军故去多时，其大将军位置一直空在那里，总得有人接班吧？"宣帝说："最近朕也一直在考虑此事，只是大将军职责太重要，不是说定谁就定得了的。过两天拿到朝堂上，众臣一起议议，再定人选不迟。"

两天后廷议大将军人选时，众臣非常积极，七嘴八舌，提了一大堆名字。只是没个特别突出的人选，难孚众望。有人为讨好霍皇后，干脆提了霍禹，说他是霍大将军儿子，又已做上右将军，擢拔为大将军比较合适。

霍禹就在朝堂上，有不同意见的人不好明里反对，只在肚里嘀咕，这霍禹虽系霍大将军儿子，其人品、才干却根本没法比，简直一个天上，一个地下，怎么能相提并论呢？

宣帝当然不可能看中霍禹，虽说他是皇后兄长。这小子野心不小，老早就想做现成太子，弄个劝进表，逼着大臣们签字，要把他父亲推上皇位。霍家人做了皇帝，还哪有俺刘家人的戏？当然那是过去的事，没必要老放在心上，可既然霍禹当年就有做太子的心思，谁能保准他现在却没有做皇上的念头？把大将军位置交给他，待他军政大权在握，朕的脑袋岂不成了他手中玩具，他想取走就取走，想留在朕脖子上就留在朕脖子上？

担心有人附议霍禹为大将军，宣帝以时间不早为由，掐掉话头，宣布休会，说下次再议。

看着朝臣们转背离去，宣帝忽然想起什么，叫住丞相韦贤，先不着边际闲聊几句，才用不经意的口气问道："上次爱卿说到那个魏相，现在何处？"

韦贤一时没能反应过来，不知宣帝此问何意。头次自己提到魏相，宣帝不置可否，今天怎么突然又想起这个人来了？韦贤脑袋飞快地旋转了几圈，还是弄不明白宣帝真实想法，只得如实说道："魏相出狱后本来已无意官场，可他除做官，没别的生存本领，只好又吃回头草，谋了个茂陵令。这是他从前就干过的老差事，还算信任，政绩显著，口碑不错。魏相还确实有些才干，皇上是不是想用用他？"

宣帝还是含含糊糊，语焉不详，只道："随便问问，随便问问。"

韦贤才不相信宣帝是随便问问呢。本来那次人事会议上，韦贤以为宣帝欲以新换旧，逐渐取代霍光时代的人，才自作聪明，推出霍光对头魏相，不想皇上却不予理睬，只好作罢。不久宣帝又拿着一堆爵位和官帽，只要是霍家子孙，就信手发放，韦贤怀疑起自己先前的判断来，再不敢论及"魏相"二字。哪知宣帝一时高兴，竟主动问起魏相来，一下子把韦贤给搞糊涂了，更摸不透宣帝是何心思。

不过韦贤并没缺乏悟性，渐渐还是明白过来，宣帝任用霍家子孙，其实用意不可谓不深。如此一来，一者可博得知恩图报的美名，二者可麻痹和稳定霍家子孙，然后再将霍光宿敌魏相等人提到重要岗位，与霍家子孙相互牵制，以求平衡。也正是魏相与霍光有些宿怨，宣帝才不好公开提他名，怕引起霍皇后和霍门人不满。朝堂上下到处都是霍家人，宣帝暂时还得罪不起，只好暗示你韦贤，让你酌情处置。

窥知宣帝这个嘴上无意中有的想法后，韦贤在做地方郡县人事方案时，便试着将魏相列入其中，提拔为扬州刺史。宣帝果然没有异议，挥笔批准了方案。魏相接到任命，移交完茂陵方面的事务，打马赴任，赶往扬州。

这当然只是第一步。魏相的刺史没做多久，韦贤就奏准宣帝，跑到扬州巡察来了。

魏相自然亲自出面，热情款待。几盅下肚，韦贤挥手赶开左右，对魏相说："魏刺史啊，你在地方任职，直接与广大民众打交道，听到什么呼声没有？"

说得魏相云里雾里，笑道："什么呼声？扬州政通人和，民众安居乐业,没人起哄闹事,难得听到有人呼喊口号什么的。"韦贤骂道:"谁盼民众起哄闹事,呼喊口号?"魏相说:"那丞相说是哪方面的呼声?"韦贤启发道:"比如霍光死后,留下大将军一职,至今还没安排人选,下面有无这方面的民意和反映?"魏相玩世不恭道:"这可是皇上和丞相的事,下面州府还能有什么说辞?"

韦贤不高兴了,加上多喝了两盅,略有醉意,不禁一拍桌子,指着魏相鼻子训道:"别在老夫面前油腔滑调!你难道不知道,你这个刺史是怎么来的吗?"魏相赔笑道:"当然知道,是丞相造方案,皇上亲自批准的。"韦贤说:"算你记性还没被狗吃掉。你说说,这大将军一职,交给谁合适?"魏相用无所谓的口气说道:"听说有次廷议,有人提到霍禹,我看他就不错嘛,毕竟是霍大将军儿子,又已做上右将军。"

韦贤眯着醉眼,盯紧魏相,说:"这是你真实想法?"魏相说:"下官想法真不真实,难道这么重要吗?"韦贤说:"当然重要。如今朝廷内外都有霍门人,皇上有个什么想法,也无人敢站出来呼应,生怕不小心得罪霍家,吃不了,兜着走。皇上身边最缺的,就是你这样敢说敢当的忠直之臣啊。"

韦贤把话说得这么直白,魏相再不好装蒜,说:"要说这大将军人选,除了霍禹,朝廷上确实还大有人在。比如张安世,就挺不错,皇上和丞相应该重点考虑。"

韦贤心想,这魏相真是个人才,远隔京都,竟将皇上心思揣摩得这么透彻。当年霍禹拿着劝进表找大臣们签字,大臣们一个个积极得很,没签上字的生怕得罪霍光,还主动去找霍禹要字签。唯有这个张安世不肯屈从，悄悄躲开，以实际行动表明对刘汉的绝对忠诚。宣帝肯定记着张安世，如今霍光已故，正好重用他，把他弄到大将军位置上。这个时候魏相推举张安世，还不正合圣意？

跟魏相取得共识，韦贤算完成此行重任，当日离开扬州，直奔京都。回京入宫，见着宣帝，也不说扬州之行收藏如何，只说："让魏相做个地方刺史，好像有些屈才，是否调往京城，到陛下身边来当差，发挥更大作用？"

宣帝早有这个意思，说话口气却显得勉强："丞相硬是觉得魏相不错，就调过来试试看吧。"下旨召魏相为大司农，尔后又过渡为御史大夫。御史大夫就是建言献策的，魏相上任没几天，便正式向宣帝提议，让张安世接任霍光大将军一职，最为合适。

大臣们其实早就看好张安世，只是有人提过霍禹名字，担心霍家人得罪不起，不好另提人选，才一个个缄口不语，做了哑巴。这下魏相新任御史大夫伊始，猛不丁推出张安世，众人勇气陡增，也跟着附和，请宣帝考虑魏大夫意见。

宣帝也有意思，还要做出很为难的样子，望一眼霍禹和众大臣，说："朕本来觉得右将军比较适合大将军位置，这下你们又提出张将军，不是给朕出难题吗？"

魏相巧为辩驳道："将门出虎子，右将军身为霍大将军儿子，德才兼备，品学兼优，做大将军，当之无愧。可他是陛下您的妻兄，把他放到大将军这么重要的位置上，也太显眼了点，容易给人形成皇上任人唯亲的印象，有些不太妥当。何况张将军人才出色，德足配位，众望所归，请他出任大将军，各方面都能接受，于大汉有益而无害。"

众大臣都说魏大夫言之有理，对张安世进行了充分肯定和高度赞扬，说他出任大将军是人心所向，有利于国家安全、社会稳定和经济发展，强烈恳求宣帝敲定张安世。理由千条万条，仅缺张安世当年没在霍禹劝进表上签字一条。

这个狗日的魏相，入朝没两天，就敢公然跟俺霍禹叫板！一旁的霍禹气得咬牙切齿，恨不得奔上前去，抓住魏相，碎尸万段，一口口吃进肚里。可当着宣帝和众大臣面，还不怎么好发作，只能忍气吞声，保持沉默。

霍禹正暗暗恨着魏相，只见宣帝两手一摊，说："张安世确实不错，众人这么看好他，如果朕坚持不提他做大将军，显得朕太没眼光。也罢，也罢，就按照各位意见办吧，选个好日子，拜张安世为大将军。"

张安世诚惶诚恐，赶忙推辞，说自己德不出众，才不惊人，资望不够，政绩不彰，做军队普通将官，勉强还过得去，要担大将军重任，实在力不从心，出于对国家和朝廷高度负责的精神，恳求宣帝还是另觅大才，选用高明。

说得宣帝烦起来，脸一黑，说："张安世，你摆什么谱？你有什么了不起的？要你做大将军，你还理由一大堆，是不是嫌朕没求你、哄你，跟你说软话？朕对你直说了，这大将军你做得做，不做也得做。"

张安世还要固辞，韦贤拦住他，对宣帝说："微臣知道张将军意思，霍大将军做了二十多年大将军，德高望重，功德圆满，不是谁都可以企及的,要张将军这就继承霍大将军的位置,他底气不足,也能理解。"

宣帝沉吟片刻,说:"丞相意思是,大将军位置就这么空在那里,等哪天出了霍大将军这样的人物,再做安排?"韦贤说:"国不可一日无主,军不可一日无帅,大将军是全军领袖,久不定人,对国家防卫和朝政稳定实在不利得很。"

宣帝一拍御案,大声道:"那你还说张安世底气不足,这不废话吗?朕知道他何年何月才有底气?"韦贤不慌不忙道:"微臣看不一定要给张将军戴大将军帽子,完全可以采取折中办法,让他做大司马车骑将军,以行使大将军职责。"

这正是张安世意思,他不是不想做大将军,是不想顶大将军这顶帽子。这顶帽子在霍光头上顶了二十多年,你猛然接过来顶在自己头上,人家有意无意会把你跟霍光进行比较,无形中给你增加压力。同时也容易让霍家人不服,你张安世算哪根葱,也来做大将军?用大司马帽子换下大将军帽子,名头不同,职能却一样,又不犯忌,何乐而不为呢?

张安世没有异议,宣帝觉得也行,拜张安世为大司马车骑将军。

六十、霍显入宫问讯，皇后良言宽慰

如宣帝和大臣们预期的那样，张安世做上大司马车骑将军后，确也处处小心，时时谨慎，凡事不敢擅自主张，都听由宣帝裁定。宣帝需要的正是这样的大臣，对张安世越发信任，君臣配合默契，朝政处理得有条有理，效率颇高。

这可是霍家人最不愿意看到的。霍禹召集霍云、霍山，说："你们也看到了，虽说咱们叔侄身居要职，可最关键位置被张家人占了去，这对咱霍家可不利啊。"

霍云年轻，看得见问题的表象，看不透问题的实质，说："还不是魏相捣的鬼？不是他力荐，张安世哪这么得路？还有那个韦贤，没有咱爷爷，这个丞相位置哪轮得到他小子？他倒好，把爷爷的对头魏相弄进朝廷，两人联手与咱霍家对着干。"

霍山毕竟是领尚书事，见识多，说："你以为魏相入朝，是韦贤的作用？错也，那可是皇上的意图。想想看，皇上没这个意图，韦贤有能耐把魏相弄到朝廷里来？一来就做大司农，没几天又放到更重要的御史大夫位置上。不用说只有皇上才做得到嘛。皇上为什么要这么做？你以为真是朝中无人，非他魏相才撑得起这个台子？"

霍云似有所思的样子,问道:"那皇上为啥要重用魏相?"霍山说:"魏相硬气呗。那家伙最不怕的就是得罪人,敢说别人不敢说的话,敢做别人不敢做的事,明摆着皇上要用他来制约咱霍家。"霍云说:"皇上跟咱霍家不是亲戚吗?怎能向着外人,不向着亲戚家?"霍山说:"皇上又不是寻常百姓,有兴趣跟你讲亲戚关系。皇上眼里只有皇权,为巩固皇权,弑父杀兄都不足惜,何况亲戚。"

见两个越说越不像话,霍禹截断他们,说:"别乱说,皇上对咱霍家已够意思,你们还不知足。皇上恩重如山,咱们要懂得感恩才是。今天叫你们来,主要提醒你们几个,要格外小心,注意自己一言一行,否则让魏相那家伙踩住尾巴,够你们受的啊。"

霍山霍云一个劲点头,表示一定多个心眼,防着魏相点。

不想还是防不胜防,不久魏相再出狠招,给霍家又是一击。魏相托人给宣帝进言:皇上要想听到不同声音,了解下情,言路必须畅通。过去吏民进言上书,须具正、副二封,由领尚书事看过副封,再决定正封上传与否。这种做法的弊端很明显,一是下面意见有可能被领尚书事压住,到不了皇上这里,二是下面的人怕意见泄露出去,得罪别人,有话不敢大胆说出来。还请皇上明断,改革旧制,广开言路。

这种上书制度已沿用一百多年,魏相此时提出废除,宣帝自然明白他的用意。当初霍家通过霍皇后,说服宣帝,让霍山做上领尚书事,就是要控制言路,使不利于霍家的言论到不了宣帝面前。宣帝也早意识到,吏民上书还要领尚书事过滤一遍,不是回事。只是领尚书事位置坐在霍家人屁股下面，不太好处置，才迟迟没有动作。这下魏相提出改制，正合自己心意，也就毫不犹豫，将旧制废除掉，凡吏民上书，只具正封，交由给事中，直呈皇上，不再过领尚书事之手。还把原来的给事中撤掉，由魏相兼任，定期入朝处理奏章上书。

霍家又失去一道自保的防线，霍光生前的美好愿望眼看着就要付诸东流，霍家人越发慌张，一时茫然无措。霍显更是急得跳脚，生怕万一有人还惦记着许后之死，往皇上那里递举报函，那就彻底完了。忙找来霍禹他们，说："皇上改掉上书旧制，不再让霍山负责奏章上书，如果有人往皇上那里进言，说咱霍家坏话，又如何是好？"

霍禹几个你看看我，我看看你，不知该说什么。霍显沉吟半晌，又说："现在咱们唯一能做的，就是多加小心，少得罪人。尤其魏相和张安世，你们可得给老娘防着点。"

说到魏相和张安世，霍禹就来火，叫道："魏相和张安世算什么货色？咱家成君跟皇上打个招呼，要他们靠边站，他们就得靠边站。"

霍禹的话提醒霍显，她说："看来咱得去宫里跑一趟，见见皇后，多关照点咱霍家。"

话才落音，霍显撇下霍禹他们，直奔皇宫。见着霍皇后，论起朝中人事变动和自己的担忧，霍皇后宽慰道："皇上是个讲情义的人，不会忘记先父恩德，对咱霍家怎么样的。至于起用魏相和张安世，也是朝政需要，应该没其他想法。"

经霍皇后这么一说，霍显稍觉心安，说："为娘想想也是，没有咱家大将军,也不可能有皇上的今天,皇上不可能过河拆桥,恩将仇报。可为娘还是想不通,咱家禹儿又不比张安世差,皇上怎么却不让他接大将军班呢?"

霍皇后只好道:"话可不能这么说。尽管禹兄也是个人才,相比起来,张安世无论能力、资历还是声望,都更出众些。口碑方面,张安世也很不错。尤其那年禹兄拿着劝进表找人签名,大臣们一个个争先恐后,该签名的不该签名的都已签到,只有张安世借故走开没参与,给皇上留下太深印象。皇上也就特别欣赏张安世,相反对禹兄多少有些想法。故这次重用张安世,将禹兄撇到一边,实属情理之中。"

说得霍显没话可说,只嘱霍皇后多在皇上面前为霍家说说话。霍皇后说:"女儿肯定会在皇上面前说话的,只是也告诉兄弟们要处处注意影响,不能随着性子乱来。女儿就听到不少反映,尤其霍云,平时不愿恪尽职守,到处浪荡。连家奴也没管好,一味胡作非为,路上碰着御史府家奴,发生点摩擦,竟大打出手,追着人家,直捣御史府,还是魏大夫亲自出来说情赔不是,才肯罢休。"

霍显半信半疑,说:"真有此事?"霍皇后说:"母亲不知,人家将检举书都送到了皇上这里,否则没有此事,女儿也不可能编造些事出来。"

霍显表示回去后一定教训这帮畜生。又说会儿闲话,霍显准备告辞,见霍皇后起身时,腰身似比以往粗了些,就问是不是怀上了皇子。霍皇后点点头,说:"可能是的,女儿已两个月没来了。"霍显比霍皇后还高兴,忙不迭道:"这就好,这就好,女儿快快生个皇子,以后做了皇帝,咱霍家就有依靠了。"

霍皇后笑而不语。送走母亲,回到后廷,正好宣帝也下朝回来。霍皇后扭腰摆臂,在宣帝面前走了两个来回,笑问这身衣服合不合体。意思要引起宣帝注意,自己已有身孕,说不定还是个皇子,皇家不用担心后继乏人。

宣帝并没在意霍皇后腰身的变化,只应付式地说她衣服很合体。毕竟是个大男人,不可能那么细心,注意细微之处。再说宣帝耳旁还留着大臣们的声音,脑筋一时没转过弯来。大臣们正式向他提出,他这皇帝也做了好些时日了,如今君臣和谐,天下归心,朝政稳定,正好趁机设立皇太子,以固国本。

其实宣帝也早有立太子的念头,只是碍于霍皇后面子,一时拿不定主意。霍皇后正受宣帝宠爱,却一直没生皇子,立太子只可能立许后生的儿子刘奭,这对霍皇后可是个不大不小的打击,宣帝于心不忍。可不立太子,大臣那里又说不过去。宣帝心里不免有些矛盾。也想听听霍皇后的意见,几次话到嘴边,又咽了回去。明摆着霍皇后是不乐意这时立太子的,又没有理由阻止你,还要她发表意见,不为难她吗?

见宣帝没注意到自己身体的变化,霍皇后很是失望。也不好明说,明说太没意思。待到入夜就寝,两人躺到龙床上,霍皇后才拿过宣帝的手,覆到自己肚皮上,说:"陛下您就没有发现,这个地方跟以往已有所不同?"

宣帝还是没明白过来,说:"有什么不同?朕没感觉出来。"

霍皇后嘟着嘴巴,故作生气道:"陛下也真是的,臣妾两个月没来了,您都没觉察出来。"

这话说得有理也没理。宣帝喜欢霍皇后,跟她在一起的时候多,可皇帝不仅仅是你皇后一人的皇帝,不可能一天到晚老盯着你霍皇后的肚皮,留意你到底已几个月没来,却对身旁一个个貌若天仙的嫔妃宫女视而不见,不沾不染,让资源流水般白白浪费掉。

不过霍皇后话已说到这个份上,宣帝再木讷也不可能明白不了,忙掀开被子,去瞄霍皇后肚皮。瞄了半天,才瞄出似有些微变化,说:"你已有了?"

霍皇后半羞半涩样子。也不吱声,拉过被头,盖住肚皮。

宣帝重新躺回被里,将霍皇后搂入怀中,不出声道,你若给朕生个皇子,也许朕会考虑立为太子。毕竟是现任皇后,立现任皇后所生儿子,大臣们无话可说。

这是宣帝喜欢霍皇后,才爱屋及乌,对她肚里还没成形的孩子也充满期待。不过这并不表明宣帝就不在乎刘奭。刘奭属于长子,又为许后所生,符合立长立嫡规矩。且从小懂事听话,特别母亲死后,变成没娘儿,更加乖巧谨慎,宣帝越发疼爱,觉得是个好儿子。无奈好儿子不一定能成好皇帝,刘奭太厚道,或说太懦弱,真做上皇帝,不一定驾驭得了大臣,控制得了朝局,弄不好会坏大汉大事。

这大概就是宣帝放着现成的嫡长子,迟迟未立为太子的原因之所在。如今霍皇后又已怀上皇子,宣帝更下不了这个决心了。

立太子的事就这样拖着,一直没个结果。

六十一、刘奭进位太子，霍氏满门惊恐

大臣们都是聪明人，也看出宣帝不立太子，可能与霍皇后已怀皇子有关。霍皇后也没闲着，有意无意把自己已怀皇子的事透露给嫔妃和宫女们，好让她们做传声筒，传到大臣们耳朵里去。目的很明显，就是堵住大臣们嘴巴，别老提刘奭，非立他做太子不可，太子还在皇后肚子里呢，以后慢慢立，还来得及，反正宣帝年轻，误不了事。

霍皇后越是这样，大臣们心里越急。皇子还没影儿，霍皇后就是这个姿态，哪天真生下皇子，那还了得？明摆着太子迟立，不如早立，早立早稳定人心，早断人非分之想。若等霍皇后生下皇子后再立太子，情况将变得更为复杂，还不知会闹出什么乱子来呢。

大臣们意识到问题的严重性，又奏请宣帝，快立刘奭。宣帝还在犹豫，没有明确表态。大臣们只好不厌其烦，一遍遍老话重提。提得宣帝火起，大骂道："立不立太子，是咱皇家的事，与你们外人何干？以后谁再提立太子的事，朕对他不客气。"

大臣们想想也是，太子虽为国本，说到底还是刘家自己的事，咱们这些外姓人一旁嚼什么舌头？大家也就封住嘴巴，不再

吭声。

只有魏相不肯罢休,这天朝会结束,大臣们都先后离去,他还站在堂下一动不动,没有走开的意思。宣帝已经起身,正要转背去后廷,见魏相还站在原地,就问他是否还有事。魏相说:"说没事又有事,说有事又没事。"

宣帝笑起来,说:"大夫这不是废话吗?到底是有事还是没事?"魏相说:"说没事,事是皇家的事,不是俺魏相的事。说有事,皇家的事不仅仅是皇家的事,还是天下人的事。"

宣帝知道魏相要说什么,脸色顿时黑下来。魏相不怕宣帝黑脸,说:"微臣知道,陛下不立嫡长子为太子,主要有两个担心,一是皇子老实忠厚,担心他以后把握不了政局;二是霍皇后已有身孕,担心她和霍家有意见。"

说到这里,魏相停停,偷眼瞅了瞅宣帝。宣帝依然黑着脸,黑得仿佛更难看了。

话已出口,魏相不想说一半留一半,麻着胆子继续道:"嫡长子老实确实老实了点,可老实不是坏事,是难能可贵的美德啊。大汉吸取前秦暴政教训,坚持以德治国,嫡长子身上不正具备治国之德吗?有德的嫡长子不立为太子,陛下还立谁去?至于霍皇后有孕在身,这当然是天大喜事,可陛下能确保就是皇子吗?即使是皇子,能否成长为嫡长子这样的有德之才,还未可知。何况嫡长子系许后所生,许后是陛下原配,当初死得不明不白,如今儿子长大成人,应该立为太子,陛下却久拖不决,许后九泉之下有知,会作何感想?"

这话正击中宣帝隐痛。许后是宣帝刻骨铭心的至爱,这种爱不是说想扔就扔得下的。也不是有了霍皇后，就能取而代之，虽说霍皇后年轻漂亮，又不乏灵性和机智。这下魏相端出许后，宣帝不觉心生悲凉，也不再绷着面孔，叹息道："许后已离开多时，还提她做甚？奭儿为许后所生，朕何尝不想立他为太子？朕是担心他太懦弱，日后担当不了大任啊！"

说到此处，宣帝略略停顿，才略有所思道："大夫把奭儿的懦弱说成是美德，也不是没有道理，儒家就推崇所谓的弱德，提倡以柔克刚。朕也知道德是个好东西，德可感人，可服人。只是真要用德治国驭人，行得通吗？德是软手段，用来修身律己，能起点作用。用来树树旗帜，呼呼口号，也比较生动好听，鼓舞人心。真用以治人甚至治国，太没分量。驭人、治国还得有硬手段啊，软手段根本管不了用。朕从没听说过，做君王的只要将'德'字挂在嘴上，就国富民强，天下大治。至于奭儿的德，朕一点不怀疑，朕怀疑的是他治人、治国的真本事。他有德少才，以后做了君主，弄不好要丢朕大汉江山啊！"

这确实是宣帝的心里话，一般人面前，还不会这么推心置腹。魏相感谢宣帝的信任，觉得更有必要尽一个臣子的职责，把该说的话说出来："德虽说是软手段，缺乏治人、治国的力量，可德是黏合剂，可以将治国之才黏合在一起。以后嫡长子若能继承大统，臣相信他一定能将有才能的人吸引在周围，共同治理和建设大汉江山。如果不立嫡长子，等着霍皇后生下皇子，再立为太子，就完全是另一回事了。霍家势力太强大，满朝都是霍家人，皇后姓霍，皇太后也是霍家血亲，今后霍家外甥又做上皇帝，霍家人还了得？到那时，只怕谁也控制不了霍家，刘家江山难免岌岌可危。陛下可不能再迟疑，还是趁霍皇后没生子之前，早立嫡长子为太子，为稳固大汉江山打下良好基础。"

凭着三寸不烂之舌，魏相终于说动宣帝，心生立刘奭为太子的念头。其他大臣听说宣帝不再固执己见，又纷纷奏请速立太子，刘奭终于到了太子位置上。

刘奭本是仁厚之人，深得人心，朝廷上下也就一片叫好声，赞扬宣帝英明伟大。没人喜欢强硬霸道的人做太子，这种人继位登上皇位，不好共事，不易侍候。

消息传入霍府，霍家人气急败坏，怨魏相坏了自家好事，恨不得揪下他脑袋，拿去喂野狗。霍显还说起宣帝的不是来："刘奭出生时，皇上还不是皇上，还是普通老百姓一个。普通老百姓生的儿子，怎么也能立为太子呢？"

这话听去确实不无道理，世上还真没谁见过普通老百姓儿子做太子的。问题是宣帝生刘奭时是普通老百姓，立刘奭做太子时已做上堂堂皇上，皇上铁心要立普通老百姓儿子做太子，谁还能拦住他不让立？

还有让霍家人气愤的，就是丞相韦贤人老体衰，没法上朝，只能退休回家，宣帝竟让魏相接了丞相的班。霍家人心惊肉跳，惶惶不可终日。魏相还是御史大夫时，就处处与霍家过不去，如今做上堂堂丞相，势焰冲天，岂不更要骑在霍家人头上作威作福，拉屎拉尿？再说刘奭那小子，也是魏相力争才当上太子的，日后宣帝一死，登基做上皇帝，还不与魏相串通一气，追究母后死因，一起来打压咱霍家人？

霍家上下人人自危，一时不知怎么办好。霍显心里发急，取了一包东西,往怀里一塞,偷偷跑进宫里,对霍皇后说:"魏相权倾朝野,刘奭又做了太子,这对霍家太不利了,咱们总得想想办法,不能就这样坐以待毙吧?"霍皇后说:"母亲意思?"

霍显伸出手掌,在自己脖子上一划,咬着牙根道:"把他俩灭掉!"

"这这这……"霍皇后倒吸一口凉气,"这怎么使得?"霍显见不得女儿这个熊样,恨铁不成钢道:"这有什么使不得的?当年不是老娘灭掉许后,这个皇后位置哪轮得到你霍成君?没有办法,咱们也是被魏相和刘奭逼的,只能这么着。如果咱们不主动点,动手灭掉他俩,他俩迟早会灭掉咱们的。先分个工吧,皇后跟刘奭接触机会多,就把他交给你,魏相住在宫外,让霍禹他们去对付。"

说着,霍显从身上摸出一样东西,往霍皇后手上递去,说:"这是毒药,你见机行事吧。"

霍皇后接过毒药时,手上直抖,差点将毒药抖落地上。霍显心里骂句没出息,耐着性子打气道:"无毒不丈夫,心慈手软要吃大亏的。"

霍显走后,霍皇后愣怔半天,才小心将毒药藏好。她没一点信心,不知下不下得了这个手。皇上对你这么宠爱,太子也没招你惹你,竟对他痛下杀手,你做得出来吗?就是把事做成,万一哪天败露出去,可是要灭族的啊。

霍皇后心里忐忑着,迟迟没有动作。霍显又进宫催了两次,说夜长梦多,不快快动手,终会自取灭亡。还说霍禹他们已布置妥当,就等魏相上套,便可做掉他。

迫不得已，霍皇后只好尝试尝试，看有没有下手机会。没别的高明手段，只有找了借口，将刘奭召入后廷，赐食于他。偏偏刘奭好像已有防备似的，每次进食都小心翼翼，轻易不肯动箸。连刘奭保姆也处处谨慎，每道食物都要先尝过，再往上端。

本来霍皇后就对毒杀刘奭缺乏信心，这下见无从下手，只得暂时放弃。

六十二、头顶利剑高悬,图谋先手为强

这里霍家的预谋还没有结果,宣帝那里已有人呈上举报函,说霍家正在谋划杀害忠良和太子。谋划又不是实际行动,无根无据的,宣帝将信将疑,一时不好把霍家怎么样,只有将魏相叫去,向他问策。

听说霍家准备动太子和自己的手,魏相笑笑道:"微臣占着丞相位置,确实犯了霍家大忌,他们想要微臣小命,倒也可理解。只是太子那么仁慈,又没哪里犯着他们,他们怎么会起此歹心呢?"宣帝说:"这倒不难理解,霍皇后已身怀有孕,毒死太子,日后霍皇后生的皇子才有任太子做皇帝的可能。"

魏相摇摇头,说:"不过这只是猜测而已,并非事实呀。"宣帝说:"等到既成事实,恐怕就再无叫丞相来商量的必要了。"

听得出,宣帝早有了想法,就是要打压打压霍家,削弱他们势力。可宣帝不想明说,等着你魏相来开这个口。这可与立刘奭为太子不同,那是做好事,也是天经地义的。拿霍家人开刀,是做恶事,弄不好就会引火烧身,甚至祸及家人和族人。

见魏相不声,宣帝笑道:"平时丞相遇事都挺有主意,今天

怎么哑巴啦?"

魏相没法,只好豁出去,说:"为防患于未然,微臣觉得,适当控制控制霍家势力,削弱一下霍家人的兵权,还是有此必要的。"

宣帝等的就是魏相这句话。魏相说出这句话,才表明他有这个决心。宣帝给身边侍臣使个眼色,侍臣扭转脑袋,抬手向侧门方向"啪啪啪"击了三掌。

掌声未落,太子刘奭和车骑将军张安世从门后出来,出现在宣室殿前。魏相这才意识到,宣帝不仅早有想法,也早有布置,提前让两人守在门后,只等你尊口一开,就叫他们现身。

君臣四人一合计,很快谋划出一个削弱霍家兵权的方案。随即调动力量,开始行动。

首先收走霍禹右将军印,明升暗降,提拔为无职无权的大司马。再撤去霍山、霍云的实职,只保留侯爵头衔。霍光几个女婿的职务也都做了调整,范明友的未央卫尉、邓广汉的长乐卫尉、赵平的骑都尉、任胜的羽林监,都被拿掉,分别调任光禄勋、少府、光禄大夫、安定太守。霍光几个手握兵权的孙女婿,也削去兵权,安排了闲职。与此同时,让张安世兼任卫将军,两宫卫尉、北军校尉、城门屯兵,都由他直接指挥节制。霍家子婿交出的军职,皆由宣帝亲信担任,朝廷内外全掌控在宣帝手上。

兵权被夺,霍家人惊恐万状,乱作一团,仿佛大难已经来临。

身处宫中的霍皇后也又气又恨,想与宣帝理论,又没这个胆量。今非昔比,霍家大权旁落,大势已去,皇上还怎么会把你当回事?弄不好恐怕只能适得其反,自取其辱。于是终日郁郁寡欢,心烦意乱。娘家失势,刘奭占去太子之位,以后自己和儿子还有什么出路?身为堂堂皇后,不能确保肚里孩子日后做太子,当皇上,也太不中用了。霍皇后越想越觉得窝囊,越想越觉得恼怒,竟至茶饭不思,日见消瘦,忽然病倒在床。要说也不是什么大病,却惊动胎气,怀了半年的孩子无以自持,悄然化作血水,不声不响流失掉了。

世上最不缺的是落井下石之人,见霍家到了这个地步,有人纷纷写了检举信,往皇上那里递,说霍家如何为非作歹,如何违法乱纪,言辞凿凿,由不得你不信。还有人翻出从前的陈芝麻烂谷子,说许后当年就是霍显让淳于衍施毒害死的。

看过检举信,宣帝召入魏相和张安世,问他们应该如何处置。

做上丞相后,魏相不再兼任给事中,经手宣帝文书,这下乍见检举信,略觉吃惊,说:"莫非真有这事?"张安世也说:"霍门多年来权大势大,在外做些不守规矩的事,没什么奇怪的。至于许后死因,当年就有人说是霍显所为,现已过去那么久,取起证来恐怕不易。"

两人说的是实情,宣帝也觉得检举信可信可不信,暂时还是放放,以后再说。

外面却纷纷传言,说宣帝召见魏相和张安世,正是密商抓捕霍家人的方案。霍家已经领教过宣帝的霹雳手段,头次也是召见完魏、张和太子后,便以迅雷不及掩耳之势收走霍家子婿的兵权，这回肯定也会有大动作。一时间个个自危，惊惶失措，也不用谁召集，不约而同跑进霍府，问霍显和霍禹怎么办。

霍禹早已坐不住，正在追问霍显，到底是怎么回事。霍显已是惊弓之鸟，当着霍禹，还要故作镇静，明知故问道："什么怎么回事？"霍禹说："许后之死，是不是你干的好事？"

到了这个时候，再瞒着儿子，已没多少意思，霍显将霍禹拉进内室，简单叙述了诱使淳于衍下毒害死许后实情。霍禹大惊，说："还真有这事！你怎么不早说呢？我还以为是外人栽赃咱们的。"霍显说："为娘还不是为成君好，不然她怎么做得上皇后？"

"怪不得县官夺我兵权，放逐我家子婿，原来事出有因。现在县官又与魏相和张安世频繁接触，肯定在密谋如何对付咱霍家。"霍禹分析道。他口里的县官就是宣帝。自兵权被夺，霍禹就开始叫宣帝为县官，意思他只有县官水平，不配做皇上。

霍显深知事态严重，问霍禹怎么办。霍禹说："还是将咱家子婿召拢来，统一一下意见。"

霍显点头，正要让家仆去叫人，霍山、霍云和范明友等众女婿不请自来，已等在门外。霍显招呼众人进屋，把门关上，打了倒扣。

大家还未坐定，霍禹就直截了当，将许后死因原原本本做了交代。

在座众人脸都吓白了，不相信会有此事。霍禹说："这是事实，不相信也得相信。事已至此，咱们已没有多少退路，唯一办法就是废掉县官，才可能免去大患。"范明友说："咱们都已罢去兵权,还哪有能力废掉皇上?"

霍禹胸有成竹的样子,说:"咱们不都养着家丁吗?合起来也是支不小的部队。何况后宫还有皇后和皇太后,可做内应,到时里应外合,先干掉魏相和张安世,再由太后下诏废掉县官,便可大功告成。"

听霍禹说得这么有把握,众人兴奋起来,仿佛已经成事,说:"废掉县官,谁来做皇上呢?这可得有个预案。"霍显说:"这还不好办?谁官大谁做天子。"

大家目光一齐射向霍禹,说:"大司马官最大,你就责无旁贷,做天子得了?"

听说要推举自己做天子,霍禹更是心花怒放,恨不得这就出门,直奔皇宫,坐到皇位上去。当然霍禹也知道,这会儿还不是坐皇位的时候,得先把宣帝拉下位去,否则一切都是镜花水月,白欢喜一场。只好耐着性子,与众人谋划具体的行动方案。

六十三、酒后言者无意，榻前闻者有心

不知是隔墙有耳，还是在场众人里哪位嘴巴不关风，密谋之事竟被霍家一胖一瘦两位马夫听去。主子就要颠覆朝廷，拉皇帝下位，取而代之，两位马夫自是激动不已，幻想事成之后，主子一高兴，顺便给自己封个一官半职，也不是没有这个可能。

也是无巧不成书，刚好长安亭长张章闲着没事，又到霍府来游荡，想混顿免费晚膳。霍家人正在商量大事，哪有心情和时间搭理张章？张章甚是无趣，准备掉头出府，又觉得府里气氛有些不对，便不由自主立住了。

恰逢有人抱着草料，要去喂马，张章抬眼望去，竟是一胖一瘦两位马夫朋友。

张章有一阵子没露面了，两位马夫并没意识到他的存在，只顾低头说话。张章张张嘴巴，想唤住两位，又改变主意，蹑手蹑脚走过去，准备吓他们一跳。

快到两位马夫身边时，隐约听出是在议论霍家的事。听得不全，只有"突入"和"废去"几个不怎么连贯的字眼。张章感觉蹊跷，脚下稍稍迟疑，两位马夫已经闪过回廊，不见了影子，估计去了马厩。

张章没去追赶马夫,站在地上痴了一会儿。他觉得这可能是一个天大的机会,抓住这个机会,自己就不用做亭长这么个永无出头之日的小吏了。张章掉头出了霍府。

待张章返身回来,手上多了一只装满酒水的罐子。他来到马厩,两位马夫已喂完马,正在交头接耳。见了张章手上的酒罐,顿时眼睛放亮,将他迎入马厩旁的棚屋,拿出好菜,一边叙旧,一边畅饮起来。

一直喝到天黑,张章一抹嘴巴,摇晃着站起身来,说:"不陪陪陪你们们们啦,俺得得得回回回去了。"朝屋外走去。见张章身子失控,老是打歪,脚下忽高忽低,像踩在棉花上,胖马夫说:"张兄醉成这样,还回哪里去?跟咱们将就一晚算了。"

张章下巴往上扬几扬,说:"不,俺不,金金金窝银银银窝不如自家狗狗狗窝,还是俺家狗狗狗窝好。"瘦马夫就笑:"还怕你没狗窝睡?咱们这里就是狗窝。"

"你们的狗狗狗窝不不不如俺俺俺家狗狗狗窝。"张章话没说完,就栽倒在地,不一会儿便鼾声大作,醉死过去。两位马夫上前,将张章架回棚屋,扔到跟狗窝没啥区别的草铺上。出门查看过马厩,才又返回去,跟张章挤到一起。

不知是酒的作用,还是别的什么原因,两位马夫竟然没一点睡意,翻来覆去睡不着。在草铺上烙一阵烧饼,胖马夫捅捅瘦马夫,轻声问道:"你怎么还没睡着?"瘦马夫说:"这个时候谁睡得着呀?你睡不着,我肯定也睡不着。"

"我想也是的。"胖马夫踢踢旁边的张章,见他睡得死猪样,笑道,"老哥你说说,霍家真把皇上废掉,让霍禹做了皇帝,咱们会不会也能跟着沾沾光,弄个小官干干?"瘦马夫说:"人家做了皇上,给你弄个小官小吏,不就一句话的事?"胖马夫说:"确实是一句话的事。问题是我们做了官,谁给霍家喂马呀?他们也许会继续安排咱俩喂马。"瘦马夫说:"可不是?做了皇上,同样离不开马,离不开马就得有人喂马,咱们马喂得这么好,他们到哪去找这么出色的马夫?"

说到这里,两人感到有些泄气,叹息起来。叹几声,胖马夫又说:"其实当马夫也不赖,咱们不读书不识字,给个小官,还不见得干得来。"瘦马夫说:"当官不见得要识字读书,高祖没读几句书,还不照样打天下,坐江山?"胖马夫说:"有道理呀,高祖没读书可做皇帝,咱们不识字却不可做个小官?"瘦马夫说:"开始做小官,慢慢再做大官。"胖马夫说:"你还挺有志向嘛,做小官还不满足,还要做大官。"瘦马夫说:"谁不想做大官呀?做小官的都有做大官的想法,大官有大权,有大权就有大好处。再说大官都是从小官做上去的,做上小官,做好小官,就有了做大官的良好基础。"

做了小官,还可能做大官,两人自然欢喜,说话嗓门不觉得高起来。忽见草铺上还躺着一个人,忙将声音压回去,怕这家伙把秘密听走,举报上去,岂不坏霍家大事?霍家大事是霍家的事,主要是两人做不成官,可是重大损失。这么说来,霍家大事不仅仅是霍家的事,也是两人的事,霍家成不了大事,两人的官必然也做不成。

有了这个念头,两人不再头脑发热,盲目乐观,变得理性了些。瘦马夫说:"万一霍家密谋成不了事,咱们不空欢喜了一场?

要知道这是谋反,不是小孩玩家家。"

胖马夫先点点头,又摇摇头,说:"这事还确实有点悬。不过霍家势力不小,皇宫还有皇后和皇太后做内应,皇上又不知道他们要谋反,没有防范,霍家可搞突然袭击,乘虚而入,攻其不备。"瘦马夫说:"皇宫禁卫森严,是你轻易能得手的吗?万一功亏一篑,霍家岂不要自取灭亡?到时咱们别说做小官,恐怕连喂马的差事都会失去。"胖马夫说:"可不是?给霍家喂了那么久的马,以后不喂马,咱们还能干些什么呢?"

话没说完,胖马夫禁不住打了一个哈欠。瘦马夫还有话要说,正待开口,胖马夫已起了鼾声。鼾声不小,吵得瘦马夫烦躁,骂道:"睡睡睡,就知道睡,早死三年,你睡个饱。"

望了会儿黑暗里的天花板,瘦马夫眼皮沉重起来,也睡过去,起了鼾声。

倒是张章的鼾声由大至小,渐渐停了下来。他其实根本就没喝醉,更没睡着,脑袋清醒着呢。清醒的张章将两位马夫的话一字不漏地听进了耳里,心里好不高兴。只要将听来的消息写成奏章,送到皇上手里,就有大官等着自己去做,再用不着干这狗屁亭长了。

怕误好事,天没完全放亮,张章就悄悄起身,离开马厩,回去缮成一书,匆匆进了宫。

留下兴奋了半夜的两位马夫入睡得迟,醒得自然也晚,天大亮才迷迷糊糊睁开发涩的眼皮。发现张章已经不见,胖马夫骂道:"这个狗日的张章,走了人也不打声招呼。"瘦马夫也说:"是呀,他急着离开,干啥去呢?回去嫁娘?"胖马夫笑道:"张章娘死得早,嫁什么娘?嫁婆娘还差不多。"

两人嘀咕着,瘦马夫忽觉有些不对,对胖马夫说:"昨夜咱们好像说了不少话,会不会被张章小子听了去呢?"胖马夫说:"他醉成那样,睡得像个猪,怎么会听得到咱们的话?"瘦马夫道:"不见得吧,万一他是装醉假睡呢?"

胖马夫背脊发起麻来,说:"是呀,他不辞而别,一大早就跑掉了,不是进宫告密邀赏去了吧?"瘦马夫也紧张道:"不好排除这种可能。张章那家伙做亭长做烦了,老想着进步做更大的官,霍家人又不怎么理睬他,今天碰上这么好的机会,岂肯轻易放过?"

胖马夫双腿一个劲地打战,说:"张章进宫告密,霍家人得知是咱俩泄的密,还不剥了咱俩的皮,抽了咱俩的筋?"瘦马夫一身冷汗:"剥皮、抽筋恐怕还是轻的。"胖马夫起了哭腔:"那该怎么办呢?"瘦马夫出主意道:"事已至此,还能怎么办?三十六计,走为上计呗。"

六十四、情急仓促起事，恩绝斩草除根

待霍家人要用马，跑进马厩找马夫时，两位已不知去向。到处寻找，连影子也没寻着。大家正觉奇怪，巡夜人反映昨晚还听他俩呱啦呱啦说话说到半夜，要跑也是早上才跑掉的。又有说还有一个叫张章的人也跟两位马夫睡在一起，天没亮就喊门走掉了。

此事报到霍禹那里，霍禹也觉蹊跷，心想是不是密谋之事被马夫听去，他们准备进宫举报邀功？问夜里两位马夫说些什么，巡夜人说听不太清楚，只隐约听到谋反得手之类不怎么连贯的声音。霍禹暗自吃惊，派人追踪三位，看他们会到哪里去。

不久得到回报，说两位马夫不知去向，张章一大早就兴高采烈进了宫。霍禹吓得脸色煞白，惊恐道："张章迟不进宫，早不进宫，这个时候进宫，一定有不可告人的目的。咱们已没有退路，只能提前行动。"

霍禹这里正要仓促起事，张章奏章已到宣帝手上。宣帝好像一点也不惊讶，似乎一切都在预料之中。也没马上采取行动，找来魏相和太子刘奭，出示张章奏书，问该怎么处理。魏相看几眼奏书，说："光有张章举报，就断定霍家谋反，恐怕不足为

凭。"

刘奭心软，也说："霍大将军忠君爱国，二十多年执掌朝中军政大权，从无异心，霍禹他们兵权已被削掉，还想打歪主意，好像不太可信。"

"你俩所说，也不是没一点道理，不可随随便便怀疑人。何况霍禹他们是大将军霍光子孙。"宣帝不动声色道，"不过树心隔树皮，人心隔肚皮，谁知霍家会有什么想法呢？尤其霍家子婿兵权被夺之后，霍府情形就有些不怎么寻常。朕是说，万一霍家有什么动作，咱们总得有所防备，不可束手就擒，任人宰割吧？"

宣帝意思已经非常明确，魏相还能不明白？建议道："是否传诏大司马张安世，让他适当布置布置？"宣帝从容道："张将军重任在身，一时恐怕没法听诏。"也没说什么重任。

刘奭有些惊慌，说："张将军不在，万一霍府有什么风吹草动，又如何是好？"

宣帝笑笑，将话题转到别处。忽有侍卫谎忙跑进来，说霍家人已带着人马杀进皇宫来，请皇上赶快躲躲，先避一避锋芒。宣帝大声骂道："皇宫是朕的皇宫，朕待在自己宫里，还要躲到哪里去？朕不躲，看霍家人把朕怎么样。"

侍卫不知说啥好，转身出了殿。宣帝笑对魏相道："这些人没经过什么风浪，听到霍家人杀进宫来，就惊惶失措，像天要塌下来似的。"

魏相初闻急报，也颇觉心惊，见宣帝波澜不惊，谈笑风生，就知他早有准备，也放下一颗心来。只是有人谋反，自己身为丞相，躲在一旁歇着，总不太好，提出到外面去看看。宣帝不让，说："丞相别走，外面的事外面有人负责，你陪朕聊聊天，放松放松。"

皇上要放松，魏相不好坚持，只得与刘奭一起留下，陪宣帝说些无关紧要的闲话。

东拉西扯了好一会儿，张安世兴冲冲走进殿来，向宣帝报告，霍家叛乱已基本平定，霍家子侄统统抓了起来，包括霍显和众多家奴，无一漏网。

这是最值得庆幸的事，宣帝应该高兴才是，不想他却脸色往下一垮，悲哭起来："朕对不起大将军和霍皇后啊，没有看管好霍家人，让他们误入歧途，走上绝路。他日到了九泉之下，朕怎么面见霍大将军啊！"

哭得在座几位一愣一愣的，不知宣帝到底是悲是喜，劝也不是，不劝也不是。

只有魏相懂得宣帝心事，说："陛下没什么可伤心的，霍大将军死后，您信任霍禹兄弟子侄，包括霍家女婿和孙婿，把他们一个个扶到显位高位，无论如何也算对得起霍大将军在天之灵了。要怪只怪霍门子婿自己不争气，尽干傻事，竟至于犯上作乱，谋起反来。陛下得维护吾朝大好局面，不可能任他们胡闹，挥刀舞枪杀入宫里。"

宣帝还是泪流不止，说："话虽这么说，终是朕的不对，没能好好保住霍家。如今霍家满门在押，叫朕如何处置？"

刘奭想起霍家阻挠自己任太子的事，心里也来气，插话说："按律灭门呗！莫非除此还有别的什么办法？"张安世也说：

"霍家犯下如此弥天大罪，不灭不仅不足以平民愤，还会留下心头大患，威胁大汉江山。"宣帝又大哭道："朕还不知霍家罪当灭门？可你们叫朕怎么下得了这个手啊！"魏相只好假意相劝："陛下已仁至义尽，不必内疚，霍家完全是自取灭亡。"

听了魏相的话，宣帝才止住泪水，悲痛万分地退到后殿。魏相没有马上离开，交代文吏起草处置霍家的诏书，改日宣帝临朝，再让他过目。

宣帝百般无奈，只好认可诏书。霍禹为谋反头子，霍显系毒死许后之元凶，罪大恶极，一并处以腰斩。其余霍门子婿及家人大大小小共一千多余口，一个不饶，全部处死。

可怜霍家数世辉煌，张章一封薄薄的奏书，就轻轻将其击倒，斩草除根，除族灭门，不留一丝余脉。一时间，长安城里血雨腥风，阴魂惨惨，无人不在为霍家滔天大难深叹惋惜。

只有霍皇后属刘家人，暂免一死，废去皇后位置，谪居昭台宫。直至十二年后逐出宫去，逼令其自杀。有罚就有奖，张章等举报和平叛有功之人，封侯的封侯，领赏的领赏，可谓皆大欢喜。

结束篇、位居麒麟阁首,功罪帝心自知

一晃十多年过去,到了甘露年间。

前后加在一起,宣帝在位二十多年,笼络一切可以笼络的力量,勤政爱民,励精图治,倒也政通人和,国泰民安,属于有汉一朝少有的承平时期。追今抚昔,宣帝感慨万千,想起自己漫长的皇帝生涯,全靠能臣贤相鼎助,才创造辉煌,建下不朽功勋。尤其霍光,说是昭宣盛世的首功之臣,没谁会有异议。宣帝曾与臣下讨论有汉以来的兴衰,都说大汉起于高祖,治于文景,盛于武帝。宣帝觉得这个说法有失偏颇,至少不够全面。起于高祖,治于文景,自然没问题,盛于武帝是不怎么说得过去的。武帝穷兵黩武,四处扩张,国家版图确实增加了不少,可弄得民力疲惫,国力空虚,充实的汉国几乎成为空壳,外强中干,如果冒出几个陈胜吴广这样的亡命之徒,帝国大厦肯定不堪一击,顷刻就会轰然倒塌。是霍光改变武帝策略,对外罢兵停战,互通友好,对内改革盐铁官营和酒榷均输旧制,休养生息,奖励耕织,涵富于民,提高综合国力,才挽救了刘汉,使国家逐渐富强起来。也就是说真正的盛世并非武帝朝,是难得的昭宣时代。

想着霍光的种种好处,宣帝越发觉得当年先放纵霍家子

侄，待他们自我膨胀犯上作乱时，又下诏一举歼灭之，确实做得太狠、太过，太对不起霍光他老人家。霍光创下辉煌盛世，霍家人却被你赶尽杀绝，一个都没放过，没能享受盛世美好生活，这确实也太不公平了。可错已铸成，时间不能倒流，后悔又有什么意义呢？把肠子悔青也无用。宣帝身为皇上，又不便自打嘴巴，自我批评，否定自己。

后悔无用，公开承认错误，面子放不下，宣帝实在没法，最后想出一招，以多少减轻一下自己的内疚感。他准备把霍光画像和事迹刻到麒麟阁上，让霍光功勋长留人间，永不磨灭。麒麟阁建在未央宫中，乃从前武帝获得麒麟，特意设置的，当世用以记瑞，后世主要铭功。将霍光刻到上面去，倒也符合祖制。

可光刻霍光一人，宣帝内心的想法岂不暴露无遗，尽人皆知，这多么难为情啊。还是多弄几个人，搁旁边陪陪霍光，也免得他一人寂寞。一共钦定十一人，包括张安世和魏相等功臣，都各书官职姓名，只榜首霍光独享尊礼，只有官职和侯爵，不忍书其名讳，铭为"大司马大将军博陆侯霍氏"。

霍光的光辉形象就这样留在了麒麟阁首要位置。他英雄一世，曾凭自己的能量撑起整个大汉帝国，死后却满门被灭，直到多年后宣帝悔悟，才把他书上麒麟阁，多少留下一点痕迹在人间，供后人瞻仰缅怀。

宣帝也会经常到麒麟阁上去转转，对着功勋们默哀致敬。一年至少不少于两次，且时间都是固定的。到了这两个固定的日子，宣帝就是再忙，也会放下手头政务，沐浴更衣，虔诚地登临麒麟阁，看望功勋们。

细心的大臣们发现,这两个日子,一个是霍光逝世日,一个是霍家灭门日。

女人与忠诚（代后记）

十年前鄙人胡乱翻阅史籍，触及西汉，为霍光故事所震撼，忍不住提笔写成长篇历史小说，受到读者青睐。岁月是把刻刀，可刻写人生，自然也可重塑历史，当十年后重读旧作，再度审视那个风云激荡的时代时，觉得霍光形象越发清晰、丰满和立体，很有必要把新的发现和认识融入作品里。鄙人于是回到书桌旁，开始对拙著进行改写。

霍光的一切源自汉武帝。若说霍光是果，武帝便是因。之前拙著在武帝身上用墨太轻，淡化了霍光故事的逻辑前提。鄙人于是改从武帝入手，以重写霍光。武帝为一代雄主，一生攘夷拓土，并朝鲜，吞百越，征大宛，破匈奴，开创中华千古基业，几乎前无古人，后无来者。武帝之所以成其为武帝，自身英明，毋庸置疑，同时也得益于外戚的玉成。说白了，就是女人成就了武帝。

武帝首任皇后陈阿娇，系大汉开国功勋陈婴曾孙女，正是靠着陈家势力，武帝才成功登基，坐稳帝位。待皇权牢固，武帝便以陈阿娇无子，且嫉妒骄悍，将其废黜，另封卫子夫为后。卫皇后虽无陈家那样的背景，却有哥哥卫青和外甥霍去病，一次次金戈铁马，挥师北征，把匈奴赶往漠北，换来大汉雄霸天下的大局。

卫皇后自己肚子也争气，先产下公主，再生出皇长子刘据，且立为太子。卫家自此崛起，势焰冲天，令人眼红。就在武帝年高多病，做了三十八年太子的刘据等着继位时，有人凭空捏造巫蛊事件，逼迫刘据起兵自卫，兵败而亡，卫皇后自杀，几位公主受到株连。事后武帝醒悟，意识到刘据冤枉，可悲剧已然发生，无以挽回，便痛下杀手，镇压挑事和平叛人员，以泄心头之恨。

巫蛊悲剧前后死人十多万，无以数计的王公贵戚家破人亡，诛夷三族，在卫家庇荫下成为武帝近臣的霍光竟毫发无损，实属奇迹。鄙人抚史深思，应该是一个字保全了霍光，这便是"忠"字。霍光随侍武帝近三十年，没出过任何差错，这得有多么谨慎，需要多高智慧！更可贵的是朝臣为了当下利益和未来前程，穿梭于武帝和太子刘据之间时，霍光目无旁顾，尽职尽责，一心服侍武帝，从没巴结过太子，哪怕武帝病重，随时有可能驾崩虚位。正是绝对的忠诚，霍光赢得武帝高度信任，也就无人能够陷害于他。刘据死，卫家败，武帝伤心之余，曾寄望于李家，让五子刘髆舅舅李广利领兵北伐，为刘髆入朝接任太子创造条件。谁想李广利兵败降匈，武帝只得清除李家，刘髆做太子的梦想泡汤。剩下六子刘弗陵还算称心，可惜才七八岁，来日不多的武帝思谋着效法周武王托孤周公辅成王旧事，希望有位周公式人物可供选择。周公系武王弟弟，可武帝放眼望去，无兄无弟可信任，连悉心提拔到丞相高位的侄儿刘屈氂，也因巫蛊事件中往死里整刘据，终被腰斩，游街示众。

也许经历过太多风浪和变故，武帝痛定思痛，意识到亲缘和血缘都不靠谱，唯有忠诚值得信赖。他把眼光放在了霍光身上。

霍光沾过同父异母兄霍去病和卫家不少的光，却没有卫氏血缘，跟皇室宗亲更无任何瓜葛，三十年来眼里只有唯一的主子武帝。三十年可非三年五载，多少血亲和至友，处着处着便处成仇敌，霍光却一如既往，一直毕恭毕敬侍立身旁，犹如高大的守护神，保卫着武帝的身家性命和大汉根本。每当君臣相依时，武帝仿佛能听见霍光胸腔里怦怦怦跳动的心，确信这是世上最赤诚的忠心，只为自己和大汉跳动。武帝认定霍光，先赐以周公辅成王图，临终前再把八岁幼儿刘弗陵托付给他。

武帝看准霍光忠心，托孤忠臣，霍光在服侍武帝近三十年后，又用二十年时间，辅佐昭帝刘弗陵，迎立刘据孙子刘病已，即宣帝，创造昭宣盛世。忠诚的力量是无穷的，霍光忠于刘汉，忠于天下百姓，以忠为勇，平息政治叛乱，化解经济危机，从而树立起自己的无限权威。然权威太耀眼，难免令人垂涎。比如霍光继配夫人霍显，见霍光一天天老去，担心丈夫死后，霍家风光不再，竟串通女医，毒死宣帝原配许皇后，以给自己女儿腾出位置。事后霍光才从霍显嘴里得知真相，吃惊之余，想起自己一辈子尽忠报国，夫人却做出大不忠的恶事，悲从中来。摆在眼前的有两条路，一是拿下霍显，到宣帝面前请罪，以赤心感动宣帝，保全霍家；二是照霍显意思，严守秘密，顺势把自家女儿送入宫中，继任皇后，永葆霍家势力不倒。霍光毕竟也是凡胎肉身，面对娇妻和霍家子孙，经反复权衡利弊，最后还是放下坚持了一辈子的"忠"字，瞒过宣帝，让女儿做了皇后，以期时过境迁，毒后事实为时间所淡化，仿佛什么也没发生。可事与愿违，霍光去世后，许皇后之死被人重新提及，宣帝为摆脱霍家势力，正好拿到借口，以谋反罪将霍氏满门抄斩。

这是霍光唯一一次不忠酿下的恶果。皇权总受着太多因素制约,非只属于皇帝一人。英明如武帝,也得借用女人和外戚,收获和巩固皇权,可最后却决然选择忠诚,以确保刘汉皇权永不败落。霍光以耿耿忠心,服侍三代皇帝,创造中兴盛世,到头来却因夫人从中作祟,也为女儿能入宫任皇后,贸然放弃忠诚,铤而走险,留下无穷后患。

书史至此,鄙人不禁长长一叹:古时以男权维系社会,可决定家国成败甚至历史走向者,则往往是女人。原因无他,只有女人能左右男人,也只有女人能造就男人之大勇,或击溃男人之大忠。